A pequena ilha da Escócia

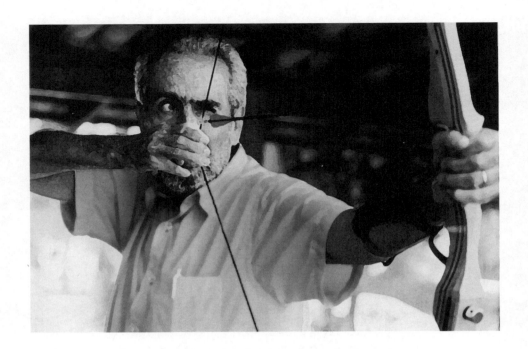

O Arqueiro

GERALDO JORDÃO PEREIRA (1938-2008) começou sua carreira aos 17 anos, quando foi trabalhar com seu pai, o célebre editor José Olympio, publicando obras marcantes como O menino do dedo verde, de Maurice Druon, e Minha vida, de Charles Chaplin.

Em 1976, fundou a Editora Salamandra com o propósito de formar uma nova geração de leitores e acabou criando um dos catálogos infantis mais premiados do Brasil. Em 1992, fugindo de sua linha editorial, lançou Muitas vidas, muitos mestres, de Brian Weiss, livro que deu origem à Editora Sextante.

Fã de histórias de suspense, Geraldo descobriu O Código Da Vinci antes mesmo de ele ser lançado nos Estados Unidos. A aposta em ficção, que não era o foco da Sextante, foi certeira: o título se transformou em um dos maiores fenômenos editoriais de todos os tempos.

Mas não foi só aos livros que se dedicou. Com seu desejo de ajudar o próximo, Geraldo desenvolveu diversos projetos sociais que se tornaram sua grande paixão.

Com a missão de publicar histórias empolgantes, tornar os livros cada vez mais acessíveis e despertar o amor pela leitura, a Editora Arqueiro é uma homenagem a esta figura extraordinária, capaz de enxergar mais além, mirar nas coisas verdadeiramente importantes e não perder o idealismo e a esperança diante dos desafios e contratempos da vida.

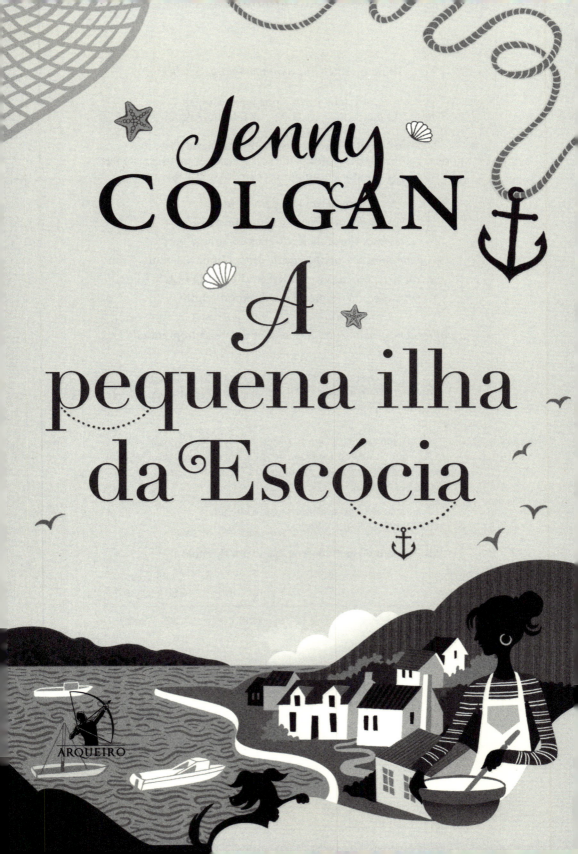

Título original: *The Summer Seaside Kitchen*

Copyright © 2017 por Jenny Colgan
Copyright da tradução © 2022 por Editora Arqueiro Ltda.

Todos os direitos reservados. Nenhuma parte deste livro pode ser utilizada ou reproduzida sob quaisquer meios existentes sem autorização por escrito dos editores.

tradução: Dandara Morena
preparo de originais: Camila Fernandes
revisão: Carolina Rodrigues e Mariana Bard
diagramação e adaptação de capa: Natali Nabekura
ilustração do mapa: Viv Mullett @ The Flying Fish Studios
capa e lettering: Hannah Wood – LBBG
ilustração de capa: Kate Forrester
impressão e acabamento: Associação Religiosa Imprensa da Fé

CIP-BRASIL. CATALOGAÇÃO NA PUBLICAÇÃO
SINDICATO NACIONAL DOS EDITORES DE LIVROS, RJ

C659p

Colgan, Jenny
    A pequena ilha da Escócia / Jenny Colgan ; tradução Dandara Morena. - 1. ed. - São Paulo : Arqueiro, 2022.
    336 p. ; 23 cm.

    Tradução de: The summer seaside kitchen
    ISBN 978-65-5565-280-2

    1. Ficção inglesa. I. Morena, Dandara. II. Título.

22-75955   CDD: 823
                                                                           CDU: 82-3(410.1)

Meri Gleice Rodrigues de Souza - Bibliotecária - CRB-7/6439

Todos os direitos reservados, no Brasil, por
Editora Arqueiro Ltda.
Rua Funchal, 538 – conjuntos 52 e 54 – Vila Olímpia
04551-060 – São Paulo – SP
Tel.: (11) 3868-4492 – Fax: (11) 3862-5818
E-mail: atendimento@editoraarqueiro.com.br
www.editoraarqueiro.com.br

Para os enfermeiros. Porque vocês são incríveis.

Um recado da Jenny

Olá! Se este é o primeiro livro escrito por mim que você lê: oii, bem-vindo! Espero mesmo que goste. E se você já leu algum livro meu: um grande e carinhoso obrigada. É muito bom rever você e, uau, você está bem bonito, mudou o cabelo? Combinou muito com você!

Bem-vindo ao meu livro *A pequena ilha da Escócia*! É bem estranho o fato de alguém viajar com frequência nas férias para muitos lugares diferentes e não passar algum tempo conhecendo o próprio país (sei que, enquanto digito isso, meu grande amigo Wesley está resmungando e revirando os olhos, pois somos amigos há mais de vinte anos e nunca o visitei em Belfast). Enfim, continuando: quando me mudei de volta para a Escócia depois de décadas morando fora, decidi corrigir isso.

Por ser uma *lallander* (ou seja, por ter nascido no sul do país), eu nunca tinha ido às Terras Altas nem às Ilhas. Então, aproveitei essa oportunidade para visitar e explorar esses lugares, e confesso que de cara já me apaixonei pelas Ilhas.

As praias vastas, os estranhos monumentos antigos, as extensas planícies e sem árvores (elas geralmente não conseguem crescer com os ventos fortes) e as infinitas noites de verão em que o céu nunca escurece. Lewis, Harris, Bute, as Órcades e, sobretudo, Shetland – um dos lugares mais estranhos e adoráveis do Reino Unido, na minha opinião –, todos são encantadores em sua singularidade.

Eu quis escrever um livro que se passasse bem ao norte, mas inventei uma ilha que é uma espécie de amálgama, porque não tem nada pior do que escrever algo errado sobre um lugar real e deixar todo mundo irritado com você. Confie em mim, aprendi essa lição de um jeito bem amargo. ☺

Então, Mure é um lugar fictício, mas espero que transmita a essência e a atmosfera daquelas ilhas incríveis bem ao norte, que são tão estranhas, lindas e maravilhosas para mim – embora, claro, para as pessoas de pronúncia musical que moram lá sejam apenas "lar".

Aqui você também vai encontrar as receitas tradicionais de tortas e pão que adorei fazer e torço para que goste de tentar recriá-las. Pode me contar como se saiu no meu perfil no Twitter, @jennycolgan, ou vá me procurar no Facebook! (Em tese, também estou no Instagram, mas não consigo usar muito.)

Espero muito que goste de *A pequena ilha da Escócia*. É um livro muito pessoal para mim, pois, depois de muito tempo fora, enfim voltei para casa, para a terra onde nasci, assim como Flora faz – e descobri que ela estava esperando por mim esse tempo todo.

Com amor,
Beijos,
Jenny

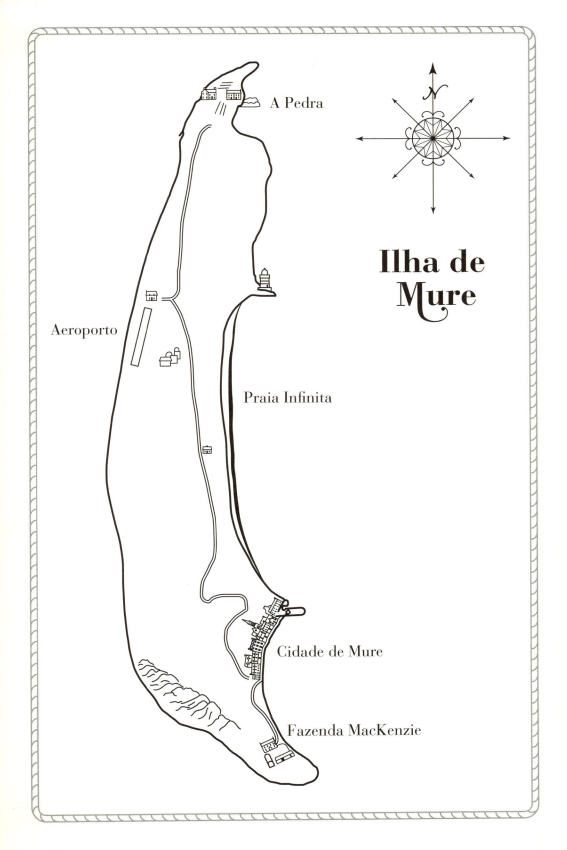

Hiraeth (subst.): *saudade de um lar para o qual não se pode voltar, um lar que talvez nunca tenha existido; a nostalgia, o anseio; o luto por lugares perdidos no passado.*

Capítulo um

Se você já tiver viajado de avião para Londres... Na verdade, no início, digitei: "Sabe quando você viaja de avião para Londres?", mas aí pensei que, bem, isso poderia parecer meio arrogante, tipo, ei, aqui estou eu voando de avião o tempo todo quando a realidade é que sempre comprei o voo mais barato e com desconto, o que significa ter que acordar às 4h30 da manhã, não dormir à noite com medo de não ouvir o despertador e acabar gastando mais para chegar ao aeroporto de madrugada e tomar um café caríssimo do que se eu só tivesse comprado um voo em horário decente logo de cara... Mas enfim.

Então.

Se já tiver viajado de avião para Londres, sabe que os pilotos, com frequência, fazem você ficar sobrevoando a área, esperando por um lugar de aterrissagem. E geralmente não me importo com isso. Gosto de ver a vastidão da enorme cidade abaixo de mim, o número incomensurável de pessoas andando para lá e para cá ocupadas, a ideia de que cada uma delas está cheia de esperanças, sonhos e frustrações, rua após rua após rua, milhões e milhões de almas e sonhos. Sempre achei isso alucinante.

E, se você estivesse sobrevoando Londres nesse dia em particular, no início da primavera, veria lá embaixo um espaço gigantesco, infinito. Uma quantidade surpreendente de áreas verdes agrupadas no oeste, dando a impressão de que seria perfeitamente possível atravessar a cidade por esses parques até o leste aglomerado e enfumaçado, onde as ruas e os espaços estão cada vez mais congestionados. A roda-gigante ao longo do rio brilhando ao sol matinal. Os navios se movendo de um lado para outro na água ora suja, ora reluzente. As grandes torres de vidro que parecem ter brotado enquanto Londres se transforma diante dos seus olhos. Passando pelo Domo do Milênio, agora descendo, lá está a ponta brilhante do Canary Wharf, que já foi o maior prédio do país, com sua estação de trem que para no centro do arranha-céu, algo que deve ter sido bem impressionante em 1988.

Mas vamos imaginar que você consiga ir além, que possa dar um zoom, como num mapa de satélite ao vivo do Google, em que talvez você entre e dê uma olhada na sua casa (ou quem sabe só eu faça isso).

Se fosse além, o lugar logo deixaria de parecer tão sereno, como se visto por uma divindade no céu, e você começaria a perceber como tudo é lotado e parece encardido, o tanto de pessoas que passam umas pelas outras, mesmo agora, quando mal deu sete da manhã. Faxineiros de aparência esgotada, recém-saídos dos turnos da noite, se arrastando para casa na direção oposta à de homens e mulheres ansiosos e bem-vestidos. Profissionais de escritório, funcionários do varejo, técnicos de celular, motoristas de Uber, limpadores de janelas, vendedores de revistas e os vários, vários homens de colete que fazem coisas misteriosas com os cones de trânsito. E agora estamos perto do chão, dobrando as esquinas, seguindo o caminho da linha de metrô da Docklands Light Railway, com os passageiros tentando resistir ao esmagamento da manhã, porque não há como desviar dele, é preciso abrir caminho com os cotovelos para conseguir entrar e se encaixar entre as pessoas (a mera possibilidade de conseguir um lugar sentado acaba bem antes, na estação Gallions Reach, mas, quem sabe, talvez você consiga um canto para ficar que não seja imprensado contra a axila de alguém, no vagão que cheira a café, ressaca e mau hálito e passa a sensação de que todo mundo foi de algum modo arrancado da cama tão cedo que nem mesmo a pálida luz do sol se movendo no horizonte nesse início de primavera consegue convencer as pessoas de que realmente amanheceu). Mas é complicado, pois a grande máquina de Londres está toda pronta e à espera, ávida, sempre ávida, por engolir você, sugar tudo que conseguir e enviá-lo de volta para refazer tudo às avessas.

E lá está Flora MacKenzie, com os cotovelos em riste, esperando para entrar no trenzinho sem motorista que a levará para o caos da estação Bank. Dá para vê-la: ela acabou de entrar. O cabelo dela está com uma cor estranha, muito, muito pálida. Não está louro nem exatamente ruivo, talvez um loiro-avermelhado, porém desbotado. Está quase sem cor nenhuma. E ela é um pouquinho alta demais, a pele é branquíssima, os olhos têm uma coloração aguada e, às vezes, é difícil dizer de que cor eles são. E ali está ela, com a bolsa e a maleta imprensadas ao lado, usando uma capa impermeável que ela não sabe se é leve ou pesada demais para o dia.

Nesse momento, ainda bem no início da manhã, Flora MacKenzie não está pensando se está feliz ou triste, embora isso logo vá se tornar muito, muito importante.

Se você pudesse parar e perguntar como ela se sente nesse momento, é provável que a resposta fosse: "Cansada", pois é assim que as pessoas se sentem em Londres. Elas estão cansadas ou exaustas ou completamente frenéticas o tempo todo, porque... Bem, ninguém sabe por quê. Isso parece ser a regra, junto com andar rápido, fazer filas do lado de fora de restaurantes e nunca, nunca ir ao Madame Tussauds.

Flora está ponderando se vai conseguir uma posição na qual possa ler seu livro, se o elástico da saia está mais apertado – enquanto ao mesmo tempo lhe ocorre, com pesar, que, se esse pensamento surgiu, a resposta provavelmente é sim –, se o clima vai esquentar e, caso vá, se ela deve deixar as pernas de fora (isso é problemático por vários motivos, sobretudo porque sua pele é muito branca e resiste a qualquer tentativa que ela faça de mudar isso. Flora já tentou bronzeamento artificial, porém ficou parecendo que tinha entrado em uma piscina cheia de molho de carne. E, assim que ela começou a andar, a parte de trás das pernas ficou suada – ela nem sabia que era *possível* que a parte de trás das pernas suasse – e longas linhas brancas começaram a escorrer pelo bronzeado, como Kai, seu colega de escritório, fez a gentileza de avisar. Kai tinha uma pele preta e sedosa, e Flora o invejava muito. Ela também preferia o outono londrino em geral).

Flora está pensando no encontro do Tinder que teve na outra noite, no qual o cara, que tinha parecido tão legal on-line, logo começou a zoar o sotaque dela, como todo mundo, em todo lugar, toda hora. E então, quando percebeu que não estava agradando, ele sugeriu que pulassem o jantar e fossem de uma vez para a casa dele, e essa lembrança a fez suspirar.

Flora tem 26 anos e teve uma ótima festa para comprovar isso. Todo mundo ficou bêbado e disse que ela arranjaria um namorado um dia, ou, ao contrário, que era impossível encontrar alguém legal em Londres. Não havia tantos homens na cidade, e os que havia eram gays, casados ou não prestavam. Na verdade, nem todo mundo ficou bêbado, pois uma de suas amigas estava grávida do primeiro filho e se manteve superalerta com isso enquanto fingia que não, secretamente encantada. Flora ficou feliz por ela, claro que ficou. Ela não quer engravidar. Mas mesmo assim.

Flora está espremida contra um homem de terno elegante. Ela olha para cima, bem rápido, só por precaução, o que é ridículo: ela *nunca* o viu pegar essa linha de metrô, *ele* sempre chega com a aparência completamente impecável e alinhada, e ela sabe que ele mora em algum lugar mais próximo do centro da cidade.

Como sempre, na sua festa de aniversário, os amigos de Flora sabiam que não deveriam perguntar sobre seu chefe depois de ela ter tomado algumas taças de prosecco. O chefe pelo qual ela é ridiculamente caidinha.

Se você já sentiu a angústia de ficar caidinho por alguém, então sabe como é. Kai sabe muito bem como esse sentimento é absurdo, porque trabalha para o sujeito também e consegue ver o chefe deles exatamente como ele é, ou seja, um canalha terrível. Mas, claro, não adianta dizer isso a Flora.

Enfim, o homem no trem não é ele. Flora se sente boba por olhar. Só de pensar nele, ela se sente como se tivesse 14 anos, e suas bochechas brancas não escondem nem um pouco o rubor. Ela sabe que é ridículo, estúpido e inútil. Mas não consegue evitar.

Flora meio que começa a ler o livro no Kindle, amontoada no vagão pequeno, tentando não esbarrar em ninguém; às vezes olha pela janela, sonhadora. Outras coisas vão surgindo em sua mente:

a) Ela vai arranjar outra pessoa para dividir o apartamento. As pessoas entram e saem de lá com tanta frequência que ela quase nunca consegue conhecê-las. As correspondências velhas se empilham no corredor entre esqueletos de bicicletas antigas, e ela acha que alguém deveria tomar uma atitude em relação a isso, mas ela mesma não faz nada.
b) Será que deveria se mudar de novo?
c) Namorado. Aff.
d) Hora de fazer um lanchinho?
e) Será que deveria mudar a cor do cabelo? Com uma tinta que desse para

tirar? Aquele cinza brilhante ficaria bem nela? Ou ia parecer que ela estava grisalha?
f) A vida, o futuro, tudo.
g) Será que deveria pintar o quarto com a mesma nova cor do cabelo? Ou isso significava que ela precisava se mudar também?
h) Felicidade e tal.
i) Cutículas.
j) Talvez não prateado, quem sabe azul? Meio azul, talvez? Não teria problema no escritório? Ela poderia comprar uma tinta azul, pintar e depois tirar?
k) Um gato?

E Flora está a caminho do trabalho, como assistente jurídica, no centro de Londres, e não está exatamente feliz, porém acha que não está triste, pois todo mundo é assim, não é? As pessoas pegam transporte público. Comem muito bolo quando é aniversário de alguém no escritório. Prometem ir à academia na hora do almoço, mas não vão. Encaram uma tela por tanto tempo que ficam com dor de cabeça. Compram muitas coisas on-line e se esquecem de devolver.

Às vezes, ela vai do metrô para casa e para o escritório sem nem reparar no clima. É só um dia normal e tedioso.

Embora, em duas horas e quarenta e cinco minutos, não vá ser mais.

Capítulo dois

Enquanto isso, quilômetros a oeste, uma mulher loura gritava, e muito.

Ela era linda. Mesmo irritada e esbravejando depois de uma noite excepcionalmente animada em que não dormira, com o cabelo bagunçado caindo pelos ombros, ela ainda exibia as pernas longas, a pele limpa e a beleza estonteante.

Do lado de fora, o zumbido baixo do tráfego era quase indistinguível por causa do vidro triplo da cobertura. As nuvens do início da manhã estavam baixas, pairando nas torres salientes do horizonte da cidade e no rio Tâmisa – era uma vista incrível –, porém a previsão do tempo tinha anunciado um dia úmido e abafado, quente e desconfortável. A loura gritava, mas Joel só observava a janela, o que não ajudava muito. No começo, ela estava calma, sugerindo jantar naquela noite, mas, assim que Joel deixou claro que não estava muito interessado em jantar naquela noite e que era provável que três encontros já tivessem bastado para toda a vida, ela se tornara desagradável bem rápido. E agora gritava porque não estava acostumada a ser tratada assim pelas pessoas.

– Quer saber qual é o seu problema?

Joel não queria.

– Você se acha muito bom *naquilo* e pensa que isso é desculpa para se comportar como um perfeito canalha o tempo todo. Acha que tem um lado sensível aí dentro que você pode ligar e desligar quando quiser. Mas vou te contar: você não tem.

Joel se perguntou quanto tempo isso ia durar. Ele tinha um psiquiatra que geralmente não era tão direto assim. Queria uma xícara de café. Não, queria que ela fosse embora e, depois, queria uma xícara de café. Ponderou se olhar para o celular poderia acelerar as coisas. Deu certo.

– Se enxerga! Seu comportamento diz tudo sobre você. É isso mesmo. Ninguém liga para o que está acontecendo aí dentro nem pelo que você passou. O que importa são as suas ações. E suas ações são o fim da picada.

– Acabou? – Joel se viu dizendo.

A loura parecia prestes a atirar um sapato nele. Então, ela parou e começou a se vestir num silêncio ofendido. Joel achou que não deveria olhar, mas tinha esquecido como ela era linda. Ele piscou.

– Vai à merda! – gritou ela.

Sua saia era muito curta. Era evidente que todos ficariam olhando se ela voltasse para casa de metrô.

– Quer que eu chame um Uber para você? – perguntou ele.

– Não, obrigada – respondeu ela, ríspida. Mas depois mudou de ideia. – Quero. Chama um, agora!

Ele pegou o celular de novo.

– Onde você mora?

– Não lembra? Você já foi lá!

Joel piscou. Ele não conhecia Londres muito bem.

– Lembro, claro...

Ela suspirou.

– Shepherd's Bush.

– Claro.

Houve uma pausa.

– Tudo nessa vida tem volta, Joel. Você vai pagar por isso.

Mas ele já estava de pé, a caminho da cafeteira, verificando os e-mails, preparando-se para o dia. Algo em um caso o incomodava, só não conseguia se lembrar bem o quê. Algo bom. O que era?

Mais de mil quilômetros ao norte, os homens saíam dos campos, alongavam os músculos, com os cachorros correndo em volta deles e os coelhos disparando à frente dos cachorros. O vento soprava na água fresca como sorvete de limão sob o branco brilhante do céu. Com a primeira tarefa do dia terminada, estavam em busca do café da manhã, enquanto, abaixo deles, nas pedras do porto, os pescadores transportavam os peixes e cantavam à luz límpida da manhã, as vozes subindo pelas encostas das montanhas até o céu aberto:

> E o que vocês acham que fizeram com seus olhos?
> Cante nas montanhas, cante nas pontes
> O arenque mais elegante usado por nós
> Cante nas montanhas, cante nas pontes
> Cante, arenque, cantem, olhos, cante, peixe, bem feroz
> Cante nas montanhas, cante nas pontes
> E tenho mesmo mais do arenque cantante
> Cante nas montanhas, cante nas pontes

Capítulo três

Joel entrou em seu escritório com um olhar compenetrado. Sabia o que o incomodava: ele tinha uma reunião de manhã cedo com Colton Rogers, outro americano. Um rico famoso que havia ganhado dinheiro com start-ups de tecnologia. Joel já tinha ouvido falar dele, mas nunca o encontrara. Se ele estava vindo para Londres acompanhado de seu dinheiro, então Joel sentia-se mesmo bem satisfeito. Já havia esquecido qualquer pensamento em relação ao incidente desagradável daquela manhã.

Ele fez sinal para Margo, sua assistente, para que ela fosse buscar a equipe de Rogers e olhou com alegria pela janela do escritório. Ficava bem em Broadgate, no coração da cidade, com vista para o Circle e as torres além dele. Joel via até o rio. As ruas estavam cheias de pessoas apressadas e táxis enfileirados, mesmo tão cedo. Ele amava a cidade, sentia-se animado com ela, gostava de ser parte da grande máquina de fazer dinheiro. Ali de cima, sentia que ela era seu território e queria possuí-la. Estava sorrindo sozinho, de leve, quando Margo entrou, acompanhada por Colton Rogers e sua equipe, indicando uma bandeja de rosquinhas e doces de massa folhada, mesmo que os dois soubessem que ninguém nunca os comia.

– Oi – disse Rogers. Era alto, magro e usava a vestimenta típica de um homem da área da tecnologia da Costa Leste: jeans, blusa de gola alta e tênis brancos. Também tinha uma barba meio grisalha e extremamente bem aparada ao longo do maxilar. Joel se perguntou se suas roupas eram tão estranhas para Rogers quanto as roupas do homem eram para ele.

– É um prazer conhecê-lo, Sr. Rogers.

– Colton, por favor.

Ele se aproximou e observou a vista.

– Meu Deus, essa cidade é uma loucura. Como você aguenta? Gente em tudo que é canto. Parece um formigueiro.

Os dois olharam para baixo.

– É questão de costume – disse Joel, indicando um assento. – Como posso ajudá-lo, Colton?

Houve uma pausa. Joel tentou não pensar no quanto esse homem valia. Trazer um cliente desse porte para a empresa... Ora, seria muito bom.

– Tenho uma propriedade – falou Colton. – Um lugar muito bonito. E estão tentando construir um parque eólico nele. Ou perto dele. Do lado ou algo assim. Enfim. Não quero isso lá.

Joel piscou.

– Certo – disse ele. – Onde?

– Na Escócia – respondeu Colton.

– Ah. Posso colocá-lo em contato com nossa filial escocesa.

– Não, tem que ser vocês.

O sorriso de Joel alargou-se ainda mais.

– Bem, é ótimo que tenhamos sido recomendados...

– Meu Deus, não, não é nada disso. Acho vocês todos uns sanguessugas sem coração. E, acredite em mim, já conheci vários de vocês. Não. Fiquei sabendo que vocês têm alguém aqui que é de lá. Alguém que pode lutar por mim e que já esteve mesmo naquela porcaria de lugar.

Joel franziu a testa e vasculhou a mente. Ele nunca estivera na Escócia; na verdade, não sabia do que Colton estava falando. Achava que não tinha ninguém da Escócia trabalhando lá. Mas não queria admitir isso.

– É uma empresa grande... – começou ele. – Te disseram o nome dessa pessoa?

– Disseram, sim – disse Colton. – Mas não consigo lembrar. Parecia alguma coisa escocesa.

Joel piscou. De modo geral, guardava manifestações de impaciência para sua equipe.

Margo encarou-o do canto da sala, e Joel se virou para ela.

– Sim?

– Será que é aquela Flora MacKenzie? A assistente jurídica? É um nome escocês, não é?

O nome não era nem um pouco familiar para Joel.

– Ela é de lá... De algum lugar muito estranho.

– Estranho? – disse Colton, com um sorriso nos lábios. Ele gesticulou mais uma vez para o cenário vibrante além da janela. – Estranho, para mim, é o fato de as pessoas morarem todas amontoadas umas em cima das outras em um lugar onde não dá para respirar nem atravessar a cidade.

– Desculpa, senhor – respondeu Margo, corando.

– Mas ela é novata, não é? – perguntou Joel.

Colton ergueu a sobrancelha.

– Não tem problema, na verdade não matei ninguém. Só quero alguém nativo que de fato tenha uma ideia do que está acontecendo antes de começar a me cobrar oitocentos dólares por hora. O nome é Mure.

– Nome do quê? – indagou Joel.

Colton parecia frustrado.

– Do lugar de que estou falando.

– Sim – murmurou Margo. – É ela.

– Bem, chame ela aqui, então – disse Joel, irritado.

– É, mas, seja lá aonde formos, se for legal, não vamos conseguir sentar do lado de fora, e vai estar lotado e...

– É assim que se come ao ar livre em Londres – disse Kai, sentado na cadeira ao lado. – Você tem que se espremer.

Flora fechou a cara. Sempre parecia ser um tremendo esforço planejar um encontro com os amigos – alguém dava para trás ou só topava de última hora ou trocava por uma oferta melhor –, mas estava tão quente... Ela sentia que estar lá fora, em vez de presa em seu quartinho sufocante no fim da linha de metrô DLR, era o jeito certo de passar a noite. Além disso, era tão difícil dormir quando estava quente desse jeito. Era melhor sair... Flora olhou para o monte de arquivos empilhados à sua frente e suspirou. Resolveriam isso na hora do almoço.

Seu ramal tocou e ela atendeu, sem desconfiar de nada.

– Flora MacKenzie.

– É você, não é? – disse a voz muito formal e direta de Margo.

Flora a analisara com cuidado, já que a mulher passava muito tempo perto de Joel, e tinha verdadeiro pavor dela, das roupas imaculadas e do modo como olhava para alguém como se a pessoa fosse uma idiota se pedisse alguma coisa para ela.

– Você que é a escocesa.

Por algum motivo, ela falou isso como se dissesse: "Você que é a marciana de quatro cabeças."

Flora engoliu em seco, nervosa.

– Sou eu.

– Pode vir aqui em cima, por favor?

– Para quê? – indagou Flora, sem conseguir evitar.

Ela não trabalhava para Joel, mas sim para vários outros associados, bem abaixo na hierarquia.

Margo ficou em silêncio. Era óbvio que não gostava de ser interrogada por uma simples novata interiorana do quarto andar.

– Assim que puder – respondeu ela, fria.

Logo veio à mente de Flora dizer que, na verdade, precisava de escova, depilação, bronzeamento artificial e maquiagem completa para sentir que poderia subir, mas achou melhor não arriscar.

– Vou subir agora – disse ela, devolvendo o telefone ao gancho e tentando não entrar em pânico.

Até aquele momento, a carreira de Flora tinha se resumido a ficar de cabeça baixa na H&I, a Universidade das Terras Altas e Ilhas, cursando uma graduação em Direito e compensando sua falta de habilidade inata com esforço árduo. Em seguida, a ir a muitas entrevistas de emprego, polindo os sapatos e o currículo e andando para lá e para cá por Londres, cidade enorme, antipática e desconhecida, pedindo conselhos, tentando criar contatos e competindo com milhões de jovens que tentavam fazer o mesmo. E, quando conseguira um emprego em uma grande empresa, com a possibilidade de ser promovida e quem sabe um dia até ampliar sua formação, ela absorveu tudo, tentou assimilar e aprender o máximo que podia, pedindo orientação a todos.

Nunca ninguém tinha dito a ela, nem uma única vez: "Não se apaixone pelo seu chefe, sua tonta." E ela nunca achou que isso aconteceria.

Até acontecer.

Tinha sido uma entrevista tão curta! Em várias etapas do processo, ela fora interrogada por uma tropa de mulheres assustadoras que a metralharam com perguntas e por homens idosos que suspiravam como se estivessem pensando que era injusto não poderem perguntar a Flora se ela planejava engravidar. Ela conhecera o RH, esbarrara com outros formandos, muitos notadamente percorrendo a mesma rota um tanto deprimente – mais do que nunca, a quantidade de pessoas qualificadas excedia a de trabalhos disponíveis.

Mas Flora tinha pesquisado, conhecia sua área de cabo a rabo, estava muito bem treinada pelos anos passados à mesa da cozinha com a mãe sempre lhe perguntando se ela havia feito o dever de casa: será que não deveria estudar mais? Estava preparada? Tinha passado na prova? Existiam pessoas mais inteligentes do que Flora, porém não havia muitas que se esforçassem mais do que ela. Até que então, enfim, chamaram-na na sala do sócio.

E lá estava ele, gritando com alguém no telefone. Seu sotaque era ruidoso e claramente americano, e ele gesticulava com o braço livre, esbravejando algo sobre imparcialidade distrital e como deveriam repensar a situação. Margo, embora Flora não soubesse quem era a mulher glamourosa na época, indicara brevemente que ela era a nova assistente jurídica, e ele a dispensara com um aceno. Em seguida, havia parado, colocado o telefone no gancho e estendido a mão com um sorriso fraco no rosto enquanto mal prestava atenção.

– Oi – dissera ele. – Joel Binder.

– Flora MacKenzie.

– Ótimo. Bem-vinda à empresa.

E tinha sido isso. Só isso. Ela continuara a encará-lo – o cabelo castanho, o perfil bem delineado e os lábios estranhamente fartos – até que Margo a conduzira para fora. Flora não notara o olhar que a mulher lhe dera enquanto elas saíam da sala.

– Ele parece legal – comentara, sentindo-se ruborizar.

Ele não se parecia com a maioria dos advogados que ela conhecia: estressados, sobrecarregados, com caspas nos ombros, uma pele que não via muito o mundo exterior e a barriga de cerveja.

Margo murmurou alguma coisa, mas não disse nada.

Joel passara seis meses sem falar com Flora de novo. De vez em quando, ela o observava em reuniões enquanto ficava sentada, tímida, tentando fazer anotações e não perder nada. Ele era um advogado autoritário, rude, agressivo e muito bem-sucedido. E Flora, para seu completo constrangimento, era caidinha por ele.

– Então, me fale do Joel – disse ela, de forma casual.

Tinha saído para tomar um drinque estilo vamos-nos-conhecer com alguns dos outros servos – assistentes jurídicos que deveriam trabalhar 24 horas por dia quase de graça e praticamente não ter vida além disso.

– Sabe, o sócio?

Kai se virou para ela e começou a rir.

– Sério? – perguntou ele.

– O quê? – respondeu Flora.

Sentiu-se enrubescer e encarou a grande taça de vinho branco, que de tão pálido chegava a ser verde. Ela não soubera o que pedir, então tinha deixado os outros escolherem e estava um pouco preocupada com o valor, pensando em como pagaria por ele. Morar em Londres era terrivelmente caro, mesmo tendo uma fonte de renda.

Kai tinha passado o verão todo lá como estagiário e já seguia rápido a trajetória para se tornar um advogado de verdade, então, estava bem informado sobre as fofocas do escritório. Ele revirou os olhos.

– Meu Deus. Mais uma.

– O quê? Como assim? Eu não disse nada.

Onde tinham conseguido essa autoconfiança? Flora passava o tempo todo tentando entender, sobretudo quando se tratava de pessoas criadas em Londres. Era recém-adquirida? Ela sabia que deveria estar fazendo aulas extras, talvez, quem sabe, até treinando para ser uma advogada completa. Mas depois do que tinha acontecido... Ela não conseguia. Ainda não.

E o trabalho parecia tão... Bem, era o que ela sempre tinha desejado. Um emprego de verdade, inteligente e adequado. Mas, depois de superar o fato inédito de ter vale-transporte, salário, sapatos sociais e horário de almoço, o trabalho começou a parecer um pouco... é... repetitivo. A papelada se empilhava e nunca terminava, e, assim que ela sentia que estava quase no controle de tudo, um caso era resolvido ou cancelado, e tudo recomeçava.

Flora sabia que sua prioridade deveria ser estudar. Mas, em vez disso, sentia que estava falhando no que não era prioridade.

– Você vai superar, querida – garantia-lhe Kai quando ela reclamava (de modo repetitivo) do volume de trabalho.

Não importava até que horas ficasse no escritório nem o quanto fosse eficiente no arquivamento. Era uma pena que arrasar nesse quesito não fosse lá muito sexy, refletia ela. Era melhor mesmo não incluir isso no seu perfil do Tinder.

– É sério que você não percebeu que ele é terrível?

Ah, sim. Ele era terrível, Flora relembrou a si mesma. Alto, terno alinhado, ríspido, americano. Andava pelo prédio como se fosse o dono dele. Tratava os novatos com desdém, não lembrava o nome de ninguém e nunca cumprimentava as pessoas.

– Ele é um pavão – disse Kai.

– Um pavão? Como assim? – perguntou Flora, confusa.

– Um pavão, um cara totalmente vaidoso. A estratégia dele é ser grosso com as pessoas para ser notado por elas e deixá-las desejando que ele diga algo agradável. É tipo um adestramento.

– Não entendi.

Kai adotara como missão de vida educar a garota tímida e estranha das ilhas e aproveitava qualquer oportunidade para expor o conhecimento sofisticado que acumulara durante vinte e seis anos.

– Tipo, as pessoas se apegam a palavrinhas gentis, migalhas de reconhecimento, e isso faz com que se apaixonem por ele. Bem, pessoas com baixa autoestima.

Flora fechou a cara.

– Pode ser que eu só ache ele gostoso.

– É. Gostoso e *cruel*. Não caia nessa. Além disso, ele é seu superchefe. Não vá arrumar sarna para se coçar. E tem mais...

– Tem mais? Acho que não preciso de mais nada.

– Não, olha, Flor, não sei se você é o tipo dele... Ai, meu Deus, falando no diabo... E acho que ele pode ser *literalmente* o diabo. Ah, vou deixar você tirar as próprias conclusões.

E então Flora ergueu os olhos e, claro, atravessando o Broadgate Circle, bem no centro das empresas de advocacia da cidade, lá estava ele:

autoconfiante, um ar dominador, o cabelo castanho reluzindo ao sol, acompanhando suavemente uma mulher loura altíssima que pisoteava o chão de ardósia usando rosa-choque, uma cor que ficaria bizarra em qualquer outra pessoa, mas a fazia parecer a criatura mais encantadora do mundo. Algo que Flora jamais seria nem em um milhão de anos. A mulher era uma ave-do-paraíso, uma espécie completamente diferente.

Flora os observou e grunhiu.

– É – disse ela. – Você tem razão.

– Mas você é muito boa em arquivar as coisas – falou Kai, encorajador. – Quer dizer, isso deve valer alguma coisa.

Ela sorriu e eles pediram outra garrafa.

Isso tinha acontecido uns dois anos atrás, e a carreira de Kai deslanchara rápido desde então, enquanto a de Flora... não. Claro que ela havia se acostumado mais com Londres, ficado mais de boa em relação ao trabalho e tido encontros, namoricos e várias desventuras com caras aqui e ali – nem todos ela conseguia relembrar sem ficar envergonhada. E tivera um namoro legal com Hugh, que durara um ano. Ele quisera continuar, mas ela não tinha sentido... Bem, aquilo. Fosse lá o que fosse. Nunca sentira. Sabia, até quando se separaram (numa boa, porque Hugh era um querido), que, em dez anos, quando todo mundo estivesse estabelecido e feliz e Flora ainda estivesse por aí, solteira, poderia se arrepender muito de ter feito isso. Mas fizera mesmo assim. Também tivera longos períodos de seca. E ficava bem, na maioria das vezes. Aquilo era só uma paixãozinha, uma coisa tola que ficava em segundo plano enquanto ela construía a vida na grande máquina que era a cidade, fugindo de tudo o que tinha acontecido no passado.

Só que, agora, às 10h45 da manhã de uma terça-feira agitadíssima no início de maio, sua paixão, pela primeira vez na história, de repente queria vê-la em sua sala.

Capítulo quatro

Flora precisava correr, mas também precisava dar um pulo no banheiro para retocar a maquiagem. Nervosa, percebeu que estava muito rosada. Esse era o problema de ser tão branca. Bem, isso e não conseguir sair no sol ofuscante sem ficar da cor de um camarão e começar a fritar um pouco.

Encarou-se e suspirou. Detestava parecer tão desbotada. Sentia-se apagada, mesmo quando seus amigos falavam de como Flora era incomum. Ela não era nem um pouco incomum na ilha da qual viera: era alta e pálida, como os ancestrais vikings de centenas de gerações atrás. O cabelo de sua mãe era quase todo branco. Só era incomum em Londres, onde as pessoas a deixavam falar e, no fim, como se fosse um elogio, diziam que não tinham escutado uma única palavra, só gostavam do seu jeito de falar. Aos poucos ia aprendendo a pronunciar algumas palavras no estilo londrino e não no escocês, mas, às vezes, até disso se esquecia.

Flora tentou acalmar o coração acelerado. Margo tinha usado um tom de voz gelado, mas ela era sempre assim. Flora não tinha feito nada de errado, tinha? Mesmo que tivesse, não era o escritório de Joel que lidaria com isso. Seu tempo com ele era limitado a quando ela substituía Kai, que estava estudando para o exame da ordem e sendo incentivado pela empresa para se tornar um possível sócio no futuro. Era muito bom trabalhar com Kai, e Flora, com frequência, fazia anotações para ele e o deixava a par de tudo.

Mas Kai não mencionara nada naquela manhã: ele estava no tribunal, em algum caso, o que deixava Flora com a quantidade normal de documentos para organizar.

Não, dessa vez o assunto era somente com ela.
Respirou fundo e foi em direção ao elevador.

O vasto escritório de Joel era impressionante. Cheio de obras de arte chamativas que pareciam não ter significado algum, senão provar que o chefe era bem-sucedido o bastante para ficar rodeado de obras de arte chamativas. Ele assentiu conforme ela entrava. Estava usando terno cinza-escuro, camisa branca e uma gravata azul-marinho que contrastava com a cor do cabelo. Flora sentiu que começava a corar antes mesmo de cruzar a porta e se amaldiçoou por isso.

Havia também um homem alto com uma barba clara e estranha – pelo modo como estava vestido, era óbvio que era importante – e algumas pessoas se moviam no fundo, atendendo ligações e meio que se fingindo de ocupadas. Flora não sabia se deveria se sentar ou ficar de pé.

– Olá – disse ela, tentando parecer corajosa.

– Dá para ver de onde você é antes mesmo de começar a falar! – comentou o homem barbudo, indo ao encontro dela para apertar sua mão. – Olha esse cabelo! Você é cria de Mure, com certeza!

Flora não sabia se gostava que se referissem a ela do mesmo modo que seus irmãos se referiam ao gado e se limitou a ficar parada.

– De onde você é, hã... – Joel olhou para suas anotações. – Flora?

O coração dela começou a bater mais forte. Por que isso importava? Por que era relevante? Por que estavam falando de sua terra natal? Era a última coisa que esperava. Ou queria.

– Ah, é uma pequena... Quer dizer, você não conhece.

Ela não queria falar de Mure. Nunca quis. Sempre mudava de assunto quando falavam sobre o lugar. Agora morava em Londres, onde o mundo se reinventava.

– Ela é de Mure – disse o barbudo, com orgulho. – Sabia. Ouvi falar muito de você.

Flora olhou para ele.

– Como assim?

– Sou Colton Rogers!

Houve um longo silêncio. Joel olhava para ela, confuso.

– Você sabe quem eu sou, não sabe?

Flora não voltava para casa havia algum tempo, mas sabia. Ela assentiu sem dizer nada.

Colton Rogers era o mandachuva americano que comprara um lote da ilha e estava, de acordo com boatos que variavam todo dia, para cimentar o lugar todo, transformá-lo em um campo de golfe e botar todo mundo para fora a fim de criar seu próprio santuário particular ou tomar as casas para criar pássaros selvagens.

Os boatos eram exagerados e, em sua maioria, infundados, sobretudo porque ninguém o conhecia. Flora ficou, então, muito, muito nervosa. Se ele queria que a empresa o representasse, o que será que tinha feito?

– Hum... – Ela olhou para Joel, sem saber o que ele queria dela, mas o chefe parecia igualmente confuso, batucando uma caneta nos dentes.

– Bem, as pessoas comentam... Não dou muita atenção – disse ela.

– Não dá, né? – perguntou ele, descontente. – Não ouviu falar que estou restaurando a Pedra?

A Pedra era um chalé velho em ruínas bem ao norte da ponta da ilha, que contava com um cenário extraordinário e incomparável. Desde que Flora era criança, havia boatos de que conglomerados e magnatas chegariam para reformá-lo.

– Está mesmo?

– Claro que sim! Está quase acabando – contou Colton Rogers, com orgulho. – Você não viu?

Flora não ia para lá havia três anos. E tinha jurado nunca voltar.

– Não – respondeu. – Mas ouvi falar.

– Bem, preciso da sua ajuda – disse Colton.

– Você não deveria ter um advogado escocês? Ou norueguês?

– Norueguês? – indagou Joel. – A que distância fica esse lugar?

Os dois se viraram para olhá-lo.

– A quase quinhentos quilômetros de Aberdeen – respondeu Colton. – Você não anda muito por aí, não é? Ainda faz oitenta horas de honorários por semana?

– No mínimo – disse Joel.

– Isso não é vida, cara.

– É, bem, você já tem seus bilhões – respondeu Joel, com um meio sorriso.
– Certo, escuta – disse Colton, virando-se para Flora. – Preciso que você vá para lá. Faça um trabalho para mim. Fale com seus amigos e vizinhos.
– Preciso dizer, Sr. Rogers, que não sou advogada – disse Flora. – Sou bacharel.
– Colton, por favor. E assim é bem melhor – respondeu o homem. – Mais barato. E preciso de conhecimento local. Sei como vocês são unidos. *Hvarleðes hever du dað?*

Flora o encarou, chocada.
– *Eg hev dað gott, takk, og du?* – gaguejou ela.

Joel os olhava, atônito.

De repente, Flora sentiu a necessidade de se apoiar em algo e segurou-se nas costas de uma cadeira. Ela não sabia se conseguia falar. Sentiu a garganta fechar e temeu que, embora nunca tivesse passado por um ataque de pânico, estivesse tendo um agora.

Lembranças, vindas de todo lugar. Tudo de uma vez, como as grandes ondas estrondosas que atingem o litoral, como os ventos cristalinos oriundos do Ártico que esmagam a relva, remodelando as dunas constantemente, como o punho de um gigante brincando em uma caixa de areia.

E havia um grande buraco no meio disso, para onde ela não queria olhar.

Não, não. Ela estava planejando sair por aí com Kai. Estava fazendo anotações e pensando em adotar um gato.

Sentiu os olhares de todos voltados para ela e desejou poder sumir, simplesmente, desaparecer no nada. Suas bochechas ardiam. Como poderia dizer não? Não, não quero ir para Mure. Não, não vou. Nunca mais.

– Então... – disse Colton.
– Qual é o trabalho? – perguntou Joel.
– Bem, você tem que ir para lá e ver – respondeu Colton.
– Ah, ela vai – garantiu Joel, sem consultar Flora.
– Posso ficar na Pedra? Está pronta? – indagou Flora, tímida.

Colton virou os olhos cinzentos para ela e Flora viu por que, apesar de sua natureza aparentemente tranquila, ele era um homem de negócios tão temido.

– Achei que você fosse de Mure. Não tem família lá?

Flora deu um suspiro profundo.

– Tenho – disse ela, enfim. – Tenho, sim.

Capítulo cinco

Há uma lenda sobre *selkies* nas ilhas das quais Flora vem.

Tecnicamente, *selkie* significa foca, ou uma pessoa-foca, embora na língua original, o gaélico, seja a mesma palavra que se usa para sereia. *Selkies* perdem a forma marinha enquanto estão em terra.

Se você for uma mulher e quiser um *selkie* como amante (eles são conhecidos por sua beleza), é só ficar na beira do mar e chorar sete lágrimas.

Se você for um homem, tiver uma *selkie* como amante e quiser continuar com ela, esconda sua pele de foca e ela nunca mais conseguirá voltar para o mar.

Com frequência, Flora achava que isso era só um modo indireto de dizer: "Cara, é tão difícil conhecer alguém no norte que você tem que roubar um namorado da natureza." Mas isso não tinha impedido que muitas pessoas dissessem que sua mãe era uma *selkie*.

E, depois que Flora foi embora, muitas pessoas disseram isso dela também.

Era uma vez... Era uma vez...

Flora presumira que não conseguiria dormir à noite. Perambulou pelo resto do dia, até conseguiu cantar parabéns para alguém, mordiscar um bolo comprado pronto, horrível, e entornar alguns copos de prosecco quente, porém pulou os drinques pós-trabalho e foi para casa sozinha, desejando que os colegas de apartamento estivessem fora. Todos pareciam ser freelancers que trabalhavam em start-ups, iam e vinham em horas inusitadas do dia e a

33

viam como uma pessoa muito careta. Flora gostava de ser muito careta. Era sempre melhor do que ser a garota estranha da ilha estranha.

Como sempre, ela considerou cozinhar, olhou para o fogão a gás na cozinha, imundo e quase perigoso, e desistiu. Comeu uma salada com um pouco de tudo na cama assistindo à Netflix e depois meio pacote de biscoitos de aveia, o que ela concluiu ser uma refeição mais ou menos balanceada. Enquanto comia, encarava o telefone com medo. Deveria ligar para Mure e contar que estava a caminho. Deveria, sim. Ah, meu Deus, teria que ver todo mundo. E todo mundo ficaria encarando-a e julgando-a.

Flora engoliu em seco e, como a maior covarde do mundo, enviou uma mensagem de texto. Então, como uma covarde maior ainda, escondeu o telefone debaixo do cobertor para não ter que ler a resposta.

Talvez não devesse ficar na casa de sua família.

Mas não podia ficar no Recanto do Porto, o único outro hotel da ilha. Primeiro, porque era horrível; segundo, era péssimo; terceiro, a empresa não esperava cobrir os custos de hospedagem dela; e, por último... Bem, seria humilhante para seu pai e a fazenda.

Então, era isso. Ela ia voltar para Mure. Meu Deus.

Ela sabia que algumas pessoas adoravam voltar para casa. Kai, por exemplo, comia na casa da mãe umas três vezes por semana. Mas essa não era uma opção para Flora, que ficou ali deitada, bem acordada, imaginando o que diabos ia fazer.

Ela piscou. Então, percebeu, de alguma forma, que estava dormindo e que alguém tentava lhe contar uma história. *Era uma vez*, estavam dizendo, e depois de novo, *era uma vez*. E ela implorava que continuassem, era importante, ela precisava saber o que estava acontecendo, mas era tarde demais, a voz se esvaiu e, *bam*, Flora estava acordada de novo. Era mais uma manhã barulhenta em Londres, onde até os pássaros soavam como toques de celular. E o tráfego entrou rosnando pela sua janela, e ela já estava atrasada se quisesse tomar banho antes de algum dos seus colegas de apartamento ou pelo menos ter chance de usar água quente.

Flora olhou o celular. *"Aye"* foi a resposta.

Não "Que bom", nem "Pode vir", nem "Estamos ansiosos para ver você". Só *"Aye"*.

Capítulo seis

Genebra. Paris. Viena. Nova York. Barbados. Istambul.

Flora leu o painel de embarque do aeroporto com uma sensação de que todas as pessoas ali estavam a caminho de um dia muito mais empolgante do que o dela. Além disso, embora todos usassem camiseta e alguns homens estivessem de short, Flora tinha quase certeza de que era a única pessoa com um casaco na mala de mão, em plena primavera. Até ressuscitou uma touca de tricô tradicional da ilha Fair que tinha havia anos e, por algum motivo, não fora capaz de jogar fora. Só por precaução.

Ela andou até o portão de embarque do voo para Inverness com um peso no coração. Da última vez que fizera esse caminho... Bom, nada de pensar nisso.

Era melhor se concentrar no trabalho – assim que soubesse ao certo que trabalho era esse. Quisera perguntar a Joel, porém tinha ficado inusitadamente acanhada com isso, mesmo com Kai ao seu lado, instruindo-a a enviar um e-mail.

– Não manda beijos! – dissera ele.

– Fica quieto! – respondera ela.

Mas sua tímida mensagem perguntando se o chefe poderia informar mais sobre o caso Rogers não tinha sido considerada digna de resposta, então ela ainda estava no escuro.

Calculou que Colton Rogers quisesse fazer algo que os ilhéus não fossem gostar e esperasse que a empresa resolvesse a questão.

O problema – e ele não sabia disso – era que os ilhéus também não gostavam de Flora.

Ela suspirou e observou Londres girar lá embaixo enquanto o voo decolava, encarando o engarrafamento da estrada M25 e desejando, como pouquíssimas pessoas já desejaram, estar nele.

O segundo voo foi turbulento. Sempre era turbulento: o avião era pequeno – de doze lugares, na maioria das vezes, destinados a cientistas, ornitologistas, trilheiros resistentes e uns poucos turistas curiosos. Flora observava enquanto voavam baixo, bem perto da água. As embarcações estavam fora. Em uma das últimas conversas que tivera com o pai – como sempre, breve –, ele dissera que as armadilhas e licenças dos pescadores estavam prontas, mas as autoridades pediram que parassem de matar as focas. Ela encostou a cabeça na janela. A terra tinha ficado bem para trás e ela estava, como sempre, chocada com a longa distância entre a ilha e o resto da Grã-Bretanha.

Não tinha essa sensação quando era criança. Mure, com suas pequenas avenidas e colinas suaves, tinha sido seu mundo: o pai trabalhando nos campos, levando os meninos assim que ficaram grandes o suficiente; a mãe preparando a comida na cozinha, seus cabelos longos e brancos caindo às costas; Flora fazendo o dever de casa na velha mesa de madeira. O continente parecia um mito quando viajava de trem, seu presente de Natal anual. E tudo mais se movia de acordo com o ritmo das estações: os longos verões brancos com o entardecer infinito e a porta aberta para deixar entrar a brisa fresca do mar, os invernos escuros e aconchegantes, quando o fogo ardia alto o dia todo no fogão e a cozinha era o único lugar quente para se estar.

Flora se perguntou se alguém viria encontrá-la no aeroporto, mas logo afastou o pensamento. Era um dia de lavoura, eles estariam ocupados. Ela pegaria o ônibus.

Foi a última a desembarcar, os turistas andando de um lado para o outro, e caminhou pelo barracão de metal que as pessoas chamavam de aeroporto.

O ônibus estava cheio dos primeiros viajantes da estação, empolgados, alegres por não estar chovendo e equipados com bicicletas, bastões de caminhada e guias turísticos. O sol reluzia, ainda que a *haar* da manhã – a névoa do mar – não tivesse se dissipado ainda. E, enquanto se aproximavam da cidadezinha, a névoa deu a impressão de que o lugar surgia em meio a uma nuvem de fumaça, como em um mistério ou truque de mágica. As colinas verde-escuras desciam até a areia branca e cintilante encontrada nessa parte do mundo. As longas praias pareciam se estender ao infinito.

Era fácil entender por que a ilha tinha sido tão tentadora para as hordas vikings que a reivindicaram e nomearam, cujo sangue corria nas veias dos cidadãos até hoje. Nenhum político de Westminster tinha visitado Mure e bem poucos de Edimburgo fizeram isso. Era um lugarzinho isolado, bem na ponta norte do mundo conhecido.

Conforme chegavam ao porto, a névoa começava a se dissipar, revelando os prédios pintados com cores alegres que contornavam o porto e formavam a rua principal. Quando chegou mais perto, Flora percebeu que pareciam um pouco dilapidados, com a pintura descascando devido aos vendavais nortenhos ferozes. Uma loja – ela vasculhou a memória e relembrou, enfim, que era uma pequena farmácia – tinha fechado e estava lá, vazia e triste.

Descendo do ônibus, Flora ficou nervosa. O que as pessoas pensariam dela? Porque sabia que não tinha se comportado bem depois do funeral. Nem um pouco.

Não seria por muito tempo, disse a si mesma. Ia ficar lá só uma semana. Em breve, estaria de volta à cidade, curtindo o verão, sentada em South Bank entre as multidões, tendo encontros ruins, bebendo coquetéis caros demais e pegando o metrô noturno. Sendo jovem em Londres. Com certeza, era o melhor lugar do mundo.

Claro que a primeira pessoa que ela veria seria a Sra. Kennedy, sua antiga professora de dança, que já era anciã quando Flora era uma menina, mas ainda tinha penetrantes olhos azuis.

– Flora MacKenzie! – declarou ela, apontando a bengala para Flora. – Quem diria.

Sou uma assistente jurídica séria e importante, Flora disse a si mesma. Sou muito ocupada, profissional e normal, e tenho cem por cento de certeza de que não tenho catorze anos.

– Olá, Sra. Kennedy – cantarolou ela, de modo automático.

Flora tinha se sentado ao lado de grandes advogados no tribunal e participado de casos sérios com pessoas bem más sem sentir medo delas. Mas a Sra. Kennedy era um verdadeiro terror. Flora não esquecera um passo sequer até hoje, embora só aceitasse dançar em festas quando as pessoas já tinham bebido demais para apreciar e ela já perdera a elegância.

– Então, você voltou, hein?

– Eu... só vim a trabalho – respondeu Flora, sabendo que a informação já teria dado a volta na ilha toda antes que ela colocasse os pés na fazenda.

– Que bom – comentou a Sra. Kennedy. – Fico feliz em saber. Eles precisam de cuidados.

– Não foi isso que eu quis dizer – disse Flora. – Assim, vim mesmo a trabalho. Tipo, tenho um emprego. Em Londres. Em uma das principais empresas de lá.

Em seu íntimo, ela soltou um palavrão. Quem ela achava que estava tentando impressionar?

A Sra. Kennedy bufou.

– Ah, isso é bom, não é? Bem, tenho certeza de que é muito chique e agradável para alguns.

E ela caminhou até o pequeno píer o mais rápido que suas pernas artríticas conseguiam.

Meu Deus do céu, pensou Flora. Sabia que, depois do funeral, seu nome não era lá muito respeitado em Mure, mas não tinha imaginado que fosse tão ruim assim. Sentiu de repente uma saudade do seu quartinho horrível em Londres e do ruído reconfortante do metrô, com vagões cheios de gente que ela não conhecia.

Os pescadores – de modo geral, um grupo reservado – a olharam enquanto ela passava e a cumprimentaram com um aceno de cabeça. Flora respondeu do mesmo modo, consciente do barulho alto que sua pequena mala de rodinhas fazia nos paralelepípedos. Percebeu alguém, em silêncio, caminhar até uma porta atrás dela; contudo, quando virou a cabeça, a pessoa tinha sumido. Flora suspirou.

Um pouco além da ponta oeste da rua principal, a estrada se dividia, e uma bifurcação levava em direção às colinas. A maioria dos prédios se concentrava na parte leste do porto; ali, os caminhos levavam à zona rural.

O sol pairava brilhante nos campos enquanto ela caminhava na velha estrada, esburacada e irregular, em direção à casa, cuja forma firme e retangular sobressaía diante das colinas; as paredes de pedra cinza pareciam elegantes à luz clara, mas eram desmentidas pelo interior bagunçado. O lar da sua infância.

Enquanto cruzava o quintal lamacento, Flora respirou fundo. Certo. Calma. Profissional. Controlada. Não ia deixar ninguém perturbá-la. Tudo ia dar...

– MANINHA!

– Meu Deus, aquela é a Flora? Como ela engordou! É ela mesma?

– Abram bem as portas!

Flora fechou os olhos.

– Calem a boca! – disse ela, horrorizada e, ainda assim, aliviada ao mesmo tempo.

Se estavam sendo grosseiros com ela, não poderiam estar furiosos, certo?

Primeiro, seus irmãos Innes e Fintan saíram correndo pela porta. Innes era alto e branco como a mãe, um corpo grande e bonito. Tinha sido casado por um curto período e passava o máximo de tempo que conseguia com a filha. Ao lado dele estava Fintan, esbelto, nervoso, pele mais escura. Por fim, atrás deles, Hamish, que era muito grande e se encarregava da parte pesada do trabalho. Innes se encarregava da parte pensante, mais ou menos.

Flora notou que o pai não estava lá.

Os meninos a abraçaram meio brincando, e ela os agarrou da mesma maneira. Notou que estavam tão constrangidos quanto ela.

A casa da fazenda era velha e labiríntica, com os corredores escuros que levavam a quartinhos aqui e ali. Uma boa marreta poderia ter deixado o lugar excelente, com a vista livre para suas terras até o oceano. Ovelhas e vacas eram o principal interesse da família: ovelhas eram bichinhos robustos não muito bons de comer, mas que produziam uma lã resistente e macia que ia para as tecelagens das outras ilhas e do continente, criando malhas, cobertores e tartãs de alta qualidade, e as vacas eram ótimas produtoras de leite.

Em um dia bom, tanto o céu azul reluzente quanto os campos verde-escuros estariam repletos de nuvenzinhas fofas. Mais perto do mar, a terra se tornava arenosa, e havia algas marinhas e uma pequena criação de mexilhões.

Flora respirou fundo antes de seguir os meninos para dentro.

Por um segundo, sentiu o coração pesar. Em seguida, enquanto entrava no frio corredor, quase foi derrubada por uma coisa enorme e peluda que latia meio rouco.

– BRAMBLE!

O cachorro não a esquecera. Ele estava feliz além da conta por vê-la, pulando sem parar, fazendo um pouco de xixi no chão e dando o melhor de si para envolvê-la em sua alegria.

– Pelo menos, alguém está feliz em me ver – disse Flora.

E os meninos deram de ombros.

– É, enfim.

Então, Innes pediu que Flora colocasse a chaleira no fogo e ela lhe mostrou o dedo do meio, apoiou a bolsa no chão, olhou ao redor e pensou: "Ai, meu Deus."

Capítulo sete

No mínimo, estava pior do que ela esperava.

A grande cozinha ficava nos fundos da casa, de frente para a baía, retendo qualquer raio de sol por ali. Do lado de dentro, parecia que o tempo tinha parado. Havia poeira sobre as superfícies e as aranhas saltitavam felizes nos cantos. Flora deixou a bolsa em cima da mesa da cozinha, a mesma mesa grande que vira brigas (às vezes físicas, se os meninos estivessem de mau humor), Natais com avós e tias e tios vindos de toda a ilha, sonhos de menina, deveres de casa manchados de lágrimas e grandes partidas de Risk quando o clima interrompia tudo, exceto o cuidado básico com os animais. Também vira sopas enlatadas quando as tempestades chegavam, a neve caía e as barcas não conseguiam chegar; debates entusiasmados sobre a independência da Escócia e política e tudo que passava pela cabeça deles; seu pai sentado em silêncio, como sempre, lendo uma revista agrícola e exigindo que o deixassem em paz com sua garrafa de cerveja na frente da lareira, depois do chá, que era sempre às cinco da tarde. Eles dormiam cedo.

Ao partir, Flora tinha ficado bem feliz em deixar aquela mesa para trás, com o ritmo atemporal dos ensopados da mãe, dos cozidos, assados e sopas, do café da manhã e dos pratos de pão, queijo e picles. Seus irmãos ficavam maiores e mais barulhentos, mas a vida nunca mudava, nunca seguia em frente. Os meninos continuavam em casa, os jantares continuavam acontecendo e Flora se sentia sufocada. Sufocada pelos faisões que surgiam por volta de novembro, pelas mesmas xícaras azuis e brancas lascadas em cima da lareira, pelas margaridas primaveris e pelas peônias natalinas.

Flora fugira para não ser esmagada como sua mãe pelo ritmo sazonal e monótono de ser a esposa de um fazendeiro, olhando eternamente para os céus nublados, os pássaros rodopiantes e os barcos dançantes.

Agora ela olhava para a mesa, lotada de pilhas de copos sujos e jornais velhos, e sentia as sementes de sua vida escritas nela, impossíveis de apagar, apenas ali.

Quando a mãe viera para casa pela última vez, os meninos carregaram uma das camas do quarto de hóspedes escada abaixo até um lugar de honra perto da grande janela da cozinha. As pernas rangiam no chão de pedra, mas, pelo menos, aquele cômodo estava sempre aquecido e confortável, e ela via tudo o que acontecia. Ninguém disse, enquanto a levavam para dentro, o que significava aquilo: um leito de morte.

No dia anterior, Flora tinha voltado, chegando de seu primeiro ano de experiência na empresa, sozinha e quase sem amigos em uma cidade nova e assustadora. Ficara horrorizada com a velocidade do diagnóstico que a mãe escondera da própria família por um ano.

Saif, o médico local, apareceu naquela manhã para garantir que ela ficasse bem provida de remédios – apenas paliativos, analgésicos. Em tese, deveria seguir rigidamente os horários e as quantidades recomendadas. Tanto a enfermeira local quanto Saif pediram com gentileza que Flora não os denunciasse por isso, mas que desse à mãe quantos ela quisesse e quando quisesse.

Entorpecida, Flora assentiu, fingindo que tinha entendido, que fazia alguma ideia do que estava acontecendo, encarando-os num terror incrédulo. Depois, ficou ao lado dos irmãos enquanto levavam a mãe para casa pela última vez.

Naquela noite, sua mãe acordou, ou assim pareceu, bem rápido, quando o céu começava a se tingir de um rosa extravagante, e Flora se sentou ao lado dela e lhe deu um pouco d'água – embora ela estivesse quase se engasgando – e o remédio, que logo a relaxou, a ponto de ela conseguir acariciar a mão de Flora, que inclinou a cabeça, encostando-a na da mãe. Elas inspiraram e exalaram juntas, e todo mundo se aproximou. Ninguém sabia quando exatamente o último suspiro veio, nem quem notou primeiro, nem como aconteceu, porém ele veio, no lugar em que ela dera quase todos os suspiros na vida. Estavam muito gratos por tê-la ali, em casa, e não ligada a coisas que apitavam, em uma ala estéril, cercada de pessoas gritando e tentando manobras inúteis. E sim onde a velha chaleira escurecida ainda estava em cima do fogão, pronta para apitar, onde o rabo de Bramble balançava batendo em um ritmo devagar no tapete como sempre, onde a velha pilha de chaves inutilizadas – a casa nunca era trancada – ficava em uma tigela com cacarecos, parafusos e outras miudezas. Onde ainda estavam penduradas as cortinas que a própria Annie tinha feito ao se mudar para lá, tantos anos atrás – uma jovem noiva que Flora imaginava estar cheia de alegria e esperança –, com a estampa de flores laranja em um fundo azul, que estivera na moda, depois passara a ser horrível e estava prestes a voltar à moda.

Houve bebês no tapete daquele quarto, depois crianças correndo para lá e para cá e idas e vindas infinitas dos funcionários da fazenda. Tantas sopas de legumes e tortas de maçãs, tantos joelhos ralados, lágrimas enxugadas e pegadas de lama de vários tamanhos de botas de borracha. Tantos bolos de aniversário – de chocolate para Fintan e Hamish, de limão para Innes, de baunilha para Flora –, tantas velas assopradas e presentes de Natal embrulhados, tantas xícaras de chá...

E tudo desaparecera em um piscar de olhos quando Flora tinha vinte e três anos e fugira o mais rápido que pôde.

Não conseguia pensar naquilo, nunca mais queria voltar, não queria nada de uma vida que tinha sido arrancada deles, não queria assumir o fardo da dor da família e voltar para casa como todos esperavam. Como toda a ilha esperava.

Agora, ali, na cozinha odiada, empoeirada e escura, apoiada nas costas da cadeira, deixou as lágrimas escorrerem.

Capítulo oito

Flora ouviu o pai – na verdade, ouviu o cachorro dele, Bracken, cumprimentando a intrusa com um latido – antes de vê-lo e enxugou o rosto às pressas.

Eck MacKenzie sempre fora bonito, mas agora seus olhos azuis estavam cada vez mais encovados. Havia marcas vermelhas em suas bochechas devido às décadas de ventos fortes no pântano, e o cabelo estava ralo sob a boina onipresente de lã.

– Flora – disse ele, assentindo.

Tinham se falado, claro, depois do funeral. Mas apenas de modo breve. Ela o convidara para ir a Londres e ele dissera: "*Aye*, quem sabe, quem sabe", o que os dois sabiam que significava "nunca, jamais".

– Não veio para ficar?

Flora balançou a cabeça.

– Mas estou trabalhando aqui – declarou ela, ansiosa. – Quer dizer, vou ficar por aqui um tempo. Talvez uma semana.

Ele assentiu.

– *Aye*.

Ela sabia que os *ayes* de seu pai poderiam significar muitas coisas. Esse significava: "Bem, está bom na medida do possível."

Depois disso, todos ficaram parados. Flora achou que, se a mãe estivesse lá, estaria no maior alvoroço, fazendo chá, empurrando bolo para todo mundo, quisessem ou não, deixando tudo agradável, acolhedor e nada estranho.

Em vez disso, todos estavam um pouco constrangidos.

– Hum, chá? – perguntou Flora, o que ajudou um pouco.

Sentaram-se à mesa, tristes. Quase não havia comida nela, e tudo parecia vazio.

– E aí, como vai o trabalho? – perguntou Fintan, finalmente, como se tivesse que fazer um grande esforço para isso.

– Ah, bem – respondeu Flora. – Vim aqui conversar com Colton Rogers.

– Boa sorte com isso – disse o pai.

– Aquele canalha! – declarou Innes.

Ai, não, pensou Flora.

– Espera. Ele é legal! – disse ela.

Os meninos se entreolharam.

– Não sabemos disso, não – disse Fintan.

– Ele não quer saber dos moradores – afirmou Innes. – Não nos dá emprego, não compra de nós.

– Ele está construindo um lugar muito chique lá no norte da ilha – contou Fintan. – Para idiotas ricos chegarem de helicóptero e terem "experiências".

– Babacas – acrescentou Innes.

– E ele traz os sujeitos aqui para caçar faisão. Eles se hospedam no Recanto do Porto e se comportam que nem uns patetas ingleses – contou Fintan.

– Bem, espero que vocês sejam simpáticos e deem o benefício da dúvida para essas pessoas – disse Flora.

– Não são gente boa – afirmou Hamish, balançando a cabeça e dando um biscoito a Bramble, posicionado ali exatamente para isso.

Seu pai nem estava à mesa, mas sentado ao lado da lareira, atiçando o fogo e bebendo um grande copo de uísque, embora ainda fosse cedo. Flora olhou para ele e de volta para o prato.

– Vocês estão comendo... Quer dizer, estão se cuidando bem? – perguntou ela.

– A gente se arrumou para receber você – declarou Fintan, com o cenho franzido.

– Sério? – perguntou Flora.

– Como assim? – Fintan logo entrou na defensiva.

– Não, não, eu só quis dizer...

– Comemos salsichas – disse Hamish, franzindo o cenho. – Bacon às vezes.

– Vocês vão se matar!

Seu pai estava mais magro. Flora se perguntou se ele ao menos comia ou se só bebia uísque. Fazia dois anos. Com certeza, era hora de começarem a superar a perda.

Não que ela estivesse superando.

– Ah, valeu pelo conselho de vida que você veio até aqui só para nos dar, Flora – disse Innes. – É só a gente parar de trabalhar doze horas por dia. Quantas horas por dia você trabalha?

– Muitas – rebateu Flora. – E eu gasto tempo indo e voltando do trabalho.

– Você cozinha?

– Não, mas tem muita comida pronta, aplicativo de entrega...

Flora olhou para eles e decidiu que não era o momento de explicar como funcionava esse tipo de serviço.

– Então – disse ela, olhando em volta. – Como está a fazenda?

Houve um longo silêncio. Innes encarou o prato.

– Por quê? Você vai voltar e virar a advogada dela? – perguntou Fintan, tenso.

– Não, não foi isso que eu quis dizer.

– Não está bem – respondeu Innes, direto. – Nem todo mundo está fazendo sua parte.

– O que quer dizer com isso? – indagou Fintan.

– Você ouviu.

– Eu faço minha parte.

– Você faz o mínimo possível. Ainda bem que Hamish faz a parte dele e a sua.

– Gosto das vacas – afirmou Hamish.

– Cala a boca, Hamish – disse Fintan. – Você gosta de tudo.

Sem olhar para ele, Flora passou para Hamish seu último biscoito. Ele comeu em duas mordidas.

– Como estão as coisas, pai? – perguntou Flora.

– Ah, bem – respondeu ele, sem se virar.

E continuou encarando a lareira, a cabeça de Bracken apoiada no seu colo.

– Tá bom. Ótimo – disse Flora.

Innes ligou a TV, a única coisa nova na casa. Era enorme e estava sintonizada no canal Sky Sports 9, que passava um jogo de *shinty*, um esporte que lembra o hóquei. Ele aumentou o volume e compartilhou uma sacola de salsichas gordurosas e horríveis que tinha trazido da vila. Flora se sentou e assistiu em silêncio com os outros, o vazio dentro de si tão vasto e oco que ela mal conseguia respirar.

Capítulo nove

Às nove da noite, Flora recebeu uma mensagem do escritório de Colton Rogers dizendo que ele estaria ocupado no dia seguinte e não conseguiria se encontrar com ela, o que tornava tudo ainda mais inútil. Ela mandou uma mensagem para Kai contando o ocorrido, e ele respondeu na mesma hora.

Oi, querida. Como está?

Eles gostaram de te ver?

Bem, isso vai animar você: Joel está preocupado com o que está acontecendo. Ele vai para aí.

Durma um pouco.

Por fim, Flora desistiu do *shinty* e foi se deitar, mas não conseguiu dormir. Achou o travesseiro meio mofado, o cobertor fino, o colchão flácido, e se perguntou quando tinha sido a última vez que alguém dormira ali. Seu pai não era do tipo que recebia hóspedes. Por que ele faria isso se praticamente todo mundo que conhecia vivia a alguns passos de distância? E, de todo modo, com a família grande, a casa sempre tinha sido bem cheia e animada. No mínimo, muito barulhenta.

Agora, Flora ouvia uma torneira pingando em uma pia distante. Franziu o cenho, percebendo que essa torneira já pingava quando ela morava ali e que em todos esses anos ninguém pensou em consertá-la.

De repente, sentiu falta das ruas barulhentas do leste de Londres: dos gritos, das festas e das brigas ocasionais que eclodiam em noites quentes, do som dos helicópteros policiais zumbindo. Todas as coisas que geralmente a estressavam e irritavam agora pareciam familiares. Ali, tudo era muito silencioso à exceção do pinga-pinga. Um tênue desvio do vento nas algas. Nada de carros, vizinhos, música e pessoas. O lugar parecia muito vazio, como se fosse o fim do mundo. Flora se sentiu totalmente sozinha.

Curiosamente, lembrava sua primeira noite em Londres: o começo de uma nova vida, tudo estranho. Mas logo ficara entusiasmada diante de tantas possibilidades e cheia de esperança e empolgação. E, mesmo que não tivesse chegado tão longe quanto poderia, Flora tinha conseguido. Estava construindo uma vida para si mesma, tentando, se esforçando. Controlando o próprio destino.

Tudo para acabar de volta onde tinha começado. Havia derramado muitas lágrimas pela mãe, mas aquelas eram só por si mesma.

Ela escutou a torneira, com ódio, e às três da manhã se levantou para fechá-la, sem sucesso. Quando entrou na cozinha na ponta dos pés, começava a amanhecer, e Bramble olhou para ela, esperançoso, com o rabo batendo no chão. Flora parou por um segundo, verificando o fogo meio apagado na lareira. Quando voltou para o quarto, Bramble se levantou em silêncio e a seguiu, e ela deixou. Deitou-se de novo na cama meio fria, e ele se arrastou para cima, acomodando o enorme corpo em torno das pernas dela. O calor pesado do cão era aconchegante, e, conforme a respiração dele ia se acalmando, a de Flora acompanhava o ritmo, então ela enfim adormeceu.

Enquanto os meninos iam ordenhar as vacas, Flora acordou como se tivesse recebido um choque elétrico. Joel! Joel estava vindo!

Havia muito trabalho a fazer, mas ela não conseguia se concentrar. A casa parecia opressiva, e o sol estava brilhando lá fora. Queria aproveitar bem o dia lindo e descarregar o excesso de energia, então ligou para sua antiga amiga de escola, Lorna. As duas não eram do mesmo ano, mas isso nunca importara em Mure, pois havia apenas duas turmas: a dos pequenos e a dos grandes.

Lorna tinha voltado, primeiro para ser professora, e agora era diretora da escola primária local. Como era época de férias escolares, ela estava livre.

Uma garota de rosto meigo e cabelo ruivo viciada em trabalho, Lorna ficara bem tranquila com o fato de que Flora, que mal mantinha contato (fora as curtidas ocasionais no Facebook) enquanto vivia a empolgante vida londrina, esperava que ela fosse a receptora de todas as suas lamúrias depois de retornar à ilha. Flora tinha se oferecido para pagar o café, e a professora se preparou para escutar com toda a educação as reclamações sobre o quanto ele era intragável comparado a qualquer coisa chique que ela tomava em Londres.

No entanto, quando Lorna encontrou Flora, ficou tão chocada com a ausência do brilho habitual da amiga que se esqueceu disso tudo.

– Ah, para! – disse ela, sorrindo. – Voltar para casa não pode ser *tão* ruim assim.

Flora tentou sorrir.

– Estão me olhando torto, como se eu tivesse traído todo mundo – falou ela.

– Você está imaginando coisas – rebateu Lorna. – As pessoas só estão preocupadas com os meninos sozinhos lá na fazenda. É estranho.

– Mas não é minha culpa.

– Bem, era de se esperar que um deles já tivesse se casado a essa altura.

– Bom, você não pode se casar com Hamish. Ele não consegue achar a própria cabeça nem se procurar com as duas mãos – observou Flora.

Lorna suspirou.

– Eu sei. Que pena. Ele é tão gato.

– E Innes tentou.

– Já viu Agot?

Agot era a filha de Innes. Ele tinha a guarda em momentos inusitados, já que a ex, Eilidh, voltara para o continente.

– Não, ainda não.

Lorna sorriu.

– Por quê? O que foi?

– Você vai ver – respondeu Lorna. – Pode pedir para Eilidh mandar a menina para minha escola, por favor? O número de matrículas está um horror.

– Eu sei – disse Flora.

– Muita gente está indo embora, se mudando para encontrar emprego.

– Vi as lojas vazias.

Lorna grunhiu enquanto elas desciam o caminho para a cidade.

– Olha – disse ela, apontando para a baía, onde as gaivotas mergulhavam para ver se tinha restado algo dos peixes com fritas da noite anterior, e a luz era refletida pelas ondas.

A previsão do tempo tinha sido agourenta, mas, na verdade, caíra só um rápido pé-d'água para limpar tudo. Era estranho, mas às vezes acontecia o seguinte: no continente, até a altura de Londres, ficava nublado e frio; porém, a frente de ar frio ignorava totalmente a ilha, deixando-a com a luz do sol reluzente e nítida. Não dava para nadar, mas era possível ficar ao ar livre (no sol, com um suéter).

– Tem como um dia como esse ser ruim?

– Eu sei. Desculpa. É que... sabe... – disse Flora.

– Sei.

Lorna também tinha perdido a mãe. Flora achava que, às vezes, estar com alguém que a compreendia já bastava.

– Como está seu pai?

– Mal.

– O meu também.

Flora chutou uma pedra.

– Aff. Sabe, quando disseram que eu tinha que vir aqui a trabalho... sinceramente, senti um frio na barriga. De tão nervosa. Porque está aqui, o tempo todo. E está me deixando *péssima*. Eu odeio. Odeio ficar mal-humorada o tempo todo. Tenho certeza de que sou uma pessoa bem divertida. Sei que costumava ser.

Lorna sorriu.

– Para falar a verdade, você sempre foi meio irritante.

– Para!

– Enfim, está tudo bem, sabe? É normal ficar de luto. Você tem direito. É só um período de adaptação – disse Lorna.

Flora suspirou.

– Gosto de Londres. Lá, estou sempre ocupada demais para ficar de luto. Não tenho que olhar em volta e ver minha mãe o tempo todo, nem pensar nela, nem ouvir perguntas sobre ela.

As duas chegaram ao Recanto do Porto, administrado com alegria por uma garota islandesa alta chamada Inge-Britt. Era frequentado principalmente por turistas, portanto não era preciso se preocupar com fregueses recorrentes e a limpeza adequada dos talheres. Elas pediram café e se sentaram no saguão gasto.

Lorna olhou para Flora.

– É sério que é tão horrível estar de volta? Quer dizer, muitos de nós... vivemos aqui o tempo todo. É legal. É bom. Alguns gostam.

Flora remexeu o café. Uma espuma meio cinza de leite em pó emergiu.

– Eu sei. Não me acho diferente nem especial...

– Sua mãe achava que você era.

– Toda mãe acha isso.

– Não como a sua. "Ah, Flora fez isso! Flora tirou nota alta na prova!" Ela sempre quis mais para você. – Lorna parou. – Você é feliz lá?

Flora deu de ombros.

– É melhor termos essa conversa de noite. Com vinho em vez de... dessa coisa aqui.

– Divido um pão doce com você.

– Será que a gente pede sem prato? Talvez seja mais higiênico.

Um pão dividido com cuidado, Flora repensou.

– Enfim, sinto que aqui não era o meu lugar. Então fui embora, e lá também não é o meu lugar. Então, não sei. Por que é tão fácil para você?

– Rá! – disse Lorna.

Ela sempre tinha adorado ser professora. Fizera uma faculdade de licenciatura no continente e se divertira muito, depois havia ficado bem feliz em voltar para casa, onde estavam os amigos e a família. Por fim (na verdade, não havia muita competição para o cargo pequeno), tornou-se diretora da escolinha primária da ilha. A queda no número de estudantes era preocupante, e ela gostaria de conhecer um cara legal, mas fora isso...

– Não, não é ruim – admitiu.

– Às vezes acho que não existe lugar para mim.

Lorna resmungou e se levantou. Flora a seguiu, obediente, para fora até a beira do porto.

– Olha – pediu Lorna.

Flora não sabia do que ela estava falando. O lugar não tinha mudado nada, tinha? As mesmas ondas batendo contra os muros do porto, os mesmos barcos velhos balançando na água, as mesmas velhas gaivotas remexendo as lixeiras, as mesmas velhas casas coloridas e, em torno do promontório, as fazendas e usinas de processamento de peixes.

– Que é que tem? Nada mudou – disse ela.

– Não! OLHA! Olha as nuvens passando pelo céu. Quanto do céu você vê em Londres? Quando fui para lá, só consegui ver prédios e mais prédios, pombos e só.

– Aff – disse Flora.

– Respira fundo – falou Lorna, aproximando-se do muro.

O ar estava fresco e limpo, impregnado de sal; o vento açoitou seu cabelo.

– Sente só. Na última vez que estive na cidade grande, achei que fosse me engasgar com a fumaça. Isso aqui é incrível.

Flora sorriu.

– Você é maluca mesmo.

– RESPIRA! Existem muito poucos lugares no mundo onde dá para respirar assim. É o ar mais puro do planeta. Respira esse ar! Enfie suas aulas estúpidas de yoga *naquele lugar*! Não tem nada melhor do que isso aqui.

Agora, Flora ria.

– SÉRIO! – Lorna andava em cima do muro. – Você é doida, Flora MacKenzie. Isso aqui é *maravilhoso*!

– Mas está gelado!

– Compra um casaco maior. Não é nenhum bicho de sete cabeças. Olha. OLHA!

Flora também subiu no muro onde elas costumavam se sentar quando eram adolescentes, comendo batata frita e balançando as pernas. Ela acompanhou o dedo indicador de Lorna e, abaixo delas, viu o pescoço alongado e a beleza extraordinária de uma garça alta. Estava de pé em uma perna só, equilibrada como uma bailarina, como se soubesse muito bem o quanto era linda, com uma auréola de luz solar em volta da cabeça. Em seguida, como se esperasse que as duas vissem, a garça abriu as asas gloriosas e disparou, veloz e voando baixo, acima das ondas saltitantes e reluzentes, o eco de outros pássaros, mais comuns, ecoando na parede dos prédios atrás delas, pintados de tons suaves e alegres, enquanto a garça voava em direção ao horizonte branco.

– Você não vê isso em Londres – declarou Lorna.

E Flora tinha que admitir, enquanto observavam a garça agarrar um peixe brilhante no mar sem ao menos desacelerar, que a amiga tinha razão.

Quando se levantaram juntas, encarando o mar, Lorna se inclinou para ela.

– Vai ficar tudo bem – disse, calma.

Ela era o melhor tipo de amiga que existia, o tipo que nunca guardava mágoa. E, do nada, Flora se viu lutando contra lágrimas e se censurou. Ela percebeu, de repente, que era a primeira vez que alguém dizia isso. Seu pai não conseguia dizer, pois não era verdade para ele, que tinha perdido tudo; não ia ficar tudo bem. Mas os meninos, todos, pareciam tão aprisionados. E a ilha parecia achar que ela quase não merecia voltar.

– Você acha? – perguntou Flora, com a voz trêmula.

Lorna parecia confusa.

– Claro que sim! – respondeu ela. – Claro que sim. Não vai ser igual, porque nunca é igual. Você fica em um mundo diferente quando perde um pai ou uma mãe.

– Eu deveria ter feito mais – disse Flora, se virando de repente.

Lorna balançou a cabeça.

– Não se preocupa. Você não tinha como saber. Ninguém sabe. A gente só sabe quando passa por isso, quando começa a viver naquele mundo. Aí, a gente entende.

– E melhora?

– Melhora.

A garça tinha pousado em uma pedra, encarando o horizonte, fervorosa. Estava tão imóvel e perfeita que parecia uma pintura. Flora a fitou enquanto lutava contra as lágrimas.

– Então, vai fazer o que hoje? – perguntou Lorna.

Flora suspirou.

– Sabe do que os meninos realmente precisam? De uma comida caseira de verdade.

– Isso aí! – disse Lorna. – Sua mãe foi a melhor cozinheira que conheci. Ela ensinou para você, né?

– Ensinou, sim, mas estou bem enferrujada. Caramba, a comida em Londres...

– NÃO COMEÇA! – gritou Lorna. – Eu estava começando a gostar de você de novo.

Capítulo dez

Margo passou a cabeça pela porta. Joel tinha passado mais uma noite em claro trabalhando em outro caso e agora estava com olheiras. Às vezes, ela se preocupava com ele. Via seus e-mails, atendia suas ligações e, a não ser pelas garotas aflitas que apareciam de vez em quando, cheias de planos para ele, não havia nada pessoal. Nunca.

Claro que isso não significava nada. Mas, vez ou outra, ela se perguntava se a grosseria dele não camuflava outra coisa. E às vezes Margo só o achava esnobe.

– Café?

Ele balançou a cabeça, irritado.

– Você vai para a Escócia hoje?

Ele fez uma careta.

– Tenho que ir? Mesmo? Não posso resolver daqui?

Ela deu de ombros.

– Colton parece gostar muito do lugar. Então, pode ser que isso seja bom para o futuro se a ideia é trazê-lo para o seu lado.

– É, é, é. Bem, me avisa quando ele ligar. Quero ficar longe daquele fim de mundo pelo máximo de tempo possível. Já viu onde fica no mapa?

Margo balançou a cabeça enquanto ele mostrava para ela a distância entre a Grã-Bretanha e a ilhazinha.

– Vou ficar surpreso se eles não tiverem monocelhas – declarou ele. – Meu Deus. Tá. Mudei de ideia em relação ao café.

Margo se apressou.

Flora entrou no mercado muito pequeno sentindo-se exaltada. Tinha planejado fazer algo diferente para jantar, algo que eles geralmente não comiam e que não se parecesse com a comida de sua mãe. Achava que ainda não estavam prontos para uma receita da mãe.

Flora se recordou, brevemente, de quando ela e Hugh namoravam e iam até o Borough Market, bem ao lado da Ponte de Londres. Era um paraíso gastronômico e caríssimo. Passeavam por lá em uma manhã de sábado, planejando fazer algo maravilhoso à noite – risoto com tinta de lula ou uma sopa tailandesa azeda e picante – e experimentavam várias coisas que ela nunca tinha comido: comida coreana, ceviche e todo tipo de iguaria. Ela ainda era uma cozinheira tradicional, mas Hugh conhecia um pouco de culinária e a incentivara a desenvolver o paladar.

Agora, nessa noite, Flora pensava em fazer uns bolinhos de cebolinha com caldo de galinha picante e um pouco de couve com alho e pimenta-malagueta. Perfeito para os meninos, caso voltassem do campo com fome. O dia estava radiante e límpido, mas ainda vinha uma ventania do norte, e seria bom comer algo que aquecesse por dentro.

– Olá – disse ela para o velho Wullie, que trabalhava, até onde dava para perceber, vinte horas por dia comandando o único mercado da ilha. Talvez ele nem fosse assim tão velho. Talvez fosse só um homem de 35 anos bem cansado.

– Flora MacKenzie – grunhiu ele.

Curiosamente, Flora ficou decepcionada. Ela bem que gostaria que alguém olhasse para suas roupas elegantes e botas bonitas e dissesse: "Flora MacKenzie! Olha só pra você!"

Mas ninguém fazia isso.

– Oi! Voltei! Bem, a trabalho, sabe. Eu trabalho em Londres – disse ela.

Wullie olhou bem à frente, sem interesse, como sempre fazia.

– *Aye* – respondeu.

– Então... tem... vinho de arroz?

– Não.

– Capim-limão?

Willie a olhou e piscou devagar.

– Molho de soja?

– *Aye* – respondeu ele, e apontou para uma garrafinha empoeirada que parecia pegajosa.

– E legumes? – indagou ela, animada.

Wullie indicou uma prateleira cheia de latas, e Flora ficou muito zangada. Cultivavam todo tipo de coisa boa na ilha: cenouras, batatas, tomates que adoravam as tardes infinitas de verão contanto que fossem mantidos bem aquecidos. Por que não tinha nada disso ali?

– Tem algum hortifrúti por aqui? – perguntou Flora.

– Algum o quê? – respondeu Wullie, com um tom levemente intimidador.

– Nada – disse Flora, saindo apressada.

No fim, ela conseguiu se resolver, por incrível que parecesse, com um velho sachê de macarrão instantâneo e algumas cebolas ásperas da ilha que tinha achado na despensa da casa. Ansiosa e também tentando limpar a cozinha imunda ao mesmo tempo, Flora cozinhou demais o frango no desconhecido forno Aga, e os bolinhos ficaram duros como balas.

Quando os meninos voltaram do campo, Innes olhou a comida com atenção, limpando-se na pia grande.

– Isso é uma invenção feminista? – perguntou ele enquanto se sentavam nos lugares de sempre à mesa: Innes e Hamish no lado da janela, Flora e Fintan do outro lado, seu pai perto do fogão. – Cozinhar mal está na moda em Londres hoje em dia?

– Bem, dá para chapiscar o estábulo com isso – sugeriu Fintan, cutucando o prato, desconfiado.

– Também tem aquela parede de gesso que precisamos fazer – disse Innes. – Poderíamos usar como massa.

– Parem de reclamar e comam – rebateu Flora.

– Mas tem gosto de água suja – declarou Innes, em um tom que com certeza considerara sensato.

Flora queria arremessar um prato nele. Sabia que era ridículo – a situação toda era simplesmente horrível –, mas sentia-se muito envergonhada e zangada ao mesmo tempo. Estava irritada com tudo ali.

– Eu gostei, Flora – afirmou Hamish, que tinha quase lambido o prato. – O que é, por favor?

– Ah, pelo amor de Deus, Hamish – disse Fintan. – Você é pior do que o Bracken e o Bramble.

– Tem mais alguma coisa? – indagou Innes, triste.

– Não, a não ser que algum de vocês tenha feito.

Eles se entreolharam.

– Então podem morrer de fome – disse Flora, zangada.

– Torrada! – exclamou Innes, alegre.

Todos se levantaram.

– O quê?

– A Sra. Laird, sabe, que cuidava do vigário? Ela sabe cozinhar de verdade e faz pão para a gente – explicou Fintan.

Flora corou.

– Eu também sei fazer isso.

– Calma, querida – disse o pai, da lareira. – Estamos só brincando com você. Ninguém acerta na primeira vez.

Flora respirou fundo e olhou a cozinha suja ao redor.

– Vou dar uma volta – anunciou ela.

– Vai comprar fritas?

– Não! – respondeu Flora, com os olhos ardendo pelas lágrimas conforme ela marchava casa afora.

Teria batido a porta, mas, como nunca era fechada no verão, estava um pouco deformada, e ninguém pensou em passar óleo nas dobradiças, o que também a enfureceu. Será que todos tinham desistido de cuidar das coisas?

E agora estavam fazendo *rá rá rá*, implicando com ela, como no passado. Só que não havia ninguém para defendê-la.

Bem, ela não ia aceitar isso. Ia sair, ir para algum lugar... Mas para onde? O bar estaria cheio de amigos do seu pai e ela não queria lidar com *isso*.

Todo o resto estava fechado. Ah, pelo amor de Deus, que lugarzinho. Mas também não podia voltar para casa.

Decidiu fazer uma caminhada até a colina Carndyne e espairecer.

Carndyne, de onde era possível ver o continente e as ilhas do outro lado se a pessoa fosse para aquelas bandas, era uma linda colina – na verdade, estava mais para montanha. Pessoas de todos os lugares iam escalá-la, e ela ficava coberta de neve no inverno. Guardava perigos inesperados, podendo ser confundida com uma caminhada de verão tranquila quando, na verdade, era particularmente traiçoeira e podia se tornar arriscada em tempo ruim. Não havia uma estação na qual o resgate não fosse acionado para ajudar um idiota ou outro que tivesse decidido fazer uma rápida caminhada na linda colina verde e entrado em apuros mais rápido do que podia imaginar, mesmo que houvesse várias placas de advertência, e os vários avisos e os livros-guias fossem muito claros.

Os murianos, que com frequência faziam esses resgates no verão, zombavam desse tipo de coisa e se recusavam a socializar com as garotas que tentavam subir de chinelo e camiseta e com os garotos que achavam que iam conseguir atravessar um desfiladeiro sem corda e ficavam muito gratos pelos resgates e pelos comentários irônicos dos habitantes.

Claro que Flora conhecia o lugar como a palma da mão. Tinha-o escalado pela primeira vez aos 9 anos. Também era a excursão da escola: em um ano ia uma turma e no outro ia outra, o que sempre provocava resmungos altos. A turma que não ia para lá podia ir para Esker, um vilarejo do continente que organizava uma versão patética de parque de diversões no verão, com atrações ruidosas e barracas descaradamente fraudulentas que, ainda assim, provocavam a maior empolgação nos garotos e garotas da ilha, ávidos por estímulos. Todos voltavam carregados de grandes pirulitos e brinquedos de feltro baratos, debochando dos escaladores, que não tinham nada exceto lancheiras vazias – os sanduíches eram comidos às dez da manhã –, pés inchados e, de vez em quando, capuzes cheios de água da chuva.

O dia avançava, mas naquela época o entardecer era longo. Conforme Flora foi subindo, começou a respirar fundo e observar a vista a sua volta. Depois de mais dez minutos, ela se virou surpresa e viu que Bramble a seguia, ofegando com alegria.

– Ah, não! – exclamou ela. – Não, volta. Sério, preciso ficar sozinha.

Bramble ignorou solenemente o comentário, gingando em volta dela e lambendo sua mão com carinho.

– Cachorro! Você é muito velho e gordo para andar nessa montanha. E se você ficar preso?

Bramble balançou o rabo devagar. Flora olhou para trás. Se ela o levasse para casa, teria que entrar de novo na cozinha, no silêncio estranho que com certeza teria tomado conta de todo mundo, e se desculpar pelo acesso de raiva ou ficar lá com cara de boba. Ela suspirou e marchou.

– É melhor você acompanhar meu ritmo.

Bramble seguiu em frente, as patas batendo nas pedras. Não fosse pelo cambalear fofo de seus quadris, ele pareceria bem nobre.

Flora atravessou a crista da montanha até uma longa área de relva. O ar estava limpo e frio, e, quando ela se virou, viu o sol de fim de tarde brilhando e dançando no mar, que estava estranhamente calmo como uma lagoa. À distância, avistou a barca traçando o caminho familiar pela baía. Ela pensou que deveria ser uma noite agradável para se estar a bordo de um barco. Em seguida, poderia pegar o trem noturno saindo de Fort William e estar de volta a Londres em...

Lembrou que estava 31 graus em Londres naquele momento. A cidade estaria terrivelmente pegajosa, com aquele cheiro nojento de lixeiras aquecidas, carros com música alta por todo lado e uma leve propensão ao barulho, ao perigo e a pessoas vivendo muito próximas. Londres no verão era... era ótima, mas cheia demais. Tanta gente se amontoando no South Bank, enfiadas em metrôs muito quentes e ônibus lotados, procurando por um cantinho na grama raquítica do parque ou em algum jardim, e o cheiro de asfalto quente, comida e maconha entranhado em tudo.

Ali, não podia negar, ela conseguia respirar.

Flora se zangou consigo mesma, pois não era essa a questão. Não mesmo. Era inegável a beleza da ilha. Claro que era linda. Era maravilhosa, todos sabiam. A questão era se esse seria o lugar certo para ela, para tudo que tinha conquistado e tudo que queria fazer da vida, fosse lá o que fosse.

Agora estava de volta àquela fazenda estúpida, aprisionada àquela droga de pia, como a mãe dela estivera. Amarga, Flora chutou uma pedra. O plano não era esse, de jeito nenhum. E se todo mundo fosse continuar tirando sarro, zombando dela depois do sacrifício que tinha feito, bem, Flora não queria ficar perto deles, de jeito nenhum.

Continuou subindo, desejando que o exercício vigoroso a acalmasse um pouco, mas, em vez disso, se viu em debates mentais bem longos em relação às coisas, o que não ajudava em nada. Surpresa, ela percebeu que subira mais do que pretendia e conseguia ver até as colinas do continente. No céu, nuvenzinhas cor-de-rosa passavam aqui e ali, e o porto abaixo era pouco mais que um ponto, assim como a barca que se aproximava dele. Ela continuou.

Perto do topo, Flora enfim ficou cansada o suficiente – fora um trecho difícil e pedregoso – para sentir sua mente clarear. Ela achou a cachoeira que sabia estar atrás de um muro de pedras e, com Bramble, bebeu muito de sua água gelada e super-refrescante, que parecia cristal líquido na língua. Tinha acabado de concluir que aquela distância bastava quando ouviu um ganido.

Ela olhou em volta.

– Bramble? Bramble?

O cão choramingou em resposta, mas não correu até ela como faria normalmente.

– BRAMBLE?

O sol começava a descer atrás das montanhas, e o frio se fez notar na mesma hora. Preocupada, Flora caminhou até o cachorro. Para seu horror, ele tinha prendido uma das patas entre duas pedras. As patas traseiras se debatiam em desespero contra a pedra úmida conforme o animal tentava se soltar.

Ela entrou na água e, com cuidado, soltou a pata do vão em que estava presa, enquanto o cachorro se contorcia de desespero em seus braços.

– Passou, passou, passou – murmurou ela no ouvido dele enquanto carregava o corpo enorme para a parte de terra fofa mais próxima. – Você vai ficar bem.

Bramble agora choramingava e tremia muito. Os dois estavam totalmente encharcados e, com o sol ausente, ficava cada vez mais frio. A pata direita frontal do cachorro estava pendurada em um ângulo muito desagradável; Flora ficou um pouco enjoada só de olhar. Bramble ganiu e a olhou como se fosse culpa dela, e ela fez sons tranquilizantes enquanto entrava em pânico por dentro. Não estava com o celular, pois saíra correndo sem a bolsa, irritada demais para pegar alguma coisa. Mesmo que tivesse pegado, não havia sinal ali em cima nem no melhor dos momentos, e começava a parecer que aquele não era o melhor dos momentos.

No mínimo, eram noventa minutos de descida. O pobre cachorro não conseguia andar e pesava mais do que ela; Flora não conseguiria carregá-lo. Mas também não poderia deixá-lo, pois ele tentaria segui-la, e só Deus sabe o que aconteceria então. Flora não tinha nada para amarrá-lo, e de todo modo a possibilidade de amarrar e deixar para trás um animal com dor, mesmo que fosse para buscar ajuda, era insuportável. Além disso, escureceria em breve, e como ela faria alguém voltar no breu para procurar um animal? Era muito perigoso, ela colocaria pessoas em risco.

Flora soltou um palavrão. Caramba. A pior coisa em relação a isso era que só confirmaria o que sua família já pensava: que ela se tornara frágil por causa do estilo de vida da cidade, que nem sabia como escalar a droga da colina. Meu Deus. Ela olhou para o cachorro.

– Calma, shh, não se preocupa – disse ela.

Flora ouvia o coração dele batendo no peito, acelerado. A respiração estava baixa e ele tremia da cabeça aos pés.

– Pobre Bramble – declarou ela, enfiando a cabeça no pelo dele.

Flora percebeu que estava com muito frio. Frio demais. O sol a enganara: ainda era primavera no norte da Grã-Bretanha, o que significava que ainda era perigoso.

Bom, pelo menos tinha o cachorro para mantê-la aquecida se eles se aconchegassem um no outro. Mas Flora não podia passar uma noite ali, era maluquice.

Concluiu, irritada, que sua vida também era uma maluquice.

Ela viu as nuvens chegando. Lógico que viu. Era o dito mais antigo do mundo: se não gosta do tempo na Escócia, é só esperar cinco minutos. A chuva escureceu as colinas do outro lado da baía, escondendo-as de vista. Logo a costa também desapareceu sob sua cortina escura. O vento trouxe o cheiro fresco e celestial de chuva se aproximando. Bramble choramingou como se soubesse que algo ruim estava para acontecer. Flora pensou que pelo menos ele tinha o pelo. De resto, a situação era bem sinistra.

Ela tentou içar o cachorro. Encharcado, ele pesava uma tonelada. Não ajudava em nada que ele estivesse em pânico, com dor na pata e lutando de modo desesperado para sair dos seus braços, o que significava que seria impossível carregá-lo.

As primeiras gotas pesadas começaram a cair. Flora percebeu que usava seu casaco leve de lã, o qual servia bem para um leve chuvisco, mas era completamente inútil no topo de uma montanha escocesa no meio de uma tempestade.

Quando é que os meninos começariam a se preocupar com ela? Talvez presumissem que Flora tinha ido encontrar Lorna no bar e não esperassem que ela fosse voltar nas próximas horas. Não ficariam muito preocupados se notassem que Bramble não estava lá, pois o bar permitia a entrada de cachorros.

Flora tirou o casaco e o colocou sobre a cabeça – não tinha capuz –, mas a água continuou escorrendo por suas bochechas. Ela soltou todos os palavrões que conhecia, repetidamente, mas não adiantou. Na verdade, precipitou o estrondo de um relâmpago em algum lugar distante.

Abrigo, pensou Flora. Precisava encontrar um abrigo. Analisou mentalmente o formato da montanha, já que tinha passado a infância correndo para cima e para baixo na região, colhendo flores silvestres para a mãe, que as olhava, distraída, antes de procurar um vaso, coisa que não tinham, e colocá-las em uma caneca.

Lembrou que havia uma caverna mais ou menos duzentos metros abaixo virada para o outro lado, de frente para o continente. Flora tinha bebido cidra e beijado Clark lá quando eles estavam na escola – agora, ele era o policial da ilha, o que mostrava o quanto as coisas tinham mudado –, com o chão cheio de guimbas de cigarro e tampas de garrafa na época. Ela se perguntou se ainda estava assim. Era provável que sim. Não havia tantos lugares na ilha pequenina onde fosse possível escapar de olhos bisbilhoteiros. Se conseguisse chegar lá, poderiam se abrigar até... Bem, até Flora pensar em uma ideia melhor.

Ela respirou fundo. Assim que descesse da montanha, ia dizer aos meninos... Ah, ia mandá-los se danarem. Poderiam continuar vivendo como quisessem, comer feijão enlatado se quisessem, ela não se importava mais. Odiava esse lugar estúpido e seu clima estúpido e seu grupinho estúpido de pessoas que conheciam umas às outras e tinham opiniões o tempo todo. Ela estava cansada. Ia pular fora.

Bramble roçou seu pé.

Talvez levasse Bramble com ela. Imagine só pôr um cachorro idoso e enorme para morar num apartamento minúsculo em Londres... Bom, quem sabe? Ou talvez ela pudesse voltar para visitá-lo. Talvez...

Bramble ganiu.

– Para com isso, cachorro – disse ela. – Droga. Tá. Certo.

Depois de um esforço desajeitado no meio da lama no matagal úmido, Flora concluiu que o melhor jeito seria levantar Bramble nos ombros, como se estivesse em um filme de guerra, tentando não prejudicar a pata machucada. No começo, ele esperneou, mas então percebeu que ela estava tentando ajudá-lo.

Agora completamente molhada dos pés à cabeça, com lama cobrindo quase todo o seu corpo, Flora rosnou para o céu e começou a derrapar e deslizar colina abaixo.

– Pelo AMOR DE DEUS, seu cachorro tonto, ESTÚPIDO! – gritou ela, marchando, furiosa, usando a raiva para conduzi-la. – Se você não fosse TÃO guloso e ficasse sempre devorando os restos, eu não estaria quase me MATANDO para carregar você. E você provavelmente não teria ficado preso naquela cachoeira se fosse um cachorro SAUDÁVEL de verdade.

– Auuu – concordou Bramble, triste, levantando a cabeça e cobrindo o rosto de Flora com mais uma camada de lama.

Se ela não conhecesse o lugar tão bem, teria perdido a caverna e não veria que era fora do caminho, na parte de trás da montanha. Havia um grande arbusto de urze de início de estação crescendo ali na entrada. Flora cambaleou em sua direção debaixo da chuva, ainda dando um sermão no cachorro enquanto entrava, os tênis totalmente inadequados para a situação – e agora arruinados – ficando ainda mais encharcados. Flora quase deixou o pobre Bramble cair ao passar por entre as trepadeiras até a segurança relativa da caverna.

– DROGA, DROGA, DROGA – esbravejou Flora, depositando o animal com o máximo de gentileza que pôde no chão arenoso. Ela estava bufando e suando, além de ensopada e furiosa. Não era uma aparência boa.

– Olá – disse uma voz calma.

Capítulo onze

Flora mal conseguia enxergar. A escuridão dentro da caverna somada ao volume de água empapando seu cabelo e seus olhos não a deixavam enxergar bem. Ela piscou e esfregou as mãos no rosto para tentar clarear a visão.

Repetiu o movimento, esperando que o que vira tivesse desaparecido.

Encarando-a, havia mais ou menos uma dúzia de crianças de doze anos e um homem grande de rosto rosado, todos de olhos arregalados, confusos. Algumas das crianças pareciam bem amedrontadas. Flora se perguntou se exibia uma aparência tão *peculiar* assim.

Era provável que sim. Estava emplastrada de lama dos pés à cabeça e tinha acabado de deixar um cachorro gigante e lamuriento no chão.

Ela tentou pensar em um jeito casual de se explicar, como se aquilo fosse o tipo de coisa que alguém fazia o tempo todo em Mure, mas Bramble estava choramingando, em um estado lastimável, e as crianças estranhamente silenciosas a encaravam como se ela o tivesse torturado deliberadamente.

– Ah, oi – disse ela.

Cauteloso, o homem deu um passo à frente, com a calma de alguém que se aproxima de um animal perigoso.

– Você está bem?

Do lado de fora, a chuva martelava na lateral da montanha.

– Claro que estou bem – respondeu Flora.

E então percebeu que mal conseguia respirar e se curvou.

– Eu estava falando com o cachorro – disse o homem. Seu sotaque era local, mas, quando Flora ergueu a cabeça, viu que não o reconhecia.

Ela piscou, tentando tirar o resto de água dos olhos.

– Desculpa... Vocês são algum tipo de tribo perdida?

Mas o homem já tinha se ajoelhado e fazia sons tranquilizantes, acariciando, com delicadeza, o flanco ofegante de Bramble.

– É a pata dele – explicou Flora. – Não toque. Ela ficou presa numas pedras.

– Ele está fora de forma – disse o homem, coçando atrás das orelhas de Bramble.

– Não ofenda meu cachorro – retrucou Flora, severa.

– Tá. Desculpa.

O homem olhou para ela. Era grande e corpulento, com ombros largos e cabelos grossos. Os olhos eram de um azul penetrante, e ele não parecia muito contente.

– Então, por que você o fez marchar numa montanha no meio de uma tempestade?

– Poderia dizer o mesmo de você e seu exército de albinos mirins – murmurou Flora.

– Sempre escala montanhas com esse tipo de sapato?

– Sempre. Gosto de sentir a lama entre os dedos – disse Flora.

O rosto do homem perdeu a expressão severa por um momento.

– Você é daqui? – perguntou ele.

– Na verdade, não – mentiu Flora. – O que está fazendo?

– Charlie MacArthur – disse o homem, estendendo a mão. – Aventuras no Campo. Estamos em uma excursão.

– E era para ser divertida, né?

O grupinho deu uns vivas cansados.

– Claro. Curtimos muito o calor hoje – disse Charlie.

– O que tem de errado com seu cachorro? – perguntou um dos meninos, com timidez.

Seu sotaque era áspero e ocidental. Flora diria que era de Glasgow.

– Não sei. Acho que ele quebrou a pata – respondeu ela.

Houve um murmúrio geral de solidariedade do grupo reunido. Conforme Flora os observava mais de perto, notou que eram uma turma que parecia desconfiada. Não eram barulhentos e confiantes como os grandes grupos de crianças que ela vira marchando para lá e para cá no muro do porto, gritando umas com as outras, alegres, jogando batatas fritas para as gaivotas e, de modo geral, agindo como se não tivessem nenhum problema na vida, o que era verdade, porque tinham doze anos.

Esse grupo era diferente. Flora tinha razão: eram brancos e muito magros, submersos sob grandes capas de chuvas que claramente tinham sido emprestadas. Flora olhou para Charlie de novo.

– Os meninos podem fazer carinho no cachorro? – perguntou ele. – Vamos levá-lo para casa para você. Se quiser, sabe, se não tiver um plano.

Flora se levantou e semicerrou os olhos para ele, não querendo transparecer o alívio repentino. Já tinha sua cota de homens condescendentes por lá e, com certeza, não precisava de mais um.

Ela deu de ombros.

– Se você quiser – respondeu.

– Ah, se quero. Se quero! Bom, é muito generoso da sua parte.

Ele olhou para fora.

– Acho que vamos esperar a chuvarada parar. Não tem por que ficarmos todos com hipotermia.

Charlie olhou para onde as crianças acariciavam o cachorro com brandura. Bramble, enfim, tinha se acomodado e estava deitado, com a respiração normalizando, e parecia prestes a adormecer. Flora franziu o cenho.

– Ele vai ficar bem – disse Charlie. – Parece mais uma torção feia do que um rompimento. Não está inchado. Ele está adormecendo, não se preocupe.

– Sei disso – disse Flora.

Houve um silêncio. Ela sabia que estava se comportando mal com alguém que claramente tentava ajudá-la, mas, por algum motivo, seu mau humor estava contaminando tudo e ela não sabia como parar.

Sentaram-se olhando a chuva.

– E aí, então, você faz Aventuras no Campo com crianças durante tempestades uivantes? – perguntou Flora, por fim, quando ficou óbvio que Charlie estava muito contente em ficar em silêncio pelo tempo que levasse para a chuva acabar.

Ele deu de ombros.

– O clima faz parte, não é? Se não melhorar, vamos montar acampamento aqui, embora preferisse estar lá fora. Não dá para acender uma fogueira aqui dentro.

– Não é meio triste?

– Acha que deveríamos ficar em um hotel cinco estrelas?

– Nas férias, acho, sim.

Charlie balançou a cabeça. Estavam fora do alcance dos ouvidos das crianças, que continuavam estranhamente quietas.

– Não. Não para eles.

– Por quê? – indagou Flora.

Alguns deles pareciam tão pequeninos. Charlie deu de ombros.

– Todos têm mãe ou pai preso. Pelo menos, um dos dois. O passeio é uma chance de eles se distraírem... Bem, alguns deles têm muitos problemas. Tem uma instituição de caridade que os manda para a gente.

Flora estava muito surpresa.

– Ah... Eu não imaginava – disse ela, baixo.

– Por que imaginaria? São só crianças – respondeu Charlie.

Flora piscou.

– Eles aparentam ter passado por muitas coisas.

– Alguns deles, *aye*. Situações difíceis. Passar umas noites sob lonas, mesmo se estiver chovendo, não é a pior coisa. Esta é a primeira noite deles. Daqui a uns dias você vai ver como estarão. Não vai nem reconhecê-los. Eles ainda não sabem o que está acontecendo. – Charlie sorriu. – Quando acendermos a fogueira, vai ficar mais quente aqui.

– É só você?

– Ah, não, tenho uma parceira. Ela desceu para pegar mais capas de chuva. Geralmente, eu mandaria as crianças para ajudar, mas não quero ninguém com bronquite.

– Ah – disse Flora.

Ela se perguntou quem seria aquela santa lá fora na tempestade pegando capas de chuva para crianças desfavorecidas quando a própria Flora estava tendo um acesso de raiva porque ninguém gostou do seu jantar.

– Aliás, meu nome é Flora.

– Charlie – reapresentou-se ele. – É um prazer conhecê-la.

Apertaram as mãos de novo. A de Charlie era áspera, desgastada e grande, como o resto de seu corpo. Havia algo sólido nele, e Flora entendeu que, se uma criança estivesse longe de casa, confiaria nele de cara.

– E como foi decidido que você ficaria abrigado na caverna?

Charlie deu de ombros.

– A gente se reveza. Além do mais, esta é uma turma masculina. Eles precisam passar um tempinho com um homem, porque geralmente não têm muita chance.

– Como assim?

– Ah, é que muitos deles não têm pai em casa. Professoras, assistentes sociais mulheres. Às vezes, a primeira vez que eles têm contato com um homem é pela polícia. Ou numa gangue.

Ele se levantou e foi ver o que as crianças estavam fazendo com o cachorro. Logo mandou duas pegarem galhos lá fora e, quando elas voltaram, molhadas e sorridentes, ele lhes mostrou como fazer uma maca de campo provisória, usando uma lona que tirou da mochila e dando a todos pedaços de corda para praticarem nós. Num instante, elaboraram algo bem aceitável. Agora, o único desafio seria colocar Bramble na maca. Enfim relaxado, ele tinha adormecido lambendo a pata.

Charlie abriu seu kit de primeiros socorros.

– O que está fazendo? – perguntou Flora.

– Tentando descobrir a dose certa de ibuprofeno para um cachorro. Ele é bem gordo, sabe.

– É, você já disse... – comentou Flora, franzindo o cenho. – Você faz isso o tempo todo?

– Ah, não. Viajamos com muitos empresários panacas também, não se preocupa. Ajuda a pagar esse grupo.

Flora sorriu. Charlie olhou para fora.

– Acho que está melhorando.

– Não está, não!

– Qualquer coisa que não seja um temporal já dá para enfrentar.

Ele se virou para o grupo de meninos.

– Quem topa encarar?

Todos os garotos gritaram.

– Quem acha que consegue descer com o cachorro até o veterinário?

– EU! Eu, senhor! Deixa eu! Eu levo!

– Não deixa *ele* levar, vai derrubar a droga do cachorro como derrubou os sanduíches dele!

– Não derrubei, não!

O grupo gargalhou de um menino sardento e azarado que estava na frente e ficou vermelho de vergonha.

– Calma lá – pediu Charlie, com uma voz que não aceitava discussões. – Tá, menino, qual é seu nome mesmo?

– Ethan – sussurrou o garoto.

Ele tinha um rosto cansado e olheiras demais para alguém tão jovem.

– Eram bons os sanduíches?

– Eram, se você gosta de lama! – gritou alguém.

– Ei! Chega! – mandou Charlie.

Ele se abaixou até o menininho.

– Olha, vai escurecer logo. Esse animal está machucado, e temos que salvá-lo. Vai estar molhado, pesado e difícil. – Ele parou. – Consegue me ajudar?

O menino assentiu com vontade.

Charlie se ajoelhou perto do cachorro com alguns comprimidos de ibuprofeno.

– Ele não vai comer isso – disse Flora, que tinha várias lembranças da mãe tentando dar remédio de verme para Bramble.

– Ele vai. Com isso – disse Charlie, misturando os remédios a uma bala de menta Kendal.

Dito e feito: Bramble abriu um dos olhos sonolentos e lambeu o doce com a maior preguiça, sem nem notar.

– Isso vai ajudar. Certo, meninos...

Charlie escolheu alguns outros para ajudarem Ethan – Flora percebeu que ele não tinha chamado nenhum daqueles que zombaram do menino –, e o grupo escolhido agiu com cuidado para esticar a maca.

– Vamos – disse Charlie.

Ele e Flora se ajoelharam para rolar o cachorro para a lona.

– Esse cachorro é...

– Muito gordo. É, você *já* disse – declarou Flora. – Obrigada *mais uma vez*, Capitão Bom Samaritano.

Ele a encarou.

– Essa é nova. Geralmente, as pessoas ficam bem gratas quando as ajudo na montanha.

– Ficam? – perguntou Flora, que estava sentindo frio, fome e muita ingratidão. Ela refletiu sobre isso. – Obrigada.

– Não foi nada – respondeu Charlie, seco.

Bramble se remexeu um pouco na maca, mas Flora o acalmou. Charlie tirou o próprio cinto, e ela observou, chocada, enquanto ele o colocava, com gentileza, em volta do centro arredondado do cachorro para amarrá-lo à maca.

Agora, a chuva estava mesmo passando; era possível ver montanha abaixo até o pequeno porto aninhado na base dela, os campos que iam quase até as dunas e a água batendo no estuário.

– Hora de ir – declarou Charlie. – Certo, meninos. No três, levantem com cuidado e devagar...

Bem quando os meninos estavam se preparando, uma sombra pairou na entrada da caverna. Flora piscou. Lá estava uma mulher grande; não era gorda, só uma presença imponente, uma silhueta de ombros largos e maxilar delineado. Seu capuz impermeável estava amarrado em torno da cabeça; uma gota de água perdida pendia do nariz.

– Tudo certo – anunciou ela, alegre. – Amanhã todos vocês vão ajudar, faça sol ou chuva. Estamos pegando leve com vocês só porque é o primeiro dia. E está quase na hora de jogar *rounders* na lama!

Os meninos comemoraram. A mulher pareceu surpresa quando viu Flora.

– Quem é você? – indagou ela. – Não aceitamos acompanhamento de responsável. Acho que deixamos isso claro.

– Ah, não. Sou...

– E, se você for inspetora, precisamos de um aviso escrito com duas semanas de antecedência. Não que fosse fazer diferença, porque nossos padrões de serviço são perfeitos.

Flora piscou de novo.

– Não, sou...

– Ela é só uma moça boba, dona de um cachorro que machucou a pata – explicou Charlie. – Olha os sapatos dela.

A mulher olhou e caiu na gargalhada.

– Ah, tá – disse ela. – Vocês estão ajudando?

O tom dela mudou quando se dirigiu a Charlie e aos meninos.

– Estamos, Jan! – gritaram eles.

– Bem, que ótimo. Desçam a montanha e voltem imediatamente. Temos muitas salsichas para comer!

Ela não olhou mais para Flora.

Capítulo doze

Flora precisava admitir que os meninos foram muitos prestativos e cuidadosos conforme conduziam a maca pelas partes difíceis, até que, mais uma vez, alcançassem a estrada de terra. É claro que Bramble percebeu que estavam tentando ajudá-lo, porque não se debateu muito e pareceu não se importar com o cinto. Flora coçava de leve as orelhas dele quando conseguia e murmurava algumas coisas, a maioria sobre instrutores hipócritas de Aventuras no Campo que achavam que sabiam tudo. Seus sapatos úmidos chapinhavam no caminho.

Quando se aproximaram da fazenda, Flora gritou para Fintan, que estava cruzando o caminho para alimentar as galinhas, e ele acenou e andou até ela.

– O que foi que aconteceu com o Bramble? – perguntou ele, preocupado. – O que você fez com ele, Flora?

– Não fiz nada com ele! – respondeu Flora, indignada. – Ele tentou escalar uma cachoeira, apesar de ter 75 anos em idade de cachorro! É uma besta!

Ela percebeu que Fintan olhou, um pouco tímido, para Charlie.

– Oi, Charlie. Desculpe por isso. O que minha irmã fez?

– Ela é sua irmã? – perguntou Charlie. – Meu Deus, vocês não se parecem nem um pouco.

– Estou bem aqui – declarou Flora.

– Graças a Deus você estava lá – disse Fintan. – Ela subiu mesmo com esses sapatos? Coitado do Bramble.

– Acho que ele só torceu a pata – disse Charlie. – Provavelmente, amanhã já estará bem.

Os meninos colocaram a maca no chão com cuidado.

– Obrigado, pessoal – disse Fintan. – Vocês querem um...?

– Um o quê? – perguntou Flora.

Fintan franziu o cenho.

– Ah, ia dizer "um pedaço de bolo", mas não temos – murmurou ele.

Antigamente, eram raros os dias nos quais não havia um bolo de fruta esperando por visitantes passageiros. Os meninos os olharam, esperançosos.

– Tem um pacote de biscoitos no meu quarto – disse Flora, relutante. Estava escondendo o pacote para mantê-lo fora do alcance das garras dos irmãos, porque ainda não confiava neles. – Esperem aí.

– Não precisa – disse Charlie. – Temos um jantar nutritivo para eles na montanha. Assim, não comem açúcar.

– Ahhh – resmungou um dos meninos, mas, ao dizer isso, Flora viu que faltava um dente na boca dele.

– Tá bom, então.

– Quer uma xícara de chá? Ou um gole de uísque? – ofereceu Fintan.

– Não enquanto eu estiver trabalhando – respondeu Charlie. – Não, é melhor eu levar os meninos de volta para a montanha. Está ficando tarde.

– Está mesmo – concordou Fintan.

– Desculpe – disse Flora.

Os homens assentiram.

– Tchauzinho – disse Charlie, mas estava falando com Bramble.

Ele acariciou o cachorro gentilmente. Depois, ele e os meninos se viraram e voltaram para a montanha sob a fina chuva de fim de tarde.

– E aí, já passou o surto? – perguntou Fintan.

De volta à cozinha, tudo continuava imundo: nada fora lavado, e a comida endurecia nos pratos e panelas. Flora olhou aquilo e fechou os olhos por um momento. Colocou Bramble na cama dele ao lado do fogão, onde, exausto do sofrimento, ele adormeceu de imediato. Então, ela foi para o quarto.

Fintan gritou atrás dela:

– Se está procurando aqueles biscoitos, eu e Hamish comemos.

– Gosto de biscoito – disse Hamish. – Compra mais biscoito, Flora.

Capítulo treze

– Como é que é esse trabalho? – resmungou Lorna, no dia seguinte. – Você só fica por aí e recebe para fazer literalmente nada?

– Estou esperando o cliente – respondeu Flora. – Fico ao dispor dele. No momento, só estou à espera mesmo.

– Pode tomar café às custas da empresa?

– Posso. – Flora olhou para os produtos do Recanto do Porto com nojo. – Mas acho que não vou fazer isso, em sinal de respeito ao café de verdade.

Flora olhou em volta.

– Colton Rogers já entrou aqui?

Lorna bufou.

– Sério, acho que ele nem está na ilha. Ninguém o vê.

A velha Maggie, que era adepta da vida social de Mure e membro do conselho da cidade, se inclinou para elas e disse, bufando:

– Ele tira dinheiro dessa comunidade e não dá nada em troca. Pega toda a nossa beleza e os recursos naturais... e não gasta um centavo aqui.

Lorna olhou para Flora, que balançou a cabeça com veemência. Ela não queria que Maggie soubesse que Colton era seu cliente.

– Parece até o homem invisível – disse Lorna. – Podia pelo menos vir tomar uma cerveja.

– Acho que os americanos não fazem isso. Acho que gostam de beber suco de clorofila – disse Flora.

Maggie pareceu surpresa.

– Bem... – disse ela, inclinando-se outra vez. – É bom ver você de novo, querida. Veio passar o verão?

– Hum, não, é só... uma visitinha – respondeu Flora.

– Seu pai vai ficar feliz.

– É o esperado – disse Flora, pesarosa.

– Hum, bom... – comentou Lorna, ciente de que a amiga estava ficando melancólica de novo. – *Nós* estamos felizes em vê-la.

– Isso mesmo – concordou Maggie. – E você vai dançar de novo? Tenho certeza de que a senhora...

– Não – respondeu Flora, breve.

Maggie e Lorna se entreolharam.

– Olá – gritou uma voz alta da porta.

As garotas se viraram. Parada lá estava uma mulher grande e forte que Flora não reconheceu de cara.

– LORNA! – gritou a mulher.

– Jan – disse Lorna, sem a sua energia amigável de sempre.

Flora percebeu que era a mulher da colina, da chuva.

– Como estão as coisas?

– Nada mal, nada mal.

Flora achou que Lorna parecia bem deprimida.

– Jan, já conheceu Flora?

– Não – respondeu Jan.

– Na verdade, oi, nos conhecemos ontem – disse Flora, tímida.

A mulher apertou os olhos.

– Ah, SIM! – berrou ela. – Você é a rabugenta. Acredita que ela subiu a colina sem sapatos adequados?

– Bem, ela viveu aqui por quase trinta anos – disse Lorna em tom brando. – Acho que tem permissão.

– Teria morrido se não a tivéssemos encontrado.

– Claro que eu *não* teria morrido – disse Flora, zangada.

– Essas montanhas são perigosas.

– É, eu sei disso, já que nasci e fui criada aqui, valeu.

Jan bufou.

– Sério? Porque para mim você parece de cidade grande.

– Ah, obrigada – disse Flora, mas logo depois ficou irritada porque se deu conta de que não era um elogio.

– A viagem está boa? – indagou Lorna, rápido.

— Bom, é claro que temos grandes responsabilidades com nossos amigos menos privilegiados – declarou Jan. – E é por isso mesmo que estávamos pensando... Você refletiu mais sobre aceitar algumas das crianças na escola?

— Já expliquei – respondeu Lorna. – Adoraríamos receber todas as suas crianças, mas elas precisam morar aqui. Os pais ou responsáveis precisam fazer a matrícula.

— Eles não podem fazer isso! – disse Jan. – Não têm como!

— Bem, então, como vou aceitar as crianças? Seja sensata. Não posso administrar um internato.

— Seria ótimo para elas.

— Sei que seria, mas a Escócia não tem internatos públicos, e, mesmo que tivesse, não temos instalações adequadas, e, mesmo que tivéssemos, não encontraríamos funcionários...

Lorna parecia cada vez mais desanimada.

— Jan, quando quiser trazer as crianças para passar uma semana do período letivo, vamos adorar recebê-las.

— Elas precisam de mais do que isso.

— Tenho certeza de que sim – disse Lorna. – Só sinto muito por não podermos prover mais.

— Mais uma porta fechada na cara deles – falou Jan, e foi embora com um resmungo ofendido.

— Ela parece má – comentou Flora.

— Ah, ela é gente boa – respondeu Lorna. – Administra a Aventuras no Campo para crianças desfavorecidas. Só que acha que tem o direito de implicar com todo mundo que não faz isso.

— Eu sei, conheci a outra metade do negócio.

— Charlie? Ele é legal... e bem gato para um cara do Oeste. Jan só acha que quem não está o tempo todo tentando salvar o mundo não tem senso moral.

— Deve ser cansativo.

— Mas ela é boa no que faz.

— Quem sabe eu deveria fazê-la ficar com meus irmãos – disse Flora, triste. – Ensinar a eles como cuidar de si mesmos por uns dias.

— Você está fazendo o chá de novo?

Flora suspirou.

— Se eu não fizer, ninguém faz. Eles só comem salsichas todas as noites.

Vão todos morrer de alguma doença cardíaca. É isso. Mas não estou torcendo por isso.

Lorna sorriu. Sua própria mãe tivera uma preferência por comida ultraprocessada. O melhor presente que já tinha recebido fora um congelador horizontal. Lorna sempre adorara visitar os MacKenzies. A mãe de Flora, de aparência glamourosa e incomum, vivia às voltas com pratos fumegantes, fazendo tortas perfeitas com terrinas de vidro. Sempre havia um pedacinho de bolo para comer com o leite quente e cremoso que vinha direto das vacas.

– Sei lá – disse Flora. – Pensei em tentar fazer uma torta.

– Quando foi a última vez que fez isso?

Flora riu.

– Não vou falar. Sei que vai usar isso contra mim. Tive a ideia ontem.

– Quer que eu vá com você?

– Cozinhar para minha família e mostrar o quanto você é melhor do que eu em tudo? Nem vem. Já gostam mais de você do que de mim. Tem *certeza* de que não pode se casar com um dos meninos, se mudar para lá e assumir a casa? Vai, todo mundo gostava do Fintan na escola.

Lorna sorriu.

– De jeito de nenhum. Sem ofensa, eu adoro eles.

– E você está tentando ficar com aquele médico.

– Cala a boca – respondeu ela, corando muito.

Lorna tinha a maior queda pelo médico local; chegava a ser maldade de Flora brincar com isso, e ela se desculpou logo.

– Desculpa. Juro que sei bem como é. Meu chefe... Na verdade, talvez você vá conhecê-lo.

Só de dizer isso, Flora enrubesceu.

– Como?

– Acho que ele vem para tentar influenciar Colton.

– Você gosta dele?

– Ele é... atraente. Só isso.

– Você gosta! Ele é solteiro?

– Nem sei – respondeu Flora. – Ele sempre parece estar com uma loura magra e alta, mas não sei dizer se é a mesma garota. Igual ao Leonardo DiCaprio.

– Hum, não parece seu tipo.

– E não é! Na verdade, quando você o vir, trate de me dizer que ele é nojento.

– Tá bom.

– Quer que eu faça a mesma coisa com o seu médico?

– Não se atreva – disse Lorna, leal.

E Flora riu.

– Nossa, é legal ver alguém pior do que eu. Certo, vou sair para comprar as coisas da torta. Me deseje sorte.

– A torta do mea-culpa, né?

– É, é, é – disse Flora.

Mas, enquanto caminhava com o sol quente na nuca e a brisa fazendo seu cabelo esvoaçar, Flora sentiu uma alegria inegável por passar um tempo com a amiga; não uma amiga do trabalho, nem uma amiga passageira, mas alguém que conhecia desde que se entendia por gente.

Capítulo catorze

Flora suou muito enquanto marchava colina acima carregando as sacolas de compra, e já estava com fome de novo quando chegou em casa, mas também sentia aquele cansaço bom pós-exercício e a sensação que sempre aparece quando se acorda depois de um dia ruim: que o novo dia não vai ser tão ruim quanto o anterior. E ainda não tinha notícias de Londres. Não sabia ao certo o que estava acontecendo. Era muito estranho não estar no trabalho mas tampouco estar de férias – sem a impressão de que deveria estar ocupando seu tempo de um jeito melhor nem a sensação de insolação e ressaca (bastava uns quinze minutos, mesmo besuntada de protetor solar fator 50, para ela ficar queimada, e não muito mais do que isso para ficar bêbada).

Bramble a olhou quando ela entrou, e sua cauda pesada agitou-se ritmicamente nas pedras antigas do chão. Claro que ele a tinha perdoado pelo dia terrível. Flora deu uma olhada no curativo – estava imaculado, mas começava a ser roído. Ela achou que o cachorro ia precisar de um daqueles colares em forma de cone. Sempre tinha achado que os animais pareciam envergonhados usando essas coisas.

Não havia ninguém em casa, claro: os meninos estavam fora, espalhados pelos quatro cantos da fazenda.

Flora sintonizou o sinal de internet na rádio Capital FM – que carregou numa velocidade mais lenta que um caracol triste – para que pudesse se animar com os relatos do trânsito de Londres. Os trens tinham sido cancelados de novo e o túnel Blackwall fora fechado. Ajudava saber que nem todo mundo estava se divertindo o tempo todo.

"E tomem cuidado, porque as temperaturas vão chegar a quase 30 graus perto das quatro da tarde, então a volta para casa vai ser pegajosa, pessoal", disse o DJ presunçoso com sotaque americanizado, e Flora revirou os olhos.

Ela olhou a cozinha. Os potes e as panelas que tinha usado para nada no dia anterior ainda estavam na pia, e uma panela de mingau se juntara a eles, uma coisa marrom e laranja antiga que só era usada para o mingau de aveia matinal. Flora tinha uma vaga lembrança da mãe guardando algo – eram selos? – para comprar o conjunto de panelas de diferentes tamanhos. Aquela era a única remanescente. Seus parafusos estavam soltando.

O olhar de Flora acompanhou o raio solar que entrava pelas janelas imundas da cozinha. O lugar estava um nojo. Não era bem culpa dos meninos – eles trabalhavam muito –, mas com certeza alguém precisava dar um jeito naquilo. Havia algo na sujeira e na bagunça que tornava difícil relaxar. Flora não era maníaca por limpeza, nem um pouco, porém aquilo era deprimente e com certeza não fazia bem para eles. Todos iam acabar pegando uma disenteria amebiana.

Não. Não dava.

Flora abriu o ralo antigo da pia e esvaziou o filtro imundo. Conforme ele rodava em círculo com o sabão da lava-louça que claramente nunca havia sido usada, ela começou a lavar tudo à mão, usando uma enorme quantidade de produtos de limpeza que tinha comprado junto com os ingredientes da torta no mercado. Encheu e reencheu a pia de água quente, ligando o aquecedor velho e barulhento de novo e de novo. Ela não lavou só os pratos, mas cada peça de louça suja, empilhando no canto itens para doar ao único bazar beneficente da ilha. Afinal de contas, quando teriam trinta e cinco visitantes precisando de um prato? Quantas canecas-brindes de empresas de fertilizantes poderiam ser úteis em algum momento?

Depois, Flora começou a esfregar as prateleiras, cheias de poeira e anéis pegajosos. Sujou-se ao se ajoelhar para limpar debaixo dos armários e despejou bacias e bacias de água suja pelo ralo. Jogou fora pilhas de folhetos de propaganda velhos e envelopes usados. Juntou contas e extratos de banco e os dividiu em pilhas que poderia organizar com o pai – ela precisava fazer com que ele fizesse as transações on-line, facilitaria muito a vida dele. Talvez. Ou com Innes, pelo menos.

Jogou fora todos os pacotes velhos de massa consumida pela metade e de arroz fora da validade – era surpreendente que não tivesse ratos ali – e arrumou o conteúdo dos armários. Não sabia o que fazer com tudo aquilo, mas era bom saber que havia itens tão peculiares como amido de milho e banha.

A tarefa era cansativa, mas era gratificante ver os resultados conforme Flora reenchia o balde do esfregão repetidamente. Sentia-se triunfante por estar fazendo algo que a tirava do pântano meio apavorante no qual vinha afundando desde que soubera que voltaria. Pensou em Jan na noite anterior, andando na chuvarada, armando barracas para crianças pobres de uma região humilde. Bem, Flora se pegou pensando que Jan não era a única pessoa que conseguia fazer coisas boas, mas logo percebeu que a comparação era ridícula.

Encheu o forno de produtos químicos nocivos – e fez uma anotação mental para descartá-los com cuidado, para que não fossem parar no lago dos patos –, mas precisava deixar que agissem por algumas horas. Era melhor pôr a chaleira no fogo. Estava contente por vê-la brilhando depois de ter sido deixada de molho no removedor de calcário. Flora a lavara sob a torneira bilhões de vezes, vendo com satisfação as escamazinhas brancas desaparecerem. Então ferveu um pouco de água. Encheu as latinhas CHÁ, CAFÉ e AÇÚCAR da mãe, embora tivesse jurado para si mesma que, assim que houvesse algum dinheiro – e precisava conversar sobre isso com o pai também: *havia* dinheiro? –, a primeira coisa que faria seria comprar uma cafeteira decente para não ter que beber o pó solúvel, que tinha largado havia muito tempo.

E então percebeu que esse pensamento dava a impressão de que ela ficaria mais do que uma semana.

E não era o caso. Assim que o trabalho terminasse, voltaria para casa. A *outra* casa. A casa *dela*. Aff. A terminologia era confusa.

Ao esticar o dedo para passá-lo em cima da cômoda recém-polida, Flora derrubou uma pilha de livros de receitas que ficava ali. Tinha comprado vários para a mãe, todos da moda, presumindo que, se ela passava tanto tempo na cozinha, poderia querer experimentar receitas diferentes. Então havia livros da Nigella, do Jamie, qualquer coisa que Flora tivesse achado interessante, desde que não fosse muito técnico nem estranho. Nada com espaguete de abobrinha.

Ela os observou, caídos no chão. Imaculados. Totalmente intocados, quase os únicos objetos que estavam limpos e organizados no cômodo. Sua mãe – que sempre lhe agradecera muito – devia tê-los colocado educadamente na prateleira e nunca mais mexido neles. Nem mesmo para dar uma olhada.

Flora balançou a cabeça, meio sorrindo. Não era de se admirar que o pai sempre tivesse dito que sabia de onde vinha o lado teimoso da filha.

Conforme recolhia os livros, pensando se conseguiria vendê-los, ela se deparou com um caderno velho enfiado entre eles. A chaleira apitou enquanto Flora o encarava. Era ao mesmo tempo novidade – não conseguia se lembrar de já tê-lo visto – e tão familiar quanto a palma de sua mão. Como avistar um estranho na multidão e perceber que o conhecera a vida toda.

Flora se abaixou e o pegou, tentada.

Tinha capa escura com a encadernação vermelha meio frouxa e, dentro, um marcador vermelho combinando. Havia marcas de gordura na capa. Ela o abriu, sabendo, ao fazer isso, exatamente o que era. Não era de se espantar que a mãe nunca tivesse usado os outros livros que Flora lhe dera...

Ela tinha o próprio livro de receitas.

Capítulo quinze

Como Flora podia ter esquecido? Mas é que nunca tinha pensado nas refeições como algo planejado. Sua mãe cozinhava, só isso, e era tão natural quanto respirar. O jantar ficava pronto, sempre, às cinco da tarde em ponto, quando os meninos voltavam dos campos ou da escola. Pedaços enormes de torta de maçã a serem comidos, com leite produzido na fazenda, claro, tirado de uma jarra branca e velha com vacas azuis desenhadas na borda (que tinha sobrevivido à limpeza). Pudins e geleias, fatias grossas de presunto e batatas delicadas, e sempre havia torta. Quando criança, Flora a ajudava, sentando-se ao lado e absorvendo tudo. Ela era muito boa em lamber a colher, mas razoável em passar o fermento, misturar e amassar. Conforme crescia e estudava para as provas, Flora ainda trabalhava ao ritmo da colher de madeira e do rolo de macarrão da mãe. E estava tudo ali.

De repente, sentiu um pequeno soluço de empolgação.

Serviu água na caneca grande, velha e esmaltada que a mãe mantinha cheia o dia inteiro. Estava marcada por linhas castanho-escuras de tanino. Parecia estranho, um pouco íntimo, beber na caneca da mãe. Ela olhou o objeto com curiosidade e decidiu continuar, mesmo que fosse sinistro. Flora estava sendo supersticiosa, só isso. Afundou o saquinho de chá e o deixou mergulhado por mais tempo do que deixaria em geral, abrindo um sorriso irônico. Sua mãe gostava de chá no qual pudesse fazer a colher boiar. Em seguida, Flora pegou a xícara e se sentou na poltrona da mãe, a que ficava mais próxima do fogo, aquela que quase nunca era usada. Ficar sentada não era mesmo o tipo de coisa que sua mãe fazia. Isso só acontecia no aniversário dela, no Dia das Mães e no Natal, quando todos faziam um alvoroço em torno dela, implorando-lhe que descansasse enquanto eles pegavam e carregavam as coisas e faziam tudo por ela.

Flora queria um biscoito, mas não havia nenhum. Em vez disso, acomodou-se para ler o caderno, um pedacinho da mãe, de anos atrás.

Ele exalava um cheiro tênue, como uma essência concentrada da cozinha: um pouco de gordura, um pouco de farinha; simplesmente o cheiro de um lar, acumulado como pátina ao longo dos anos, com dedinhos pegajosos e desesperados para tocar na geleia ("QUENTE! QUENTE! QUENTE!", Flora conseguia ouvir bem fraco o eco da voz da mãe gritando com eles enquanto tagarelavam e se empurravam para se aproximar do líquido de cor preciosa que a mãe passava dias remexendo em uma grande tina no outono, enchendo jarras e as enviando para a feira da vila, para o festival de colheita da igreja e para velhos e doentes de todo lugar). Flora sorveu o chá e virou a primeira página.

A primeira coisa que viu foi um bilhete na letra rígida do pai, a tinta agora se esvaindo. *Te amo, Annie*, dizia. *Espero que escreva algumas coisas lindas aqui.* E estava datado, em um tom desbotado, de agosto de 1978, o que significava que devia ter sido na época do aniversário da mãe.

Flora estreitou os olhos. Era um caderno – lindo –, e não um livro de receitas. Por que tinha se tornado um livro de receitas? O que mais sua mãe teria escrito ali? Ela riu enquanto pensava no pai, que nunca fora muito criativo na hora de dar presentes. Mas talvez sua mãe tenha adorado esse mesmo assim.

Virou a página. Todas as receitas tinham os títulos e as anotações engraçados da mãe. Ali estava uma sopa de legumes. Assim que a viu, Flora conseguiu conjurar o cheiro forte do caldo fervente que a mãe fazia aos domingos depois do assado, da sopa espessa e saborosa na qual resultava. As janelas embaçadas da casa quando ela voltava da escola nas segundas-feiras sombrias de inverno, o cômodo aquecido, iluminado e confortável conforme ela se sentava e fazia o dever de casa, reclamando sem parar que todos os meninos gostavam de Lorna McLeod, o que era verdade, enquanto os irmãos se sentavam à mesa, e sua mãe voltava a encher sua xícara e a de Flora para depois cuidar do fogão.

Em outra página, havia mais uma receita de sopa, dessa vez de rabo de boi, mas a escrita estava diferente. De cara, Flora reconheceu a letra da vovó

Maud – que morrera havia muito tempo; tinha sido uma bruxa do norte, como a mãe –, uma linda caligrafia adornada escrita com caneta-tinteiro. No topo, a avó anotara, em letrinhas fluidas, uma frase em gaélico que Flora não conseguiu decifrar de imediato. Precisou buscar o velho dicionário na sala de estar antes de conseguir entender: "Demorará um bocado... até ficar tão gostoso quanto aquele que eu faço."

Havia algo nessa frase simples e gentil que fez Flora sorrir. Quando se acomodou, sentada sobre as pernas dobradas – o clima tinha mudado, como sempre, e agora a chuva batia suave contra a janela –, Bramble olhou para cima, levantou-se e mancou com cuidado pelo cômodo. Ele baixou a cabeça, se deixou cair e logo adormeceu de novo.

– Espero que esteja se recuperando, e não sendo apenas preguiçoso – sussurrou Flora.

Flora não se lembrava muito bem da vovó Maud, pois, quando nascera, a avó já tinha muitos netos e começava a ficar sem energia. Ela ia ajudar Annie a retirar ervilhas das vagens, e elas bebiam chá e fofocavam em gaélico, o que Flora não conseguia entender, e, de vez em quando, a vovó fazia um comentário meio sarcástico sobre Flora ficar com a cabeça enfiada nos livros, o que fazia Annie estreitar um pouco os olhos, e o assunto era deixado de lado.

Mas Flora achava que havia sido uma relação sincera e afetuosa. Annie, a quarta dos setes filhos vivos da avó, tinha largado a escola com apenas dezessete anos e se casado com o pai de Flora no dia seguinte, em uma missa na igreja, usando um vestido de algodão branco simples que, na verdade, nem era um vestido de noiva.

Flora se recordou de quando sua amiga Lesley tinha se casado. A mãe dela tinha praticamente implorado para comparecer e ficara emocionada com o vestido antigo de renda estilo império de Lesley, com a cauda estreita e o buquê de floras silvestres, enquanto Flora e Lorna reviraram os olhos e se embebedaram, quietas, em um canto, mostrando aos amigos ingleses do novo marido nervoso de Leslie como as garotas da ilha dançavam.

Flora sabia que teria sido bom se tivesse conseguido se casar antes de perder a mãe. Era provável que Annie gostasse disso, muitíssimo mesmo. Não tinha pensado muito em casamento, só na teoria, como algo que poderia acontecer um dia, mas que estava bem distante.

Imaginou se a mãe teria gostado de testemunhar o acontecimento.

Lágrimas brotaram em seus olhos. Bom, não adiantava chorar por algo que nunca sequer acontecera, disse a si mesma, com firmeza, afagando o maxilar de Bramble. Não houvera matrimônio: nenhum namorado nunca a tinha pedido em casamento, nem mesmo Hugh, e ela não gostara de ninguém o suficiente para ficar mais do que um pouco chateada por não receber a proposta. A vida era assim e pronto. Ela virou a página com rapidez.

Enquanto fazia isso, entretida com as letras emboladas e indecifráveis, com manchas de tinta, marcas de comida e palavras aleatórias em gaélico misturadas aos textos em inglês (para não falar das velhas medidas imperiais, tão estranhas, de que nunca tinha ouvido falar – que diabos era um *gill*?), Flora ouviu um barulho na porta.

Ergueu a cabeça, assustada. Seu pai estava parado ali, parecendo ter visto um fantasma. Surpresa, Flora deixou a grande caneca esmaltada deslizar de seus dedos, e os dois a viram cair no chão, fazendo um barulho extraordinário.

– Pai...

– Meu Deus – disse ele, colocando a mão no peito. – Desculpa, querida. Desculpe. Não quis assustar você. Não... Eu só... Você se parece tanto com ela. Está tão parecida com ela, sentada aí. Desculpa.

Flora havia se levantado para pegar uma esponja na pia, que estava de molho no alvejante. Ela limpou o chá derramado.

– Eu estava só...

Seu pai balançou a cabeça.

– Desculpa, menina, desculpa. Eu... Foi um choque, só isso.

– Quer que eu ponha a chaleira no fogo?

Ele sorriu.

– Isso é exatamente o que ela diria se eu tivesse visto um fantasma.

Houve um silêncio. O pai olhou para a cozinha e seus olhos se iluminaram.

– Ah, olha só para isso! – disse ele. – Ah, Flora.

Flora ficou um pouco irritada. Não queria aplausos por esfregar o chão.

– Você deixou bem melhor.

– Então, não bagunce de novo – respondeu ela, com a voz mais ríspida do que pretendia.

– Ah... não. Você encheu a lata de chá!

– Enchi.

– É... – Ele balançou a cabeça. – Sabe... Não tinha percebido mesmo como tudo estava desorganizado.

– Bem, que tal tentar manter organizado agora?

– *Aye... aye* – disse ele. – Vou falar com os meninos. Só voltei para tirar meu...

Ele pareceu confuso.

– O quê? – perguntou Flora, preocupada. A última coisa da qual precisava agora era que ele começasse a perder a memória.

– Meu... meu...

– Bastão? Sanduíche?

Ela preparava um chá para ele enquanto os cachorros velhos e preguiçosos o cutucavam.

– *Ach*, não – disse ele, sorrindo. – Achei que você ainda estivesse fora. Pensei em tirar um cochilinho.

Flora sorriu.

– Claro, vai tirar um cochilo, pelo amor de Deus. Está acordado desde as cinco da manhã!

– Vou mesmo...

O forno Aga ainda estava quente, lógico, como sempre, e ele puxou a outra cadeira – a dele – para perto.

– Não me deixe atrapalhar o que você estiver fazendo – pediu ele, sério.

Curiosamente, Flora percebeu que tinha escondido o caderno na bolsa. Era óbvio que não queria deixá-lo chateado por ver o objeto. Por algum motivo, ela também sentiu como se fosse algo particular, entre ela e a mãe.

– Só estou pensando no jantar – respondeu ela, olhando ao redor.

– Bom, parece que você já fez bastante coisa – constatou o pai.

Ela levou o chá para ele e, de alguma forma, aconteceu algo – uma sensação de trégua, de degelo – que atingiu os dois.

Fintan entrou em seguida, olhando ao redor, irritado.

– Que bom, a fada da limpeza esteve aqui. Querendo mostrar como a gente faz tudo errado, né, maninha? – disse ele.

– Por que está sendo tão agressivo? – indagou Flora.

– Não sei. Talvez porque você fica andando por aqui com cara de decepção porque odeia tudo relacionado a seu passado, família e legado? É, deve ser isso.

Flora revirou os olhos.

– Você está fedendo. O que andou fazendo?

– Nada que seja da sua conta. Nada intelectual o suficiente para você.
Eck o olhou, severo.

– Esteve naquela leiteria de novo?

– Acho que vai ser algo especial, pai.

– Bem, com certeza está gastando bastante do nosso tempo. E do nosso dinheiro.

– Não custa nada fazer.

– Custa, porque, enquanto faz isso, você deixa de semear o campo mais baixo.

Flora se perguntou do que diabos eles estavam falando e estava prestes a perguntar quando Fintan bufou.

– Acho que não tem jantar de novo, né?

– Vou pedir para Innes comprar alguma coisa – disse Eck.

– Não! – exclamou Flora, dedilhando o caderno. – Vou fazer o jantar.

Ambos olharam para ela e riram, e o frágil bom humor de Flora se dissipou na mesma hora.

Capítulo dezesseis

Se Flora tivesse fantasiado sobre a volta para casa, teria sido mais ou menos assim: todos teriam ficados empolgados em vê-la e desesperados para ouvir as histórias de sua vida na glamourosa cidade grande. Certo, talvez não as histórias dos encontros do Tinder, mas com certeza as outras. E seu chefe lindo apareceria e exaltaria suas virtudes, e Flora ficaria muito ocupada e seria importante, fazendo reuniões com Colton Rogers, tratando dos negócios dele sem esforço por toda a cidade, em vez de ficar perambulando por aí, tentando passar despercebida e preencher o tempo.

E então, durante as refeições, os meninos todos ajudariam. Abririam uma cerveja local e trocariam anedotas sobre a mãe e seu cabelo quase branco, e o quanto ela conseguia ser engraçada depois de tomar um xerez no Natal, e todas as histórias que ela costumava contar em relação à vida na ilha – sobre duendes, bruxas, *selkies* e fadinhas –, que Flora achava reconfortantes e encantadoras, mas eles achavam tão aterrorizantes que faziam xixi na cama. Eles ririam, criariam laços e celebrariam a vida da mãe, e Flora praticamente uniria a família de novo, e eles lhe agradeceriam com sinceridade e ficariam muito impressionados com seu incrível trabalho. Depois, ela voltaria para Londres e retomaria a vida de onde tinha parado, só que melhor e mais bem-sucedida, e estaria com um aspecto saudável e bacana por causa do ar fresco e da comida boa.

Flora olhou ao redor, ressentida. O pai já cochilava perto do fogo, o copo de uísque pela metade. Fintan tinha desaparecido de novo, Deus sabe para onde. Enfim.

Abriu o livro na parte de tortas e tirou a carne moída, esquentando a panela levemente e cortando a cebola. Diferentemente do dia anterior, quando tinha entrado em pânico, aumentado o fogo às pressas, sentindo-se observada e julgada, o que resultara em um completo desastre, Flora tentou se acalmar e se recordar do que a mãe fazia. Misturou a massa com as mãos frias, com cuidado, sem pressa, como se já tivesse feito isso centenas de vezes.

Enquanto a torta cozinhava, ela esquentou cenouras e ervilhas para a borda e amassou as batatas cultivadas localmente com um bom pedaço de manteiga da leiteria – acrescentando mais e mais, porque era tão boa – e muito sal, até obter o monte fofo e dourado mais lindo de carboidrato, gordura e sal em uma única tigela de barro. Flora precisou se esforçar muito para não devorar tudo e nem teve que chamar todo mundo: eles apareceram de forma automática às 4h55 da tarde, convocados pelo cheiro delicioso.

– Gostei, Flora – declarou Hamish, e, pela primeira vez, os outros não discordaram dele, apenas trocaram olhares.

– Você encomendou isso? – perguntou Innes.

– Cala a boca – disse Flora. – E agradeça.

Eck olhou para cima, surpreso.

– É exatamente...

Todos sabiam que ele ia dizer "como sua mãe fazia", mas ninguém queria que terminasse a frase. Flora pigarreou e mudou de assunto.

– Então, hein, sei que estou repetitiva, mas... como está a fazenda? – indagou ela, tentando soar alegre.

Innes pareceu confuso.

– Por quê? Vai nos vender para Colton Rogers?

– Claro que não! Só queria saber.

Eck bufou.

Hamish sorriu.

– Gosto da Chloe.

– Ela é uma cabra terrível – afirmou Innes.

– Gosto dela.

Innes suspirou.

– Que foi? – perguntou Flora.

– Nada. É que... Transportar gado... não quero falar disso. É que... Bem, você deve ter ficado sabendo do que aconteceu com o preço do leite.

Flora fez que sim com a cabeça.

– Mas não aqui, né?

– Claro que sim. Não tem escapatória para a gente. E tentar vender o gado no continente, o preço do transporte...

– Por que não vende aqui?

– Onde? Não tem lojas suficientes, não tem comércio suficiente, não tem o suficiente para a gente fazer aqui. Não percebeu? Fala com sua amiga Lorna. Pergunta quantas pessoas estão formando famílias aqui atualmente – respondeu ele, amargo, e se reclinou na cadeira.

Hamish tinha simplesmente pegado a tigela de purê de batata e comia ali mesmo, com uma colher. Flora teria dado uma bronca nele por isso se ela própria não quisesse fazer a mesma coisa. Caramba, tinha se esquecido do gosto de uma comida de verdade.

– A situação está muito ruim? – perguntou ela, olhando para o pai, que não escutou ou fingiu que não.

– Muito, muito ruim – respondeu Innes. Deu uma olhada desagradável para Fintan. – E tem gente que não ajuda.

Fintan olhou para a frente, mastigando, e também não se pronunciou. Innes suspirou quando seu telefone tocou; era Eilidh, sua ex. Ele se levantou e caminhou até a janela grande dos fundos, onde o céu branco estava desaparecendo para dar lugar a um azul muito tardio, mas isso não escondeu o fato de que eles estavam discutindo.

– Tá, eu fico com ela! – gritou Innes, por fim, encerrando o telefonema.

– Com Agot? Você não quer vê-la? – indagou Flora, sem conseguir se conter.

– Claro que quero, mas amanhã vamos passar o arado. Não é lugar para criança – respondeu Innes.

– Ela adora o trator – disse Hamish.

– Eu sei. Adora tanto que corre na frente dele – rebateu Innes.

Innes andou de um lado para o outro e então olhou para Flora.

Ela nunca tinha tomado conta da sobrinha. Na época do enterro, Agot era um bebê. Flora logo tirou da mente todos os pensamentos sobre o funeral. Não entendia muito de crianças; pareciam legais, talvez um pouco exigentes, se levasse em conta o que diziam suas amigas que engravidaram. Infelizmente, quando elas tinham filhos, ficava difícil manter o contato, já que logo se mudavam de Londres. E, se Flora aparecesse para beber alguma coisa, elas tendiam a pegar no sono depois de mais ou menos meia hora.

Eck tirou os olhos do prato, que tinha raspado.

– Nossa Flora pode cuidar dela, né? – perguntou ele, levantando os óculos. – Não está muito ocupada.

– Ah, pai, o senhor sabe que ela tem um Emprego Notório e Muito Importante como Advogada – zombou Fintan.

Flora lhe deu um olhar zangado. Não era sua culpa que tivesse que esperar por um bilionário. Mas era incômodo que eles, evidentemente, achassem que ela não fazia quase nada, como sempre pensaram, ainda mais quando ela sabia que, em Londres, havia uma pilha enorme e crescente de documentos esperando por ela.

E, na verdade, um pouco encorajada pelo sucesso de limpar a cozinha, Flora tinha considerado assumir a maior e mais terrível tarefa de todas: o guarda-roupa da mãe. Torcia muito para que o pai tivesse cuidado disso, mas não havia acontecido. Ela não ia se livrar de nada que ele não quisesse, porém as peças precisavam de arrumação.

– Tenho muita coisa pra fazer – bufou ela.

– É, machucar os cachorros – disse Fintan.

– CALA A BOCA, FINTAN! – gritou Flora.

Ele lhe mostrou a língua.

Todos olhavam para ela. Flora concluiu que elas eram as únicas duas meninas restantes na família.

– Ela sabe ir ao banheiro sozinha?

– Sabe – mentiu Innes.

Flora suspirou.

– Tá bom, então.

Capítulo dezessete

Era uma vez um navio. E uma garota que foi roubada.
– De onde?
– Ah, lá do Norte, bem longe, onde ficam os castelos, para ser levada para um lugar do outro lado do mar. E ela não queria ir.
– Por que não? Por que não?
Mas o farfalhar das saias sumiu, e o amor e o conforto se esvaíram, e ela ficou com frio e sozinha e...

Flora acordou irritada na caminha de solteiro, o sol já alcançando quase toda a coberta, embora fossem somente 6h30, com o cabelo amarrotado e os olhos pegajosos. E ainda não havia nenhuma notícia de Londres.

Agot chegou às 8h30, entregue por uma Eilidh séria, que assentiu de modo breve para Flora e disse que soube que ela havia "aparecido", como se "aparecido" fosse o pior insulto que tivesse conseguido elaborar.

A pequena Agot tinha três anos e causava uma impressão e tanto para uma pessoa tão pequena.

– Essa é sua tia Flora – explicou Eilidh.

Se Flora detectou algum sarcasmo naquilo, bem, estava com um humor sensível.

– OI, TIA FOIA – disse uma voz estranhamente alta e grave, mesmo abafada pelo polegar enfiado com firmeza na boca.

– Vocês duas vão brincar e se divertir muito.

Ninguém na cozinha pareceu confiar muito nessa conclusão. Eilidh entregou a Flora uma grande mochila com nove vasilhas cheias de comida, vários pacotes de lenço e dois pares extras de tênis que não pareciam um bom sinal.

– Consegue dar comida para ela? – perguntou Eilidh.

– Claro! – respondeu Flora, indignada.

– Desculpa, é que... soube que você estava trabalhando.

– Sou multifuncional – rebateu Flora, com os dentes cerrados.

– Ótimo, ótimo – disse Eilidh, vagamente.

Ela beijou a filha, Flora notou, sem dizer-lhe que precisava se comportar ou algo assim e foi embora.

A manhã estava brilhante, fresca e tranquila – deliciosa, na verdade, contanto que se usasse um casaco – e, em geral, Flora teria sugerido levar Bramble para passear, mas ele ainda cambaleava um pouco. Em vez disso, ela e Agot se olharam, cautelosas.

– É A CASA DA VOVÓ – disse Agot, por fim.

Seu cabelo era louro claríssimo, assim como o da avó. De acordo com Eck, elas eram idênticas. O cabelo era longo e a fazia parecer, por algum motivo, de outro mundo, como uma fada trazida pelas ondas do norte, só Deus sabe de onde. Innes ficava resmungando que aquilo atrapalhava e ia ficar preso nas máquinas da fazenda, e a própria Agot reclamava que os guaxinins não tinham cabelo grande, mas a mãe – que tinha o cabelo ralo – sentia muito orgulho da gloriosa cabeleira da filha para cortá-la. Nunca fora cortada, na verdade, e as pontas formavam cachinhos brancos infantis. Flora presumiu que o cabelo fosse objeto de olhares cobiçosos de outros pais. Havia uma quantidade boa de bebês ali, mas a maioria ficava ruiva em algum momento.

Parecia que Agot seria uma fada a vida toda.

– O que você quer fazer hoje? – perguntou Flora.

Agot a olhou com receio, e Flora percebeu, confusa, que isso era algo que ela deveria saber, que precisava de algum plano.

– MAS! – disse Agot.

– O quê?

– É A CASA DA OVÓ!

– Eu sei – respondeu Flora.

Ela levou Agot para fora, e elas se sentaram em uma das pedras que afloravam na frente da casa. De repente, no vento, Flora sentiu o sol esquentar seu rosto e fez um lembrete mental de passar protetor solar na menininha, cuja pele era branquíssima.

– Sua vó era minha mãe.

Agot refletiu sobre isso.

– ELA É MÃE DO PAPAI.

– Era, sim. E era minha mãe também. Papai e eu somos irmão e irmã.

– QUE NEM O GEORGE E A PEPPA?

Flora ficou confusa e decidiu que era melhor dizer que sim.

– É. Que nem eles – respondeu.

Agot balançou as pernas contra a pedra quente.

– ELA NÃO TÁ AQUI?

Flora balançou a cabeça.

– TIA FOIA TÁ TISTE SEM MAMÃE? – perguntou ela, de forma muito casual.

Flora observou a maré batendo nas pedras abaixo do campo.

– Ah, estou. Muito triste – respondeu.

O rosto de Agot começou a enrugar.

– QUER MAMÃE – disse ela, com a voz baixa.

Não era preciso ser uma especialista em crianças para perceber que um problema se formava.

– Está tudo bem – disse Flora, às pressas. – *Sua* mamãe está bem. Eu sou velha.

– EU TENHO TÊS ANOS – disse Agot.

– Isso mesmo. Mas está tudo bem. Sou adulta. Tenho... muito mais que três. Então, está tudo bem, viu?

Agot estava colocando o polegar na boca de novo. Flora procurou ao redor, depressa, algo para distraí-la.

– Ah... Quer ir jogar pedras?

Agot balançou a cabeça, dispensando.

– Olhar as vacas?

– GOTO DE POCO.

– Não temos porcos.

Os lábios de Agot começaram a tremer mais uma vez.

– Ai, ai...

– PAPAI DISSE QUE VOVÓ FAZ BOLO – anunciou Agot, como se tivesse acabado de se lembrar daquilo. Ela olhou para Flora, astuta. – GOTO DE BOLO.

– Tem passado muito tempo com seu tio Hamish? – perguntou Flora.

E então pensou nos bolos de limão suaves da mãe, nos cupcakes minúsculos e nos bolos carregados de frutas que sempre havia na prateleira da despensa.

Flora se perguntou, de repente, se havia uma receita no livro da mãe.

– Podemos dar uma olhada se tem bolo – disse ela.

Radiante, Agot pulou e pegou sua mão de um modo que, surpresa, Flora achou gratificante.

Claro, havia várias receitas de bolo no fim do livro. Para aniversários, Natais e muitas ocasiões alegres. Ao pensar nos potes que Eilidh pusera na mochila, onde só havia, rigorosamente, uvas-passas e frutas secas, Flora decidiu que encher Agot de açúcar poderia parecer deboche. Mas ali estava algo que havia um bom tempo que não fazia, e já tinha os ingredientes. Ao entender, sorriu. Isso mesmo: bolinhos de frutas.

Sua mãe tinha circulado um lembrete no alto da página: FORNO QUENTE MANTEIGA GELADA.

– O QUE DIZ AÍ? – perguntou Agot.

A menina havia pegado uma cadeira da mesa da cozinha e a arrastado de um jeito barulhento, o que fez Bramble bufar, ofendido.

– Diz: "forno quente manteiga gelada" – respondeu Flora. – Porque é disso que a gente precisa para fazer bolinhos.

O rosto de Agot se iluminou.

– GOTO DE BOLINHO. FAZ BOLINHO!

Flora notou que tudo que Agot dizia era curto, enfático e anunciado num tom alto. Ela olhou para o rosto feliz da garotinha e se perguntou por que ela mesma não era tão transparente assim. Transparente com o trabalho, com a família, com o que queria.

– Ah, ok.

Ela acendeu o forno, limpou as mãos sujas de Agot e começou a trabalhar, misturando a farinha, o leite e a manteiga gelada.

Um pensamento lhe veio à mente. Flora não sabia por que não tinha pensado nisso antes. Imaginou se os irmãos já tinham chegado primeiro.

Ela foi até a despensa, a câmara fria fora da cozinha principal, que os meninos não pareciam usar muito. Havia infinitas latas de feijões e frutas – quando sua mãe era jovem, era difícil e custava caro conseguir frutas frescas na ilha. Annie adorava tangerinas, pêssegos e peras em lata. Quando, enfim, as frutas secas passaram a aparecer com frequência, ela sempre se declarava decepcionada com elas quando comparadas com os conteúdos melados das latas que tanto adorava – e ainda estavam lá.

E nas prateleiras mais altas... Isso! Tesouros, brilhando à luz que entrava pela janelinha. Rosa, roxo-escuro, vermelho-vivo. Damasco, morango, amora, amora-branca-silvestre. Era como descobrir um filão inteiro da mãe.

Ao olhar os potes, Flora percebeu que era o fim. A última geleia, o último pedacinho da mãe naqueles recipientes deformados, tocados pelas mãos dela. A maioria tinha sido doada para amigos e vizinhos, mas algumas foram guardadas para ajudá-los a passar pelo inverno. Um inverno que ela nunca tinha vivenciado.

De repente, Flora se sentou e começou a chorar.

– QUE FOI?

Mãozinhas pegajosas a tocaram, tirando, preocupadas, o cabelo da frente do rosto de Flora.

– TÁ CHOIANDO?

– Não – respondeu Flora.

– TÁ – disse Agot, como diria alguém muito experiente em identificar choro. – TÁ CHOIANDO.

Flora parou por dois segundos.

– TÁ MEIOR?

Ela se viu meio sorrindo, meio esfregando o rosto, com força.

– Estou – disse ela. – Estou, sim.

E piscou.

– GOTO DE GELEIA – declarou Agot, alegre.

Flora ponderou sobre isso, olhou para o campo de framboesas silvestres e pensou que não tinha por que deixar aquilo ali, afinal de contas, então pegou o vidro e removeu suavemente a poeira do topo com o dedo.

Os bolinhos nas garras de Agot ficaram bem irregulares. Flora, por outro lado, tinha se esquecido do prazer simples de moldar coisas e da sensação da massa nas mãos, e a dividiu com um pequeno cortador de forma, alinhando os pedaços com perfeição na bandeja untada com manteiga.

– BOLINHOS! – gritou Agot bem alto quando Innes chegou dos campos para o almoço.

– Ah, que ótimo! – disse ele, por instinto, mas se retraiu um pouco quando Agot insistiu que ele experimentasse um dos dela, meio queimados.

Em contraste, os de Flora eram pura perfeição, e ela ficou extremamente orgulhosa de si. Innes até a olhou com um pouco de respeito.

– Posso pegar um de cada? – perguntou ele, cauteloso.

Os bolinhos ainda estavam quentes. A manteiga derretia neles e depois vinha a geleia reluzindo... Uma beleza.

Flora sabia que era só geleia. Mas, com a doçura intensa e o toque levemente ácido das framboesas, vinham as lembranças da mãe, bem ali, remexendo-se frenética, o rosto rosado por causa do calor, avisando-os para não chegarem muito perto do açúcar no fogo. O dia de fazer geleia era sempre cheio de adrenalina: uma espera prolongada até que lhes fosse permitido experimentar a primeira leva, espalhada em um pão recém-assado, com manteiga derretida da leiteria. Seu pai chamava aquilo de pedaço de néctar, e Flora comia todo dia, ao vir da escola pelo caminho escuro, com as tardes ficando cada vez mais curtas até que parecia ser noite o tempo todo. Quando ela chegava, porém, lá estava: aquele cheiro de pão fresco e a geleia espalhada com doçura.

Em silêncio, Flora observou Innes passar exatamente pelo mesmo processo. Ele levou o bolinho até os lábios, mas, antes que desse uma mordida, inalou o cheiro e, por um instante, fechou os olhos. Flora desviou o olhar, envergonhada por tê-lo flagrado em um momento muito pessoal, que ele com certeza não esperava que fosse testemunhado. Houve uma pausa e, depois, ele mordeu o bolinho.

– Ei, maninha. Acho que você conseguiria vender uns desses lá no café.

– Para de graça – respondeu Flora, mas sorria.

Agot, enquanto isso, havia se aproveitado da distração deles e engolido três bolinhos – não os que ela fizera, notou Flora. Em seguida, puxou o pai para baixo, até sua altura, com o olhar de alguém que tinha algo muito importante para comunicar.

– PAPAI! – murmurou ela, alto.

– Que foi, filhotinha? – disse ele, apoiado nas coxas fortes.

– EU GOTO DA FOIA!

Flora se pegou sorrindo.

– E DE GELEIA! – continuou ela, os dedos pegajosos agarrando o braço do pai.

– Bem, é para gostar mesmo. Sua vó fez essa geleia – disse Innes.

– GELEIA DA VOVÓ! – disse Agot, e os dois sorriram com isso.

– Cadê o Fintan?

Innes deu de ombros.

– Deve estar na leiteria. Ele fica escondido lá o tempo todo nos últimos tempos. Não sei o que está fazendo. Nada de bom.

– Será que eu levo um bolinho pra ele?

Innes deu um sorriso melancólico.

– Oferta de paz?

– É tão óbvio assim? – perguntou Flora. – Por que ele está sempre tão irritado comigo?

Innes deu de ombros.

– Não é só com você, ele está irritado com todos nós, não notou?

Ele olhou para a bandeja de bolinhos esfriando.

– Melhor deixar nove para o Hamish.

Flora fez mais alguns, um pouco de chá fresco e saiu, deixando Agot tagarelando no ouvido paciente de Innes. Ela notou que Bramble tinha se levantado também e a seguia, devagar. Flora coçou a cabeça dele e resistiu à vontade de mostrar a língua para Innes. Aquele cachorro gostava dela e pronto.

Flora cruzou o quintal aberto, no qual galinhas e patos vagavam. Ela não gostava das galinhas, mesmo que todo mundo gostasse de seus ovos. Havia algo naqueles olhos pequenos, no modo como se juntavam contra os patos e roubavam o milho, além do jeito triunfante – Flora achava que era de propósito – como faziam cocô nos degraus da casa. De vez em quando, ela entrava em casa e achava um no sofá, o que causava bastante tumulto.

Bramble, tão inútil como cão de guarda quanto em quase qualquer outra função, ficava bem quieto quando as galinhas chegavam; do contrário, elas tentavam bicá-lo e enxotá-lo. Eram galinhas muito mandonas.

– Xô – disse Flora a elas, enquanto a olhavam, desconfiadas. – Vamos, saiam da frente.

– NÃO CHUTA GALINHA – disse uma voz atrás dela.

Ela se virou. Agot estava bem ali, olhando-a com severidade.

– NÃO VAI TER OVO BOM SE CHUTAR GALINHA – afirmou ela, em um tom que indicava experiência própria.

– Tem razão – respondeu Flora. – Não se deve chutar as galinhas.

Agot ficou radiante, feliz por ter feito uma observação correta, e Flora seguiu seu caminho.

A leiteria ficava à direita da saída da casa, um pouco elevada para facilitar a limpeza e para o caminhão entrar e estacionar. Se comparada com a elegância cinzenta e lisa da casa, essa construção era mais básica, com as laterais de ferro corrugado e longas linhas de máquinas.

Ao lado da leiteria ficava a sala azulejada onde a mãe costumava fazer manteiga. De vez em quando, também contratavam uma leiteira para complementar seus rendimentos durante os meses do inverno. Flora não entrava ali desde que voltara. O lugar tinha um cheiro forte, e o vento frio entrava pelo vão entre a construção e o solo. Ela também não gostava dali quando criança, mesmo que adorasse manteiga, como todo mundo; era muito frio e estranho.

Flora bateu à porta e, ao fazê-lo, percebeu como o gesto era esquisito; aquilo mal chegava a ser uma porta, era só uma peça de ferro instalada com dobradiças.

– Fintan?

Sua voz ecoou pela leiteria. Não havia vacas, claro, pois já tinham terminado o trabalho da manhã, e um rapaz da cidade cuidava delas à noite. Restava a essência das vacas, mas Flora, depois de enrugar o nariz o tempo todo nos primeiros dias, tinha, por fim, parado de notar o cheiro, ou passara a achar o odor reconfortante, por incrível que pareça.

Houve silêncio e então um "Aye?" desconfiado.
Flora revirou os olhos.
– Fintan, você sabe que sou eu. Trouxe uma coisa para você – disse ela.
Uma fresta se abriu na porta da sala azulejada. Fintan usava um suéter grande, velho e todo esburacado. O cabelo estava crescendo tanto que chegava a ser meio ridículo. E a barba também estava por fazer.
– O que é?
O ar frio passou pelo vão.
– Está gelado aqui – declarou Flora. O contraste com o quintal banhado pelo sol era bem perceptível.
– É, tem que estar. Não se preocupe, é coisa de fazenda, você não vai entender – respondeu ele, e foi fechar a porta.
– Fintan, deixa disso.
Ele olhou para a bandeja que Flora carregava. Ela colocara o pote de geleia perto do prato.
– Isso é...?
– Achei que ela não ligaria.
– Não estragou?
– Não. Ela fazia geleia como ninguém – disse Flora.
– Ela fazia várias coisas como ninguém – afirmou Fintan.
Houve um silêncio. Depois, Fintan suspirou e cedeu, abrindo a porta.
– Então tá – disse ele, tentando soar casual. – Quer entrar?
Ele olhou para a geleia de novo.
– Fiquei chocada por vocês não terem devorado tudo – disse Flora.
– Eu sei... É que... pareceu errado, por algum motivo. Comer a única coisa que ela deixou.
Flora ficou em silêncio.
– Acho que ela ia querer que a gente comesse.
Fintan assentiu.
– É. Acho que ia, sim.
– Agot com certeza acha que devemos comer.
– Bom, se *Agot* acha que sim...
Ele sorriu, pegou um bolinho e deu uma mordida que encheu a boca. Então, parou.
– Era assim mesmo que ela fazia.

– É, usei a receita dela.

Ele comeu outro bolinho de uma vez só e, por um momento, ficou de rosto franzido.

– Delicioso. Estranho. Delicioso.

Flora lhe entregou o prato e a xícara de chá, olhando ao redor.

– O que você está fazendo aqui mesmo?

Houve um silêncio.

– Ah, é...

– Não precisa me contar.

– Não, eu quero contar, mas... não conte para o papai, Hamish e Innes.

– Por que não?

– Não sei. Eles vão rir de mim.

– Seria bom, em vez de todos rirem só de mim o tempo todo.

– É verdade. Então acho que não vou te contar.

– Não! Conta logo! O que é?

Fintan fez um sinal para ela e fechou a porta como se alguém pudesse ouvi-los.

– Só estava fazendo experimentos – disse ele.

– Do quê?

– É... De... Senta.

Confusa, Flora fez o que ele pediu.

– Tá bom. Experimenta isso e diz o que acha.

O cômodo tinha uma pia enorme e profunda, superfícies de metal e uma mangueira. Era preciso mantê-lo em um nível de limpeza impecável o tempo todo por causa da possibilidade de bactérias invadirem o leite. Fintan sumiu em um canto e voltou com um círculo grande coberto com um pano. Quando Flora olhou bem, percebeu que havia vários iguais guardados em prateleiras.

Ele o desembrulhou com muito cuidado, como se estivesse despindo um bebê. Dentro, havia um queijo grande de aparência macia. Flora olhou para o irmão com as sobrancelhas arqueadas, mas ele não estava prestando a menor atenção a ela. Pegou uma faquinha afiada e cortou uma lasca do círculo, estendendo-o para a irmã.

– Sério? Foi você que fez isso? – perguntou Flora.

– Experimenta logo.

– Experimenta logo? Se tiver feito errado o queijo, você vai me matar.
– Não vou te matar.
– Não estou dizendo que seria de propósito.
– Olha, eu já comi vários. Estou fazendo isso há anos.
– Anos?
– É. Tem sido... um tipo de passatempo.
– *Anos?*
– Experimenta, tá bom?

Flora pegou a faca e, sem muita confiança, segurou o queijo entre os dedos e colocou-o na boca.

Era uma das coisas mais deliciosas que já havia experimentado. Tinha o gosto acentuado de um cheddar envelhecido, mas era mais macio e cremoso, como um queijo azul, com uma enorme riqueza de sabores.

Era assombroso.

Flora estava surpresa.

– Ai, meu Deus! – exclamou ela, devolvendo a faca. – Me dá mais um pouco.

Aos poucos, um grande sorriso foi se abrindo no rosto de Fintan.

– Sério? Você gostou?
– *Sério!* É incrível.

Fintan deu uma olhada na porta, preocupado.

– Não conta para eles. Sério. Por favor, não conta – pediu ele.
– Por que não? – Flora olhou em volta. – Tem um monte de queijo aqui. Há quanto tempo exatamente você está fazendo isso?

Fintan deu de ombros.

– Ah, sabe, eu... precisei fugir um pouco quando... você sabe.

Flora sabia. Quando sua mãe foi para o hospital e nunca voltou realmente para casa.

– Bom, você vai fazer alguma coisa com esse queijo todo?
– Eu... Innes só quer saber de dinheiro.
– Bom, é o trabalho dele.
– E o pai reclama que eu não quero saber de trabalhar.
– Eles não sabem mesmo o que você está fazendo?
– Eles não ligam, né? É só o bobo do Fintan fazendo as coisas dele.

Ele suspirou. Flora olhou para o irmão.

– Família não é fácil – declarou ela.
– Não. Caramba, não é mesmo.
– Pode falar palavrão na minha frente – disse Flora, quase sorrindo.
– Ah, então falar palavrão é legal lá em Londres?
Flora olhou para o queijo com água na boca.
– Posso pegar mais um pouquinho?
– Sério?
– Sério! Quero que Agot experimente. Ele derrete?
– Deve derreter, é um queijo duro com gosto de queijo mole.
Flora pegou um pedaço.
– Vou dizer que comprei em Londres.
– Aí eles nunca vão experimentar.

Flora acendeu a grelha e esquentou o queijo em cima do pão até que as bordas adquirissem um tom marrom aromático, delicioso e um pouco crocante, e o meio amarelo-claro estivesse borbulhando. O pão estava fresco e só um pouco queimado nas laterais. Ela moeu um pouco de pimenta-do-reino em cima e o deu para Agot, que engoliu tudo assim que esfriou o suficiente.
– HUUM! – disse ela, esfregando a barriga e aprovando. – QUE GOTOSO!
Flora sorriu, contente. Era divertido alimentar outras pessoas. Todo mundo comeu sua parte e ela trocou sorrisos com Fintan porque todos estavam gostando, mesmo que fosse algo simples como pão com queijo, e, pela primeira vez, a noite foi tranquila.

Capítulo dezoito

– Isso é a maior sacanagem!

Joel resmungava pelo escritório, e Margo tentava acalmá-lo, sem muito sucesso.

– Por que ele ainda não foi se encontrar com ela?

Margo deu de ombros.

– Deve estar ocupado. Ou acha que ela é inexperiente demais.

– Ela não é inexperiente demais para estar lá de folga às custas dele. Ele pode ser um cliente importante para a gente, e ela está lá se inteirando das fofocas da vizinhança… Fazendo só Deus sabe o quê. – Ele fez uma careta. – Caramba, vou ter que ir para lá. Como é que é que eu chego mesmo àquele lugar onde Judas perdeu as botas?

– Você pode pegar o trem noturno, depois a balsa…

– Pelo amor de Deus. É sério que não dá pra ir de avião?

E foi assim que, furioso, Joel se viu em um pequeno bimotor decolando de Inverness com um punhado de observadores de aves e funcionários de petroleiras, encarando o céu branco pela janela e se sentindo totalmente frustrado com aquela situação ridícula.

Joel não gostava da parte do trabalho na qual tinha que puxar o saco dos clientes, principalmente por causa de uma coisa tão trivial. Ele gostava dos confrontos nos tribunais, sentia-se bem na tensão das noites em claro que eram a tristeza da sua equipe, nas negociações difíceis e, acima de tudo, nas vitórias.

Olhou para baixo. Quem diria que aquele lugarzinho ficava tão longe? Sobrevoavam um mar infinito. Já estava bem mais frio do que Londres quando ele cruzou a pista e embarcou no aviãozinho de doze lugares da empresa Loganair. Ia resolver tudo, bancar o chefe bacana, coisa de que não gostava, colocar a garota na direção certa e voltar para Londres assim que possível. Ela parecera surpresa ao receber notícias dele naquela manhã. Já devia ter esquecido o que é trabalhar.

O sol atravessou as nuvens quando eles começaram a descer em direção a Mure, as redes de arrasto espalhadas pelas vastas águas azuis. Joel, porém, estava profundamente absorto em resumos de outros projetos e não viu nada até que pousassem na frente de um galpão sem graça que servia de aeroporto, aos trancos e barrancos.

Depois da noite tranquila, Flora entrara em pânico total por causa do telefonema. Ela esperara o contato do escritório de Colton, ou então de Margo perguntando, com arrogância, por que ela não estava dando conta do trabalho. Kai tinha sugerido que isso poderia acontecer, mas, quando ela viu o número desconhecido aparecer no celular, não estava raciocinando muito bem.

Balbuciando bom-dia, Flora se olhou no espelho em cima da velha cômoda de seu quartinho. Em volta, estavam as medalhas que usara na sua dança das Terras Altas. Sua mãe tinha guardado todas com cuidado, e também os troféus. Flora balançou a cabeça, meio envergonhada, meio contente.

Seu cabelo estava espetado para todos os lados. Eram oito da manhã; não conseguia se lembrar da última vez que dormira até tão tarde. Era aquele ar fresco todo que a estava fazendo desmaiar. Voltar para lá a fez perceber como andava sofrendo de privação de sono. Parecia estar colocando em dia anos de sono leve londrino, quando estava sempre meio desperta, esperando ouvir ladrões, ou a chegada dos colegas com quem dividia o apartamento, ou os helicópteros policiais, perseguições de carros e festas de vizinhos.

Ali, fora os poucos grunhidos das focas e o farfalhar da fauna silvestre, não havia nada, nada mesmo: só o ar fresco e a calmaria distante das ondas, se fizesse um esforço para ouvi-las, e Flora vinha apagando com força total toda noite.

– Acordei você? – perguntou uma voz seca e lacônica.

Flora deu um pulo como se ele conseguisse vê-la.

– Hã, oi, Sr. Binder.

– Me chama de Joel.

– Hum, eu estou só... Estou esperando. Tenho feito ligações, mas continuam adiando e não sei se devo ficar aqui ou... Quer dizer, estou mantendo o controle de toda a documentação.

Era uma mentira descarada, e Flora se perguntou se ele conseguia perceber, pelo telefone, que ela estava enrubescendo. Xingou a si mesma. Bramble latiu na porta, incentivando-a, e ela conseguia ouvir Hamish gritar procurando pelos sapatos. Aquele lugar era um hospício.

– Chego aí hoje.

De início, Flora não entendeu o que ele dizia. O ambiente estava barulhento e confuso, e aquilo parecia muito improvável.

– O senhor o quê?

Joel suspirou, frustrado.

– Vou pedir para Margo enviar os detalhes da viagem. Você nem encontrou com ele por aí? Achei que o lugar fosse pequeno.

– Não. Até onde sei, ninguém encontra com ele – respondeu ela.

– O que mais sabe sobre ele? Conversou com alguém? Não conta para ninguém o que está fazendo.

– Não sei o que estou fazendo.

Houve um silêncio, e Flora xingou a si mesma por dizer algo tão estúpido. Ele deu um longo suspiro.

– Vou pedir para Margo mandar as informações do voo.

Só havia um voo por dia, mas Flora não fez menção de comentar. Nervosa, foi até a cozinha. Quem sabe conseguisse desenterrar outra receita, fazer algo para se acalmar.

Flora fez o trajeto de cinco minutos até o aeroporto no Land Rover da fazenda. Não dirigia havia tanto tempo que precisou se familiarizar de novo com a troca de marchas. Além disso, o policiamento era pouco em Mure, como sempre. Ninguém se preocupava muito com crianças dirigindo sem carteira aos 14 anos ou menos, pois elas precisavam ajudar nas fazendas e pronto. Como consequência, Flora tinha passado na prova de direção aos trancos e barrancos com um instrutor muito distraído em Fort William; depois, passara dez anos sem dirigir. Era um desafio, no mínimo.

– Onde vai ficar esse seu patrão chique? – perguntara Fintan, com sincero interesse, enquanto ela saía. – Não vai trazer ele para cá, né?

– Rá! Não – gaguejou Flora.

Era completamente maluca a ideia de Joel passando pela porta com um terno feito à mão e sapatos sociais de couro. Ela nem conseguia imaginar, seria como dois mundos colidindo e logo evaporando em uma nuvem de poeira.

– A Pedra não está pronta? – indagou ela.

Fintan franziu o cenho.

– Não. Aquilo lá é uma vergonha. Ele não contratou nenhum trabalhador local, tudo chegou de avião. Vai ficar um horror.

A Pedra era o famoso hotel de Colton Rogers que deveria trazer investimentos para a ilha e gerar empregos, mas que, até aquele momento, não tinha feito nada disso.

– Mas ele ainda está construindo? Ele diz que está quase acabando.

– Bom, acabou sem a gente. – Fintan a encarou. – Está defendendo um bandido, Flora?

– Você não sabe muito das leis – respondeu ela.

Fintan bufou.

– Verdade, desculpa, esqueci que vocês de Londres sabem de tudo. Idiotas.

– Como é que é?

Fintan deu de ombros.

– Eu disse que adoro gaivotas.

– FINTAN!

E a trégua temporária entre eles se acabou.

Capítulo dezenove

Pelo menos, aquele dia apresentava Mure em sua melhor forma. As nuvens corriam pelo céu como se estivessem em um filme acelerado, e o vento soprava fresco. Se alguém encontrasse um canto calmo, porém, como o sol aparecia e desaparecia a cada dois minutos, seria possível apreciar a mudança da luz na água e as faixas douradas nas montanhas. Era uma beleza, e a estação tinha acabado de começar, então não havia uma invasão de alpinistas com roupa de Lycra, nem de ambientalistas preocupados, nem de turistas perdidos.

Flora tinha vestido um de seus ternos de trabalho, e os meninos zombaram e riram dela. É claro que, em dez segundos, já estava com as coxas sujas de lama. Ela franziu o cenho.

– Esse lugar é ridículo.

– Use a roupa certa – disse Fintan, cujas calças pareciam amarradas com cordas.

Flora o encarou.

– Já estamos no meio do dia. Você não deveria estar trabalhando?

Ele suspirou e ficou sem graça.

– É, é, tá bom.

E saiu.

– E PARE DE CHAMAR AS PESSOAS DE "IDIOTAS"! – gritou Flora às costas dele, mas Fintan não se virou.

Flora tinha percebido, depois de ajeitar o cabelo no velho espelho – havia tentado ligar a prancha na tomada, mas explodira todos os fusíveis e várias pessoas começaram a gritar com ela –, que sua pele, em geral um pouco sem cor devido às noites longas e às horas do dia que passava sob luzes fluorescentes, parecia mais rosada e saudável. Havia alguma cor nas bochechas, que costumavam ser tão brancas. Ela passou o rímel que usava sempre e aplicou um pouco de gloss, o coração disparado, ansioso. Kai tinha ligado para ela naquela manhã.

– O chefão está a caminho!

– Eu sei!

– Vocês dois. Sozinhos.

– Cala a boca.

Flora já estava nervosa o bastante. Kai parou e baixou a voz.

– Olha – disse ele, mesmo sabendo que era inútil. – Juízo, tá bom? Ele ainda é seu chefe. Não pode dormir com você. E, se dormisse, seria só porque ele espera serviço de quarto ou coisa assim, tá?

– *Kai!*

– Que foi? Ah, para, só estou falando. Ele só namora mulheres muito, muito magras de salto agulha e cabelo amarelo. Todas elas poderiam ser a mesma mulher, só que ele fica mais velho e elas continuam com 22. Só estou avisando, porque vocês vão ficar aí juntos, longe de tudo... Então, não faz nenhuma maluquice que vá fazer você se odiar. E se o pessoal dos Recursos Humanos souber disso... Quer dizer, o povo lá é bem babaca.

– É porque você dormiu com duas pessoas do RH.

– E foram babacas!

Flora suspirou.

– Pode ser – disse ela. – Talvez eles não ligassem, e, se tivéssemos um casinho de uma noite só, eu desencanaria dele e ficaria tudo numa boa.

– *Flor!* Tá maluca? Você não tem casinhos de uma noite só! Não faz nada espontâneo! Está pensando em pintar o cabelo desde que te conheci. E eu te conheço há três anos! Pinta logo de uma vez!

– Pode dar certo!

– Aquele tom prata, acho que não. Meio azul-marinho, quem sabe...

– Não! Estou falando de mim e Joel.

– Ouve o que você está falando!

– O que é que tem? Gosto dele, a gente dorme junto e depois nunca mais penso nisso de novo.

– Você não é assim.

– Bom, talvez você não me conheça.

Kai ficou em silêncio e então suspirou.

– É, talvez. E o restante das coisas? Ainda está horrível?

Flora ia concordar com toda a ênfase possível, mas olhou para cima.

– Na verdade... – começou ela.

Olhou pela janela da casa enquanto o sol caía sobre as colinas. Bramble tinha mancado até o pedaço mais ensolarado do chão e o seguia pela sala. Flora sorriu.

– Ah, sabe como é. Como estão as coisas aí?

– Ardentes. Tudo cheira a churrasco e lixo.

– Que ótimo – disse Flora, olhando em volta.

Havia um windsurfista no porto, singrando as ondas, saltitando para lá e para cá, correndo com o vento.

– Além disso – disse Kai, triunfante –, como você compraria camisinha? Se Mure for tão pequenininha como dizem, a notícia se espalharia pela vila em cinco segundos.

– Acho que Joel deve ter – respondeu Flora, o mero pensamento fazendo com que ela ficasse muito corada.

Kai suspirou.

– Ele deve ter mesmo. Deve conseguir um desconto imenso por comprar no atacado e guardar todas as doenças nojentas dele!

Eles riram.

– Sério, não vai acontecer nada – declarou Flora. – Ele não tem nem ideia de quem eu sou. Na certa, vai ficar só metade de um dia aqui. E agora tenho que ir buscá-lo.

– Que bom – disse Kai. – Bom, Flora, sei que a gente faz piada com tudo, mas... não é só porque ele é seu chefe. Ele é um ótimo advogado, mas acho que é do mal. Já o vi com clientes. Você não merece isso.

Mas Flora estava, no momento, perdida na visão dos lábios "do mal" de Joel colados aos dela e só conseguiu assentir enquanto desligava.

Ela saiu da fazenda ao ver o pequeno bimotor começar sua descida, sabendo que os dois demorariam exatamente o mesmo tempo para chegar. Ele fazia um pouso agitado enquanto ela pulava no banco ao passar pelos buracos da velha estrada. Imaginou Joel saindo do avião, parando de repente e percebendo que nunca tinha notado a garota do departamento de aquisições, chegando a uma conclusão totalmente nova sobre ela conforme via a luz...

– Ah, você chegou.

Ele encarava o celular em vez de Flora, tentando conectá-lo a algo.

Mesmo em um galpãozinho ridículo no fim do mundo, ele parecia ter acabado de sair de um jatinho particular. Na verdade, era difícil imaginá-lo sem terno; ela nunca o vira usando uma roupa informal, nem na festa de Natal da empresa (que Flora detestara; tinha ficado horas se arrumando e então passara por Joel enquanto ele conversava com sócios e abria breves sorrisos para a multidão de funcionários das equipes de apoio, também vestidos com muita elegância e também tentando se aproximar dele, antes de o chefe ir embora depois de mais ou menos uma hora para ir a algum lugar mais glamouroso), nem nas tardes de sexta-feira no verão, nem nunca. Ela nem conseguia visualizar como ele ficaria de gravata afrouxada, embora quisesse, e muito.

– O carro está bem ali – disse ela, torcendo para não ter ficado corada demais.

Joel foi até o Land Rover, o vento o pegando um pouco desprevenido enquanto saíam do aeroporto.

– É sempre frio assim? – perguntou ele.

Flora achava que não estava nem um pouco frio; percebeu que devia estar se adaptando. Balançou a cabeça.

– Ah, não. Fica bem, bem pior do que isso.

Joel assentiu, abriu a porta do Land Rover e entrou.

Os dois pararam por um segundo. Ele tinha entrado no lado do motorista.

Flora decidiu que naquelas circunstâncias, sendo ele o chefe, o melhor seria seguir a onda e pronto. Então, ela entrou pelo outro lado.

Era raro ver Joel nervoso com alguma coisa.

– Hã... Entrei pelo lado errado – disse ele.

– É – respondeu Flora.

– Nos Estados Unidos, esse é o lugar do passageiro.

– É, mas você mora no Reino Unido, não?

Houve um silêncio enquanto Flora percebia o que os dois já sabiam: ele nunca se sentava na parte da frente de um carro. Fez isso apenas porque a Land Rover não tinha banco de trás.

– Pode dirigir se quiser – disse ela, sorrindo.

Joel não sorriu, era evidente que estava na defensiva.

– Não, não.

– Se quiser, pode – insistiu Flora, tentando entender como é que tinham se enfiado nessa situação constrangedora.

Joel olhou para baixo, claramente sentido o mesmo.

– Eu... Isso é um câmbio – declarou ele.

– Um o quê?

– Um câmbio manual. Não consigo dirigir com câmbio manual.

De repente, Flora teve vontade de rir, mas acompanhada da sensação terrível de que isso não cairia bem. Alguns homens não aceitavam ser alvo de risadas, e Joel, com certeza, era um deles. Em vez de rir, ela saiu do carro e eles trocaram de lado sem olhar um para o outro.

– Então, o senhor vai para o Recanto do Porto? – perguntou ela, assim que os dois se abrigaram, e pôs o carro em marcha à ré.

– O quê?

– Onde vai ficar.

– Ah. Isso. Como é?

Flora não respondeu de imediato.

– Tão bom assim? Que ótimo! Perfeito.

Eles viraram no porto. Joel não fez nenhum comentário sobre as belas casinhas, nem sobre o modo como a rua estreita dava em uma ampla faixa de areia branca. A maioria das pessoas comentava alguma coisa. Ele metralhava o celular, irritado, procurando em vão por um sinal.

– Meu Deus, como você aguenta? – indagou ele.

Do nada, Flora se enfureceu. O dia estava simplesmente glorioso. Se uma pessoa não conseguia ver que aquele lugar era fantástico, então era uma besta. Era estranho Flora estar tão na defensiva visto que ela, como todos insistiam em dizer, tinha fugido de lá o mais rápido possível.

Ela não conseguia evitar. Olhou de lado para Joel: as pernas longas estavam esticadas no espaço à frente, o terno caro cobrindo coxas bem rígidas. Aquilo era ridículo; Flora se sentia como um velho safado.

Estacionou na frente do prédio rosa-claro ao lado do preto e branco descascado do Recanto do Porto. Já tinha sido uma farmácia, mas a dona, uma imigrante inglesa, voltara para o Sul a fim de ajudar a filha com o bebê recém-nascido. Ninguém tinha tomado seu lugar, e o imóvel ficou ali feito um dente faltando na fachada do porto. Flora ficava triste ao vê-lo.

Na frente do Recanto do Porto, dois pescadores velhos de barba longa fumavam cachimbo. Pareciam hipsters do Leste de Londres, e Flora torceu para que Joel presumisse que eram isso mesmo. Se ele acharia que o carpete pegajoso e ondulado era questão de estilo, já era outra história.

A gerente preguiçosa, Inge-Britt, veio até a porta. Usava uma espécie de roupa de baixo – não seria a camisola dela, seria? Flora não achava impossível. Ela saiu do carro, e Joel chegou com sua mala cara. Quando o viu, Inge-Britt sorriu, mostrando os dentes perfeitos.

– Opa, olá – disse ela, erguendo as sobrancelhas.

– Este é meu chefe, que vai se hospedar aqui – declarou Flora com ar grave. – Joel Binder. Tem a reserva dele?

Inge-Britt deu de ombros e olhou para ele com interesse explícito.

– Tenho certeza de que vou achar um lugarzinho pra ele.

Joel, que não prestava atenção, se adiantou para segui-la antes de se virar, olhar para Flora e dizer:

– Venha me buscar às duas.

Flora deu de ombros, virou-se e viu Lorna do outro lado da rua.

– Eu estava só de passagem – mentiu Lorna, irremediável.

Flora revirou os olhos. Lorna observou Joel entrar no Recanto do Porto, cujo interior tinha cheiro de café da manhã.

– E aí?

– Ele é um homem muito bonito – afirmou Lorna. – Vai ter que salvar o sujeito das garras de Inge-Britt.

– Ela cheira a bacon – respondeu Flora, petulante.

– Ah, é, os caras detestam isso – rebateu Lorna.

Lorna foi almoçar na fazenda com a amiga. Flora acomodou-a, fez chá e, para se animar, decidiu preparar uma rápida leva de biscoitos de aveia salgados, com bastante sal e a crocância perfeita do amendoim. Não levou muito tempo para assá-los e, antes que esfriassem, pôs fatias do queijo de Fintan em cima deles.

– *Meu Deus!* – exclamou Lorna ao dar a primeira mordida.

– Né? – respondeu Flora.

– Esses biscoitos estão sensacionais.

– Obrigada! E esse queijo é do Fintan.

Mas era a mistura com a crocância perfeita dos biscoitinhos imaculados que fazia a diferença.

– Isso quase compensa o fato de eu não transar... aff... há um tempo – disse Lorna.

– Não diz isso! – exclamou Flora. – Vai nos dar azar e nunca mais vamos transar.

– Nem vou ligar se eu puder comer essas coisas o dia todo – respondeu Lorna. – Sério. Mais. Mais. Isso. Isso. Isso.

– Vamos deixar claro que não é sexo de verdade – disse Flora.

– Bem, estou colocando coisas boas na boca, então é quase – rebateu Lorna, na defensiva, pegando mais dois biscoitos com um olhar agressivo.

Ela encarou o queijo.

– Fintan? Sério?

– Ele tem feito queijo nas horas vagas. E acho que outras coisas também.

– Aquele menino *detesta mesmo* trabalhar na fazenda.

Flora ficou confusa.

– Você acha? Achei que ele fosse só meio preguiçoso.

– Acho, sim. – Lorna a encarou. – Vai dizer que não notou?

Flora ficou em silêncio.

– Sério? – insistiu Lorna.

Flora deu de ombros.

– Achei que ele estivesse bem.

Lorna lançou um olhar estranho à amiga.

– Flor, ele nunca teve uma namorada, está claramente deprimido, bebe demais...

– Metade da ilha é assim – rebateu Flora, nervosa.

– Bem, é incrível que ele tenha conseguido fazer uma coisa dessas – afirmou Lorna, diplomática. – Enfim, por que está toda produzida?

– Na verdade, estou trabalhando. Tenho mesmo um emprego.

Lorna ergueu as sobrancelhas.

– Seu trabalho devia ser preparar biscoitos de aveia. Porque, vou te contar, você manda muito bem.

Flora balançou a cabeça.

– Nós… vamos encontrar o Sr. Rogers depois do almoço.

Lorna bufou.

– Ah, *nós* vamos, *nós*, né? Falando nisso, Charlie perguntou de você.

– O cara gigante da Aventuras no Campo?

– Ele é legal. Transa com ele, Flor.

– A Jan é mulher dele ou o quê?

– E você liga pra isso? Está *tão* apaixonadinha por Joel…

– Cala a boca! Agora eu *não* vou te apresentar pra ele.

Lorna ficou confusa e, de repente, pegou na mão de Flora.

– Você está mesmo, né?

– Estou.

– Ajuda? – perguntou Lorna num tom mais delicado. – Pensar nele o tempo todo em vez de pensar na sua mãe?

Houve um silêncio.

– Não posso pensar nos dois? – respondeu Flora. E então: – Ajuda, sim.

Lorna assentiu.

– Que bom. Mas vê se não se empolga, tá?

– Você nem conhece o cara!

– Um advogado durão que só namora supermodelos, nunca olhou pra você e veio defender um dono de campo de golfe safado?

– Bom, falando assim…

– O que seus amigos dizem? Os que conhecem ele?

– É. Mais ou menos a mesma coisa.

– Pelo jeito ele é um príncipe. – Lorna sorriu. – A gente se vê depois. Me dá mais uns biscoitos e queijo pra levar. E aproveita e põe um pouco de manteiga. Aliás, posso levar tudo?

Flora a encarou enquanto Lorna despejava o resto do almoço na bolsa.

– Como estou?

– Bota mais rímel. Você tem a maldição da *selkie*.

– Existe um mundo onde cílios brancos são considerados a coisa mais linda do planeta. – Flora suspirou. – E as pessoas fazem fila pra comprar rímeis brancos caríssimos.

– Pra quê? Ainda existe corretor líquido, né?

Flora abanou a mão para ela, fingindo usar uma varinha de condão.

– Para! Para! Sua branquela esquisita!

– *Ruiva!*

Rindo um pouco, Flora saiu de casa e voltou para o Land Rover. Bramble, agora completamente recuperado e capaz de caminhar, estava deitado no banco da frente, aquecendo-se em uma faixa de luz solar.

– Sai – ordenou Flora, curiosa para saber se Joel gostava de cachorros.

Talvez devesse levar Bramble junto. Por outro lado, a possibilidade de Joel *não* gostar de cachorros era pavorosa demais. Podia gostar de um cara durão, até de um cara do mal, alguém que não fosse exatamente muito simpático. Mas era simplesmente impossível gostar de alguém que não gostasse de cachorros. Melhor não arriscar. Além disso, não era uma atitude profissional, mesmo que ninguém de Mure fosse a lugar algum sem seu cachorro. Ela enxotou Bramble do carro.

Capítulo vinte

O veterinário, Ollie, passou por ela dando um breve aceno de cabeça enquanto Flora estacionava no pequeno porto. Sério, por que todo mundo ainda a tratava como uma sulista esnobe do continente que tinha abandonado a terra natal?

Joel a esperava do lado de fora do hotel. Flora imaginara se havia alguma chance de ele ter trocado de roupa – ela sabia que uma pessoa podia, às vezes, ter um grande choque ao ver alguém com roupas casuais. Um homem que parecia chique com as roupas de trabalho podia ser visto com um traje informal composto de uma calça capri horrível feita para crianças grandes e alguma peça maluca como capuz, brincos ou sandálias nos pés cabeludos e então, de repente, tudo que antes tinha sido atraente nele desapareceria de uma vez. Flora torcia para que isso acontecesse com Joel.

Mas ele ainda usava seu terno de caimento perfeito, embora Flora tenha notado – não conseguia evitar, era como se estivesse em perfeita sintonia com tudo que ele fazia – que trocara de camisa. Ele assentiu para ela de modo brusco e voltou a prestar atenção ao celular, tomando o cuidado de entrar no lado certo do Land Rover. Flora refletiu se deveria ter sido mais cuidadosa ao tirar os pelos do cachorro do banco.

– Desculpa pelos pelos de cachorro – disse ela, pensando que talvez conseguisse chegar à questão do animal mais cedo do que pensara, mas ele só deu de ombros.

– Tudo bem – disse Joel, folheando os documentos que ela tinha preparado. – Agora, vamos descobrir por que eu viajei 650 quilômetros até aqui.

Flora virou no caminho estreito que levava ao lado norte da ilha. No topo, ficava o vasto terreno que pertencia a Colton Rogers. As pessoas se perguntavam, enquanto os ventos chegavam do Ártico, por que razão um multibilionário americano decidiria passar as férias naquele lugarzinho no fim do mundo em vez de ir para as Bahamas, as ilhas Canárias, Barbados, Miami ou, literalmente, qualquer outro lugar. Claro que elas comentavam isso entre si; se alguém fora de Mure dissesse algo assim, seria calado por um coro de orgulho nacionalista em cinco segundos.

– Quer dizer, ninguém aqui liga de verdade pro que as pessoas fazem nas ilhas, né? Elas têm bastante vista pro mar.

Flora deu de ombros.

– Está brincando? E, *além disso*, elas não gostam de mudanças. E não confiam muito em quem vem de fora.

Joel a encarou.

– Falando assim, parece até aquele filme *O Homem de Palha*.

– Melhor não dizer essas coisas por aqui.

Ele bufou e ficou em silêncio.

– Mas é um lugar bom pra se crescer. – Flora percebeu que estava tagarelando para preencher o silêncio. – Onde *você* cresceu?

Ele olhou para Flora irritado, como se ela tivesse passado do limite.

– Por aí – respondeu, voltando aos documentos.

Um raio de sol solitário atravessou a nuvem no alto do vale, e Flora olhou para o rebanho de Macbeth: as ovelhas, tosadas para o verão, começavam a descer a colina em direção ao estábulo. Ela lembrou do jovem Macbeth: Paul, que fora da turma dela na escola, um menino engraçado e preguiçoso que ia ser pastor apenas porque não conseguia pensar em nada melhor para fazer na vida do que cuidar de ovelhas, ir para o bar à noite com o pai e os amigos deles e se casar com a garota mais bonita que conhecesse nas festas mensais tradicionais, as *ceilidhs*, coisas que ele fizera em pouco tempo. Flora o observou caminhado de pedra em pedra, na mesma terra que a família dele tinha cultivado por gerações, com passos longos e tranquilos, fazendo algo que nascera para fazer, que compreendia por instinto.

Flora ainda olhava para as colinas quando parou o carro diante dos grandes portões de metal, saiu e apertou o interfone. Uma câmera zumbiu e se virou na direção de Flora, e ela percebeu, sem nunca ter parado para pensar nisso, que estava bem empolgada para ver o interior da casa de Colton. Ninguém nunca era convidado a entrar lá. Havia um empregado que cuidava da terra, mas era um sujeito taciturno que não se misturava, então também não havia fofocas vindas da casa. Existiam boatos a respeito de celebridades e estrelas do esporte, porém nunca foram confirmados.

Os grandes portões de ferro começaram a se abrir. Havia um longo caminho de cascalho que passava por entre árvores de folhagem perfeitamente aparada. Não tinha nada a ver com Mure: canteiros de flores imaculados contornavam a estrada, e a grama parecia ter sido cortada com tesouras de unha.

A casa já tinha sido uma mansão cinza enorme, um lugar grande e ameaçador que fora construído de início para o vigário local, que vinha de uma família rica. Mas o vigário não tinha conseguido suportar os invernos longos e escuros, e seu sucessor fora um solteiro que preferira o alojamento original ao lado da igreja, mesmo sendo escuro e frio. Agora, o vigário morava no continente, indo e voltando, e o médico local ocupava o alojamento da igreja. E Colton Rogers comprara a mansão e restaurava a Pedra dentro do terreno.

A casa não se assemelhava em nada à lembrança que Flora guardava da infância, quando as crianças espiavam pelos portões e alguns dos garotos mais corajosos decidiam explorá-la, ou, pelo menos, insinuavam isso. Naquela época, o lugar era sombrio e proibitivo. Agora, parecia que tinha sido desmontado até restarem só os ossos. As janelas, embora ainda fossem tradicionais, eram novas em folha, brilhando em vez de apodrecer nos parapeitos. As paredes de pedra tinham sido jateadas, ganhando um tom cinza-claro que combinava lindamente com o ambiente delicado do jardim. O cascalho era rosa, muito arrumado e limpo. A enorme porta da frente era de um preto lustroso, enquanto cercas vivas de topiaria em miniatura delineavam os peitoris das janelas.

– Nossa! – exclamou ela.

Joel não parecia impressionado. Talvez não fosse tão admirável assim para ele.

Atrás da casa, havia dependências, incluindo um complexo com uma piscina enorme e muito tentadora com um telhado retrátil para dias ensolarados (tão raros que Flora ficou pensando se tinham chance de usá-lo) e um grande número de carros chiques, incluindo muitos Range Rovers, todos lustrosos e tão polidos. Não parecia haver cachorro algum. Era provável que cachorros bagunçassem os jardins perfeitos.

Era a coisa mais estranha: parecia uma casa grande tradicional, só que muito mais organizada e bonita. Havia cestas de lavandas exibidas de forma artística e um velho poço de pedra com um balde reluzente. Parecia uma versão de Mure feita pela Disney – mas lá estavam eles, na ilha de fato, com nuvens meio ameaçadoras pairando no céu para provar.

Uma pequena empregada, que soava estrangeira e usava até um uniforme preto e branco, atendeu a porta. Flora ficou espantada – nunca tinha visto uma empregada doméstica na ilha –, porém, mais uma vez, Joel não reagiu. Ela presumiu que era assim que as pessoas ricas nos Estados Unidos viviam, sem nunca notar esse tipo de coisa e muito à vontade com o fato. Bem, quem sabe não houvesse nada de mau, pensou ela, em respirar o ar quente, caro e com cheiro de vela aromática enquanto entravam no quarto de calçados imaculado, no qual havia fileiras de galochas Hunter de todos os tamanhos possíveis, até um de bebê. Flora apertou os olhos ao olhar para eles, fascinada.

– Oi, oi!

Fora do escritório em Londres, Colton Rogers ainda era alto, magro e um pouco intimidador. Mantinha o ar do esportista profissional que já tinha sido, antes de pegar os ganhos do esporte e investi-los em um monte de start-ups do Vale do Silício, pelo menos duas das quais extremamente bem-sucedidas.

– Oi, Binder, que bom ver você de novo. Agradeceria por ter se dado o trabalho de vir até aqui, mas acho que visitar Mure não é nenhum sofrimento, né?

Joel deu um resmungo evasivo. Flora imaginou como seria o quarto dele no Recanto do Porto. O melhor ficava bem acima do bar, onde o barulho crescia à noite com o passar das horas. Ela torcia para que ele gostasse de música popular com violino... e de canções muito, muito longas sobre pessoas que vieram do mar.

– É Flora, certo?

– Olá, Sr. Rogers.

– Quer dar uma olhada por aí?

Flora quase disse "Claro", mas lembrou a tempo que não cabia a ela decidir.

– Temos negócios a tratar – disse Joel.

– É, é, mas estou pagando por isso, né? Sempre estou pagando por vocês, advogados superchiques. Então, é melhor eu me divertir enquanto vocês me arrancam até os olhos da cara, é ou não é? Vamos lá, vou fazer um tour com vocês – disse Colton.

Ele passou por Flora e Joel em direção ao pátio cheio de veículos brilhantes. Lá, escolheu, entre todas as coisas, um quadriciclo.

– É assim que se anda por aqui, né? Bem melhor que o tráfego terrível de Londres – declarou ele.

Flora se sentou na garupa, segurando a saia para baixo contra o vento, e eles partiram pela propriedade. De novo, por todo lugar, ela se via maravilhada com a quantidade de energia e trabalho que fora direcionado – e que ainda era – para domesticar a linda natureza de Mure e transformá-la em uma versão mais organizada e precisa de si mesma. Havia um córrego de trutas feito à mão, onde tinham aumentado o rio original, fazendo-o passar em volta de árvores belíssimas. Acrescentaram quedas-d'água artificiais para ajudar a desova dos salmões e as encheram de trutas e salmões para pescadores munidos de iscas artificiais a pescarem nas águas brilhantes. Era lindo, mas, para Flora, parecia uma espécie de trapaça.

– Fecho mais negócios durante uma pescaria do que em três dias de reuniões lotadas em escritórios com ar-condicionado – afirmou Colton. – Detesto Nova York. Vocês não?

A pergunta foi feita para os dois. Joel deu de ombros, evasivo. Flora não sabia o que responder, pois nunca estivera lá.

– Aqueles verões escaldantes! Inacreditável. Não dá para respirar lá. Ninguém consegue. Não sei por que ficar naquele lugar. E os invernos! Congelam até a alma. Aceitem: o clima em Nova York sempre é terrível. Sempre.

– E aqui é melhor? – perguntou Joel, discreto.

– Aqui? É perfeito! Nunca fica quente demais! Respire esse ar. Só respire.

Obedientes, eles respiraram: Joel pensando, irritado, em dinheiro, e Flora apreciando o ar fresco, porém se perguntando por que Colton parecia achar que tudo lhe pertencia.

– Onde você mora? – perguntou Colton, de repente.

– Shoreditch – respondeu Joel.

Flora tentou não revirar os olhos. Aquele era um bairro bacana e moderninho, *claro*.

– Eu estava falando com ela – explicou Colton.

– Na Fazenda MacKenzie – respondeu Flora.

– Qual é essa?

– A que vai até a praia.

– Ah, é. Conheço. É um lugar bonito.

– O senhor vai abrir a Pedra?

– Estou tentando. – Colton enrugou o nariz. – Não consigo... Meu pessoal não quer trabalhar aqui. E trazer o material, não sei se vale a pena.

– Por que as pessoas da ilha não podem trabalhar aqui?

– Porque vocês todos vão embora – respondeu Colton, encarando-a com frieza. – Você não mora de verdade na Fazenda MacKenzie, né?

Flora corou e balançou a cabeça.

– Como está indo? No sustento?

Flora recordou, constrangida, o que Innes tinha dito sobre a contabilidade.

– Mas aqui tem produtos ótimos – acrescentou ela.

– Não vejo muitos deles. A maior parte do pescado vai direto para fora. Tem nabos, se é que você gosta desse tipo de coisa.

– As pessoas gostam, é só preparar direito – respondeu Flora. – E tem algas comestíveis. E queijo...

– Queijo? Onde?

Flora mordeu a língua.

– E existem uns cozinheiros ótimos na ilha.

Colton deu de ombros.

– Hum. Bem, já deveria estar tudo pronto... Talvez eu dê um empurrão no pessoal aqui.

O quadriciclo saltou sobre várias áreas bem abertas de vegetação baixa, interrompidas por novas florestas. As árvores jovens abrigavam bandos de cervos, mais do que Flora já tinha visto em um lugar só. Havia grupos de famílias; dos filhotes, recém-nascidos na primavera, só se viam os rabinhos dançando para cima e para baixo, e os cervos adultos disparavam pelo matagal atrás deles.

Era uma visão muito imponente.

– É permitido caçar cervos aqui? – indagou Joel, parecendo interessado de verdade pela primeira vez.

– Cervos, tetrazes, faisões... É só ficar longe das águias-reais.

– Você tem águias?

– Tenho, e, se eu atirar em uma, vou ser queimado até a morte em uma cerimônia, depois preso por cem anos, depois enforcado, afogado e esquartejado – declarou Colton. Ele viu a expressão de Flora. – Não *quero* caçar uma águia, credo. Estou só brincando. Tem que ter cuidado, só isso.

– Então, você vai trazer seus clientes pra cá?

Flora podia jurar que tinha visto cifrões nos olhos de Joel. Ele era capaz de aprender gaélico só para ter acesso aos colegas de Colton.

– Vou trazer qualquer pessoa aqui – respondeu Colton. – As pessoas de que eu gosto. Ninguém que vá me perguntar onde fica a loja da Gucci mais próxima.

Ele revirou os olhos.

– Onde fica? – perguntou Flora, interessada.

Não esperara gostar de Colton, só que estava descobrindo que gostava. E tinha esperado gostar de Joel, mas estava descobrindo que não tinha certeza disso.

– Reykjavik – respondeu Colton. – Viu, nem é tão longe se usar o jatinho, não sei do que as pessoas reclamam.

Viraram em um caminho de areia perfeito – sério, será que alguém ia até ali alisar a areia toda manhã? Flora presumiu que, para um sujeito tão rico quanto Colton, não era nenhuma complicação designar uma pessoa para fazer isso. Mas de onde vinham todos os funcionários? Será que ele os mantinha hermeticamente selados no porão? Era bem estranho.

E lá estava.

Colton ergueu o braço.

– Olha isso – disse ele. – Olha isso. Nada. Nadinha. Não tem postes de energia, nem antenas de televisão, nem casas e arranha-céus e linhas de metrô e pontos de ônibus e estações de energia e painéis publicitários. Nem calçadas, nem latas de lixo. Não há nada feito pelo homem em nenhuma direção.

Exceto a Pedra.

Não se podia negar que era linda. Flora sabia que não estava concluída e não esperava uma grande melhora no chalezinho em ruínas que antes ficava ali. No entanto, quando desceu do quadriciclo, logo percebeu que estava bem diferente do que fora.

Flora estava maravilhada de verdade. Percebeu que tinha se acostumado com a mentalidade metropolitana ostensiva de que não havia nenhuma razão para sair de Londres e achava provável que ninguém ao norte de Watford Gap conseguisse fazer um cappuccino que não fosse de mistura pronta.

Mas aquilo...

Havia um pequeno píer na frente, contornado por lanternas que se acenderiam durante os meses escuros. Um tapete vermelho de verdade levava até o caminho rochoso. Eles foram até a frente da construção e subiram um lance de degraus de pedra tão limpos que pareciam ter sido aspirados.

O hotel em si era baixo, construído com pedras cinzentas, a mesma cor da paisagem, como se tivesse sido projetado para parecer parte da terra. As portas e os caixilhos das janelas eram cinza-claro, e havia uma luz fraca em cada janela, mesmo durante o dia, que o fazia parecer o lugar mais acolhedor do mundo.

Ouvia-se o arrulhar dos pássaros que sobrevoavam o hotel, mas, fora isso, o único som era o tinido fraco de uma música suave. Flora ergueu as sobrancelhas.

– Podemos pegar hóspedes no porto, viu? – declarou Colton. – Assim, ninguém precisa passar pela minha casa para chegar aqui. Além disso, dá para chegar de barco, o que é legal demais.

Na lateral, havia um lindo jardim japonês com suculentas que podiam sobreviver às investidas do inverno sem deixar de exalar um odor inebriante. Ao lado, um jardim grande de ervas com fileiras de lavanda e hortelã. Flora se viu desejando ter carregado consigo tesouras de unha para colher algumas. E, na parte de trás, ficava uma horta cercada, onde ela teve só um vislumbre de fileiras de repolhos e batatas – imaginou que tudo que crescia ali seria usado no restaurante do hotel. Colton com certeza tinha grandes ambições.

O edifício inteiro ficava à beira de uma praia perfeitamente límpida; a areia era de uma brancura surpreendente, como papel, e parecia estender-se por quilômetros. Atrás deles, havia arbustos de tojo pequenos até as dunas. Adiante, nada além do mar até o Polo Norte. Para Flora, parecia existir um vazio absoluto à frente deles, tranquilidade total por toda parte. Por um instante, ela pensou no quanto Bramble gostaria dali.

– A não ser pela própria Pedra, não tem nada aqui feito pelo homem – continuou Colton, muito sério, como se narrasse o trailer de um filme. – Nadinha mesmo. Têm ideia do quanto isso é raro? Do quanto é improvável? Principalmente neste país pequenininho. Mas, agora, em todo lugar. Existem antenas de celulares no deserto. Tem sacolas de plástico espalhadas pelas florestas da África. Há publicidade em todo lugar, no mundo inteiro. E esse pedacinho dele, com o ar mais fresco e a melhor água, isso é meu, e estou pagando muito para que continue desse jeito: perfeito, imaculado. Não estou aperfeiçoando a Pedra para ficar rico; *já sou* rico. Estou fazendo isso para que fique linda e maravilhosa e, depois que eu morrer, quero deixar para o povo da Escócia... e era por isso que você tinha que ver.

Flora ficou confusa.

– Por quê?

– Porque, logo quando estamos prestes a abrir, querem enfiar um parque eólico enorme bem ali, para ficar zumbindo bem na frente do campo de visão de qualquer pessoa que vier aqui, estragando minha vista, mas, acima de tudo, estragando tudo que torna esse lugar especial.

Como se fosse sua deixa, dois pássaros passaram por eles, trinando um para o outro com os bicos alaranjados, longos e pontudos, como se estivessem combinando o almoço – e quem sabe estivessem mesmo.

– A singularidade deste lugar, o que o torna especial, o que o fará ser especial para qualquer pessoa que vier aqui... Tudo vai desaparecer para satisfazer metas estúpidas de energia renovável. O que, aliás, nem funciona. Quando estiverem usando o combustível necessário pra construir o parque eólico e, meu Deus, transportá-lo para o mar e instalar, vão gastar meio campo de petróleo. Mas, se eles têm que fazer isso, se precisam muito fazer, para encher o bolso de uns caras em Bruxelas ou sei lá, então podem fazer um pouco mais longe. Ou no promontório. Ou, ah, não sei, na frente da sua fazenda, porque a vista não é lá grande coisa.

– Muito obrigada – respondeu Flora.

– Só quero que seja longe daqui. E é por isso que preciso de vocês.

– Geralmente, cuidamos de fusões e aquisições – anunciou Joel, ponderado.

Flora percebeu que ele estava olhando a vista, mas como se não a entendesse. Não olhava como quem compreende o significado; era mais como se estivesse avaliando-a em termos financeiros.

– Quer dizer, o planejamento escocês... é outra história.

– É, mas dá pra resolver? Vocês, eu já conheço. Não quero ter que começar a conversar com algum pedante de Edimburgo que gasta muito dinheiro em papelaria.

Joel assentiu.

– Quem aprova essas coisas?

– O conselho municipal – respondeu Flora, de forma automática. – Eles cuidam do planejamento. A não ser que seja um problema imenso, acho que o Conselho de Mure é quem decide.

– Por que eles não mandam construir em outro lugar?

Colton deu de ombros.

– Não sei. Não sei o que pensam de mim por aqui, mas até agora não tive muito apoio.

Os dois homens, de repente, encaravam Flora.

– Que foi? – perguntou ela, que não queria responder à pergunta e estivera olhando o mar por ter pensado, do nada, que vira a cabeça de uma foca emergir. Ela olhou de novo: sim, lá estava ela, com os bigodes brilhando ao sol. Flora quis cutucar Joel para mostrar, mas é claro que seria totalmente inapropriado.

– O que acham do Colton na ilha? – questionou Joel, parecendo irritado por ela não estar prestando atenção.

– Ah... – Flora não sabia bem o que fazer: contar a verdade ou bajular o cliente. – Bem... Eles não veem você muito por aí – disse ela, acrescentando com diplomacia: – Sabe, você não passa muito tempo aqui.

Colton franziu o cenho.

– Mas trago muito dinheiro pra essa ilha.

Houve um silêncio.

– Com todo o respeito... – começou Flora.

Joel lhe deu um olhar de aviso, mas ela concluiu que não tinha sentido fazer rodeios. Os habitantes não o apoiariam e ponto final.

– Você... Quer dizer, você traz seu próprio pessoal e não faz compras na vila.

– É porque a produção é...

– Só estou dizendo. Você não bebe no bar.

– Por que eu faria isso?

– Não sei. É o que as pessoas fazem – respondeu Flora.

– Por quê?

– Por que os bares existem?

Colton sorriu.

– Tá bom, continue. Como é que estou decepcionando Mure, apesar de investir e construir na ilha, proteger a flora e a fauna...

– Você vai caçar boa parte dela.

– Os escritórios de advocacia estão dando o maior apoio hoje em dia, hein? – disse Colton para Joel, que observava sem dizer nada.

Flora ficou nervosa, sentindo que fora longe demais.

– Desculpa – disse ela.

– Não, não. Na verdade, Colton, isso é útil. Precisamos saber qual é sua situação para planejar nossa estratégia.

– O quê? Saber que todo mundo me odeia?

– Não! – rebateu Flora. – Mas ninguém te conhece.

Houve um silêncio enquanto as ondas chegavam, silenciosas, à areia perfeita.

– Então, preciso bancar o cara legal? Para que as pessoas me apoiem?

– Você poderia ser legal e pronto – explicou Flora, sorrindo um pouco.

Colton sorriu também.

– É, é, tá bom... Falou a advogada.

– Não sou... – começou Flora, mas Joel a interrompeu.

– Que tal uma medida de proteção animal? – perguntou ele.

Flora balançou a cabeça.

– Qual é o problema?

– A ilha é pequena demais – afirmou ela. – Se não pudesse ter um parque eólico por causa da vida selvagem, a zona de proteção cobriria o território todo. Ele não poderia ficar em nenhum lugar.

– Então, que não fique *mesmo*! – disse Colton.

– E aí eles fariam uma usina nuclear – declarou Joel. – E você detestaria.

– Olha ela ali – disse Flora, apontando.

– Quem?

Colton e Joel seguiram o braço estendido de Flora, mas não conseguiram decifrar o que ela quis dizer de primeira.

– Olhem! – exclamou, surpresa. – Não estão vendo?

A foca emergiu com um olhar surpreso no rosto sorridente, os bigodes pingando água.

– Mas olha só para isso – disse Colton.

– Não atire nela – pediu Flora.

Ele revirou os olhos.

– Sim, senhora. Ora essa, não é linda?

– É, sim – respondeu Flora.

Joel franziu o cenho.

– O que é? Um leão-marinho?

Os dois o encararam.

– Você passou muito tempo com tubarões de terno – comentou Colton. Ele olhou para Flora. – Percebi que foi você quem viu.

Flora ficou impaciente.

– Entendi por que existe aquela lenda antiga.

– Que lenda antiga? – indagou Joel.

– A das pessoas-focas – respondeu Colton. – O povo aqui acredita nesse tipo de coisa. Focas que viram humanos. Às vezes, elas se casam, mas, no fim, sempre voltam para o mar. Você é uma dessas? Aquela é sua prima?

Flora fez um esforço desesperado para sorrir, mas não conseguiu.

– Elas não têm a mesma cor que você? – perguntou Colton.

De repente, Flora estava de volta ao funeral, aquele dia terrível, terrível, e foi tomada pela sensação apavorante de que ia chorar.

– Hum – disse ela.

Joel a encarou. O rosto branco de Flora estava perturbado. Na praia branca, diante do mar verde, exatamente da mesma cor dos olhos dela, ele percebeu, de repente, que o que parecia desbotado na cidade se encaixava muito bem ali. Ele mudou de assunto.

– Então, qual é a resposta?

– Mais distante – respondeu Flora, prontamente, conseguindo voltar à conversa. – Em algum lugar em que não dê para ver. Podem construir atrás da ilha ao lado, que está inabitada, a não ser pelos pássaros. Vão ter que rebocar as turbinas mesmo, esse é o custo. Levá-las para mais longe... Não vejo nenhum problema. E os pássaros não vão ligar.

– Quem sabe eles gostem – afirmou Colton. – Uma coisa nova para cagar em cima.

– Então, existe solução. Agora, é basicamente um trabalho de relações públicas – apontou Flora.

Joel lançou um olhar brusco para ela, que completou:

– E também podemos cuidar disso pra você.

– Tá bom, por onde a gente começa? – questionou Colton.

– Pelos conselheiros – respondeu Flora, sorrindo para ele. Então, lembrou-se de uma coisa. – Ah!

– O quê?

– Talvez eu tenha... um conflito de interesses. Meu pai está no conselho.

– Que notícia ótima.

Flora deu de ombros.

– Não sei se ele é seu fã número 1.

– Sério? Vou ter que jogar meu charme em todo mundo?

– Mal não faria.

– Faria mal a mim! – rebateu Colton. – Aqui deveria ser meu paraíso de paz e tranquilidade! Não quero ter que passar cada minuto do dia conversando com velhos bêbados que não consigo entender. Sem ofensas ao seu pai.

– Sei – resmungou Flora.

– Quem mais está no conselho? – perguntou Joel.

E fizeram a lista: Maggie Buchanan, a velha Sra. Kennedy e Fraser Mathieson. Não era um grupo naturalmente a favor de mudanças radicais. O que poderia ser bom para Colton, indicou ele, se não quisessem um parque eólico na vizinhança. E talvez não fosse bom para ele, caso o parque trouxesse eletricidade mais barata para os moradores.

– Bem – disse Joel, enquanto voltavam. – Vocês sabem o que estão fazendo. Vou voltar pra Londres e vocês podem me manter a par dos desdobramentos.

– Espera aí – respondeu Colton. – Quero você aqui para me ajudar a formular as novas propostas. As pessoas vão querer ver um advogado de verdade e quero que elas saibam que estou decidido.

– Ela não serve? – perguntou Joel.

Flora o encarou, alarmada, e ele teve a decência de parecer um pouco envergonhado.

– Queremos causar boa impressão – afirmou Colton. – Saiam por aí amanhã, façam perguntas e depois nos encontramos para jantar. Você pode convidar alguém daqui se quiser – acrescentou ele para Flora. – É melhor começarmos.

Capítulo vinte e um

Flora deu a ré na Land Rover com cuidado, temendo tocar em algum dos carros inestimáveis de Colton. Joel estava sentado ao seu lado, fazendo anotações.

— Bom trabalho — disse ele, e ela o encarou, surpresa. — Ele gostou de você. Agora você tem que trazer as outras pessoas para seu lado. Só Deus sabe por que tenho que ficar aqui.

— Para ele ter um advogado de verdade?

— Um advogado de verdade com muito trabalho a fazer. — Ele se virou para ela. — Mas, se der certo, ele pode trazer uma quantidade extraordinária de negócios para nós. Então...

— Então não estrague tudo!

Ele olhou para ela, franzindo um pouco os lábios.

— Eu falo assim?

— O quê? Não! — respondeu Flora, em pânico.

— Pareceu que você estava terminando minha frase por mim.

— Foi para eu me lembrar de não estragar tudo — rebateu ela, às pressas.

— Hum. — Joel olhou para ela. — Ah, que bom, eu acho.

Flora abordou Maggie Buchanan primeiro. Ela morava sozinha em uma das grandes residências perto da casa paroquial, e Flora sempre a achara muito imponente.

— Ah, a peregrina voltou — disse Maggie assim que abriu a porta, usando um suéter alinhado, uma echarpe e jaqueta de algodão encerado. Dois ou três cachorros vagavam ao redor dos pés dela.

– Olá, Sra. Buchanan.

Flora sentiu como se estivesse prestes a pedir à mulher que a patrocinasse em uma maratona de caridade e não se sentiu muito melhor ao ver que Maggie não a convidou para entrar.

– Então, agora, você é uma moça da cidade grande. – Havia desaprovação em cada palavra.

– Hum.

Flora, meio sem graça, explicou a situação.

– Ah, entendi, você está trabalhando para o americano. – A Sra. Buchanan disse "o americano" como se estivesse se referindo a Donald Trump.

– Ele quer fazer tudo certinho aqui. Fazer coisas legais – disse Flora.

– Bem, ele pode começar preenchendo aquele vazio no porto.

– Como assim?

– A loja rosa, a que está vazia. Ele comprou e não fez nada com ela. Ele quer comprar tudo nessa ilha e transformar num parque temático particular, e eu não vou deixar.

– Tá – respondeu Flora, fazendo uma anotação. – Garanto que consigo conversar com ele sobre isso.

– Consegue, é? – Maggie a observou por cima dos óculos. – Bem, então, boa sorte. Mas o parque eólico pode trazer muito dinheiro para Mure. O americano não trouxe nada.

A conversa com a Sra. Kennedy não foi muito melhor. Além disso, ela tinha muito a dizer sobre a dança de Flora, ou melhor, a falta dela. Flora a ouviu por educação e acabou meio que prometendo procurar seu velho uniforme de dança, embora fosse um milagre se ele ainda lhe servisse.

Decepcionada, ela seguiu em direção ao mercado para comprar alguma coisa para o almoço – percebeu, para sua surpresa, que estava ansiosa para cozinhar – e quase trombou com uma grande figura que guardava embutidos em uma cesta.

– Olá! – disse ele quando a viu, alegre.

Era Charlie, o anfitrião sorridente de Aventuras no Campo. Flora se viu pensando que havia poucos homens em Londres que se pareciam com ele: alguém saudável, amante da natureza, sem o aspecto de quem passa tempo demais debaixo de lâmpadas fluorescentes e dentro de bares sem janelas.

– Cadê seu cachorro? – perguntou ele, franzindo o cenho. – Como ele está?

– Ele está bem, obrigada – disse Flora. – E a criançada?

– Ah, aquele grupo foi encerrado – respondeu ele. – Já acabou o tempo deles e voltaram pra casa. Semana que vem, chegam homens de negócios. Por isso estou comprando os embutidos chiques. – Havia desânimo na voz dele.

– Você não gosta muito deles?

– Dos empresários? Não. Reclamam o tempo todo e são tão competitivos uns com os outros que chega a ser esquisito. Depois ficam bêbados e começam a se pegar e tratar a viagem como se fosse uma festa.

– Não pode ser uma festa? Ou o objetivo é ficar molhado e triste?

– Eles não levam a sério, então não aprendem nada. Reclamam dos mosquitos e nunca veem a beleza da coisa. Se consigo fazer com que tirem os olhos da tela do celular por dez minutos, já é uma vitória.

Flora pensou em Joel, enterrado no celular ou nos documentos.

– Então, por que você topa?

– Porque eles são uns idiotas que pagam uma fortuna pra vir, e isso paga a excursão dos meninos.

– Ah, para, aposto que você ensina alguma coisa pra eles.

– Eu tento – respondeu Charlie, com a expressão um pouco mais suave. – Desculpa. É que mandamos os meninos pra casa hoje de manhã, e estou preocupado com eles. Alguns deles vêm de lugares bem difíceis. Queria… Às vezes, queria que eles não tivessem que voltar pra casa. Um deles me disse isso. Sua casa tem que ser muito ruim pra você ter 12 anos e não querer sua mãe, né?

Os dois ficaram em silêncio por um minuto.

– Bom, deve ser por isso que não estou animado pra receber doze gerentes de contabilidade de Leicester que estão vindo melhorar suas práticas disciplinares entre equipes. – Ele olhou a cesta de Flora. – Desculpa, me ignora, estou sendo implicante. O que vai levar?

– Não sei bem – respondeu Flora, olhando para baixo.

Tinha ido até o açougueiro comprar uma boa carne para assar, comprara um pouco de farinha e agora lia o livro de receita da mãe para ver do que mais precisava a fim de fazer *Yorkshire puddings*, pãezinhos tradicionais para acompanhar o assado. Mas não sabia se a simples presença dos ingredientes bastaria para replicar a alegria dourada, macia e leve dos pãezinhos da mãe.

– É legal você ter voltado para cuidar da sua família – observou Charlie.

– Não voltei! Sério! Estou aqui a trabalho, mas cozinhando um pouco. Eles são crescidos, deveriam cuidar de si mesmos. Só quero mostrar como se faz.

– Bem, seja lá por qual motivo você esteja aqui... – começou ele, então corou um pouco, como se tivesse falado demais.

– Na verdade, estou tentando impedir a construção do parque eólico.

Charlie estreitou os olhos.

– Por quê?

– Porque é feio.

– Você acha? Já viu todos eles zumbindo em dia de ventania? Explorando toda a energia grátis? Acho lindo.

Flora olhou para a cesta dele. Havia biscoitos de aveia salgados e cereais matinais junto com os embutidos.

– Tem muito marrom aí nas suas compras – indicou ela.

Charlie seguiu o olhar dela.

– Daqui a pouco você vai me dizer que biscoitos de aveia não combinam com cereais.

Flora sorriu.

– Assim... Dá para fazer uma torta excelente com o que tem na *sua* cesta – afirmou Charlie.

Ela o encarou.

– Está esperando que eu convide você para jantar?

– Talvez eu coloque os cereais entre dois biscoitos de aveia e morda que nem sanduíche...

– Vou conseguir te fazer mudar de ideia sobre o parque eólico?

– Não.

Flora pegou uma garrafa da cerveja local na prateleira.

– Eu poderia fazer uma torta de carne com cerveja... – brincou ela.

– Odeio parques eólicos, sempre odiei – respondeu Charlie.

Flora sorriu.

– Tá bom. Já que vou cozinhar para um bando de ingratos, é melhor levar alguém para garantir uns elogios.

Flora terminou as compras, e Charlie as carregou pelo caminho até a fazenda.

– Você mora em uma barraca o tempo todo? – perguntou Flora enquanto caminhavam.

Charlie balançou a cabeça, dizendo que havia um escritório da empresa no outro lado da ilha e que possuía um chalé perto dali.

– Então, quando está chovendo, você não fica tentado a ir para casa? – indagou ela, surpresa. – Já que está bem perto?

– Por causa da chuva? Por quê? É só uma chuvinha.

– Porque fica tudo sujo e nojento?

– Não tão sujo e nojento quanto uma barraca quente e pegajosa – respondeu ele. – Não, prefiro um pouco de vento e ar fresco sempre.

Enquanto ele andava, Flora admirou os ombros largos e o modo como ele carregava todas as compras como se não pesassem nada.

– Não sei como alguém pode aguentar o calor, não sei mesmo.

Flora pensou de novo nos dias sufocantes de Londres, quando o ar-condicionado não funcionava bem e todo mundo ficava meio ensebado, sem conseguir dormir direito e reclamando disso. E pensou no fedor que subia da rua.

– E aí, o que você faz nas férias?

Charlie sorriu.

– Ah, vou para qualquer lugar com montanhas. Aqui não tem o bastante para escalar. Às vezes eu vou mochilar nas montanhas Munros. Fui para os Alpes ano passado. Ah, Flora, é lindo lá.

– Você escalou os Alpes? – perguntou ela, sem dúvida impressionada.

– Hum, um ou dois.

– Com Jan?

– Ela é uma ótima alpinista.

Chegaram à casa da fazenda.

– Oi, Innes! – Charles acenou.

– *Ciamar a tha-thu*, Teàrlach – respondeu Innes, que estava debruçado sobre os livros de contabilidade e os empurrou com alívio ao vê-los.

– Não – pediu Flora. – Não troque de língua. É chato e não consigo me lembrar de nada.

– Mas ele é das Ilhas Ocidentais!

– Isso mesmo! Ele é um estrangeiro bobo. Então.

Charlie deu de ombros.

– Não ligo. Mas até prefiro Teàrlach a Charlie. É mais a minha cara – disse ele.

Flora revirou os olhos.

– Bem, você devia ter dito isso quando nos conhecemos!

– Não queria ter que soletrar.

– O que anda fazendo, hein? – perguntou Innes. – Cadê sua fileira de órfãos e abandonados?

– Amanhã chega um barco cheio de palermas – respondeu Charlie. – Então, hoje à noite, vou aproveitar o que aparecer.

– Ah, sim, muito obrigada – respondeu Flora.

Innes se levantou.

– Cerveja?

Todos entraram na cozinha, a qual, para a surpresa de Flora, os meninos tinham limpado depois do almoço. Ela pareceu admirada. Talvez o fato de já estar limpa fizesse alguma diferença. Ou, quem sabe, a limpeza durasse vinte quatro horas e depois o lugar desmoronasse todo de novo.

– Soube que seu chefe está aqui – disse Innes. – Para quê? Para ficar de olho em você?

Flora corou rapidamente enquanto pensou em como seria isso.

– Claro que não. Ele veio ajudar Colton. Vamos impedir a construção do parque eólico – rebateu ela.

– O parque eólico? – perguntou Innes, depois de uma pausa.

Flora assentiu.

– Ele chamou advogados caros e deixou todo mundo nervoso por causa de… um *parque eólico*? – Innes balançava a cabeça.

– Como assim?

– Os problemas... As coisas que ele poderia estar fazendo. Diminuindo o desemprego local. Trazendo dinheiro para a ilha em vez de importar tudo. Cuidando das propriedades dele, tipo aquela casa rosa, que está vazia...

– É, eu sei.

– Mas em vez disso ele quer trazer empresários aqui para atirar nos animais... Pelo amor de Deus, Flora, ele nem compra leite com a gente.

Flora ficou confusa.

– É sério?

– Boa sorte em achar alguém disposto a concordar com o que ele quer. Essa ilha está sitiada, caramba. Parque eólico...

Flora começava a perceber o tamanho da tarefa que tinha pela frente.

– Tá bom, então.

Ela apoiou o livro de receitas e colocou Charlie para cortar as cebolas. Logo, o cheiro aromático do bife, do alho e das cebolas caramelizadas tomou conta da cozinha, o vapor embaçando as janelas. Ela foi até os fundos da casa e, para seu espanto total, encontrou, com a primavera, algumas das ervas da mãe ainda crescendo nos vasos. Pensara que as tempestades de inverno teriam acabado com elas muito tempo atrás. Cortou, feliz, um pouco de tomilho.

Charlie fez uma salada de espinafre para acompanhar. Ela gostou de ter mais alguém na cozinha ao seu lado, e isso era estranho. Não se olhavam nos olhos; em vez disso, se moviam ao redor um do outro com cuidado conforme ela lhe passava a faca ou o ralador. E, quando Fintan, Hamish e Eck chegaram dos campos, resmungando e tirando as botas, tudo estava pronto: o topo da torta tinha inchado e se tornado uma bola dourada deliciosa no forno e havia muito molho. Hamish exibia um sorriso largo no rosto quando todos se acomodaram. Até seu pai comeu, notou Flora, em vez de ficar sentado encarando o fogo como sempre fazia.

– A comida estava ótima – disse Charlie, depois, enquanto todo mundo raspava o molho restante do prato.

– O que tem de sobremesa, Flora? – perguntou Hamish, que tinha comido três vezes.

Flora olhou para Fintan. Então, sorriu.

– Ah, certo – respondeu ela.

Ela foi até a despensa e, com um floreio, trouxe o que tinha preparado naquela manhã quando deveria estar trabalhando nos documentos, mas estivera inquieta demais esperando por Joel.

Em cima de uma travessa de bolo antiga estava um bolo de frutas reluzente.

– Não está muito úmido – avisou ela.

Mas o efeito no cômodo foi instantâneo. Todo mundo se iluminou. Hamish abriu um sorriso enorme. Flora encarou os olhos de Charlie e percebeu que ele lhe fitava, e não conseguiu se impedir de corar.

– Você tem certeza de que não sabia que eu vinha? – indagou ele, rindo para ela.

Em seguida, conforme ela procurava em vão por uma faca, ele tirou um canivete suíço enorme do bolso e abriu uma lâmina enorme, entregando-o para ela com uma reverência floreada. Flora sorriu e começou a cortar grandes fatias.

– Gostei que a Flora veio pra casa – murmurou Hamish quando Innes foi fazer chá.

– Sabe do que precisamos? – perguntou Flora, olhando diretamente para Fintan.

Ele balançou a cabeça.

– Não.

– Não dá para comer bolo de frutas sem uma fatia de...

– Nem vem que não tem, Flora.

– Não tem o quê? – perguntou Innes.

Fintan olhou, nervoso, para o pai. Flora cruzou os braços e o olhou como se estivesse prestes a esconder o bolo. Fintan se levantou e saiu.

Quando ele voltou, cortaram fatias do queijo e as serviram com o bolo. A ideia era que a pessoa desse uma mordida no bolo seguida de uma mordida no queijo e depois tomasse um gole de vinho tinto. Eles não tinham vinho tinto, mas o chá funcionou do mesmo jeito.

Charlie olhou para Fintan, feliz da vida.

– Olha... – disse ele, balançando a cabeça. – Isso está uma delícia.

Fintan sorriu.

– Obrigado.

– Você que fez?

Eck virou o rosto.

– Fez?

Fintan deu de ombros.

– Ah, é só uma coisa que eu ando experimentando.

– Mas é... é...

– Eu só maturei o queijo ao lado de uns barris velhos de uísque.

Eck balançou a cabeça, abalado.

– É isso que você anda fazendo esse tempo todo? Em vez de ajudar no campo?

– Bem, eu não estava no cinema, se é isso que o senhor quer dizer.

Houve um silêncio, e Eck engoliu o resto do queijo sem mastigá-lo.

Sentindo a tensão, Charlie contou uma história engraçada sobre umas das suas turmas horríveis do Aventuras no Campo arrumando briga com uma ovelha, e Bramble veio pôr a cabeça no colo de Flora, e todo mundo bebeu uma taça do vinho caseiro de Eck, o que era algo arriscado, no mínimo. Flora se sentou perto do forno Aga, escutando as vozes felizes, e, pela primeira vez, sentiu-se quase contente, ainda mais porque Charlie também estava obviamente se divertindo (ela presumiu que tivesse a ver com eles estarem dentro de casa e não debaixo de lonas na tempestade, apesar do que ele dizia).

Às oito horas, ele se despediu, mesmo que a velha chaleira estivesse fervendo de novo.

– Que jantar maravilhoso – afirmou ele. – Você é boa desse jeito como advogada também?

– Quer saber se eu sei fazer mais do que cozinhar e realizar várias tarefas para um monte de homens adultos? – respondeu ela enquanto o acompanhava, levando Bramble para andar até o fim da colina. – Tomara.

– Não fale assim – pediu Charlie, coçando a cabeça de Bramble. – Aí, garoto. Flora, é importante o que você está fazendo. Cozinhando, reunindo a família... Quase vi seu pai sorrir.

Flora revirou os olhos.

– Não para mim.

– É uma habilidade. Um dom. Você deveria se orgulhar. Qualquer pessoa adoraria fazer algo tão bem quanto você faz.

– Na verdade, é tudo coisa da minha mãe – contou Flora, sentindo que não merecia o elogio. – Ela me ensinou.

– Ela ensinou muito bem. Espera aí. Fintan!

Fintan estava cruzando o quintal, voltando para sua adorada leiteria.

– Oi? – respondeu ele.

– Preciso de um quilo daquele queijo. Para receber o grupo. Pode me vender um pouco? É uma delícia.

Fintan corou.

– Ah, sei lá... Quer dizer, não foi aprovado pelo conselho do queijo nem nada assim...

– Conselho do queijo?

– Para vender. Precisa ter certeza de que não vai intoxicar ninguém.

– Você acabou de dar queijo para a gente.

– É, mas é só a gente. Quer dizer, se você tem clientes e tal...

– Você está se expondo – disse Flora, com ares de importância. – A um processo civil. Quem sabe até criminal, já que estamos debatendo se pode intoxicar as pessoas.

Charlie bufou.

– Deixo os grupos beberem água de riachos cheios de dezenove tipos de xixi de vaca – disse ele. – Acho que eles aguentam um pouco de queijo não pasteurizado.

No fim, Fintan concordou em vender com a condição de que Charlie faria todos que fossem comer assinarem um termo de isenção de responsabilidade que Flora prometeu redigir. Charlie assentiu com uma expressão divertida.

– Ou... você podia pedir para o pessoal do queijo aprovar seu produto e pronto.

Fintan pareceu confuso, mas Flora concordou.

– Você devia fazer isso, Fintan.

Flora e Bramble acompanharam Charlie até o portão.

Pararam em cada lado dele e se olharam. O vento tinha cessado, mas o padrão familiar de nuvens escuras e luz do sol brilhante iluminava a lateral da colina como uma paisagem alienígena. A urze estava baixa nos campos, silenciosa, e o ar tinha gosto de primavera. Charlie se abaixou para coçar a nuca de Bramble, que adorou o gesto.

– Então... – começou ele.

Flora o encarou. Ele era tão firme. Joel era alto, mas tinha uma silhueta graciosa, esbelta. Ela resmungou consigo mesma. Quando pararia de comparar todo homem do universo com aquele cara irritante? Quando superaria sua paixonite e começaria a viver no mundo real?

O rosto bonito e largo de Charlie era bem espontâneo, mas também sereno. Ela conseguia entender a sensação de segurança que ele devia passar às crianças. Quando estava com ele, ela... sentia que estava no presente e pronto. Não se preocupava com a ilha nem com o que as pessoas achavam dela, não pensava no trabalho nem sentia saudade da mãe; era só estar na presença desse homem firme e reconfortante, de fala mansa. Ela sorriu para ele. Charlie sorriu também, tímido.

– Bem, foi bom esbarrar com você – disse ele.

Justo naquele momento, o celular dela, que só conseguia uma barra de sinal ali, tocou. Ela pulou de susto e se virou.

– Flora. – Não houve saudações. – Vou precisar ver suas anotações e com quem você conversou hoje. Preciso saber como está a situação. Consegue mandá-las para mim? De manhã bem cedo? Não sei por quanto tempo mais consigo ficar aqui.

– Claro – respondeu Flora.

Ela olhou para Charlie, mas o feitiço se rompera.

– Era meu chefe. Tenho que...

– Eu sei, eu sei – disse Charlie, sorrindo. – Seu trabalho de verdade.

Ele se virou para ir.

– A gente se vê daqui a uma semana.

– A não ser que chova! – respondeu Flora, sorrindo.

– Se chover, já era.

Flora o observou andando, com passos ágeis para um homem tão grande, descendo a trilha e erguendo a mão por um instante em sinal de adeus, antes de ela se virar e voltar para casa a fim de gritar para os meninos lavarem a louça.

Capítulo vinte e dois

O Dr. Philippoussis era o mais próximo que Joel tinha de… Bom, de qualquer coisa. Joel sempre ligava para ele em horas inapropriadas, mas apenas quando havia alguma coisa o incomodando. O Dr. Philippoussis também era, por sorte, praticamente a única pessoa na face da Terra que conseguia aguentar esse comportamento. Ele só queria saber se o menininho sério que conhecera enquanto entrava e saía da guarda da assistência social – e que agora tinha se tornado um maioral ambicioso e muito bem-sucedido – estava bem, ou mais ou menos bem, na medida do possível.

Durante os anos em que trabalhara como psiquiatra infantil, o Dr. Philippoussis vira muitas coisas difíceis e fizera o possível para não pensar demais nos clientes, concentrando-se em como poderia ajudá-los profissionalmente. Mas, em se tratando de Joel, que tinha fugido – de maneira espetacular –, achava difícil não pensar no garoto. Porque, conforme ele e a esposa refletiam, os dois eram as únicas pessoas que faziam isso.

– Onde você está?

– Só Deus sabe – respondeu Joel. – Sério, é no fim do mundo. – Ele olhou pela janela. – São dez horas da noite e ainda tem muita luz do dia.

– É mesmo? Parece incrível.

– Bem, não é. Não consigo dormir.

– Então, o que está fazendo? Trabalhando?

– Claro – disse Joel, olhando os arquivos sobre a mesa instável de seu quarto.

– Não pode fazer uma caminhada? Dar uma olhada por aí?

– É uma ilha. Não tem para onde ir, e é um caso bobo… e não sei. Acho que estou pronto para outra etapa.

– Você… não conheceu ninguém?

– Já falei que não estou… não estou interessado nisso. Trabalhar me ajuda. Trabalhar é o que quero fazer.

– Há um mundo inteiro lá fora, Joel.

– Que bom. Então, vou me mudar para Singapura. Quem sabe Sydney. Sair pelo mundo.

– Você tentou fazer algum daqueles exercícios de atenção plena?

Joel bufou.

– Não estou precisando de dicas de bem-estar, Phil.

O Dr. Philippoussis sabia que não adiantava tentar consertar Joel. Ele só precisava estar lá para atender o telefone.

– Tá bom, Joel. Marsha está mandando um abraço.

Joel assentiu, desligou e puxou o laptop. Pensou em abrir as cortinas, mas não havia nada lá fora exceto as ondas batendo na praia, delicadas e pacientes, perenes.

Capítulo vinte e três

Flora agora já tinha conversado com todos os seis integrantes do conselho da ilha, exceto o pai; ia deixar que Joel e Colton o abordassem. Nenhuma das conversas fora animadora, apesar de que, pelo menos, o vigário corpulento tinha sido gentil com ela e se interessado pelo que ela estava tramando. Embora isso possa ter acontecido porque ela levara para ele uma caixa de tortinhas de geleia que tinha preparado naquela manhã.

Era a coisa mais estranha: parecia que, agora que Flora tinha começado, não conseguia parar. Era como se tivesse calado esse lado de si mesma ao ir embora, assim como havia suprimido toda a sua antiga vida. Mas o simples ato de peneirar farinha, cortar manteiga e quebrar ovos com uma mão só, de fato, fez com que ela se sentisse mais próxima da mãe, em vez de lhe trazer lembranças tristes, e lamentou não ter pensado nisso antes.

No entanto, mesmo com o apoio do vigário (talvez) garantido, ainda havia algumas notícias ruins para Colton. E Flora lembrou que naquela noite jantaria com ele. E com Joel.

– Por que está tão alegre? – perguntou Fintan, sentado na frente da lareira na casa, escutando-a cantar músicas da ilha enquanto preparava um bolo de grãos.

Ela não parecia perceber o que estava fazendo, e ele lembrou-se da mãe cantarolando também.

– Vem aqui, Fintan – disse ela. – Você vai ter que assumir quando eu for embora. É evidente que você é muito talentoso. Me deixa mostrar como se faz uma *cottage pie*.

Fintan franziu o cenho.

– Ah, agora que é minha vez de fazer o curso da Mamãe, é?

Flora se virou, surpresa e irritada.

– Como assim?

Fintan, que já havia tido uma discussão terrível com o pai naquele dia sobre perder tempo com aquela besteira de queijo, não estava num clima conciliador.

– Sempre foi você, né? Sempre era você que a mãe deixava ficar na cozinha. Ela mandava a gente sair para você poder ficar estudando em paz para as suas provas preciosas. Era sempre a Florinha especial com a mãe.

As palavras dele machucaram e lágrimas surgiram nos olhos de Flora.

– Do que está falando?

– Você nem precisava voltar para cá para esfregar na nossa cara quanto tempo ela passava com você.

– Isso não é justo! – exclamou Flora, muito irritada. – Nem um pouco! Por anos todo mundo ficou me enchendo o saco para eu voltar e cumprir meu "dever". E, quando eu volto, sou agredida por isso.

Fintan deu de ombros.

– Bem, bom pra você. Não preciso que você transmita seus segredos fantásticos sobre uma droga de *cottage pie*. – Ele fez uma careta. – Eu cozinho bem. Só não aprendi com a Mamãe, tá? Vão lá pra fora, meninos.

Ele estava imitando a mãe, e Flora quis bater nele.

– Do que está falando?

– Do que acha que estou falando? Você sempre foi a favorita dela. Foi você que pôde ir embora e fazer o que quisesse. Ah, não, o trabalho de escola da Flora é muito importante. Ah, não, Flora precisa de sapatos de dança novos. Ah! Flora foi para a faculdade!

A dor na expressão dele era óbvia. Flora largou a faca que tinha pegado para cortar cenouras.

– Você não pode pensar assim. Ela te adorava.

– Ela nunca enxergou ninguém além de você e Innes.

– Claro que enxergou.

Eles ficaram quietos por um instante.

– Então, se ela enxergava alguém, não era a mim.

Flora deu um passo à frente.

– Ah, Fintan, acho que ela... ela sabia a vida que levava e queria que a minha fosse diferente, que eu fosse embora, só isso.

Houve um silêncio terrível em seguida, e Flora se virou, sabendo por instinto que era o pai, voltando para casa exatamente no momento errado e escutando o que ela dissera.

O rosto dela ficou vermelho de vergonha.

– Pai! Pai! Oi! Eu... estava pensando em fazer uma *cottage pie* com Fintan.

Eck olhou para os dois com uma expressão muito cansada.

– Não, não precisa, menina – murmurou ele. – A gente compra fora. Não quero te dar trabalho.

– Não dá trabalho nenhum!

– É isso que você acha? – indagou ele.

E então, com a cozinha toda em silêncio, ele pegou o jornal e foi se sentar perto da lareira.

– Tá bom – disse Flora.

Ela limpou as mãos no papo de prato e enfiou o bolo de grãos no forno com força. Se não conseguia melhorar a situação, era melhor ir embora antes que a piorasse.

– Estou saindo.

– Para onde? – perguntou Fintan, mal-humorado.

– Vou para a Pedra jantar com Colton Rogers.

Fintan ficou confuso.

– Está aberta?

– Quase. Acho que vão fazer um teste com a gente.

– Eles têm chef e tudo mais? Ouvi dizer que... que o lugar ficou maravilhoso.

– Ficou lindo – respondeu Flora, sincera.

Fintan se levantou.

– Me leva – pediu.

– Você não foi convidado.

– Ah, é, vai ter gente chique de Londres, né? E americanos, é claro. Vocês vão se sentar e beber champanhe e rir do povinho que mora aqui. Os idiotas, como vocês acham que somos.

– Fintan! Para!

Ele se jogou, mal-humorado, na cadeira.

– Não se preocupe comigo! Vou ficar aqui sozinho e pronto.

Flora se irritou.

– Ah, pelo amor de Deus. Cadê os seus amigos, Fintan? Quer dizer, você é novo e aparentemente não é feio, mas só fica sentado aí o tempo todo olhando o queijo e me criticando. Qual é o seu problema?

– Caso não tenha notado, minha mãe morreu, lembra? – rebateu Fintan.

Eck ignorava os dois. Flora foi até o irmão.

– Eu sei. Foi quando eu precisei dos meus amigos mais do que nunca – disse ela.

– Bem, os meus se mudaram para o continente – retrucou Fintan. – Mas eu não pude ir, né?

Houve um longo silêncio.

– Se quiser... – disse Flora, por fim. Colton *de fato* tinha dito mesmo que ela podia levar alguém. – Pode vir comigo.

Isso não melhoraria a situação, mas ela não podia deixá-lo ali, com o pai sofredor, os dois encarando um ao outro.

Fintan pareceu confuso.

– Como assim?

– Pode vir ao jantar, se quiser.

– Sério? Com Colton Rogers?

– Com Colton Rogers. E meu chefe.

Fintan não se importava muito com o chefe dela, mas se animou de imediato.

– Sabia que ele inventou a BlueFare?

– Sei, sim. Coisa de tecnologia. Blá-blá-blá. Ele inventou tudo.

– Nossa! – exclamou Fintan, olhando para as próprias roupas. – Não tenho nada para usar.

– Você deve ter alguma coisa.

Fintan suspirou.

– Tenho meu terno de enterro.

– Não chama assim, chame de terno de casamento. Você comprou para o casamento do Innes, não foi?

– Meu *Deus*, aquela palhaçada – disse Innes, que acabava de entrar com

Hamish, ambos completamente alheios à atmosfera do cômodo. – Nossa, não, chama de terno de enterro mesmo, por favor. – Ele olhou para o forno. – Ah, legal, o que tem pra comer hoje?
 – Na verdade, nada – respondeu Flora. – Eu e Fintan vamos sair. Desculpa.
 – Podemos ir também?
 – Não, mas vocês podem tirar o bolo de grãos daqui a 27 minutos.

Capítulo vinte e quatro

Flora escolhera um vestido preto sóbrio. Tinha olhado no espelho e concluído que a peça a deixava muito pálida, como uma criança fantasma da Era Vitoriana, mas não havia outra opção. Teria que dar um jeito de melhorar um pouco a aparência.

No fundo do guarda-roupa, ficava a caixa de joias da mãe. Ela nunca tinha usado nenhuma joia além da aliança de casamento e de um par de brinquinhos de diamante que colocava no Natal, porém Flora sabia que havia algumas coisas lá que a mãe herdara – imaginou que agora lhe pertencessem, apesar de preferir que fossem para Agot. Não se sentia forte o bastante para usar a maior parte dos pertences da mãe, mas sabia que, um dia, precisaria ser forte e encarar o fato de que, depois que uma pessoa se vai, ela não precisa mais das coisas que a rodeavam e a definiam.

Mas esse momento ainda não tinha chegado. Com certeza, ainda não. Bem, ela começaria aos poucos para ver como se saía.

A caixa estava do mesmo jeito que Flora lembrava que era quando brincava com ela na infância. Um broche brilhante de pena de pavão, as penas azuis e verdes em um conjunto de filigrana em prata fosca, toda entrelaçada. Não havia pavão algum em Mure, então só Deus sabia a origem daquilo; talvez tivesse sido presente de algum parente rico de Edimburgo ou de um dos primos que tinham se mudado para Terra Nova e Labrador ou para o Tennessee, querendo exibir seu sucesso.

De onde quer que fosse, era lindo. Sua mãe nunca tinha usado – devia ter achado as cores muito chamativas e a peça frágil, talvez valiosa, embora Flora não soubesse. Mas que pena, pensou ela agora, pegando o broche com cuidado. Que pena possuir algo tão bonito e ter que passar a vida inteira guardando-o para um momento especial que nunca chegou.

A mãe e o pai iam às *ceilidhs* da cidade; todo mundo ia, era quase uma obrigação de quem morava em Mure. Seu pai se enfileirava com os outros fazendeiros no bar, bebia a cerveja local e conversava sobre o preço dos alimentos, enquanto a mãe, com um visual incomum de batom, ficava com as outras mulheres. Flora não conseguia se lembrar de seus pais saindo para jantar nem fazendo qualquer coisa só para passarem um tempo juntos. Ela não tinha nenhuma memória disso. Logo, nunca houve motivo, nunca houve uma ocasião boa o bastante para o broche.

Ela o pegou, olhando-se no espelho, e pôs no alto do vestido, do lado direito.

No início, ficou preocupada: será que ficaria parecendo uma líder de clã das Terras Altas? Quando se olhou com mais atenção, porém, viu que o verde das penas salientava o dos olhos dela, o azul era tão bonito que atraía olhares por conta própria, e o acessório realçava o vestido simples, fazendo toda a diferença.

Sorrindo, alegre, ela foi até a sala de estar. Seu pai não tinha se mexido.

– Pai... Tudo bem se eu pegar emprestado o broche da mãe?

Ele mal virou o rosto, só acenou com a mão. Innes e Hamish estavam parados ao lado do forno com ar confuso.

– Vão logo, vocês dois – disse ela. – *Cottage pie*. Anotem, vou deixar a receita. Carne moída, batatas e queijo do Fintan. Não é difícil.

– Nossa, olha só vocês! – exclamou Innes. – Parecem o desfile da cidade. Lindos.

– Cala a boca – disse Fintan.

– Não liga para o Innes – pediu Flora. – Por que você dá atenção? Ele está sendo um paspalho.

– Não estou, não!

– Está dando uma de paspalho, para.

– Para você!

– Pai! – gritou Fintan. – Todo mundo está pegando no meu pé.

– Fala para o Innes parar de ser paspalho! – gritou Flora, mal-humorada.

– Parem de ser paspalhos, todos vocês – disse Eck de trás do jornal.

Innes mostrou a língua para Flora.

– Tá, vamos logo. Boa sorte com a torta – disse Flora.

Hamish se virou quando ela chegou à porta.

– Você está bonita, Flora – declarou ele.

– OBRIGADA, HAMISH! – respondeu ela em voz alta para enfatizar.

Colton dissera que mandaria o barco para levá-los até a Pedra. Flora estava empolgada.

Ela e Fintan caminharam até o porto, apreciando a luz fraca atrás deles, além dos campos verdejantes onde as vacas descansavam depois da ordenha. Fintan estava elegante de terno, mas nervoso, o que deixou Flora um pouco irritada, pois ela não queria parecer nervosa também, embora estivesse. Sentia a necessidade de interpretar o papel de uma pessoa adulta que trabalhava em Londres e dominava a situação.

O ar da noite estava límpido e fresco e tinha o gosto de um copo d'água gelado. O mar parecia uma lagoa, refletindo uma pequena faixa de nuvem branca no horizonte plano. Na verdade, era lindíssimo. Flora ficou orgulhosa por Joel estar visitando a ilha naquele momento e não no meio do inverno, quando a chuva caía o tempo todo, parando apenas para criar um arco-íris breve e vistoso e uma fenda nas nuvens antes de voltar a cair. Não que Joel parecesse ter notado a paisagem. O clima podia variar muito, mas, nessa noite, tudo estava tranquilo, e havia uma sensação de absoluta atemporalidade no lugar conforme viravam na rua principal e os mesmos prédios antigos e coloridos seguiam em direção ao muro do porto. Flora os contou como costumava fazer na infância – roxo para o padeiro, amarelo para o açougueiro, laranja para o médico, azul para o bar. Hoje, não havia mais nada na casa rosa.

Bertie Cooper, que pilotava o barco, estava no cais, sem o boné, esperando educadamente. Ele achava Flora o máximo, mas tinha muita vergonha de chamá-la para tomar um drinque, principalmente quando ela ia se divertir com os caras chiques da cidade grande, ainda mais Colton Roger. Ele suspirou, era melhor nem tentar.

– Oi. Você está bonita – declarou ele, tímido.

Flora sorriu, o que a deixou ainda mais bonita. Ao fazer isso, ela percebeu que não sorria de verdade havia muito tempo. Não contavam os sorrisos profissionais, nem os sorrisos automáticos de quando alguém perguntava como ela estava, nem os sorrisos das baladas com Kai, de quando ela por fim tinha bebido vinho a ponto de esquecer tudo que estava acontecendo. Um sorriso verdadeiro, feliz, acompanhado da sensação incomum de ansiar por uma coisa.

Tinha enviado uma selfie pelo Snapchat para os amigos, só para apavorá-los e diverti-los às suas custas. Kai respondeu dizendo que, se Flora fosse para a cama com Joel, ele nunca mais falaria com ela de novo, nunca. Lorna, muito sensata, perguntou se o chefe dela tinha ficado mais legal desde que tinha chegado e, aliás, se ele fosse feio, ninguém perdoaria aquele comportamento. Flora sorriu de novo. Chegou à conclusão de que não havia a menor chance de acontecer algo entre ela e o chefe taciturno e egocêntrico.

Mas isso não excluía o fato de que estava uma noite linda e eles iam comer num restaurante de adulto de verdade. Ela estava acompanhada por um homem bonito – certo, era seu irmão, mas e daí? – e ia ser uma beleza. Ela entrou devagar no barco com um ar incomum de autoconfiança. Talvez fosse o broche.

Capítulo vinte e cinco

Flora gostou de observar a reação de Fintan conforme eles se aproximavam da Pedra. Era ainda mais impressionante para quem chegava pelo mar do que pela estrada. A ideia de estragar a paisagem idílica com vastas estruturas de metal parecia mesmo muito errada.

Embora ainda estivesse claro, as lanternas no cais estavam todas acesas, e Bertie a ajudou a sair do barco com um sorriso enorme.

Joel e Colton já estavam no bar, que ficava à direita da entrada do grande salão, com um fogo crepitando na lareira, embora não fosse necessário naquela noite, pelo menos na opinião de Flora e Fintan. Ambos passaram a vida inteira sem a menor tolerância ao calor; qualquer coisa acima de vinte graus tendia a provocar erupções cutâneas. Ar fresco e em circulação era a configuração-padrão deles.

Flora fez o melhor que pôde para não gaguejar, mas sentiu um rubor traiçoeiro tomar conta de seu rosto. Joel tinha trocado a camisa por outra de algodão verde-claro que contrastava perfeitamente com seus olhos escuros. Ele sorriu, olhando Fintan com interesse, o que deixou Flora ainda mais aflita. Ela sabia que Fintan era bonito. As garotas da escola sempre gostaram dos seus irmãos altos: Innes, que tinha os olhos sorridentes e modos atrevidos, e Fintan, de cabelos cacheados e ar melancólico.

Colton usava sua blusa de gola alta padrão, jeans e tênis, com óculos de armação de metal. Era uma vestimenta tão feia que Flora ficou na dúvida se era proposital; por exemplo, se alguém visse uma pessoa tão malvestida, a única conclusão possível seria que ela era tão rica que nunca precisava se preocupar em impressionar alguém.

– Oi – disse Flora. Ela tentou falar com uma voz normal, mas acabou soando estridente.

Fintan encarava Colton Rogers como se ele fosse uma celebridade, o que ela supôs que na ilha ele fosse mesmo: pouco visto, porém muito comentado.

– Hum, este é meu irmão, Fintan. Você disse para eu trazer alguém.

– Oi! – cumprimentou Colton, com um sorriso largo.

Joel mal acenou com a cabeça, como se esperasse algo assim, e Flora sentiu um lampejo de irritação porque era claro que, aparentemente, o sujeito bonito não podia ser seu namorado. Ela se sentou e Colton lhe ofereceu uma taça de champanhe. Flora deu uma rápida olhada em Joel para verificar se podia beber, mas ele pareceu não dar a mínima.

– Sim, por favor – respondeu ela.

– Só meia jarra de cerveja – murmurou Fintan, vasculhando o bolso.

Flora se repreendeu por não ter avisado antes que ele não precisava pagar nada. Colton dispensou o dinheiro dele.

– Vamos nos acomodar? – perguntou Colton.

Todos pegaram as bebidas e o seguiram até o restaurante.

– Vocês são meus primeiros convidados.

– É uma honra para nós – disseram Joel e Flora ao mesmo tempo, e se entreolharam.

Ali, depois do bar confortável e reluzente, as coisas eram bem diferentes. O ambiente era formal e muito silencioso, e era estranho demais estarem só os quatro no restaurante. Flora pegou o cardápio chique, rígido e novinho em folha.

Aqui na Pedra, desejamos lhe proporcionar uma experiência de jantar muito especial... Uma dimensão de explosões sensoriais, os sabores essenciais do amor extraordinário e da criatividade, dizia a introdução, o que Flora interpretou, corretamente, como uma evidência de que seria tudo muito, muito caro.

Tudo tinha "curadoria": havia "pomares" de frutas, "sinfonias" de legumes, "intensidades" de ostras e sardinhas. Fintan parecia agoniado. Flora deu um sorriso para ajudá-lo.

– Colton, talvez você deva pedir por nós, que tal?

– Mas o que você achou? – perguntou ele, olhando ao redor.

Havia cabeças de veados nas paredes, e o tapete era de tartã.

– Tenho certeza de que vai ser ótimo – respondeu Flora. – Mas é chique. É isso que você gosta de comer?

– Não, prefiro um bife.

Ele pediu o menu degustação do chef e algumas garrafas de um vinho cujo nome Flora não conseguia pronunciar, mas descobriu que estava bem feliz em seguir as escolhas de outra pessoa. Além disso, sempre havia a possibilidade de Joel começar a falar demais depois de algumas taças. Quem sabe ela viesse a conhecê-lo um pouco melhor? Talvez o exterior fosse só uma fachada, e ele fosse uma daquelas pessoas que, no íntimo, eram maravilhosas. Ela se imaginou dizendo a Kai: "Ah, depois que você conhece Joel, ele é bem legal. É voluntário num abrigo de animais nas horas vagas, mas não gosta que ninguém saiba disso."

A primeira coisa a dar errado foi o pão. Disseram que era recém-assado, mas era evidente que não, e a manteiga veio em um formato floral, recém-saída da geladeira. Fintan pareceu confuso.

– Eles compraram essa manteiga pronta – sussurrou ele para Flora.

– Pare de sussurrar. É um restaurante. Claro que eles têm que comprar as coisas.

– Ué, por fora parecem fingir que tudo é feito aqui. E olha só essa conversa fiada no menu: "Todos os ingredientes são de origem local, selecionados o mais perto possível do coração da nossa ilha." Tem dez leiterias em Mure – disse Fintan, irritado. – E vou te falar, nenhuma delas bota a manteiga nessas forminhas frescurentas de flor.

– O que foi, pessoal? – indagou Colton, inclinando-se sobre a mesa enorme. A luz estava tão fraca que Flora mal conseguia distingui-lo. Estavam comendo praticamente no escuro.

– Nada – respondeu ela, rápido.

– Bem... – disse Fintan.

– Não! Xiu! – interrompeu Flora.

– Então, como foi hoje? – perguntou Colton.

– Ah. – Ela olhou para Joel.

– Você pode apresentar um novo cronograma e uma nova proposta – respondeu Joel, abrindo a mala. – Estou com os documentos prontos para você assinar antes de eu ir embora. As leis da Escócia não são muito complicadas. É uma proposta sólida, é só levar o parque para trás da próxima ilha.

Tem alguns custos, consequências de manutenção, mas vale a pena para preservar a herança única da ilha para os visitantes e as futuras gerações, blá-blá-blá.

– Certo, bom trabalho – respondeu Colton, avaliando a documentação. – Então só preciso fazer o conselho aprovar a proposta, né? E como está isso?

Flora deu outro gole no vinho. Estava uma delícia.

– Bem, tem algumas questões – declarou ela.

– Tipo o quê?

– Todo mundo está chateado por causa da casa rosa.

– O que é isso?

– A casa cor-de-rosa na rua principal. Você deixou vazia.

Colton parecia confuso.

– Aqui?

– É, aqui!

– É minha?

Flora o encarou, horrorizada com o fato de alguém ter comprado um imóvel e não perceber isso.

– Parece que sim – disse Joel.

– Saco. O que mais? – indagou Colton.

– Funcionários? Há muitos jovens da ilha que talvez voltassem pra casa se houvesse outros empregos aqui além de ordenhar vacas – afirmou Flora.

Fintan fez um som sarcástico, mas Flora o ignorou.

– Mas, sério, tudo se resume ao seguinte: as pessoas não conhecem você. Não sabem quem você é. Acham que você pode ser o Donald Trump ou alguém assim e que, se deixarem você fazer o que quiser agora, o próximo passo será terrível.

– Mas estou tentando proteger o lugar.

– Então, proteja as pessoas daqui – rebateu Flora, simplesmente.

– Hum – disse Colton. Depois, virou-se para Fintan. – Você mora aqui em tempo integral, certo? Você trabalha com o quê?

– Sou fazendeiro – respondeu Fintan, resignado, entornando mais vinho.

– É mesmo? Você não tem jeito de fazendeiro.

– Por quê? Porque não estou mastigando um talo de palha na mesa de jantar?

Ele parecia irritadiço e defensivo, e Flora sabia que era por se sentir deslocado.

– Não – respondeu Colton. – Você é sempre assim agressivo?

– Você viu *Coração Valente* muitas vezes? Está com medo dos nativos violentos? – disse Fintan.

– Fintan! Cala a boca! – sibilou Flora, e virou-se para Colton. – Desculpa. Sabe o que dizem sobre não poder escolher sua família...

– É, bem, você com certeza não escolheu – murmurou Fintan.

Flora percebeu, tarde demais, que ele já havia bebido muito vinho. Houve um silêncio.

– Chega – declarou Flora.

E ela viu que Fintan percebeu, na mesma hora, que tinha passado dos limites.

– Desculpa, maninha – pediu ele. E olhou para as pessoas ao redor da mesa, coçando a nuca queimada de sol. – Desculpa, gente.

O garçom trouxe para eles algo que chamou de "*amuse-bouche*". Dando uma espécie de gargalhada abafada e esquisita, ele descobriu a grande bandeja com quatro tigelinhas de ostras nadando em algum tipo de gelatina.

– O que é isso? – perguntou Colton, um pouco irritado.

– É ostra *surprise de la mer* – respondeu o garçom, orgulhoso.

Sem dúvida, era surpreendente.

Todos deram uma cutucada na comida. Flora tinha crescido comendo ostras selvagens direto da praia ou, às vezes, a mãe as colocava no fogo até que ficassem defumadas e as conchas se abrissem. Flora e seus irmãos queimavam os dedos, mas não se importavam, pois a delícia salgada e defumada no interior era boa demais para esperar esfriar.

Aquilo ali era só um pedaço horroroso de gelatina de peixe em volta de mais gelatina de peixe. Fintan nem sequer pegou o garfo.

– O que é isso? Não entendi o que o homenzinho falou – disse ele.

– Bem... – começou Colton, mas balançou a cabeça em seguida. – Não tenho a menor ideia.

Depois que as tigelas foram retiradas, todos deram uma chance pouco entusiasmada à musse de aspargos e anchovas. A conversa com certeza estava morrendo. Fintan piscava, incrédulo.

– Mas por quê? – repetia ele, o rosto corando. – Por quê?

– Bem... – disse Colton, parecendo aflito e nada feliz por não ter comido um bife. – Eu só disse que queria recrutar o melhor chef, e meu pessoal providenciou...

– É isso que acontece quando você quer uma coisa? – indagou Fintan. – Tem que fazer as pessoas providenciarem?

– Bom, é. Sou bem ocupado – debochou Colton.

– Ocupado em mandar as pessoas providenciarem as coisas – rebateu Fintan.

Houve um silêncio.

– É... e...

– O quê?

– E agora um pouco de geleia de camarão – anunciou o garçom.

Fintan o dispensou com a mão, irritado.

– Então você veio para nossa comunidade e decidiu que alguém que nunca esteve aqui deveria tomar decisões sobre nós?

– Em tese, ele é um dos melhores chefs experimentais do mundo – afirmou Colton.

– Pois é, faz experimentos horríveis – disse Fintan. – E por que diz "de origem local"? Com licença, garçom. Por que tudo aqui diz "de origem local"?

Flora notou que Joel observava tudo aquilo com um sorriso irônico e entretido. Ele parecia estar quase se divertindo, pela primeira vez, ou interessado, no mínimo. Por que, por que, meu Deus, ela achava óculos de casco de tartaruga tão atraentes? Ela sempre achara isso ou era só porque ele os usava? Os cílios de Joel eram tão longos que roçavam a lente. Por um momento, Flora se perguntou, dando um gole no vinho, o que aconteceria se, enquanto Fintan e o garçom pareciam discutir, ela chegasse o pé um pouquinho para lá e...

Não. Não. Não. Ela estava lá a trabalho. Deu outro gole no vinho.

– Hum... – O garçom parecia corado de vergonha. Já era ruim o suficiente que o patrão estivesse à mesa. – Bem, nós usamos sal local – declarou ele.

– Que sal?

– Sal grosso das Hébridas.

– As Hébridas ficam a quase 400 quilômetros daqui.

O garçom tossiu.

– Acho que conta, senhor.

Fintan pareceu surpreso.

– Então você está me dizendo que só salpica sal nas coisas.

– Aham.

– E isso transforma tudo em comida "de origem local" num passe de mágica.

– É um ingrediente essencial, senhor.

– Acho que "de origem local" não é um termo jurídico – observou Joel, seco.

– Espera aí – pediu Colton. – Então eu falo para meus amigos, clientes e consumidores que o que estamos comprando aqui é o melhor do melhor da produção escocesa...

Fintan empurrou o prato e deu outro gole no vinho, que bebia como se fosse cerveja, pois, de modo geral, só bebia cerveja.

– Desculpa, posso dar uma olhada na tábua de queijos?

Agora o garçom piscava freneticamente.

– Hum, vou ver...

– Você não vai ver – declarou Colton. – Vai trazer.

O garçom desapareceu, e o maître o substituiu, corando e suando de um modo que não tinha nada a ver com a temperatura.

– Algum problema, Sr. Rogers?

– Não sabemos. É por isso que precisamos da tábua de queijos – respondeu Colton.

Um carrinho chegou com o que claramente era uma seleção de queijos comprados prontos, gelados e recém-desembrulhados, incluindo um cheddar branco com aparência industrial e suspeita. Fintan cheirou um de cada vez.

– Você entende de queijo? – perguntou Colton, divertido. Tinha visto Fintan entornar o bordeaux absurdamente caro que ele mandara trazer.

– Entendo, sim – respondeu Fintan.

Ele cortou um pedaço de cada um e mastigou devagar.

– Quanto custa sua tábua de queijos?

– Vinte e uma libras – respondeu o garçom. – Vem com quatro.

– Vocês estão roubando as pessoas – disse Fintan, categórico. – Isso aqui... não vale tudo isso.

– Bem, tem muitos queijos pasteurizados...

– É. É uma porcaria.

– Nos Estados Unidos, é ilegal comer queijos não pasteurizados – declarou Colton. – É um hábito europeu nojento.

– Quantas pessoas o queijo mata por ano? – perguntou Fintan. – Vou te contar: nenhuma.

– E a listéria?

– É, é por isso que temos um total de zero pessoas hospitalizadas todo ano com listéria – rebateu Fintan.

– Eu estava errado. Você entende mesmo de queijo – disse Colton, sorrindo.

Flora notou que Colton havia inclinado o corpo inteiro em direção a Fintan e o observava com um ar de divertimento malicioso.

Ela percebeu, de repente, que não havia sequer especulado sobre a orientação sexual de Colton. Tinha concluído que ele era um daqueles homens com um bando de ex-esposas caras. Nem sabia se ele era casado, se namorava ou o quê. Ficou na dúvida se Fintan tinha notado e olhou para Joel.

Para a surpresa de Flora, ele a olhou e deu um sorrisinho. Ela virou a cabeça na mesma hora e olhou diretamente para a frente.

– Então, você pode sugerir produtos melhores? – dizia Colton para Fintan.

– Eu *faço* melhor – respondeu Fintan. – Temos uma manteiga melhor, peixes melhores, ostras bem melhores... Quer dizer, o que você quiser, a gente tem. A Sra. Laird da vila, o pão dela é um milhão de vezes melhor do que isso aqui. O que a Flora faz é melhor do que qualquer coisa aqui. E nosso queijo é muito, muito melhor.

Colton o encarou por um momento.

– Você faz melhor?

– Faço, sim.

– Me mostra.

Fintan deu de ombros.

– Vou mandar uns queijos para você.

– Não, agora. Tem queijo na sua fazenda? – Ele estalou os dedos para o maître. – Mande alguém buscar.

Fintan se levantou para ir.

– Não, não, fica sentado. Alguém vai cuidar disso.

Um funcionário saiu correndo da cozinha, e Fintan lhe explicou onde encontrar os vários tipos de queijos e pediu para pegar a manteiga na geladeira

– mas a manteiga que estava na manteigueira, não a do papel, explicou ele, como se não acreditasse que o garçom saberia a diferença entre manteiga de verdade e manteiga comprada pronta. O homem praticamente saiu voando dali como se o emprego dele dependesse daquilo, o que era verdade. Então, o maître explicou que o chef não sairia para falar com eles, pois estava muito assustado. Colton suspirou, pediu copos de uísque gigantes para todos, e eles voltaram para o bar a fim de esperar.

Joel ficou para trás e foi andando ao lado de Flora. Ela não conseguia evitar que o coração batesse mais forte. Conseguia farejar uma pontinha de algo caro – uma colônia cítrica –, e, embora fosse óbvio que ele tinha se barbeado naquele dia, já se via um indício de barba no maxilar tenso. Os sentidos de Flora pareciam tão sintonizados com ele, com cada movimento, com a própria aura que envolvia o corpo de Joel, que ela se esqueceu de todo o resto: do restaurante, da ilha, do emprego, do fato de que ele era seu chefe. Como ele não percebia como ela se sentia? Ou estava acostumado a ver toda mulher naquele estado? Ou talvez não se importasse.

– Que estratégia incomum – observou ele.

– É mesmo – disse Flora. – Desculpa, quer que eu leve meu irmão embora?

Ele se virou para ela.

– Ele é gay?

– Não – respondeu Flora, mas depois parou. – Fiquei um tempo longe daqui.

Joel parecia confuso.

– Então você não sabe se o seu próprio irmão é gay?

– Não é o tipo de coisa que eu... Você tem irmãos?

Joel, que tinha bebido demais do vinho bom e comido pouco da comida ruim, não tinha intenção de deixar escapar o que disse a seguir e se repreendeu logo em seguida:

– Não sei.

Flora parou de repente. Joel ficou paralisado.

– Como assim, não sabe? – indagou ela.

– Quer dizer, não. Quer dizer, mesmo se tivesse, isso não importaria.

– Eu não disse que importava, só disse que... não tenho certeza absoluta.

Joel assentiu e andou na frente dela em direção à grande janela enquanto Flora olhava, confusa, as costas do chefe e a paisagem além.

Lá fora, surgia uma neblina suave, tornando tudo mais difuso e misterioso. A água ainda estava completamente parada, como uma lagoa; parecia mais uma piscina suave de fumaça do que o mar. O contorno familiar, plano e longo de Mure surgiu atrás deles em tons esmaecidos de verde e marrom, com as luzinhas do porto quase invisíveis à direita.

Joel olhou o relógio.

– Esse lugar é doido – declarou ele. – São dez da noite e parece que são onze da manhã. Não consigo dormir nada. Quando fica escuro?

– Não fica. – Flora deu de ombros.

– É tipo a Finlândia?

– Ah, não. Estamos muito mais ao norte que a Finlândia.

Ele se virou para olhar para ela, banhada pela estranha luz branca da janela. Joel notou, mais uma vez, que os olhos de Flora eram da cor do mar, mesmo que o mar que ele via agora estivesse cinza por causa da neblina, e não verde feito no outro dia. Era como se os olhos dela mudassem com a água. Era tão estranho.

Flora sentia-se esquisita, mas não por aquele motivo. Ela observava Colton, que tinha saído pela porta da frente e acendido um charuto no cais de madeira e agora oferecia um para Fintan. Seu irmão hesitou por alguns segundos – Flora tinha quase certeza de que ele nunca fumara um charuto na vida, mas o que é que ela sabia? – e então aceitou, e os dois foram se sentar em um dos bancos de madeira caros, feitos à mão, com cobertores de caxemira igualmente caros sobre eles. Havia velinhas em potes de geleia por todo lugar, embora sua luz não fosse necessária, e no ar pairava um aroma intenso e maravilhoso que, na verdade, fora criado para afastar os mosquitos.

– Parece Avalon – dizia Joel, virando-se para a vista do mar. – Parece uma miragem, como se tudo fosse se esvair a qualquer momento.

– Acho que está confundindo nossa ilha com o sinal de celular – respondeu Flora, que foi recompensada com o indício de um sorriso extremamente raro.

Mas Joel não tirou os olhos do horizonte flutuante.

Capítulo vinte e seis

Bertie apressou o barco o máximo que pôde. O garçom estava completamente apavorado por ter chateado o Sr. Rogers. Para a perplexidade de Innes e Eck, o jovem tinha entrado na leiteria e pegado praticamente tudo que conseguia encontrar. Após olhar ao redor, Innes havia acrescentado o resto do bolo de frutas e os biscoitos de aveia de Flora à pilhagem, junto com vários potes da despensa.

Quando viram o garçom correndo de volta pelo caminho iluminado, Joel e Flora deixaram a casa e se juntaram a Colton e Fintan no terraço. O frio tinha se intensificado, mas os braseiros estavam acesos, deixando o lugar aconchegante. A música fora desligada e não se ouvia nada além do arrulhar baixo dos pássaros, que pareciam saber que já era noite, ainda que ninguém mais soubesse, e um som de latidos vinha da água.

– Tem cachorros aqui? – perguntou Joel, olhando em volta.

Os outros riram.

– As focas também latem – respondeu Flora.

– Está me dizendo que estou escutando um bando de focas latindo? Sério, cara, esse lugar parece uma fantasia.

Todos viram um faisão desfilando devagar, como uma criança meio zonza, no tapete vermelho atrás do garçom. Em seguida, do nada, começaram a rir.

– *Tudo* aqui é fantasia, caramba!

– Pronto – disse Colton, erguendo o copo para Joel. – Mais cedo ou mais tarde, todo mundo fica encantado. Esse raio de lugar todo é feito de nuvens.

– Se você diz – respondeu Joel.

O garçom, apavorado e um pouco sem fôlego, entregou uma grande cesta.

– Aqui está, senhor!

Pratos, facas e mais copos de uísque chegaram como num passe de mágica. Colton distribuiu os biscoitos de aveia com duas porções de manteiga amarelo-escura – uma cravejada de cristais de sal que captavam a luz, a outra mais lisa e escura – e três queijos: um duro, um mole e um misturado.

Flora respirou fundo. Também havia um pouco do chutney e da geleia de pimenta de sua mãe. Ela não conseguia entender como tinha ido parar ali. Devia ter sido o raciocínio rápido de Innes. Fintan, desesperado, procurava algum lugar onde apagar o charuto. Ele parecia nervoso e orgulhoso.

Colton franziu o cenho.

– Sério, se seu plano é me envenenar com bactérias... Quer dizer, esse treco está cheio de bactéria...

– Todo queijo é bactéria – afirmou Fintan. – Neste momento, existem mais ou menos 130 bilhões de bactérias diferentes no seu corpo.

– Sim, é por isso que bebo probióticos.

– Sério? Achei que fosse porque eles têm gosto de milk-shake de morango.

– Também.

Fintan se levantou e pegou uma faca pequena. Inclinando-se sobre a mesa de carvalho pesada, ele cortou fatias grossas de todos os queijos, sentou-se de novo e lançou um olhar desafiador para todos.

Surpreendentemente, Joel foi o primeiro a experimentar. Ignorando os biscoitos de aveia, pegou um grande pedaço de queijo azul e levou-o à boca. Todos o observaram com atenção – Flora aproveitando ao máximo a oportunidade de olhar para os lábios do chefe – quando ele piscou rápido, como se estivesse um pouco surpreso, e em seguida tirou a mão da boca.

– Uau.

– Quais são os primeiros sintomas? – perguntou Colton. – Quer dizer, começa com vômito ou o quê?

Num gesto decidido, Fintan pegou um pedaço do queijo mole e espalhou num pedaço de pão. Flora sorriu e serviu um bocado de chutney no próprio pão antes de acrescentar um pedaço de queijo por cima. Nossa, tinha esquecido como era gostoso. Não queria parecer gulosa, mas eles não tinham jantado, e ela fez de tudo para não agarrar o pão inteiro e enfiar na boca. Também percebeu que a combinação de pão, chutney e queijo com um uísque Laphroaig de 25 anos era simplesmente perfeita.

Joel não conseguia se lembrar da última vez que vira uma mulher comer com um prazer tão genuíno. Por um instante, imaginou se ela teria outros apetites que não conseguia controlar. Em seguida, livrou-se da imagem e se concentrou no cliente.

– Tá bom, tá bom, o que é isso? – questionou Colton. – O último a comer o queijo mortal é covarde? Devo avisar a vocês que, segundo meu nutricionista, é provável que eu seja intolerante a lactose.

– Quais são os sintomas? – perguntou Flora, curiosa.

– Mudanças de humor, cansaço...

– Talvez você seja só um pentelho rabugento – declarou Fintan.

Houve um breve silêncio – ninguém, *ninguém mesmo* tirava sarro de Colton Rogers, sobretudo porque ele passava uma quantidade ridícula de tempo com pessoas cuja vida dependia do salário que ele pagava. Então, Colton riu e fez um gesto como se fosse bater nele.

– Aham – disse Fintan, fingindo desviar. – *Tenta só.*

Era cômico olhar a expressão de Colton. Se Flora, uma grande fanática por queijo, tinha adorado a criação de Fintan, imagine a reação de um homem criado com queijo americano enfim provando algo tão repleto de sabores e intensidade, profundamente encorpado e com toque de nozes.

– Meu Deus do céu – disse ele, depois. – Nossa, você provou isso, Joel?

– Sim, senhor.

– Já tinha comido uma coisa dessas?

– Já passei um tempo na França.

– *Já passei um tempo na França* – imitou Colton. – Seu chato. Aposto que você não comeu nada tão gostoso lá quanto isso aqui.

– Não – respondeu Joel, parecendo surpreso consigo mesmo. – Acho que não mesmo.

Colton cortou outro pedaço grosso para si e depois mais um. De repente, Flora percebeu que Innes tinha colocado o bolo de frutas na cesta e logo explicou aos americanos como dar uma mordida no bolo, uma mordida no queijo duro e um gole do uísque, que tinha um toque de turfa e fumaça, mastigando todos eles juntos.

Por um tempo, não houve nenhum som exceto alguns ruídos ligeiramente orgásticos que poderiam ser mal interpretados com facilidade.

– Meu Deus. Quer dizer... Meu Deus. Quer dizer... – balbuciou Colton.

– Prova a manteiga – disse Flora, com malícia.

– Você quer me matar.

– Não antes de você provar um pouco de manteiga. Experimenta a salgada no pão. Só ela.

Colton experimentou um pedaço e começou a abanar as mãos.

– Caramba. Tá, agora eu *nunca mais* vou conseguiu comer outra manteiga.

Fintan sorriu.

– Você não provou o azul.

Colton olhou para ele com pesar.

– Meu Deus, cara, acho que nem consigo ir tão longe. Sou só um cara do Texas! Muçarela na pizza e queijo Monterey Jack no resto. É só o que eu conheço.

– Você tem que provar. Se quiser ser aceito... – afirmou Fintan.

– Você quer que eu coma um queijo que tem *veias* dentro? Um monte de varizes azuis?

– Medroso.

Colton sorriu.

– Não vai dar, meu amigo. Tudo tem limite.

Em resposta, Fintan se levantou e cortou uma fatia do queijo, deu a volta na mesa e começou a avançar para cima dele. Flora ficou perplexa. Colton piscava, parecendo muito confuso. Era óbvio que ninguém o tratava assim havia muito tempo; talvez *nunca* o tivessem tratado assim. Flora pensou que devia ser muito estranho ser tão rico a ponto de todo mundo pisar em ovos ao falar com ele. Será que era legal? Ou esquisito? Alguém ao menos sabia a resposta?

Mas os dois tinham corrido para a praia. Colton ria, protegendo o rosto com as mãos, e Fintan estava com uma expressão que Flora nunca tinha visto. O olhar cauteloso e taciturno tinha sumido, enquanto fingia tentar derrubar Colton no chão para fazê-lo comer o queijo. No fim, ele o derrubou com manobras de rúgbi. Flora tapou a boca com a mão.

Como podia não ter percebido? Estava tão envolvida assim na própria vida, nos próprios dramas e sentimentos? Fintan tinha sido um adolescente quieto, mas nunca houvera debate em casa; ele trabalharia na fazenda como todos os outros meninos, garantiria seu sustento, faria a roda das estações continuar girando, iria a Inverness algumas vezes por ano e apostaria nos cavalos de corrida, quem sabe. Assistiria às partidas de *shinty* e conheceria uma moça da ilha, boa e forte. Era só isso que os rapazes de Mure faziam, e ela nunca havia questionado o fato, assim como seus ancestrais.

Flora observou quando Colton se sentou na areia, risonho, e enfim aceitou experimentar um pouco de queijo, fazendo uma careta de horror fingido.

– Você nunca percebeu – murmurou Joel, olhando decidido para seu copo de uísque.

Flora estava tão chocada que mal o ouviu, mas, quando notou que ele tinha falado, ficou surpresa: nunca tinha ouvido Joel falar num tom gentil. Com ninguém.

– Metade dos meus amigos são gays – gaguejou ela.

– E nunca nem passou pela sua cabeça?

– A situação da minha família... anda complicada.

Joel ergueu a sobrancelha.

Colton e Fintan voltaram da praia, ainda rindo um pouco.

– Esse deve ser o jantar de negócios mais estranho que já tive – comentou Colton, voltando à mesa.

– Nós nem discutimos negócios – declarou Flora, olhando o rosto corado de Fintan.

– Como não? Está óbvio. Isso foi uma apresentação, né?

– O quê?

– Dos fornecedores locais – explicou Colton, paciente, como se ela fosse uma tola. – Vocês vão cuidar disso? Vão reabrir a casa rosa? Contratem quantas pessoas quiserem. Estou dentro, gostei do plano. Podem começar antes da reunião do conselho?

– *O quê?* – questionou Flora.

Fintan ergueu a mão para detê-la.

– Claro – respondeu ele.

– Acho que é melhor eu fazer uma festa de inauguração – disse Colton, olhando ao redor. – Aff. Detesto festas, mas posso aproveitar pra conhecer todo mundo de uma vez. Ótimo.

Fintan olhou para o relógio e sua expressão murchou.

– Tenho que ir. Preciso fazer ordenha – explicou ele.

Colton ficou confuso.

– Está cedo – reclamou, olhando para a luz do horizonte e depois para seu relógio. – Ah, é... Hum, quem diria. Geralmente, a esta hora eu já estaria entediado.

Fintan sorriu, desajeitado.

– Certo, vamos, maninha?

– Mas... – começou Flora, meio aturdida.

O que estava acontecendo?

– Certo. Agora só temos que cuidar da casa rosa, organizar a festa, fazer lobby, e aí vamos decolar.

– Mas... – repetiu Flora.

Ela sentiu uma pressão no ombro esquerdo. Era Joel, levando-a em direção a Bertie e ao barquinho.

– Foi ótimo! – anunciou Colton.

E estendeu a mão para apertar a de Fintan, segurando-a por um bom tempo.

Capítulo vinte e sete

Havia branco por toda parte. O céu estava branco, o mar tinha o tom de cinza mais claro possível, refletindo a luz estranha, até que ela parecesse estar navegando por uma página em branco, e o vaivém das ondas era como frases ficando para trás. Ela estava em um navio, um navio velho que rangia, com os mastros nus altos... Onde estavam as velas? Faltava alguém. Quem era? Para!, ela se viu dizendo. Para o barco! Para! Mas ninguém escutava, e a viagem continuou. Alguém tinha ido até a lateral, e ela quis alcançá-lo, mas o navio ia mais e mais longe, e ela gritava, mas ninguém conseguia ouvi-la e ninguém parava...

Era provável – quase certo – que fosse o uísque, mas Flora acordou de repente às três da manhã, com a boca seca devido a um sonho estranho com navios, gelo e frio. O edredom fino estava meio jogado de lado, a casa era um gelo só.

Ela passara o caminho de volta reclamando no barco, e Joel e Fintan, por mais absurdo que fosse, tinham se aliado contra ela e dito que conversariam sobre isso no dia seguinte.

A primeira coisa que ela notou foi o celular piscando. Esfregou os olhos, pôs um cobertor sobre os ombros trêmulos e o pegou.

Era trabalho: memorandos, planos, uma enxurrada de ideias de Joel. Mas era de madrugada.

Ela mandou uma mensagem.

Não está dormindo?

Ele respondeu na hora.

Em PLENA LUZ DO DIA? Quem consegue dormir assim?

Flora não tinha opinião sobre isso. Havia se acostumado a ir dormir durante as horas de sol desde criança, e vice-versa, é claro: ir para a escola na escuridão dos meses de inverno.

Que tal fechar as cortinas?, sugeriu ela.

Estão sujas.

Flora teve pena dele. Afinal de contas, o Recanto do Porto era mesmo deprimente.

Não pode ficar na Pedra?

Parece que ainda estão terminando os quartos.

Mas será que lá está pior do que aí?

Boa pergunta. Eu devia ter insistido. Três paredes já seriam melhores do que isso.

Flora sorriu para o celular.

Uma borrifada de sal ajuda a descansar à noite.

Isso é um ditado da ilha, é? Talvez eu sugira à senhoria que uma borrifada de DESINFETANTE ajuda a descansar à noite.

Ah, para. Admita, aqui não é tão ruim.

Eu nunca disse que era.

Joel estava gostando da conversa. Era estranho papear assim, ainda mais tarde da noite. Sem ser depois de alguma outra coisa nem ter segundas intenções. Ele franziu o cenho. Ela não pensaria... Não, ela não podia pensar. Era assistente jurídica, certo? A conversa era obviamente profissional. Era fácil conversar com ela, só isso. E, caramba, ele não conseguia dormir mesmo.

Joel se levantou e perambulou pelo quarto. O papel de parede descascado o deprimia, mas a vista lá fora era linda, com algo de sobrenatural.

É seguro caminhar por aqui?

Toma cuidado com os *Haggis* selvagens. Eles são malandros, mas você consegue fugir. Eles têm uma perna menor que a outra de tanto andar pelas montanhas.

Hahaha.

Flora leu a mensagem, sentindo-se empolgada do nada.

Vai caminhar onde?

Ia começar pela Broadway, depois pelo bairro das compras e aí quem sabe parar para comer em Chinatown...

Hahaha.

Joel vestiu o casaco. Estava agitado.

Não sei. No porto? Tá tudo fechado.

São 3:30 da manhã.

Houve uma longa pausa. Por fim, Flora digitou:

— Quer que eu vá até aí?

Joel olhou para o celular, estreitando os olhos. Em geral, ele... bem, sabia se virar sem companhia. Era o lobo solitário, como dizia o Dr. Philippoussis. Olhou de novo para a água pálida lá fora.

— Se quiser.

Flora lavou o rosto, fez uma careta ao ver o cabelo e o trançou para que caísse sobre um dos ombros, finalizando com uma boina. Vestiu o jeans, uma camiseta listrada, uma blusa de lã e botas grandes. Com certeza não parecia estar planejando seduzir alguém, disse a si mesma, firme. Bem, talvez um pescador com o mesmo tipo de roupa... Mas, sem dúvida, não o chefe elegante e gostoso que ia encontrar no meio da noite.

E, de fato, estava longe de pensar em sedução conforme descia as escadas. O que ela queria mesmo debater era a ideia maluca de Colton de que ela e Fintan iam dar um jeito de assumir o serviço de bufê dele. Esse mal precisava ser cortado pela raiz.

Flora bebeu um grande copo de água gelada para eliminar o uísque do organismo e preparou uma garrafa de café forte. Bramble tinha se animado quando ela entrou na cozinha, e Flora fez um gesto para ele, avisando-o que podia ir junto. Saiu da casa para o ar fresco e revigorante da manhã, mesmo que a manhã, em teoria, estivesse a horas de distância.

Mure, que na maior parte do tempo já não tinha muito movimento, àquela hora parecia a Lua. Era como se todas as outras pessoas da Terra tivessem desaparecido, como se aquele fosse o fim de tudo. Uma neblina suave ainda pairava na terra, dando um ar sonhador a cada forma que saía dela: os picos das montanhas envoltos em nuvens baixas, os postes esvaídos, o frescor do ar mudando para umidade conforme se andava pelos grandes bancos de névoa.

Flora o viu antes que ele a visse, parado ao lado do muro do porto, observando o mar. Ele parecia totalmente deslocado com o casaco de alfaiataria e os sapatos chiques, como um astronauta caído num litoral desconhecido, onde descobrira que todas as suas certezas agora lhe eram estranhas.

Bramble ganiu, questionador, e Flora se abaixou.

– Ele é amigo – murmurou ela, coçando as orelhas macias do cachorro. – Está tudo bem.

Por favor, goste de cachorros, pensou ela, cruzando os dedos.

Bramble, tranquilizado, correu pelas pedras do porto.

Bem naquele momento, Joel se virou para ser cumprimentado por um cachorro grande, meio sujo de lama e superentusiasmado que pulou nas suas roupas caras. Ele quase caiu, tentando empurrar e acolher o cachorro ao mesmo tempo, e se virou para ver Flora rindo a alguns metros de distância, a neblina se acomodando ao redor dela como se fosse um ser vivo.

– É, tá bom, que engraçado. Obrigado por me fazer ser atacado por um *cavalo*.

– BRAMBLE! – gritou ela. – Vem aqui, seu cachorro safado.

Bramble a ignorou solenemente, como sempre, e correu para dar um mergulho matutino. Joel olhou para as calças enlameadas.

– Será que Colton vai cobrir meus custos com lavanderia?

– Vamos fazer Fintan perguntar para ele.

Ele olhou para Flora e sorriu. Ela parecia tão diferente da garota que ele mal notara no escritório. Com aquela blusa grande e velha, sem maquiagem, só o rosado natural das bochechas, o cabelo escapando da boina e aqueles estranhos olhos cor de mar.

Ele olhou para o que ela carregava.

– Isso é... é uma garrafa?

– Talvez.

– Vamos pescar, é?

– Quer café ou não?

Joel sorriu.

– Quero café mais do que tudo no universo.

– Achei que estivesse pedindo para o serviço de quarto.

– Eles têm serviço de quarto?

– Geralmente, não – respondeu Flora, pensando, em segredo, que Inge--Britt talvez fosse *amigável* naquele caso. – Quem sabe se você pedir com jeitinho.

– Sempre peço com jeitinho!

Ela lhe deu um olhar que o surpreendeu.

– Bem, em Nova York ninguém liga – admitiu ele, de má vontade.

Flora serviu um copo de café para ele, doce e quente. Ele tomou com gosto e até agradeceu. Depois, sentaram-se no muro do porto e olharam para o sol, que nascia.

– Eu quase entendo, sabe – disse Joel encarando o horizonte. – Entendo o que Colton vê nesse lugar. É assim... diferente de qualquer outro.

Agora, a névoa tinha se dissipado e as cores do amanhecer entravam e saíam das nuvens, dando um efeito listrado à água, pontilhada de rosa, dourado e amarelo sob o misterioso céu branco.

– Pois é – concordou Flora.

– Você parece à vontade aqui.

Flora deu de ombros.

– Bom, não estou. Olha, o projeto...

– Sei que é irregular – disse Joel.

– "Irregular" é um jeito curioso de dizer.

– Estava pensando... Você leu minhas anotações?

– Não, eu estava dormindo. Você nunca dorme? Você é o Batman? – O pensamento lhe ocorreu de repente. – Isso explicaria *muita* coisa!

Joel sorriu.

– Sério?

– Não li suas anotações.

– Bem, é basicamente um trabalho de relações públicas – começou ele. – Seria ótimo se você conseguisse organizar algo assim, tipo uma loja temporária naquela casa rosa, e trazer os moradores para o lado dele. E mais a festa. E mais vender seu queijo ou sei lá o que Fintan quer fazer. Quer dizer, isso daria conta do recado, né? Convenceria as pessoas de que ele valoriza o bem-estar da ilha. Aí, saímos na vantagem, ganhando milhões de dólares dos futuros negócios dele. Estou sendo sincero com você.

– Entendi – disse Flora, suspirando. – Mas eu tenho um emprego! Um emprego importante, que não é cuidar de loja.

– Esse é um emprego importante – rebateu Joel. – Além disso, tenho um monte de assistentes jurídicos. A maioria conseguiria cuidar das suas tarefas no escritório. – Ele olhou para o mar. – Mas não sei quem mais conseguiria ajudar aquele que talvez passe a ser nosso maior cliente.

– Sério?

– É só por algumas semanas. Quando o conselho vai decidir? Depois disso, você pode ir embora, afinal, é uma loja temporária. Só acho que significaria muito para a empresa.

Bramble voltou correndo, coberto de sal e água.

– Vem – disse Flora. – Vamos andar pela Infinita.

– Pelo quê?

– Pela Infinita. A praia. – Ela desceu do muro. – Não é infinita de verdade.

Joel a seguiu, subindo o promontório que começava no muro do porto, onde as casas terminavam. No alto, enquanto Bramble pulava procurando coelhos, ele parou.

A praia se estendia por quilômetros. A areia era do branco mais puro, o mar pálido batendo delicadamente. Em meio aos resquícios da névoa, não dava para ver onde a praia acabava; esvaía-se no infinito. O mundo não era nada além dessa praia gloriosa, absolutamente vazia, como se ninguém nunca tivesse estado ali. Bramble deixava pegadas na areia virgem.

Era a combinação da completa privação do sono mais a falta de contato com Londres. No entanto, por alguma razão, aquilo tirou o fôlego de Joel. Era como se fosse a primeira vez que olhava para o horizonte. O ar entrava fresco nos pulmões, o cheiro de café se misturava ao vento salgado, a brisa despenteava o pelo do cachorro. Ele sentia... Não sabia o que sentia. Um tipo estranho de liberdade. Algo novo.

Ele deu um passo à frente, dizendo:

– Nossa. Meu Deus. É como... é como se tivéssemos descoberto esse lugar.

– Você descobriu – respondeu Flora, simplesmente.

– É... que...

Estava sem palavras. Bramble brincava, pulando alto e farejando freneticamente o chão à procura de gravetos. Flora foi ajudá-lo, depois se virou para olhar Joel, que estava hipnotizado. De repente, sentiu-se esquisita. Tinha esperado tanto por esse momento – os dois sozinhos, ele falando com ela, olhando para ela, pela primeira vez. E, mesmo assim, ali estava ele, e ela sentia... Bem, de repente, ele parecia pequeno parado na Infinita, quase humilde. Ela estava curiosa em relação a ele: o que o mantinha tão fechado, tão tenso? Será que ele também havia perdido alguém?

Mas aqueles pensamentos a levaram, mais uma vez, e como sempre acontecia em Mure, para um lugar no qual ela não queria estar: para a mão que segurara a sua na primeira vez que tinha caminhado pela Infinita e ouvido as histórias dos vikings, dos naufrágios, das fadas... De todas aquelas lendas muito, muito antigas das ilhas.

Ela franziu o rosto. Estava tão cansada daquilo passando por sua mente de novo e de novo. Tão cansada.

Ao se abaixar, ela achou um graveto no chão, do tamanho perfeito para ser jogado. Tirando as botas e dobrando a barra da calça, ela o lançou o mais longe que conseguiu. Então, no ar limpo e brilhante da manhã eterna, correu o mais máximo que pôde, lado a lado com o cachorro, pisando nas ondas suaves. Era o melhor jeito que conhecia de se livrar dos pensamentos, de afugentar os sonhos noturnos, de escapar das garras daquela ilha e da coisa ridícula que acontecera com ela. Só correr e nunca olhar para trás.

A praia se desenrolou diante de Flora até que ela estivesse fora do alcance, até que não conseguisse mais ouvir Joel a chamando, e ela e Bramble desabaram na areia, e o cachorro lambeu o rosto dela, ansioso. Flora enterrou o rosto na pelagem dele até sentir que voltara a ser ela mesma e começou a caminhar de volta pela praia, devagar, sem fôlego, mas, de algum modo, mais completa, mais viva do que se sentia havia um bom tempo.

– Me desculpa por isso – disse Flora quando alcançou Joel. – Desculpa. É que deu uma vontade enorme...

O curioso é que Joel quase a tinha seguido, tirado os sapatos e corrido como se pudesse ser mais rápido do que um lobo. Chegara muito perto de tentar alcançá-la... e então agarrá-la e deitá-la na areia, ambos sem fôlego, quentes, suando...

Ele enterrou esse pensamento de uma vez. Ela era funcionária da empresa, e, no que se referia à vida pessoal dele, por menor que fosse, trataria de mantê-la bem longe do trabalho.

Olharam-se por um momento. Então, Flora recuperou o fôlego, endireitou-se e eles começaram a caminhar de novo, agora mais tranquilos.

– É diferente no verão, mais cheio. Quando eu era adolescente, acendíamos fogueiras aqui e fazíamos todo tipo de travessura.

– Aposto que sim.

– E você, como foi sua infância?

Houve um silêncio. Joel olhou para a água clara e suspirou. Até considerou, por um momento, contar a ela.

– Foi...

Os pensamentos traiçoeiros se infiltraram na mente dele outra vez. Imaginou como seria tocar aquela pele fria e clara. A brancura de porcelana, as sardas delicadas aqui e ali. Ele se perguntou como seria olhar naqueles olhos oceânicos.

Então, olhou a paisagem alienígena ao redor e pensou: por que não? O Dr. Philippoussis aprovaria.

Porque estava cansado. Cansado de bares, de longas noites de trabalho, de políticas estúpidas do escritório e de garotas gostosas que queriam ser levadas aos melhores restaurantes, mas ao chegar lá se recusavam a comer alguma coisa. Cansado de se importar com quem tinha o melhor escritório, o cliente mais recente, a bicicleta mais cara, as férias mais excêntricas, a melhor mesa na boate, o apartamento mais estiloso, a namorada mais bonita. A lista continuava e ele não sabia como terminava, nunca soube; nem sabia, agora que estava ali, qual era o propósito de tudo aquilo. Havia um cachorro simpático, uma garota em meio ao vento e nada mais até onde seus olhos conseguiam ver. E ele não estava só cansado de passar a noite em claro, porque três da manhã não era nada para ele. Joel nunca dormia. Nunca.

Ele quase contou para ela... mas a droga do cachorro pulou nele de novo.

– BRAMBLE! – gritou Flora. – Ai, meu Deus, me desculpa. Me desculpa mesmo. Tem que ter um jeito de tirar a lama.

Bramble estava dando uma de doido. Por fim, Flora conseguiu controlá-lo e olhou de lado para Joel. Ela havia sentido... Mas o quê? Alguma coisa. Foi como se ele estivesse prestes a dizer algo, só que ela não sabia dizer o que era. E, agora, o momento parecia ter passado.

Os dois caminharam, conversando sobre o caso, e, quando chegaram ao fim da praia, deram a volta, Joel sentindo uma ridícula decepção por ver que a faixa de areia tinha mesmo fim, com um farol vigiando o promontório e o céu branco adquirindo um azul claríssimo, prometendo o dia mais lindo pela frente.

E, quando chegaram ao lugar onde estavam as botas de Flora, ela já havia concordado, depois de muita relutância, em tomar conta do caso

– enquanto Joel voltaria para Londres – e grudar em Colton feito cola até a reunião do conselho.

– Café da manhã? – sugeriu ela.

Joel olhou o relógio.

– São cinco da manhã. Estávamos comendo quatro horas atrás e, falando nisso, tecnicamente, estamos no meio da madrugada.

– Tá bom, foi só uma ideia – respondeu Flora.

– A gente teria que comer queijo?

– Não.

Por estranho que pareça, Joel percebeu que estava mesmo com fome de novo. Desconfiou que fosse algo no ar, pois, em geral, controlava a alimentação do mesmo jeito que controlava todos os outros aspectos da vida.

– Onde dá para tomar café da manhã?

– Ah, os meninos vão acordar já. Você pode vir até a fazenda.

Capítulo vinte e oito

Quando terminaram de fazer o caminho até a fazenda, os meninos estavam mesmo acordados, e o lugar estava agitadíssimo. Depois do ar fresco da manhã, era uma delícia estar no calor da cozinha, com o forno e a lareira deixando o cômodo confortável e abafado.

– Oi – disse Innes, cruzando o cômodo de pijama velho e meias furadas. Ele encheu a chaleira e a colocou no fogão, só então se virou e viu Joel ali.

– Quem é você, hein?

O casaco de Joel estava um pouco úmido, assim como os sapatos caros e a barra da calça. Seus óculos começavam a embaçar. Pela primeira vez, Flora achou que ele parecia vulnerável.

– Sou o chefe de Flora, Joel Binder – murmurou ele, estendendo a mão.

– Caramba, são cinco horas da manhã – declarou Innes. – Quantas horas vocês, advogados, trabalham?

– Não tanto quanto os fazendeiros.

– PAPAI? – chamou uma voz pequenina, mas firme. – MUITO BAÚLIO ALTO, PAPAI.

Todos pararam conforme um par de pezinhos tamborilava pela cozinha. Com o cabelo todo branco e bagunçado, uma das mãos esfregando o olho, a outra abraçando o querido guaxinim de pelúcia, Agot estava descalça no chão de pedra, franzindo o cenho para todo mundo.

– POR QUE BAÚLIO? – perguntou, zangada.

Joel ficou confuso.

– Que tal eu fazer um chá para todo mundo? – sugeriu Flora, depressa.

– Bom dia, fofinha.

Agot sorriu ao vê-la e correu para seus braços.

– QUEM É ESSE, TIA FOIA?

– Esse é Joel – respondeu Flora, desajeitada.

– Oi – cumprimentou Joel com um meio sorriso.

– OI, EU AGOT. – Ela se virou para Flora. – CAFÉ DA MANHÃ?

Eck entrou na cozinha.

– Pai! Não devia estar se levantando para ordenhar! – exclamou Flora.

– E como é que vou dormir com vocês todos tagarelando aqui?

Eck pareceu ignorar a presença de Joel, e o chá foi servido.

– VOVÔ! – gritou Agot.

– O que foi, bebê?

– CAFÉ DA MANHÃ? SANDUÍCHE?

Flora sorriu. Era a comida favorita de Agot.

– Ah, não sei, não. – Eck franziu o cenho. – Você não prefere uma tigela bem gostosa de mingau?

– SANDUÍCHE!

– Tá bom, tá bom – disse Flora. – Já que acordei todo mundo, pelo jeito, Innes, você faz o café, porque nem todo mundo bebe essa porcaria de chá horrível, e eu vou fazer sanduíches de bacon.

– EBA! E MÚSICA! – pediu Agot.

Innes ligou o rádio na estação BBB Radio Gael, e Agot começou a girar pelo chão, a camisola voando atrás dela.

– Vocês mimam essa criança – declarou Eck quando Flora foi pegar a velha frigideira, enorme e preta.

– Mimo mesmo – respondeu Innes. – Depois do que ela passou comigo e Eilidh, vou mimá-la todo dia.

Flora pegou o bacon embrulhado em um papel na geladeira, enquanto Innes preparava o café: um pó escuro de boa qualidade que Flora tinha encontrado junto com uma cafeteira, para o qual quase todos os meninos da fazenda viravam a cara, pois ainda preferiam o instantâneo. Agot continuava a dançar, e a grande janela da cozinha estava ficando embaçada com a conversa, o barulho e a música alegre.

– Ah, meu Deus – disse Flora, do nada, virando-se para Joel. – Você come bacon?

Eck o notou pela primeira vez.

– Você é um dos ajudantes?

– Pai, conserta os óculos, pelo amor de Deus. Antes que você tente ordenhar o Bramble!

– Auuu! – concordou Bramble, levantando a cabeça ao som do seu nome.

– Eu... sou da mesma empresa que Flora – respondeu Joel.

Flora o olhou com atenção. Ele estava... Ele estava *sorrindo*?

– E como, sim. Não se preocupe, bacon está bom.

– Por que não estaria bom? – questionou Eck, e Innes o mandou ficar quieto.

Fintan chegou assobiando, de cabeça erguida, o que era muito incomum. Innes franziu os olhos.

– Por que essa alegria toda?

– Nada, não. – Fintan sorriu, enchendo sua xícara. – Nossa, o cheiro está maravilhoso. Faz um para mim, maninha.

Ele pegou Agot e a girou, e ela gritou e riu.

– Bom dia, minha linda.

Ao se virar, avistou Joel.

– Ah, meu Deus, você dormiu aqui?

O silêncio tomou conta da cozinha.

– O quê? – indagou Eck.

– VOCÊ DOMIU AQUI? – perguntou Agot.

Flora ficou totalmente vermelha.

– Claro que não! – respondeu ela.

– Você conhece esse cara? – perguntou Innes a Fintan. – Achei que ele trabalhasse com Flora.

– Ele trabalha, sim, cala a boca – respondeu Flora.

– Você está muito vermelha, maninha – observou Fintan.

– CALA A BOCA, TODO MUNDO. Saiam logo daqui e vão ordenhar as vacas de uma vez! – gritou Flora. – Senão, ninguém vai ganhar sanduíche.

Por fim, todos se sentaram ao redor da grande mesa. Joel não falou muito, Flora achou que ele estivesse horrorizado com os modos grosseiros deles.

Na verdade, embora tenha passado um tempo com muitas famílias quando era criança, ele não chegara a conhecer bem nenhuma delas. Sempre tinha sido passado adiante – o menininho reservado e inteligente que não era fofo, nem sorridente, nem simpático, nem agradável o bastante para ser adotado; com quem era difícil criar laços; que dizia coisas curiosas e superava as crianças mais velhas em toda prova que fazia e todo livro que lia.

Quando o Dr. Philippoussis detectara sua grande e óbvia inteligência, conseguira para ele uma vaga em uma boa escola com uma professora compreensiva que oferecia todos os livros que Joel conseguisse ler e alimentava seu desejo de estudar e aprender, mas nessa altura ele já era um adolescente, e ninguém queria um adolescente em casa, de jeito algum. Ele ganhou uma bolsa para morar e estudar num internato, e, com um suspiro de alívio, os assistentes sociais lavaram as mãos em relação a Joel.

Ele achava a sua atual situação desconcertante. A família de Flora falava muito, tagarelando enquanto pegavam os sanduíches e bebiam xícara após xícara de chá. Joel mantinha a alimentação rigidamente controlada. Nunca comia sanduíches de bacon, embora não tivesse nada a ver com religião – tinha crescido em meio a diferentes denominações: evangélicos, batistas, ateístas, e não absorvera nada daquilo. Não, era porque sanduíches de bacon eram feitos de carboidrato e gordura, duas coisas que ele tentara banir de sua alimentação para sempre, para se manter em forma e saudável e um passo à frente do bando de lobos que ele, por algum motivo, sempre sentiu que o perseguia. Joel não conseguiria dizer quem eram os lobos, mas sempre soube que estavam ali.

Ele deu uma mordida hesitante no sanduíche. Era outra coisa com a qual tomava cuidado: nunca deixe a comida sozinha, porque alguém vai pegar. Coma enquanto pode.

Joel pareceu surpreso. Aquilo estava mesmo acontecendo. Ele não sabia nada sobre bufês e administração de um negócio, mas entendia muito de comida de alta qualidade: jantares caros com clientes, enormes quantidades de dinheiro gasto em restaurantes novos e badalados. E de uma coisa ele tinha certeza: a comida naquela casa estava a quilômetros, não, anos-luz de distância. O pão podia ser de ontem, torrado, mas a qualidade era evidente. O bacon salgado e crocante, as xícaras esmaltadas e lascadas de chá forte... Daria para vender aquilo em qualquer lugar. Flora ia se sair bem. Ele observou enquanto ela preparava mais uma rodada de comida sem o menor esforço para um jovem quieto que deveria ser outro irmão. Quantos eram, afinal? Em sua opinião, aquela era uma tarefa na qual ela poderia brilhar como uma estrela.

E, conforme observava o clã sorridente, barulhento e brincalhão e se concentrava no seu sanduíche enquanto uma infinidade de conversas incompreensíveis sobre alimentação de gado, produção e queijo rolava ao redor, ao olhar para baixo, Joel percebeu, para sua surpresa, que havia uma pequena forma se esforçando para subir no seu colo. Agot tinha caminhado até ele completamente sem consciência disso e subia nas suas pernas.

– Desce, Agot – ordenou Flora quando a viu.

Agot fez um beicinho.

– EU GOTO DELE – afirmou ela, rebelde, espalhando migalhas de seu sanduíche pela calça de Joel e pelo chão.

– Desculpa – disse Innes. – Desce, Agot.

Joel ficou paralisado. Não estava acostumado com crianças e não tinha a menor ideia do que fazer.

– NÃO DESÇO, NÃO – declarou Agot, oferecendo a Joel um pedaço de pão torrado.

– Está tudo bem – disse Joel, pegando o pão e colocando-o na mesa.

Todo mundo relaxou perceptivelmente. *Aja como uma pessoa normal*, disse ele a si mesmo. *Isso é muito normal. Família é totalmente normal. É você que é estranho.*

E, embora fosse uma sensação desconhecida, Joel constatou que não era nada desagradável. As perninhas fofas da criança balançaram diante dela conforme se acomodava. Além disso, ela exalava um cheiro bom, de pão torrado, um shampoo um tanto familiar e sono.

– AHHH, SANDUÍCHE – disse ela, feliz, dando uma grande mordida e derramando uma mancha de gordura na calça de Joel, que agora estava praticamente arruinada.

Flora estremeceu, porém, quando encarou Joel, percebeu que ele ria.

– Esse sanduíche está uma delícia – declarou ele. E olhou para Fintan. – Vocês vão conseguir, sabia? Acho mesmo que vão.

Fintan pareceu surpreso.

– Obrigado!

Joel olhou para o relógio, anunciando:

– Tenho um voo para pegar.

Flora assentiu.

– Eu sei. É melhor eu começar a agir também. Vamos, Agot, vamos para a cama.

– NÃO TÔ CANSADA!

Joel tentou se levantar, e Agot logo jogou os braços em volta do pescoço dele.

– NÃO VAI, NÃO!

– Desculpa – pediu Flora. – Agot! Para com isso!

– CAMA, NÃO!

Com cuidado, Joel se desvencilhou dos braços de Agot e a colocou no chão. Flora o observava, sentindo-se ridícula por querer fazer exatamente o que Agot acabara de fazer: abraçá-lo e ver aquele olhar gentil.

Não, ela não queria o tal olhar gentil. Não mesmo. Ela respirou fundo, devagar. Tinha que se controlar. Precisava.

– NÃO VOU PA CAMA!

Pois é, pensou Flora. Nenhum deles ia.

Capítulo vinte e nove

Depois daquilo, as coisas aconteceram em uma velocidade extraordinária. Por um instante, Flora se perguntara, com um sentimento agridoce, se Joel voltaria para cuidar da burocracia, mas era óbvio que aquilo estava abaixo dele.

Em poucas semanas, tudo estava organizado. Novos equipamentos chegavam todos os dias, junto com pessoas rigorosas da vigilância sanitária, que inspecionavam tudo, exigiam mudanças e voltavam para verificá-las. Fintan trabalhava dia e noite para deixar tudo tinindo e dentro da regulamentação.

Todos da antiga equipe de funcionários de Colton foram ajudar, ao mesmo tempo que ele saía pela vila num surto de recrutamento, oferecendo salários decentes e trabalhos flexíveis na Pedra só para pôr tudo em andamento. Lorna organizou uma competição para as crianças da escola criarem um logotipo; ganhou o que tinha uma vaca extremamente feliz parada em um campo com o mar pálido atrás de si. Agot fez uma careta furiosa quando fotografaram a criança triunfante para o *Jornal da Ilha* e se recusou a aparecer ao lado dela. Em vez disso, jogou-se no chão e ficou chutando os paralelepípedos com suas botinhas.

Flora entrou em contato com algumas das meninas com as quais tinha estudado e perguntou se queriam um emprego ou se sabiam de alguém que quisesse. E foi assim que trouxeram um par de jovens bonitas, Isla e Iona, de volta do continente para passar o verão na ilha, alegres e prontas para trabalhar.

Ela também recrutou a Sra. Laird, que "trabalhava" para o médico e para o vigário, mas que também era, como Fintan sabia, a melhor padeira da ilha.

– Muitas senhoras apareceram aqui para dar uma força ao pai – contou ele para Flora, que ficou horrorizada. – Mas o pão dela era de longe o melhor.

– Não acredito que vocês deixaram elas fazerem isso!

– Deixamos! Elas traziam um monte de cozidos congelados. Se bem que na maior parte do tempo a gente só ficou nas salsichas.

– Bem que eu estava querendo saber como tínhamos conseguido dezenove travessas.

– Hunf – murmurou Fintan.

– Espero que vocês não tenham enrolado muito a Sra. Laird.

Mas era verdade: ela fazia mesmo maravilhosos pães comuns, pães recheados com carne, os *briddies*, e pães de aveia, os *bannocks*.

Flora levou todas para a casa da fazenda e, juntas, debruçaram-se sobre o livro de receitas cada vez mais gasto.

– Tudo deve vir daqui – explicou para elas. – Bolinhos, bolos, panquecas. Todo dia vamos fazer duas sopas e sanduíches torrados. Nada muito complicado, mas vocês TÊM que seguir as receitas.

A Sra. Laird assentiu.

– Essas são as receitas da Annie – declarou ela, séria. – E ela foi a melhor cozinheira que conheci aqui.

– O que é um grande elogio vindo da senhora – respondeu Flora.

Dividiram as tarefas. Flora ficou com o preparo da massa sem sovar, já que tinha jeito para isso, e descobriu que era um trabalho reconfortante, embora também aceitasse amassar pão de vez em quando. Ela e a Sra. Laird guiaram as novas recrutas no passo a passo dos bolos. Iona e Isla, ambas louras, de bochechas rosadas e aparência saudável, sorriram felizes. Receberiam um salário bem melhor do que o oferecido nos outros empregos de verão da ilha.

Todos se juntaram para limpar a loja, e os meninos foram dar uma demão de tinta no interior, Innes flertando de modo caótico com as garotas que tinham vindo passar o verão. Fintan não as olhou nem duas vezes. *Como fui idiota*, pensou Flora, relembrando que deveria conversar com ele em algum momento. Depois que parassem de zombar da advogada de Londres, toda importante e sofisticada, por estar de joelhos esfregando o chão atrás do aquecedor.

Escreveram LOJA TEMPORÁRIA na placa do lado de fora.

– Só para as pessoas saberem – explicou Flora.

Assim que o conselho realizasse a votação, ela voltaria para Londres. Se quisessem continuar a trabalhar na loja depois, tudo bem, mas ela não estaria ali.

– O que é uma loja temporária? – perguntou Sra. Laird.

– Significa que vai funcionar só no verão.

– Ora, então chame de "Verão".

Flora deu de ombros.

– Tá bom.

– Também poderia chamar de "Café da Annie" – sugeriu a Sra. Laird.

Flora olhou para ela, mas não disse nada.

– Acho que não – conseguiu dizer, por fim.

A Sra. Laird assentiu, bondosa.

– "Café de Verão à Beira-Mar" – disse Isla.

– É Mure. *Tudo* fica à beira-mar – argumentou Iona, e Isla revirou os olhos.

– Mas não é bem um café – explicou Flora. – São só umas delicinhas da nossa cozinha.

– Bem, então chame de "Delicinhas" – rebateu a Sra. Laird. – Assim, as pessoas vão saber que não podem pedir coisas muito elaboradas. Só coisas normais que dá para fazer em casa.

– Assim está bom – disse Flora.

O nome "Delicinhas de Verão" foi impresso em uma bela placa de madeira branca que combinou bem com a parede rosa, e Innes e Hamish subiram para pregá-la.

Tinham verificado tudo do começo ao fim e a loja transbordava de bolos e bolinhos; dos pães da Sra. Laird e dos queijos de Fintan; de tortas quentes e doces cobertos de frutas. Olhando para eles, Flora não conseguiu evitar um sentimento incrível de orgulho pelo que realizaram em algumas semanas. Logo sufocou o pensamento, mas não se tratava só de encaminhar documentos, correr para ajudar os advogados, arquivar processos e ficar sentada na frente do computador. Sentia que havia *construído* algo pela primeira vez, criado alguma coisa que era útil e linda. Era um sentimento completamente desconhecido.

– Me deseja sorte, pai – pediu Flora quando saiu para abrir a loja na manhã seguinte.

O céu não estava mais cor-de-rosa; era um dia claro e bonito, e dava para ver tudo a quilômetros de distância. Estavam bem no meio de junho, quando os dias eram intermináveis e os turistas já haviam chegado, exclamando sobre a beleza da paisagem e a tranquilidade total da ilha.

Eck deu um resmungo.

– Pra mim, isso parece uma ilusão – declarou ele. – E eu ainda fico sem os meninos de novo.

Innes mordeu os lábios.

– Ainda está tão ruim? – perguntou Flora. – Com certeza a venda do queijo vai ajudar, né?

– Vocês vão ter que vender um montão. Temos que pagar a conta do transporte dos bezerros. – A fazenda ia levar os animais que já tinham um ano completo para serem vendidos no mercado de Wick. – Vamos ter sorte se cobrirmos nossas despesas.

Flora esfregou os olhos com as mãos. Não sabia o que dizer.

– E agora você vai levar Fintan embora de vez.

Ambos olharam para ele. Vestia camisa branca e calça jeans apertada, com um avental novo e elegante, listrado de azul e branco, por cima.

– Acho que Fintan foi embora há muito tempo – declarou Flora.

– Talvez você esteja certa – respondeu Innes. – Bem, boa sorte. Guarda uma torta para a gente.

Capítulo trinta

Na verdade, não daria para guardar torta nenhuma. No momento em que a Delicinhas de Verão abriu, tornou-se totalmente popular – de início, por curiosidade desenfreada e porque algumas pessoas foram ver o que Flora aprontava. Depois que experimentavam os produtos, porém – os pães, bolos e, é claro, os queijos –, voltar era uma decisão simples e óbvia. Flora mal conseguia olhar Inge-Britt nos olhos, mesmo que a islandesa não tivesse demonstrado o menor incômodo, e, na verdade, não dava para encarar como concorrência um bar que mal entregava ao cliente uma xícara de café aguada.

O primeiríssimo cliente que Flora recebeu, às oito horas daquela manhã radiante, foi Charlie.

– Teàrlach – disse ela, com prazer.

Ele pareceu tão alegre e bonito ao entrar, maior que a moldura da porta. Ela avistou um bando de crianças atrás dele numa seleção variada de agasalhos vermelhos e amarelos; estavam úmidos e, com certeza, já tinham sido usados muitas vezes.

– Estou vendo que está com os menininhos de novo.

– Graças a Deus – respondeu Charlie. – Na semana passada, foram advogados. Sem querer ofender.

– Olha para mim! – disse Flora, que também usava um avental listrado.

– Todos eles são competitivos e mal-humorados? – perguntou Charlie, balançando a cabeça. – Sempre tensos e obcecados com status?

Flora pensou em Joel.

– É por aí – respondeu, triste.

– Enfim, eles pagam as contas – disse Charlie, esfregando as mãos. – Bom! Quero uma dúzia de enroladinhos de salsicha, dois pães e aquele bolo de frutas inteiro.

Flora o encarou.

– Sério?

– Pretendo deixar eles com muita fome.

– Você vai esvaziar metade da loja.

– Faz mais! À tarde eu volto e compro um bolinho.

Flora sorriu.

– Bem, leve esse por conta da casa.

– Obrigado, moça.

Ela empacotou tudo, incluiu mais alguns enroladinhos e acenou, efusiva, para os rostos do lado de fora da janela, alguns dos quais acenaram de volta, hesitantes. Ela sorriu, sabendo do dia incrível que as crianças teriam pela frente, sobretudo se o tempo continuasse aberto e ensolarado. Quando Charlie se virou para ir embora, Flora sentiu algo – empolgação e felicidade com o dia lindo e um estranho encantamento por estar rodeada de coisas que ela mesma tinha feito, ainda que aquele não fosse seu emprego de verdade, sua vida de verdade, como dizia a si mesma. O que significava que ela não precisava se comportar como se comportava em Londres.

– Teàrlach – chamou ela enquanto ele baixava a cabeça para passar pela porta. – Podemos… Quer beber alguma coisa comigo um dia desses?

Ele a encarou com horror fingido enquanto todas as crianças o rodeavam, rindo e gritando. Charlie ergueu as mãos.

– Ah, não faz isso comigo.

– Ah, tio, ela te ama! É sua namorada, tio? O que a Jan vai dizer, tio?

– Fechem o bico, todos vocês… Vamos, vamos, andem, vão em frente.

E ele começou a conduzi-los pela estradinha do porto. No entanto, antes de sumir de vista, virou-se, fez que sim com cabeça e piscou para Flora num gesto cômico.

Ela ainda sorria quando foi ver como estavam Iona e Isla nos fundos, tirando assados do forno, até o momento em que Lorna passou lá a caminho da escola.

– Nossa, olha só para você, dona de loja!

Flora corou.

– Cala a boca.

– Isso vai parecer loucura – começou Lorna. – Mas você está com uma aparência ótima. Tipo, mais feliz.

– É porque as pessoas pararam de cuspir em mim na rua – respondeu Flora.

– Ninguém fazia isso. As pessoas esquecem. E você está aqui.

– Temporariamente – afirmou Flora, resoluta. – Enfim, o que você vai querer?

– Qual é a coisa mais apimentada que tem?

– É para você?

Agora foi a vez de Lorna corar.

– Às vezes, Saif e eu almoçamos juntos depois que ele faz uma cirurgia tranquila.

– E vão almoçar agora?

Flora começou a embrulhar uma torta de carne.

– Só como amigos – respondeu Lorna.

– Sei – rebateu Flora.

Lorna suspirou.

– O que aconteceu com seu advogado gostosão?

– Ele voltou para Londres e não tive notícias dele desde então.

Ela entregou a sacola.

– Nossa, a gente é *muito* ruim nisso – afirmou Lorna.

– A gente é péssima – concordou Flora, esfregando os olhos. – Sério. Isla e Iona têm namorados.

– Têm três vezes mais homens do que mulheres em Mure – constatou Lorna. – Como é que a gente pode se dar tão mal nisso? Ainda mais você, que é praticamente uma foca.

– Cala a boca, menina do vale.

– Somos umas *fracassadas*!

Flora suspirou.

– Pelo menos somos fracassadas juntas. Ah, queria perguntar uma coisa para você. Charlie...

– O senhor Aventuras no Campo?

– Qual é a dele?

193

– Não o conheço – respondeu Lorna. – Sério. Ele não é daqui.
– Ele é, tipo, de três ilhas de distância!
– É! Totalmente desconhecido.
– Ai, você não ajuda em nada, Lorna.
– Por quê? Você gosta dele?

Flora deu de ombros.

– Acho que... acho ele bonito. O que significa que me dei mal logo de cara. Comigo é sempre assim.

Lorna riu e se virou para ir embora.

– Bem, tenha um dia de fracasso muito bem-sucedido.
– Você também – respondeu Flora. – A gente pode se encontrar em breve e beber muito, muito, muito vinho? E depois ficar enjoadas, mas não ligar e beber mais?
– Sim, por favor – concordou Lorna, com fervor, tocando o sino ao sair e assustando Colton, que entrava.
– Ora, ora, ora – disse ele com uma voz contente. – Você conseguiu. Nada mal para um bando de advogados doidos por dinheiro!
– Obrigada – disse Flora.
– Já contou para eles da festa?
– Você vai dar comida para as pessoas até elas cederem, né?
– Está brincando? Olha o dia lá fora. Está lindo. E, sim, vou impedir uma horda de monstros de metal gigantescos de invadirem minha vista. Vou, sim. Agora, me dá um pouco de queijo.

Ele coçou a barba de modo casual.

– Então... Hum... Seu irmão...

Flora ergueu olhar, com expectativa. Devia haver algo diferente na água naquele dia, porque todos estavam alvoroçados.

– Aham.
– Ele é...?

Colton tirou os óculos e os colocou de novo.

– Sim?
– Bom, é que eu fiquei pensando...

Até os bilionários, pensou Flora. Até os bilionários voltavam a ser adolescentes quando gostavam de alguém. Parecia a escola.

Colton ficou um pouco corado quando Iona entrou com uma bandeja fresca de pão doce de Annie. Era incrível, pensou Flora, ver tudo que a mãe tinha feito reaparecer para ser apreciado mais uma vez. Porque, ao morrer, a mãe tinha deixado um grande vazio. E, mesmo assim, lá estava seu legado, e Flora tinha pensado que seria triste, mas ela sentia tudo, menos tristeza.

Então voltou a atenção para Colton.

– Sim? – perguntou ela, sorrindo.

Colton olhou ao redor, como se estivesse percebendo onde estava, e pareceu surpreso. Fosse lá o que ele estivesse querendo dizer, o momento tinha passado.

– Hum, tá. Bom, deixa. Quer dizer, você vai pedir para ele... Vai pedir para ele ser um fornecedor, certo? Da Pedra? Ele pode tentar, né? Vocês dois. Bem, todos vocês.

Ele gesticulou indicando a loja.

– Ah! – exclamou Flora, que não esperava aquilo. – E seu chef caro?

– Ele... é, ele ainda está conosco, mas trabalharia abaixo de Fintan. Para Fintan. *Para* ele.

Flora sorriu.

– Nossa, tenho certeza de que Fintan vai ficar encantando. Se meu pai liberá-lo.

Colton parecia ter algo a dizer sobre aquilo, mas então Maggie Buchanan entrou com seu sorriso distraído e as roupas perfeitas de sempre.

– Olá, senhora...

– Buchanan – sussurrou Flora.

– Sra. Buchanan! Que bom vê-la! Gostou do que fizemos aqui?

Maggie olhou ao redor e bufou alto.

– Já estava na hora. Foi uma desgraça deixar este lugar vazio. Espero que pintem a parte de fora.

– Hum, claro, senhora – respondeu Colton. – Sou Colton Rogers.

Ela olhou para ele com indiferença, o que Flora achou bem ousado, já que ela sabia muito bem quem ele era.

– Sim, prazer em conhecer você – disse ela.

– Vou dar uma festa na minha propriedade, a Pedra – continuou Colton, determinado. – E gostaria muito que a senhora fosse.

– Gostaria, é? – indagou Maggie. – Quatro bolinhos, por favor, Flora. Sem passas.

Flora preparou o pedido, atrapalhando-se com a caixa registradora, e Maggie se virou com um "bom-dia" e saiu da loja sem dizer mais nada.

– Ela me odeia – declarou Colton.

– É melhor você dar uma ótima festa – informou Flora.

Os pintores chegaram antes do fim do expediente.

E assim continuou. Desde o início, a Delicinhas de Verão ficou bem movimentada: dos primeiros *lattes* às oito da manhã até que o último pedaço de bolo ser levado às quatro da tarde, todo dia era uma correria.

O mais curioso era que, com tudo que acontecia ali e na fazenda, assim como em Londres, se alguém perguntasse a Flora onde se concentravam suas preocupações naquele momento, ela olharia, confusa, para a pessoa. Porque estava muito ocupada se preocupando com qual peixe chegaria naquela manhã para fazer os empanados, ou se ia acabar o creme, ou se a geleia de amora ia ficar azeda demais.

Ainda por cima, havia o planejamento da festa.

Encontraram-se na Pedra em um dia fresco e claro de julho, com fragmentos de nuvens depositados no fundo do céu como se estivessem esperando até que fossem necessários. Fintan ia fugir do trabalho na fazenda o dia todo e parecia, como sempre, feliz da vida por se livrar dele. Até seu andar estava mais leve.

– Então, o queijo vai ser servido em pratos de degustação – dizia ele. – Você já fez aqueles biscoitos de aveia de novo, mas, sabe, se for fazer mais, que tal colocar, talvez, um pouco de pimenta na mistura? E um pouco de queijo, só para ficar ainda mais incrível? E vamos usar a manteiga da fazenda, e podemos pôr uma marca nela. Aí, se já tivermos as tortas de frutas...

– Você planejou tudo muito bem – declarou Flora, incentivando-o. – Vai ficar ótimo.

Andaram pelo caminho juntos, passeando pelo jardinzinho do chalé.

– Porque, olha!, aqui tem framboesas e hortelã fresca e tudo mais! Meu Deus, imagina o que dá para fazer com esse lugar. Olha só isso tudo!

Ele parecia tão feliz, parado entre as fileiras de ervas e legumes frescos, completamente à vontade. Flora sorriu para ele.

– E você vai gostar de trabalhar com Colton – disse ela, sem considerar muito as palavras.

De repente, ele ficou rígido.

– Como assim?

Flora tinha torcido para que aquilo não fosse difícil. Sim, claro que Mure era uma ilha pequena, mas estavam no século XXI. Havia casamentos gays, e a Igreja parecia ter, mais ou menos, desistido de pontificar sobre isso... A ilha era tradicional, mas nunca fora cruel.

Fintan não olhava nos olhos dela.

– Nada. Quer dizer... É que vocês pareceram se dar bem.

– E daí?

– E daí, nada.

Houve um silêncio muito desconfortável.

– Eu me dou bem com muitas pessoas – afirmou Fintan.

– Claro que se dá. Sei disso – respondeu Flora.

– Não sou eu quem está dormindo com o chefe.

– Não estou dormindo com ele!

– Mas pensou nisso.

– Aff, parente meu, *cala a boca*, argh, que nojo, não vou nem escutar.

– Pensou! Pensou! Então, não vem me dar sermão.

– Cala a boca! Não estou escutando você!

– Você gosta mesmo dele! Não me admira. Ele é gostoso.

Ambos pararam. Fintan fez cara de quem fora pego no flagra.

– É, sim – concordou Flora.

– Quem? – perguntou uma voz alegre com sotaque americano.

Naquele dia, Colton usava calça jeans, botas grandes e uma blusa com capuz enorme que o fazia parecer um adolescente alto demais, provavelmente o efeito que ele esperava obter.

Fintan se virou, mas Colton o segurou pelo braço.

– Oi – disse ele. – Bom ver vocês. Vai ser uma festa espetacular e todo mundo vai me amar e votar a favor da minha proposta, certo?

– Vamos tentar – respondeu Fintan, brusco.

– Então, vamos, é melhor almoçarmos cedo, já que tenho seis milhões de tortas para supervisionar hoje à tarde.

Eles se sentaram ao sol e comeram ostras de água fria com pão de centeio.

Era engraçado: na infância, os irmãos nunca tinham daquele pão escuro e sólido e sempre reclamavam e chiavam com a mãe, querendo o pão branco e macio que Wullie vendia e que durava semanas. Agora, adulta, Flora conseguia apreciar o sabor intenso e evocativo do pão. Agot, por outro lado, tinha declarado que era NOZENTO.

Flora acrescentou um pouco da manteiga de Fintan ao pão, claro, e um pouco de vinagre e limão recém-espremido nas ostras, e comeram sentados no banco todo esculpido na frente da Pedra, olhando para o grande vazio ao norte, assim como para o pequeno porto com suas atividades e os barcos chegando e saindo devagar.

– Nossa, eu adoro esse lugar – disse Colton, do nada. Estava sentado bem próximo a Fintan. – Não tem celulares, nem reuniões bestas, nem advogados... A não ser pela presente companhia, claro.

– Claro – concordou Flora.

Colton piscou, intrigado.

– Por que você saiu daqui? – perguntou ele, olhando a baía.

– Por que você não veio antes? – rebateu Flora.

– Porque só descobri a ilha depois dos meus quarenta anos, e a essa altura minha empresa era um conglomerado multinacional com escritórios e funcionários em quatro continentes. Além disso, perguntei primeiro.

Flora deu de ombros e jogou as conchas das ostras no mar. Elas fizeram um *splash* agradável.

– Porque eu queria trabalhar – afirmou ela. – Queria um trabalho que não fosse de turismo.

– Tem muitos trabalhos aqui – declarou Fintan.

– Tem, se você quiser trabalhar no Recanto do Porto.

– Sua amiga professora, Lorna, está indo muito bem.

– Minha amiga professora, Lorna, não dorme à noite porque não tem bebês suficientes nascendo para se matricularem e a escola pode ser fechada.

– Porque gente como você vai embora e não tem nenhum bebê.

– Quer falar de não ter bebês?

– Tá bom, parem de bater boca – pediu Colton. – Mas você não quer voltar agora? Agora que está aqui?

Flora sorriu.

– Gosto de trabalhar para você, mas minha casa é em outro lugar.

Ela olhou atrás de si. Um bando de homens – e garotos, estudantes que moravam no continente – trabalhavam no hotel, aprontando tudo para as festividades da noite. A esperança era que seria um grande sucesso.

– Hum – murmurou ela. Então, se levantou. – Tenho que voltar pra garantir que todo mundo vai vir hoje à noite e pôr as meninas para trabalhar no fogão. O bar está pronto?

– Claro que está – respondeu Colton. – Até para pessoas escocesas. E temos uma banda, gaitistas, dançarinos...

– Pia... – disse Flora.

– Você está atenta a tudo – afirmou Colton. – Exatamente como seu chefe disse.

– Ele vem? – perguntou Flora, rápido demais.

– Ah, acho que não – respondeu Colton. – A votação é só daqui a um mês.

– É. É, sei disso.

Flora tentou não demonstrar o quanto estava decepcionada. Vinha mandando relatórios a Joel, mas não tivera nenhuma notícia do escritório. Kai disse que, se ela não recebesse nada, significava que estava tudo bem, mas não era muito reconfortante.

– Fintan, pode ficar aqui e supervisionar? – indagou ela.

Colton olhou para ele, um sorriso aparecendo nos lábios.

– Claro – disse Fintan.

Flora observou a Pedra se afastar no espelho retrovisor, sorrindo consigo enquanto via as cabeças de Fintan e Colton juntas. Ora, ora, ora. Ela se perguntou se Innes desconfiara. Provavelmente, sim. Será que ela deveria comentar ou nunca, de jeito nenhum? Era um assunto delicado.

Saindo do barco, ela quase tropeçou em uma pessoa pequena e idosa, parada bem ereta e ignorando completamente a própria bengala.

– Sra. Kennedy! – ofegou Flora. – Desculpa, não vi a senhora aí.

– Naquela época você também não prestava muita atenção em mim – disse a sra. Kennedy, sem sorrir.

Flora tentou sorrir para ela, mas foi ignorada.

– Então tá – disse Flora, endireitando-se.

– E aí você foi embora – continuou a Sra. Kennedy –, deixando a gente totalmente desfalcada, sem ninguém para entrar no seu lugar.

– Sra. Kennedy! Eu avisei que ia me mudar.

– Bem no começo da temporada dos Jogos das Terras Altas!

– Eu tinha que fazer meu estágio e achar um apartamento.

Era ridículo, refletiu Flora, como todo mundo naquela ilha conspirava para fazê-la sentir que tinha catorze anos.

– Bem, agora estou de volta – disse ela, lembrando que a Sra. Kennedy estava no conselho. – Se tiver algum jeito de eu compensar a senhora...

A Sra. Kennedy a encarou com aqueles olhos pequenos e astutos.

– Na verdade, talvez tenha – respondeu ela.

Capítulo trinta e um

Margo estava confusa.

— Mas tem o caso Yousoff que precisa de sua atenção... Quer dizer, você não precisa mesmo voltar lá, precisa? Achei que estivesse tudo encaminhado.

— Colton Rogers pode ser uma grande parte dos nossos negócios. Quero ter certeza de que ele está feliz.

— Lá naquele lugar onde Judas perdeu as botas? Incrível. E você deveria estar preparando o caso de Nova York.

Joel olhou o calendário.

— Posso fazer isso no avião. Sinto que deveria estar lá. Ele ligou hoje.

Era verdade que Rogers fazia questão que ele estivesse lá, mas havia algo mais que Joel não conseguia decifrar. Havia algo naquela ilha... Ele não sabia o que era, porém, desde que voltara, a adrenalina e o frenesi do trabalho não o tinham atraído tanto. Outra onda de calor forte havia atingido Londres e tudo parecia encharcado, úmido e vagaroso, e ele atribuíra sua falta de interesse à letargia. No entanto, quando se lembrava daquela vasta praia de areia branca que se estendia até o infinito, a frescura do ar, a ausência total de pessoas e o grande vazio, era quase como um sonho. Mas um sonho energizante.

— Rogers foi bem insistente.

Margo continuou perplexa.

— Vou fazer a reserva.

— Também preciso de uma loja de coisas ao ar livre.

— Como é que é?

— Uma loja onde dê pra comprar coisas pra usar ao ar livre. Sei lá.

A única questão pessoal do chefe com que Margo geralmente perdia tempo era desviar, com grosseria, ligações de garotas suspirantes. Aquilo era novidade.

– Que tipo de coisas pra usar ao ar livre?
– Não sei! Tá bom! Pode ir! Fecha a porta!

Margo sempre sabia quando fazer uma retirada apressada. Por isso tinha durado tanto tempo com Joel, que trocava de funcionárias na velocidade da luz – em geral, era incapaz de evitar dormir com as bonitas, que então ficavam magoadas, e não se interessava pelas mais velhas, que então ficavam magoadas. Margo era gay e inabalável, o que a tornava mais ou menos perfeita para o cargo. E, toda vez que ele era grosseiro com ela, Margo pedia um aumento de salário, que ele aprovava sem argumentar. Ela pegou o telefone e ligou para a companhia aérea.

– Bom, está combinado.
– Ah, Sra. Kennedy. Sério. Tudo menos isso. Não danço há anos.
– O que está combinado?

Charlie avistara Flora do outro lado da rua e se apressou para dizer "oi".

– Será que você ainda cabe na sua roupa de dança? – indagou a Sra. Kennedy.

Flora revirou os olhos.

– Caibo! – respondeu, irritada.
– Bom, então, está combinado – repetiu a Sra. Kennedy.
– Não está, não! – rebateu Flora.
– O que está combinado? – repetiu Charlie. – Flora, preciso das suas sobras.
– Hoje não sobrou nada, vai tudo pra festa.
– Ah, sim.
– Flora vai dançar na festa – anunciou a Sra. Kennedy.
– *Vai*, é? – indagou Charlie.
– Não. Estou fora de forma – retrucou Flora.
– Será que ainda dá para fazer um coque nesse cabelo? – questionou a Sra. Kennedy.
– Não. – Flora tinha lembranças ruins do cabelo esticado para trás que ela sempre usara para exibir o pescoço.

– Vamos dançar Ghillie Callum e Seann Triubhas.
– Com uma banda? – perguntou Charlie.
– *Aye*.
– Vai ser lindo.
– Teàrlach, você não está ajudando.
Charlie sorriu.
– Que foi? – indagou Flora.
– Nossa, você não vai se lembrar... Acho que já vi você dançando.
Flora franziu o cenho para ele.
– Duvido.
– Nós viemos de Bute. Foi muito tempo atrás, num evento entre as ilhas.
Flora estava confusa. O evento entre as ilhas era uma celebração da música tradicional das Terras Altas e das ilhas. Além disso, era uma ótima oportunidade para adolescentes escaparem dos pais e se comportarem mal.
– Sabia que eu já tinha visto você em algum lugar – disse ele, o sorriso enrugando os olhos azuis.
– O quê? Qual deles era você? – perguntou Flora.
– Ah, só um dos gaitistas.
– Isso não é muito específico.
– É, eu sei.
– Não quero ver as fotos – disse Flora, do nada. – Peguei meio pesado no blush.
– Eu tinha muito mais cabelo na época – comentou Charlie. Ele ficou em silêncio por um momento, então declarou: – Você era uma boa dançarina.
– Ela não era tão boa – disse a Sra. Kennedy.
– Eu me lembro mesmo de você. Seu cabelo se soltou – explicou ele.
– Sempre soltava.
– Era o cabelo mais claro que eu já tinha visto.
– Olha só o que você lembra.
– Vejo você às seis – constatou a Sra. Kennedy.
Flora olhou, ansiosa, para o relógio.
– O quê? Tenho que instruir as meninas!
– Elas vão dançar também – proclamou a Sra. Kennedy, convicta. – Cuide pra que elas saibam o que estão fazendo...
– Ah, pelo amor de Deus!

– ... se quiser que eu vá à festa do Sr. Rogers e simpatize com ele.

– Vou estar lá – anunciou Charlie, sorrindo.

– Isso é chantagem – disse Flora, vendo as costas encurvadas da Sra. Kennedy enquanto ela se afastava.

Charlie olhou em volta. Jan caminhava pela rua a passos largos, resoluta, em direção a eles.

– Certo. O dever me chama – disse ele, acenou e foi embora. Jan logo começou a alugar o ouvido dele.

– A gente se vê depois – respondeu Flora.

Capítulo trinta e dois

O resto do dia foi um frenesi louco. Todo mundo cozinhou tanto que as janelas da Delicinhas de Verão ficaram todas embaçadas. A vila inteira passou lá porque sabia que Flora estava, por algum motivo, por trás de tudo aquilo e queriam saber o que vestir, quem mais compareceria e se seria estranho ou embaraçoso. Praticamente todas as famílias foram convidadas.

Fintan ficava telefonando, transtornado e nervoso conforme os fornecedores de comida e bebida profissionais chegavam; porém, até onde Flora percebia, ele parecia estar lidando com tudo de modo admirável.

Enquanto isso, a Delicinhas de Verão fazia torta atrás de torta e grandes pilhas de biscoitos de aveia salgados, ao passo que Innes dirigia vans cheias de comida até a Pedra. Estavam todos corados e bem suados, mas achavam que terminariam tudo a tempo. Pilhas gigantescas de framboesas, levas congeladas de amoras do último verão e, acima de tudo, as amoras-branca-silvestres que cresciam bem no norte de Mure, com seu sabor marcante e repleto de frescor perfumando a cozinha e fazendo Agot – que Innes deixara lá depois de ela ficar atrapalhando na van e que agora era uma grande ameaça à cozinha – correr em círculos sem parar e se recusar, categórica, a tirar o cochilo da tarde, o que era mesmo um péssimo agouro para a noite. Nem mesmo a oferta de um pedaço de queijo grelhado a apaziguou; ela o espiou e declarou que, na verdade, preferia comer torta.

Flora decorou o topo de cada torta com o máximo de cuidado possível, dispondo frutas cortadas, folhas e até uma bandeirinha de Mure. No rádio, começou a tocar uma música de Karine Polwart – "Harder to Walk These Days Than Run" –, que todos conheciam. Flora e Agot cantaram as partes rápidas junto e bem alto e até dançaram um pouco. As duas davam risada, cobertas de farinha, quando, de repente, do nada, Joel entrou carregando uma mala de viagem.

Flora derrubou a peneira na hora.

– Ah! – exclamou ela, vendo-o parado no batente da porta.

Com ele ali, toda a empolgação das últimas semanas parecia, por algum motivo, inapropriada. Flora não sabia se aquele era o tipo de coisa que ele queria mesmo que ela estivesse fazendo, não importava o que Colton dissera.

E, nossa, com a luz atrás dele, o homem estava... estava tão lindo. Deslocado, lógico, no terno elegante da cidade grande e com o celular sempre na mão, como se, num passe de mágica, pudesse conjurar um sinal sozinho. Ela achou que havia começado a se esquecer dele, mas estava errada.

Flora percebeu que tinha farinha no nariz e começou a se limpar. Joel ainda não dissera nada. Será que estava irritado? Ela deveria estar aprontando mais documentos? Mas o trabalho dela era colocar a ilha do lado deles, não era? E era o que estava tentando fazer.

Joel ficou surpreso, de repente, com a chocante naturalidade de vê-las ali. Era muito estranho. Ele nunca tinha visto nada igual. Nunca tinha pensado em famílias, não daquele jeito, mas se tivesse pensado... Era tão estranho. A garota sorridente de cabelos muito claros e a criancinha que parecia uma feiticeira em miniatura e que, naquele momento, corria até ele, com seu cabelo estranho esvoaçando, gritando "ZOEL!", um sorriso enorme no rosto. A música, as mulheres se virando e rindo, o aroma suave no ar, o calor das luzes.

Era como se deparar com algo de que já sentia saudade sem que nunca tivesse pertencido a ele, sem que sequer tivesse pensado no assunto. Era uma sensação muito esquisita. Desde muito jovem, Joel aprendera que, se quisesse uma coisa, deveria pegá-la e pronto, pois bem poucas pessoas pareciam se importar com o que ele fazia ou como fazia. Mas aquilo... aquilo não lhe pertencia. Ele nem conseguia imaginar como poderia pertencer um dia. O que elas tinham não estava à venda.

Ele pareceu surpreso.

– Desculpa – disse Flora, aproximando-se, preocupada com a expressão séria dele.

Enquanto isso, Agot tinha agarrado as pernas de Joel e não parecia querer largá-las. Havia farinha por todo lugar, assim como os salpicos salgados do porto.

– Não sei se dá pra ficar com essa roupa em Mure – comentou Flora.

Joel não falou da mala cheia de roupas novinhas para atividades ao livre que Margo tinha comprado para ele. Havia olhado para as peças e tido a impressão de que seria muito ridículo vesti-las, fingindo ser algo que ele, obviamente, não era.

– Não – respondeu ele. – Mas não sei se conheço outro jeito de me vestir.

O terno era sua armadura, pensou Flora. Por quê, ela não sabia.

Ele entrou na loja. Passava a impressão de ser a casa de alguém, com toalhas sobre as mesinhas. Cada superfície estava ocupada com uma bandeja de comida para a noite.

– Que cheiro bom.

– Tem mais alguma coisa que eu deveria estar fazendo? – perguntou Flora, um pouco trêmula.

Joel sorriu.

– Não. Acho que essas são as horas de trabalho mais úteis que já tivemos. Posso comer um pedaço?

– TOMA TOTA! – gritou Agot, oferecendo a ele um pedaço de massa engordurada em suas garrinhas.

– Ah – disse Joel. – Quer saber? Mudei de ideia.

Agot e Flora olharam para ele com a mesma expressão cômica.

– Ah. Obrigado.

Sonolento, Bramble se levantou para examiná-lo e acrescentou um pouco de pelo de cachorro à calça dele.

– Então, vai mudar de roupa para a festa? – perguntou Flora, alegre, desejando não estar tão corada e suada e ter lavado o cabelo.

– Eu trouxe um terno – respondeu Joel.

Flora o encarou, erguendo as sobrancelhas.

– Não tem um kilt?

– Ah, não. Não, não mesmo.

– Bem, é tipo uma tradição.

– É, bem, usar heroína é tradição e também não vou fazer isso.
– Joel! – exclamou Flora, irritada.
– O QUE É HEIOÍNA? – questionou Agot.
– Desculpa. Sério, eu... eu me sentiria esquisito – disse Joel.
– Só na primeira vez – rebateu Flora.
Joel fez que não.
– Não sou só eu. Colton vai se arrumar?
– Não é se arrumar! – constatou Flora. – É só a roupa da ocasião. E ele vai, sim, claro que vai. Na verdade, ele vai até exagerar um pouco.
– Como assim?
– Deixa pra lá.
– Não, sério. Quero agradar o cliente.
– Bem, então, é melhor arranjar um kilt.
Joel suspirou.
– E como vou fazer isso?
– Um dos meninos deve ter um.
– Sério? Um reserva?
– Bom, Fintan vai ficar a noite inteira na cozinha. Acho que ele não vai usar o dele.
– Então, ele vai poder usar calça como uma pessoa normal.
– Ah, não, ele vai estar de kilt. Mas é só o comum, não o formal.
– Meu Deus. Acho que não, Flora.
– Tá bom.
– Então, está tudo...? Qual é a nossa estratégia para hoje à noite?
Flora olhou para as tortas.
– Bom, essa é a minha, mais ou menos.
– Sim, mas fora isso?
– É só ser simpático e falar da mudança do parque eólico para longe quando o assunto aparecer. Vou apresentar os conselheiros para você. Se puder, use seu charme com a Sra. Buchanan, porque ela é dura na queda. Você pode conversar com meu pai. Ah, e com o Reverendo Anderssen. Ele é de uma família de vikings de verdade. Não deixa o excesso de simpatia dele desanimar você.
– E ser parente das forças invasoras é uma coisa boa, é?
– Pelo jeito, funcionou nos Estados Unidos – observou Flora, tirando uma leva do forno e colocando outra.

Joel sorriu.

– Então, sendo escandinavo, ele não vai ligar se eu não usar um kilt?

Flora o encarou.

– É, bom... Experimenta e vê como você se sente.

– Meu Deus – disse Joel com um suspiro, começando a se arrepender da decisão impetuosa de vir.

– Podia ser pior – constatou Flora. – Espera só até ver o que eu tenho que usar.

– Bem, vou pensar nisso.

Ele parecia prestes a ficar um pouco mais, mas, em vez disso, virou-se para a porta.

– Certo, é melhor eu ir falar com Colton.

– Não conta que eu falei da roupa dele – pediu Flora.

Colton havia mostrado a ela o que ia usar, e ela tentara ser cortês. Mas Joel só assentiu, breve, e saiu.

– ELE TÁ TISTE – disse Agot, sábia.

Flora a olhou com curiosidade.

– O que quer dizer triste? – perguntou ela.

– NÃO SEI – respondeu Agot, perdendo o interesse. – MAIS TOTA!

Capítulo trinta e três

– Bem, quase serve – declarou a Sra. Kennedy, em dúvida.

Flora não tinha certeza. Mas todo o resto estava pronto. Grandes jarros de creme recém-batido, espumante e amarelado na cerâmica simples, foram entregues para acompanharem as tortas, que seriam cortadas e servidas mais tarde pelas garotas sorridentes da ilha que o hotel recrutara para trabalhar. Ela não tinha avistado Fintan, presumira que ele estivesse vadiando do lado de fora da cozinha com os fornecedores importantes. Claro que Colton não poupara nenhuma despesa: Flora tinha visto Kelvin, o pescador, e seus filhos entregarem enormes quantidades de lagostins locais e erguera as sobrancelhas, espantada.

– Pois é – disse Kelvin. – Queria que ele tivesse pedido pra gente antes. Quanto dinheiro ele tem, hein?

– Muito, eu acho – respondeu Flora.

Ela tomou um banho rápido em casa e depois foi para a Pedra, onde um enxame de pessoas fazia preparativos e corria para lá e para cá. Flora foi até o cômodo que tinha sido reservado para os artistas e olhou seu velho traje de dança. Ela já havia escovado o kilt e lavado a blusa, o corpete e as meias, mas precisou pegar sapatos emprestados, porque os seus estavam tão surrados e gastos que se desfaziam. Os sapatos das dançarinas não eram feitos para durar.

Sempre tinha adorado aquele tartã verde-claro. A maioria das garotas gostava das cores atrevidas que as faziam se destacar: os azuis e vermelhos e roxos vibrantes que atraíam olhares enquanto todas voavam juntas. Mas aquela cor clara e sutil com o corpete verde-escuro era uma das poucas coisas que ela usava que realçavam seus olhos pálidos em vez de fazê-los desaparecer.

– Você ensaiou? – perguntou a Sra. Kennedy.

Na verdade, Flora tinha repassado as danças algumas vezes – em particular, para que os meninos não zombassem dela. Não atingia mais a mesma altura que antes nos pulos, mas, assim que a música começara, a memória muscular entrara em ação e Flora havia relembrado os passos de imediato.

Iona e Isla chegaram e riram quando viram Flora – que consideravam muito adulta e glamourosa por morar em Londres – com o traje de dança completo.

– Como é Londres? – perguntou Isla, tímida, enquanto elas amarravam os sapatos. – É movimentada e cheia de ladrões e tal?

– É – respondeu Flora. – Mas mesmo assim é… é legal.

Na verdade, Flora achava difícil lembrar, àquela distância, como a cidade era exatamente, do mesmo jeito que uma pessoa não consegue lembrar bem como é sentir frio quando está com calor e vice-versa. Seu cérebro parecia ter erradicado tudo que não fosse a experiência simples de estar de volta à ilha.

– Tem muitos bares e lugares para ir e coisas acontecendo, e é prédio que não acaba mais, e as pessoas chegam de todos os cantos do mundo, não como aqui no verão, mas de todos os lugares *mesmo*. Albânia, África Ocidental, Portugal e qualquer lugar do qual você já ouviu falar.

– Você já viu alguém famoso?

Flora sorriu.

– Vi Graham Norton na rua. Isso conta?

Elas pensaram um pouco e decidiram que contava.

– E aí, vocês todas vão embora de novo depois do verão? – questionou Flora.

Elas deram de ombros. O que mais havia para fazer? A maioria delas iria para Inverness, Oban, Aberdeen, Glasgow ou para mais longe. Ainda que algumas pessoas se mudassem mesmo para as ilhas, era outro tipo de gente: ingleses excêntricos que achavam ter encontrado um modo de vida mais puro ali (o que sempre fazia as pessoas nativas revirarem os olhos), canadenses em busca de suas raízes, pessoas aposentadas. Não eram a força vital de uma comunidade, não mesmo. Não eram aquelas jovens de pele fresca e olhos cintilantes, aquecendo e alongando as pernas claras e longas.

Elas estavam num quarto dos fundos da Pedra, um lugar destinado, presumiu Flora, a receber eventos ou casamentos um dia. Era um cômodo lindo, cheio de pinturas a óleo e papel de parede xadrez em tons claros. Havia uma grande lareira acesa e sofás confortáveis espalhados. Tudo exalava um ar de luxo, tranquilidade e conforto, mas aquelas janelas enormes se abriam para vistas vazias e extraordinárias: as pedras atrás do resort, onde gaivotas e águias ruidosas mergulhavam e se reerguiam nos raios da luz infinita.

Mas as garotas estavam agrupadas na porta, observando todo mundo chegar quando deu sete horas.

O povo de Mure arrumado para uma noite de festa era uma visão bem divertida: mulheres acostumadas a passar o ano todo usando botas impermeáveis ou forradas de pele no inverno impiedoso experimentavam vestidos em tons pastel e sapatos de salto alto em cores exóticas. Felizmente, a chuva tinha dado uma trégua. O céu estava azul, branco e cinza-claro. Era uma daquelas noites nas quais o céu se assemelhava ao mar, que se assemelhava à terra, sem diferença nenhuma entre eles.

Mais uma vez, os braseiros na entrada estavam acesos, e Bertie tinha recebido reforços: havia um barco muito maior naquela noite, levando e trazendo as pessoas, deixando lá grupos entusiasmados de rosto corado, alguns já obviamente animados pela expectativa. Um gaitista os cumprimentou enquanto tocava um lamento clássico em vez de algo bem empolgante. As dançarinas mais jovens espiaram pela porta quando os garotos locais desembarcaram.

– Ahh, olha, é o Ruaridh MacLeod – sussurrou Iona.

Todas deram risinhos frenéticos conforme um jovem louro e bonito subia os degraus, rindo com os amigos e fingindo que a mãe dele não tinha chegado no mesmo barco, e então deram uma arrumada nos próprios cabelos. Mais uma vez, o de Flora não se comportava, e ela ficou triste ao ver que as outras garotas tinham coques enormes, brilhantes e imaculados – pelos quais, com certeza, haviam pagado.

Flora gostava das risadas, mas elas também a faziam se encolher um pouco de vergonha. Ah, a intensidade da paixão de uma adolescente. E ter um sentimento tão parecido… Bem, não era edificante na idade dela.

Ela olhou ao redor à procura de Joel, mas ele ainda não tinha chegado.

Ela teria que trocar de roupa depois da dança. Tinha levado seu vestido mais bonito, que poderia usar mais tarde, após tirar o kilt ridículo. Tentou imaginar Joel vestindo o dele, isso *se* ele vestisse. Bem, seria um sinal.

Lorna se aproximou a passos largos. Estava fabulosa num vestido verde-escuro que ressaltava seu lindo cabelo ruivo.

– Droga! – exclamou Flora. – Isso é muito irritante. Você não podia ter se vestido igual a uma adolescente também?

– Você está usando meias?!

– Cala a boca!

Lorna pegou uma taça de champanhe e ergueu as sobrancelhas de modo interrogativo.

– Não posso beber – respondeu Flora. – Posso cair do palco e falar pra todo mundo não votar a favor de Colton.

– Você está ganhando muito, muito bem? – perguntou Lorna.

– Estou começando a achar que ganho mal.

– Seu penteado está caindo.

– Eu sei, eu sei, não enche.

Do nada, ali estava Colton, apertando as mãos de cada convidado que chegava, apresentando-se, oferecendo boas-vindas. Ele percebeu o olhar de Flora e deu um sorriso enorme, aproximando-se.

– Olha só você! – exclamou ele, encantado. – É isso que chamo de "ir além" do que pedem em um escritório de advocacia.

– Não começa – pediu ela.

Aquilo estava muito distante da imagem sofisticada e londrina que ela gostava de projetar. E mais próximo, ela sabia, de quem era de verdade.

– Não, estou falando sério! Você está linda!

– Está mesmo – concordou Lorna, beijando a bochecha da amiga e desaparecendo na multidão.

Flora alongou a perna atrás de si.

– Espero não estar muito enferrujada.

– Toma uma bebida antes de começar. Você vai se apresentar bem cedo; depois, pode beber muito mais.

Ela sorriu.

– A Sra. Kennedy me mataria de verdade. Me deixaria mortinha da silva.

Colton sorriu.

– Bem, aqui é minha casa. Eu detestaria não oferecer a hospitalidade tradicional.

Flora se afastou o suficiente para dar uma boa olhada na roupa dele. Quase caiu na gargalhada, mas conseguiu esconder a boca a tempo.

– Que foi?

– Nada, não – respondeu ela.

Ele semicerrou os olhos, e Flora tentou lembrar que aquele ainda era um cliente super-hipermegarrico.

– Não gostou?

Colton usava a vestimenta completa de um chefe de clã – e mais um pouco: um kilt formal das Terras Altas em tartã vermelho-vivo e verde, com uma sobrecasaca longa, uma grande bolsa de couro peluda, uma adaga enorme enfiada na meia creme, um colete xadrez bordado, uma gravata borboleta, uma faixa do mesmo tartã cruzando o peito largo e, por cima do cabelo curto, uma gigantesca boina de tartã com três penas de faisão no alto.

– Existe um clã Rogers?

– Minha mãe era tão escocesa quanto você – declarou Colton. – Ela era uma Frink.

Flora ficou surpresa.

– Bem, você está ótimo – disse ela.

Colton ficou radiante.

– Obrigado.

O gaitista começou a desacelerar quando um violinista se juntou a ele, e a música se espalhou pelo crepúsculo noturno. A Sra. Kennedy apareceu e tossiu alto.

– É sua chamada? – perguntou Colton.

– Parece que sim – respondeu Flora.

– Cadê seu irmão?

– Está lá atrás ajudando a arrumar tudo. Ele está muito nervoso.

Colton sorriu.

– Acho que ele... Acho que ele vai se sair bem, você não acha?

Flora fez que sim.

– Acho que ele não nasceu para ser fazendeiro.

– Concordo – rebateu Colton.

– COF, COF!

Lá fora, no gramado que ia até o mar, um pequeno palco fora erguido, rodeado por mais braseiros. Poderia ser melhor, pensou Flora, mas também poderia ser pior. Conseguia imaginar o lugar sendo usado para casamentos quando o clima estivesse bom o bastante.

Flora refletiu que toda a Mure estava reunida ali. Velhos professores, velhos amigos que permaneceram, amigos que tinham ido embora e estavam de visita. O açougueiro, a carteira, o leiteiro, os meninos do clube dos fazendeiros e os velhos do boliche. O comitê do festival nórdico e os tricoteiros da Ilha Fair, que assumiam os trabalhos quando a ilha estava muito movimentada. Ela reconheceu todos, e, mesmo naqueles que não conhecia pessoalmente, identificou a repetição de fisionomia: eram os mesmos olhos verde-claros dela. Todos a encaravam, julgando-a por ter ido embora.

E o rosto que não estava lá. De repente, Flora achou que ia chorar, desmoronar e não conseguir sequer dançar. Sua mãe nunca tinha perdido nenhuma de suas apresentações – mesmo que, como percebeu naquele momento, significasse deixar os meninos sozinhos. Deixar Fintan para trás fazendo algo – aliás, o quê? Jogando *shinty* quando não queria? Forçado a se virar para acompanhar os meninos mais velhos?

Ela sentiu uma pontada de tristeza, seguida por um acesso de sofrimento ainda maior pelo vazio na plateia. Ah, Deus, sentia tanta saudade da mãe. Mesmo que, quando adolescente, tivesse achado a dança constrangedora, boba e sem sentido, sempre soubera como a mãe ficava feliz por ela dançar, se sair bem, ganhar competições, medalhas e troféus, nenhum dos quais foi importante para Flora. Ficaram para trás, pegando poeira no quarto em que ela nunca pensava.

Ela piscou, tentando conter as lágrimas.

– Você está bem? – disse uma voz.

Ela se virou e viu Charlie ao seu lado. Ele usava uma roupa simples – uma camisa larga com cordões de couro e um tartã de caça discreto em vez do formal. Parecia alguém que nascera para usar aquelas roupas, o que obviamente era verdade.

– Ah, estou bem, sim – respondeu ela. – Oi.

– Parece preocupada.

Ela franziu o cenho.

– Você costuma sair por aí dizendo para as pessoas "se anima, não é o fim do mundo"?

– Ah – disse Charlie, com a serenidade de sempre abalada. – Não. Geralmente, não.

– Desculpa – respondeu Flora, limpando os olhos às pressas. – É que eu... me perdi nos pensamentos.

– Certo. – Charlie fez uma pausa antes de continuar: – Está com saudade da sua mãe?

Ela olhou para ele, impressionada com a bondade e a gentileza de suas palavras, bem no momento em que as gaitas começaram a tocar "The Bonnie Wife of Fairlie" e a maré das outras garotas a levou, por entre a fumaça e a multidão, completamente envolvida.

Flora percebeu que, durante os últimos anos de estudante acomodada e depois como funcionária de escritório trabalhando em modo automático, se esquecera do quanto tinha perdido. Esquecera-se do quanto adorava dançar, sobretudo com música ao vivo, que entrava e saía de cada um dos seus poros. Ela se sentiu totalmente arrebatada, perdida nos movimentos complexos da dança da espada conforme as dançarinas saltavam e chutavam em perfeita sincronia, a cabeça seguindo bem depois que o resto do corpo tinha se movido, o cabelo, como sempre, começando a se desprender do coque, a cor clara refletida na luz do fogo enquanto a multidão aplaudia e assobiava, e as garotas dançavam, cada vez mais rápido, se alternando sem parar, à medida que a música acelerava e as chamas crepitavam mais alto. E Joel, que chegara atrasado, sentindo-se estranhamente deslocado, subiu os degraus do cais onde a cinzenta água ondulava, as garças alçando voo conforme ele se aproximava, e parou na entrada iluminada do jardim bem a tempo de vê-la.

Ela virou a cabeça naquele momento, embora não estivesse olhando para ele, a pele clara refletindo a luz do fogo nos rostos felizes dos espectadores. Profundamente concentrada na dança, logo se afastou, deixando só uma impressão para trás, o cabelo agora solto esvoaçando atrás dela. Joel se deteve, viu aquilo e, no seu íntimo, soltou um palavrão.

Porque não conseguia entender como nunca tinha notado aquela garota fascinante, aquela criatura exótica. Ficou muito irritado por reconhecer algo que, naquele momento, entendeu que sabia havia algum tempo e fechou o punho, inconformado.

Ele não queria... Bem, para começar, ela não era seu tipo nem de longe. Seu tipo raramente usava kilt e dançava em uma noite sem escuridão, em uma ilha distante que não tinha nada a ver com nenhum lugar aonde ele já tivesse ido; um lugar que, além disso, parecia praticamente um sonho, com os rochedos, os pássaros, os mares infinitos e as pessoas eternas que o olhavam das profundezas do saber, de onde estavam suas raízes, de onde era e sempre fora o lugar delas.

Aquilo não era para ele, não era o que desejava. Joel não podia arriscar tudo. Tudo pelo qual havia lutado muito, cada pedaço da armadura que tinha construído ao redor de si.

A música acelerou mais e mais, os aplausos ficaram mais e mais altos.

Joel não era um homem introspectivo. Nunca achara a introspecção nem um pouco útil nas suas circunstâncias e não queria achar naquele momento. Era questão de autopreservação. E era importante. Ele não podia... Tinha se virado sozinho por mais de três décadas. Pensou no que o Dr. Philippoussis diria: "A vida não é só trabalho."

E Joel responderia dando como exemplo todas as pessoas que conhecia – na maioria, homens –, que não faziam nada além de trabalhar. Que até se casavam, porém deixavam a família triste e solitária para se dedicar à distração constante que o trabalho proporcionava.

Ele precisava daquilo. Fora isso que o salvara. Famílias e relacionamentos pessoais não podiam salvá-lo. Sua experiência dizia que não.

Ele piscou e jurou encontrar alguma garçonete bonita, alguém, algo para distraí-lo.

Joel ergueu o olhar de novo, bem quando Flora girou e o viu, de repente, pela primeira vez, e ela empalideceu ao olhá-lo nos olhos e, de modo involuntário, um enorme sorriso se espalhou pelo rosto dele. Pela primeira vez na vida, ele se deu conta de que tinha perdido totalmente a compostura.

Não conseguia se lembrar da última vez que estivera ao telefone fechando um acordo, ou correndo atrás de um cliente, ou comparecendo a uma reunião, ou conversando com uma gostosa qualquer em algum bar só para provar para si mesmo que era capaz, ou se esforçando além do limite em um triatlo...

E, agora, ali estava ele, não fazendo nenhuma daquelas coisas: só parado, vendo uma garota dançar no extremo norte do mundo. Era como se estivesse dentro de um sonho, em um mundo diferente de tudo que conhecia, enquanto o passado ao qual nunca tinha dado atenção voltava para ele em fragmentos: passando sem esforço do terceiro ano, em que sofria bullying, para o quarto ano no internato chique, colecionando prêmios e bolsas de estudos conforme avançava, canalizando a solidão e a frustração na captura de tudo, de um jeito que sua profissão e as cidades onde morou com certeza incentivavam.

E, à medida que envelhecia e ganhava corpo, vieram os treinos esportivos intensos que transformavam seu físico em algo irresistível para as mulheres; a riqueza sempre crescente – ele contratou alguém para encontrar um apartamento para ele e mobiliá-lo –; as mudanças para Nova York, Hong Kong e agora Londres. No entanto, nunca ficava tempo suficiente em um lugar a ponto de fazer algo além de ganhar mais dinheiro, sair com outros sócios e deixar as mulheres entrarem e saírem de sua vida, de preferência bem rápido.

Elas gritavam, berravam, choravam e diziam que ele não tinha coração nem alma e que era vazio, tudo que as pessoas já achavam dos advogados, tornando essa uma profissão fácil para ele exercer. Como se ele não soubesse.

E, ainda assim, lá estava ele, no meio de... só Deus sabia o quê. E havia uma garota rodopiando e cintilando à luz do fogo, e ele não conseguia tirar os olhos dela, e percebeu que ainda estava sorrindo – não um sorriso de advogado, não um sorriso ganancioso, nem presunçoso, nem sedutor, do tipo que daria a uma aspirante a modelo.

Era um sorriso que ele, com certeza, simplesmente não conseguia evitar. Ela cativou o olhar dele mesmo quando se entrelaçou à teia das outras dançarinas, cada uma se movendo de modo tão veloz que parecia impossível não esbarrarem umas nas outras conforme a música acelerava cada vez mais, soando bem estranha para Joel, e elas se tornavam quase um borrão saltitante e sorridente. Por um momento, ele fechou os olhos e esfregou o nariz, porque algo estranho estava lhe acontecendo e ele não sabia o que era, e isso o assustava mais do que qualquer coisa, e gostaria de não ter ido até lá.

Capítulo trinta e quatro

Flora ficou surpresa de verdade com o grande vendaval de aplausos que ovacionou as Dançarinas das Terras Altas da Sra. Kennedy quando terminaram a apresentação. Com as mãos nos quadris, elas fizeram uma reverência, que pareceu um olé, e Flora olhou para aqueles rostos que antes tinha achado tão severos, tão hostis.

Bom, naquele momento pareciam só rostos: os rostos da sua terra, as pessoas que conhecia e sempre conhecera. Conforme as garotas se davam as mãos e se curvavam mais uma vez, ela sentiu lágrimas nos olhos, mas não quis chorar. Em seguida, uma banda completa chegou para abrir o caminho para uma *ceilidh* e ela correu para dentro a fim de se trocar.

Flora sorrira ao ver Joel, percebendo que ele não tinha cedido à provocação dela e se rendido a um kilt. Ele usava um terno um pouco mais escuro, e ela presumiu que aquele era seu limite. Era uma mensagem, um sinal para ela: um lembrete de que ele estava um tanto à parte.

Mas ele tinha um lindo sorriso – e ela percebeu que havia acabado de vê-lo pela primeira vez.

Charlie a alcançou no caminho até o interior da casa.

– Isso foi… Isso foi lindo – afirmou ele, muito corado.

– Obrigada, Teàrlach – respondeu ela, sentindo-se esquisita e risonha, como se já estivesse bebendo o uísque de Colton.

– Dança comigo depois?

– Quem sabe.

Flora estava animada, ligeira e feliz… e ficou ainda mais quando avistou o pai. Não achara que ele iria. Tinha pedido aos meninos para comentarem sobre a apresentação, mas como saber se eles fariam isso ou não? E, na verdade, ele nunca saía. Ela não conseguia se lembrar da última vez que o tinha visto fora da fazenda.

Claro que Flora tinha pedido ao pai para visitá-la em Londres, mas, quando analisava os sentimentos, sabia que, em segredo, ficava aliviada toda vez que ele dizia "ah, não, ah, não, não posso largar a fazenda".

Mas quando é que ele havia ficado tão pequeno? Flora se lembrava dele caminhando a passos largos pelos campos, enorme, com uma ninhada de cachorros ao lado, visível a quilômetros de distância enquanto ela estava sentada fazendo o dever de casa, erguendo o olhar de vez em quando, observando as sombras passarem pelas colinas, as nuvens se precipitando, perseguindo umas às outras, saltitando como os carneiros de abril nos campos cobertos de pedra mais abaixo.

Naquele momento, ela se sentia maior do que o pai, conseguindo ver que ele precisava de um corte de cabelo. Ainda tinha um punhado de fios, brancos, acima das orelhas, que também eram cabeludas. Ele tinha colocado um velho kilt que usava para tudo: um tartã Lindsay, com o vermelho-escuro agora desbotado, da família da mãe dele – ela, natural do continente, se mudara para Argyll para casar-se com o pai dele após seu retorno da guerra e da frota de navios no Atlântico Norte. Eck nunca sentira necessidade de comprar um kilt novo. Aquele o tinha acompanhado em cada casamento, em cada Hogmanay, a festa escocesa de ano-novo, em cada festival viking e cada Samhain, e parecia pouco provável que isso viesse a mudar. As bochechas dele estavam coradas, as veias estouradas devido a anos de caminhadas no vento até ele se tornar, como dizia um velho ditado de Mure, um homem que não conseguia ficar de costas retas. Mas ele parecia, pela primeira vez desde que Flora voltara, feliz em vê-la.

– *Och yon, dhu* – disse ele, impressionado, e Flora o abraçou, o velho tecido de lã fazendo cócegas no nariz dela. – Bem, não posso dizer... Não posso dizer que gosto de tudo que vem acontecendo, toda essa confusão e baboseira. – Ele apontou para a sala iluminada. – Mas, *aye*, querida, ela teria... Ela teria...

Nenhum dos dois precisava dizer mais nada e sabiam disso.

– Vem – pediu Flora, esfregando os olhos. – Vamos comer.

Ela se trocaria depois.

No restaurante, as mesas foram arrastadas para o lado, e havia uma enorme variedade de comida, com pratos prateados e brilhantes em cima de toalhas brancas.

Havia lagosta e os lagostins de Kelvin; arenque à moda norueguesa, cintilando entre cebolas roxas, amoras e alcaparras; pães de centeio crocantes; fatias grossas de manteiga fresca e brilhante, com grandes cristais de sal local cintilando como joias. Havia também salmão local curado, incluindo o feito com uísque, que sempre fora bem popular, assim como enormes bandejas de *kedgeree*.

Nada chique, nada complicado. Nada de comidas luxuosas com enfeites em cima. Apenas tudo que era bom, fresco e nativo da ilha, o tipo de alimento que era preparado e comido havia séculos, supervisionado por Fintan, que não conseguia parar de sorrir.

Uísque, claro, havia aos montes, mas gim também, que tinha se tornado produto de exportação – feito em barris nos quais o uísque era amadurecido, mas com produção muito mais rápida e sem a exigência de vinte e cinco anos dos puros maltes. Colton estava perto da mesa das bebidas se certificando de que todo mundo estivesse com o copo cheio.

E ainda havia as sobremesas. Em seu íntimo, Flora não pôde deixar de sorrir, satisfeita. As tortas, quase todas perfeitas, ocupavam todo o tampo de uma mesa. Tinha bolos, também, levados por outras pessoas, porém as tortas eram a verdadeira sensação, as frutas brilhando como joias, com os jarros cheios de creme ao lado delas. Quase dava dó cortá-las, e mais de uma pessoa comentou isso.

Ao lado, em uma mesa separada, com uma faixa enorme em que se lia Fazenda MacKenzie, estavam os queijos, já cortados em triângulos perfeitos, uma pequena prova de cada um em cada prato, com os grandes queijos redondos ao fundo e uma infinidade de biscoitos de aveia recém-assados alinhados ao lado. Era um banquete.

– Não, não – murmurou Colton para ela, ao vê-la olhar para o cenário. – Volta para sua mesa de escritório horrível numa cidade horrível.

Ele lhe entregou um copo do uísque de Mure, e ela o bebeu, até rápido demais, sentindo-o subir direto para a cabeça, misturando-se com a adrenalina.

– Uma mesa numa firma que vai cuidar de todas as suas necessidades – observou ela.

Colton – que, Flora notou, já estava bem bêbado – ergueu o braço.

– Esse tipo de coisa é difícil de achar, minha filha. Mais difícil do que você pensa.

Flora sorriu enquanto ele tornava a encher o copo dela.

– Vamos lá, você está trabalhando. Vou apresentar todo o conselho a você.

Colton suspirou.

– Isso é pior do que o lançamento da minha primeira start-up.

– É, sim – concordou Flora, sorrindo. – Porque agora você sabe o que tem a perder.

Ela não confessou que também estava um pouco nervosa, porque as pessoas tinham boa memória. Mas Flora tinha trabalho a fazer. Endireitou os ombros.

– Flora.

– Maggie!

Maggie Buchanan bufou.

– Não foi nada mal. Nada mal mesmo.

– Percebi isso. Você já conhece Colton, né?

– Obrigada pela festa – disse Maggie, seca. – Com objetivos tão nobres e altruístas.

Colton sorriu.

– Não há de quê – respondeu ele, entre dentes cerrados.

A canção "Dashing White Sergeant" acabava de começar na sala ao lado. Maggie, que, apesar de ter quase 70 anos, ainda tinha pés incrivelmente ligeiros graças ao hábito de pedalar por toda parte pelo terreno pedregoso e de clima terrível, pegou a mão de Colton e o puxou para dançar.

Bom, pensou Flora, já era um começo.

Ela também percebeu, ao olhar e rir, que Colton tinha aprendido todas as danças. Ele não era um dançarino nato de *ceilidh*, como as meninas e os meninos da ilha, que davam continuidade àquele lado da herança escocesa – todos dançavam em casamentos, festas e celebrações desde que aprendiam a andar, algo tão natural quanto respirar, ou cantavam, se fosse momento de cantar.

Flora logo notou que Colton estava bem diferente. Ele ficava pegando algo no bolso – primeiro, ela achou que fosse um cantil, mas então compreendeu que era um livrinho de danças *ceilidh*. Ele estava consultando as figuras e os movimentos, que executava com um cuidado exagerado, ao contrário dos gestos ao redor, que se espalhavam por todos os lados, e sorria para todo mundo enquanto dançava.

Ele era uma pessoa muito mais interessante e atenciosa do que ela havia imaginado na primeira vez que o vira, tagarelando de modo descuidado na sala de reuniões sobre como Londres era péssima.

Ela olhou ao redor à procura de Fintan e o viu ajeitando os pratos de queijo, parecendo transbordar de orgulho, enquanto na verdade acompanhava os passos de Colton pela pista de dança com mais do que uma simples atenção.

Flora se virou e foi em direção à principal multidão do cômodo, longe das mesas.

– Aquele bolo – disse uma mulher idosa que Flora se lembrava vagamente de ter visto nos Correios. – Aquele bolo... Ah, foi como ter a Annie de volta.

Flora pareceu surpresa.

– Obrigada – respondeu ela.

– Você é como ela: uma verdadeira *selkie*.

Às vezes, não valia a pena debater.

– Eu sei – afirmou Flora.

– Você puxou muito a ela.

– Que bom, fico muito feliz.

– Bem-vinda de volta – murmurou a mulher, e muitas das outras pessoas mais velhas sentadas ali ecoaram o sentimento.

– *Velcom, velcom* – repetiram em torno da mesa com a pronúncia local, e alguém encheu o copo dela de novo.

Charlie apareceu ao seu lado.

– Vem dançar comigo. Você prometeu – pediu ele, embora ainda estivesse enfiando grandes garfadas de torta na boca.

– Você está comendo! – observou ela.

– Estou. – Ele sorriu. – Achei que era melhor agendar você antes que ficasse muito popular. E essa torta está fenomenal. Experimenta!

Flora tinha estado tensa demais para comer, mas experimentou uma garfada. Era a torta de cereja e estava mesmo excelente. Ela sorriu.

– Sim, é verdade, sou fabulosa – declarou ela, brincando.

– A noite é sua, senhorita MacKenzie – disse ele, deixando o prato vazio de lado e estendendo o braço.

– Cadê a Jan? – perguntou Flora, de repente.

Aquilo era absurdo: Charlie sem dúvida estava flertando com ela, e, se estava num relacionamento, não era justo. E ela não podia negar que gostava dele. O rapaz não fazia seu coração disparar e seu pulso acelerar como Joel fazia, mas isso era besteira, porque Joel era inalcançável. Charlie estava bem ali: o corpo grande e sólido, os olhos azuis vívidos e a expressão receptiva. O oposto de Joel. Se Flora ia conhecê-lo melhor, porém, precisava saber.

Charlie pareceu surpreso.

– Ah, ela está por aí – respondeu ele, vago.

Flora a avistou então, indo para a mesa de sobremesas com grande entusiasmo.

– Vocês dois estão...?

– Separados – respondeu Charlie, rápido. – Estamos separados. Me admira que você não saiba. Achei que todo mundo soubesse.

– Bem, não sou todo mundo – rebateu Flora, alegre.

– Não é, não – concordou Charlie.

Ela queria ter tido uma oportunidade de trocar de roupa. Se bem que, verdade fosse dita, a que usava combinava muito mais com ela do que o vestido Karen Miller pequeno demais que tinha comprado no ano anterior para um casamento e que não estava compensando nem um pouco o investimento.

– Mas ainda trabalham juntos? – continuou ela.

– Ah, trabalhamos. Administramos a empresa juntos. Jan é gente boa.

– Então, por que...?

– Você vai dançar? – perguntou Charlie. – Ou temos que ficar aqui discutindo cada detalhe de nossas vidas como se estivéssemos em algum reality show do continente?

Flora sorriu.

– Não imaginei que você tivesse tempo para assistir a esse tipo de coisa.

– Ah, é, porque você sabe tudo sobre mim.

Ele pegou a mão dela e a levou para a pista de dança. Naquele momento, Colton dançava com duas senhoras da associação de *curling* – num movimento que envolvia duas garotas para cada garoto e vice-versa – que estavam muito contentes por tê-lo fisgado. Feliz, Charlie girou Flora com Bertie do outro lado, e eles se juntaram à multidão.

Flora se entregou à música, mergulhando e rodopiando sem parar em alta velocidade, os kilts dos homens balançando e ela girando junto. De repente, sentia-se muito livre.

De trás de uma das cortinas grossas, bem nas sombras, Joel a observava rir com aquele homenzarrão que parecia segui-la por toda parte; observava-a com o olhar ávido que reconhecia em si mesmo e desprezava.

Falou um palavrão e saiu da sala.

Rindo no fim da dança, Flora se deu conta de que não tinha visto como Joel estava, o que era muita negligência da sua parte, considerando que ele não conhecia ninguém ali. Precisava apresentá-lo às pessoas e cuidar dele, já que Colton estava ocupado. Além disso, percebeu que, enquanto dançava com Charlie, não tinha pensado nem um pouco nele.

– Licença – pediu ela, olhando ao redor, mas não havia nenhum sinal dele. – Preciso ir. Pode chamar a Sra. Kennedy pra dançar?

– Não – respondeu Charlie. – Ela é assustadora.

– É... mas ela está no conselho.

Charlie revirou os olhos conforme Flora saía da pista de dança.

Flora caminhou pelos recantos e frestas do primeiro andar do hotel, com sofás bonitos e confortáveis, luz suave e lareiras grandes acesas por todo lado. Sentia calor por causa do salão, do barulho, da dança e do uísque delicioso que corria por suas veias naquele momento.

Então, em um sofá, viu o cabelo castanho e lustroso, e, pela lateral, o contorno preto dos sapatos polidos e a linha da calça, o terno caro, imaculado como sempre e tão diferente dos homens de kilt. Apenas ele. Apenas Joel.

E Flora lembrou o modo como ele a olhou quando ela estava dançando – fora só uma fração de segundo, mas ela não tinha imaginado, tinha? Tinha? Meu Deus, o que ela estava fazendo?

Um pouco bêbada, ela se esqueceu de tudo. Esqueceu-se de Mure além da porta; de Charlie, que esperava dançar com ela de novo; de que deveria estar colada em Colton, escutando-o, leal, apresentando-o a todo mundo e fazendo as pessoas ficarem ao lado dele. Esqueceu-se de tudo, menos da proximidade de Joel, aquele homem que ela queria havia muito tempo. E naquele momento estavam a quilômetros de distância de tudo o que era normal em suas vidas, de tudo que importava para ele – fosse lá o que fosse.

Flora tinha ido até lá para agradar a empresa. Tinha deixado Mure para agradar a mãe. Tinha ficado longe porque... porque não sabia mais o que fazer. Às vezes, sentia-se como um barco, à deriva na maré, sem saber para onde ia nem por quê, desconfiando que, um dia, olharia para trás e não se lembraria de tomar as decisões que havia tomado.

O fogo crepitava de maneira sedutora e o barulho da festa enfraqueceu atrás dela. Joel não a tinha visto; não tinha mexido a cabeça.

Flora respirou fundo. Aquilo não era nem um pouco do feitio dela. Era como se fosse outra pessoa. Mas mesmo que fosse só por uma noite... Em um momento em que não se sentia culpada, nem triste, nem uma filha ruim, nem deslocada; em um momento em que se sentia bem, sentia que merecia algo, que estava sendo compensada por todo o seu trabalho; quando as pessoas estavam recebendo o que queriam. Será que ela não podia receber também?

Ela mordeu os lábios, nervosa, uma última vez e deu um passo à frente.

– Joel?

– Flora. Oi! Que bom ver você!

Capítulo trinta e cinco

Inge-Britt Magnusdottir se levantou para cumprimentar Flora, presumindo que ela estivesse procurando o chefe, embora Joel não tivesse dito nada sobre ela querer falar com ele. Não que Inge-Britt estivesse escutando com muita atenção; aninhara-se de modo sugestivo no enorme sofá, concentrada na barriga lisa e nas coxas grandes de Joel e imaginando se ainda era cedo demais para propor que fossem embora e voltassem para o Recanto do Porto.

Inge-Britt tinha uma abordagem bem direta em relação ao que desejava, algo que Joel, em sua agitação, havia apreciado. Era um território que ele conhecia.

– Inge-Britt! – cumprimentou Flora, totalmente desprevenida e ficando vermelha como um pimentão na mesma hora. Sentiu vontade de chorar. Queria chorar mesmo, muito. – Que bom ver você!

– Bem, todo mundo está aqui, então eu não ia ter muito trabalho hoje – respondeu Inge-Britt, sorrindo. – Você nunca disse que seu chefe era tão… interessante.

– Não disse? – murmurou Flora.

Joel não conseguiu olhar para ela. De jeito nenhum. Será que ela estava irritada com ele? Decepcionada? Ela o queria? Ele queria… De repente, mais do que tudo que já tinha desejado, queria tocar aqueles cabelos claros e envolvê-la nos braços. Queria dormir com ela, é claro que sim. Joel queria dormir com a maioria das pessoas. Mas era mais do que isso: ele queria conversar com Flora, queria confortá-la, queria que sua própria tristeza tocasse a dela; queria compartilhar.

Joel nunca sentira essa vontade. Quando não se tem brinquedos, nunca se aprende a dividir.

Ele se fechou. Não ergueu a cabeça.

– Precisa de mim?

Preciso, ela quis dizer. Preciso de você. Preciso de algo puro, de uma transa boa e da sensação de decidir sozinha, de não esperar que decidam por mim. Preciso ser eu mesma, dormir com alguém que as pessoas achariam que não serve para mim. Preciso ser, pelo menos uma vez, selvagem e perigosa, e não o que todo mundo espera que uma garota branca, quieta e trabalhadora como eu faça. Nem em um milhão de anos.

Ela engoliu em seco.

– Não – respondeu. – Está tudo certo. Só vim ver se você estava bem. Não sei se sua dança *ceilidh* está muito boa.

– Eu ensino para você – ofereceu Inge-Britt, alegre.

– Eu não danço – rebateu Joel.

– Ora, por que você veio? – questionou Flora antes que pudesse se conter.

– Graças a Deus veio – disse Inge-Britt, despejando descuidadamente uma garrafa de vodca que tinha confiscado nos copos dos dois. – Aviso que os escandinavos acham que é hilário. Um ra-tá-tá-tá-tá. – Ela estava bem bêbada.

De repente, Flora se deu conta do corpete de veludo bem apertado que vestia, do tartã macio e infantil acima dos joelhos e do penteado desmanchado. Ela devia parecer completamente boba para eles.

– Vou voltar para lá, então – declarou Flora, tentando, em vão, sorrir. – Colton provavelmente vai querer dar uma palavrinha mais tarde.

– Ótimo – respondeu Joel, embora doesse muito fazer isso. Ele deu um gole na bebida torcendo para que aquilo o entorpecesse. – Me avisa se precisar de alguma coisa.

Ela voltou para a festa, onde Charlie tentava corajosamente acompanhar a Sra. Kennedy. Sem nem se importar em ser grosseira, Flora andou até ele quando a música acabou, pegou-lhe a mão e o levou antes que ele tivesse a oportunidade de fazer uma reverência.

Do lado de fora, o céu estava branco, um vestigiozinho de azul nas beiradas indicando que era quase meia-noite. No gramado onde o palco estivera, ainda havia luzes decorativas penduradas, e os sussurros e murmúrios de outros casais vinham do meio das árvores. Ela segurou a mão grande de Charlie e o encarou; ele sustentou seu olhar com aqueles olhos de um azul puro. Então, quando a música recomeçou, ele pôs a mão no rosto dela e, encorajada, ela se aproximou e o beijou com força e com toda a sua paixão.

Quando o choque chegou, foi como levar um balde de água gelada. O que, Flora não tinha nenhuma dúvida, também teria acontecido se houvesse água disponível.

Sentiu a mão de alguém nas costas de seu corpete, puxando-a, e se virou, atônita. Estivera completamente perdida no puro prazer de beijar um homem bonito sob o límpido céu noturno.

Jan estava parada ali, vermelha como nunca.

– O que vocês acham que estão fazendo?

Flora a encarou e então olhou para Charlie, que tinha uma expressão rebelde, irritada e muito sexy.

– Você me disse que… – começou Flora.

– Você disse que a gente estava dando um tempo! – gritou Jan. – Não separados!

Charlie olhou para ela e depois para Flora.

– Faz meses – respondeu ele. – Olha, Jan, seja sensata…

– Não – rebateu ela, os lábios apertados. – Seja sensato *você*. Sabe o que o papai falou.

Flora não tinha a menor vontade de saber o que o papai tinha falado. Ela ajeitou o kilt ridículo pela última vez, seu próprio rosto também vermelho-vivo, consciente de que as pessoas ficariam imaginando por onde ela andava e o que estava aprontando, e então se afastou. Ia pegar o Land Rover e dar o fora dali; não queria mais saber de Charlie, Jan, Joel, Inge-Britt, dos murianos, londrinos, americanos, nem de praticamente ninguém no planeta.

Ela ainda observou a festa em andamento conforme ia embora. Colton continuava a se exibir no meio de todos, mas agora a música soava áspera aos ouvidos de Flora; os sons felizes das pessoas se divertindo eram como os gorjeios bobos dos pássaros num zoológico, e os cômodos quentes, lindos e alegres estavam arruinados, como se alguém tivesse acendido uma luz fluorescente horrível e mostrado cada ruga do rosto das pessoas, cada marca em suas roupas. E em breve tudo escureceria, desbotaria e se esvairia.

229

Capítulo trinta e seis

Flora ficou sóbria o suficiente para dar a Lorna uma carona para casa. No caminho, ela contou o que acontecera com Charlie e Jan.

– E o que é que o pai dela tem a ver com isso? – terminou de dizer, furiosa. – Ela é uma mulher adulta. Deveria agir de acordo.

– É, então... – disse Lorna, detestando de verdade ser a portadora de más notícias. – O pai dela é Fraser Mathieson. Ela é Jan Mathieson.

– Fraser Mathieson, membro do conselho da cidade? – questionou Flora, devagar.

– Hum, é.

– Fraser Mathieson, o homem mais rico da ilha depois do Colton? Ah, *merda* – lamentou Flora. – Nossa, os homens são umas bestas.

– Gosto do Charlie.

– Eu nem estava falando dele – respondeu Flora, melancólica, e contou para Lorna sobre Joel e Inge-Britt. – Tudo é um saco.

Elas continuaram conversando on-line depois de chegarem às próprias casas. Kai e Lorna nunca tinham se conhecido, mas se aproximaram pelo WhatsApp e estavam bem unidos, o que ajudava Flora, de verdade. Ela estava sentada à luz do fogo baixo da lareira, bebendo chá para tentar se sentir melhor, embora não estivesse funcionando. Graças a Deus Bramble estava lá com a cabeça em seu colo, lambendo de vez em quando sua mão de modo gentil, como se lhe desse beijinhos.

Besta, digitou Lorna.

Que cara horrível, disse Kai. Quer que a gente mate ele pra você?

Seria bom.

Vou pegar um pouco de veneno no armário do Saif! , acrescentou Lorna.

Vou deixar um peixe morto na gaveta dele.

Flora sorriu, suspirou e comeu alguns biscoitos doces que havia deixado na cozinha, presumindo que provavelmente precisariam se alimentar depois da festa. A dança e o coração partido tinham uma coisa em comum: deixavam a pessoa com uma fome absurda. Flora ouvira falar de garotas que não conseguiam comer quando estavam tristes. Ela não era uma dessas garotas.

Quase sorriu ao ouvir um carro estacionar na porta. Franziu o cenho. Seu pai já tinha voltado com Innes e Hamish havia um tempo e estavam todos na cama. Ela conseguia distinguir o ronco do pai dali. Agot tinha sido retirada da festa, reclamando bem alto, depois de ter dançado cada música, às vezes simplesmente aparecendo na frente do primeiro homem disponível e exigindo que dançasse com ela. Só Deus sabia como ela seria aos 14 anos.

Então, quem teria chegado?

Por uma fração de segundo, uma parte dela pensou que poderia ser Joel, que tinha ido implorar perdão e dizer que sentia muito, que preferia muito mais uma assistente jurídica tímida a uma amazona islandesa loura de 1,80 metro. Mas ele não tinha um carro na ilha, claro, era Flora quem o levava para lá e para cá. Balançou a cabeça, furiosa consigo mesma por ser mais uma vez tão idiota. *Ai, meu Deus!* De repente, o pensamento surgiu na mente dela: quando ele a vira dançando, tinha rido? Fora isso que ela vira na expressão dele? Diversão? Estava rindo dos seus costumes rurais engraçadinhos? Flora sentiu o rosto enrubescer. Aquela noite tinha começado tão bem, tudo correra tão maravilhosamente; ela perdera a conta dos elogios à comida. E, agora, lá estava ela de volta àquela porcaria de cozinha velha, encarando o chá. Mais uma vez.

Ou será que era Charlie? O beijo dele tinha sido firme e sincero, despertando nela algo que não sentia havia tanto tempo... que nem queria pensar quanto tempo fazia. Todo aquele tempo, com o trabalho, a confusão, o luto e a paixão platônica que a impedira de olhar à sua volta, Flora estivera ignorando a si mesma, o que precisava, o que queria. Ela tocou os lábios, experimentando-os. Pareciam inchados. Sentir-se desejada de novo, sentir-se cobiçada... Saber que ainda havia a possibilidade...

Quem quer que estivesse do lado de fora não parecia decidido a entrar. Ela foi até a janela da cozinha, porém as luzes estavam apagadas, por isso só conseguiu distinguir duas cabeças se mexendo no para-brisa de um Range Rover grande. Então, percebeu que poderiam vê-la com a luz da lareira atrás de si e se agachou.

Segundos depois, Fintan abriu a porta da cozinha e o carro foi embora, sacolejando pelo caminho pedregoso.

Flora ergueu o olhar e foi servir outra xícara de chá.

– Isso são horas? – questionou ela em tom de brincadeira, tentando disfarçar a própria tristeza.

Fintan a encarou e abriu um sorrisinho, bem devagar, depois piscou com a mesma lentidão. Parecia meio atordoado.

– Desculpa. Desculpa, eu... é. Colton me deu uma carona pra casa.

– Colton te deu uma carona?

– Hum, é.

– Tem certeza de que ele não bebeu muito uísque?

– Ah, sim – respondeu Fintan, tomando o chá, com gratidão. – Bebeu pra caramba. A volta pra casa foi turbulenta.

– FINN!

– Não, tudo bem, quando eu saí o policial Clark estava desmaiado debaixo da mesa dos bolos. Por falar nisso, não tinha mais nada na mesa. O pessoal estava lambendo os pratos. Você manda bem mesmo.

Flora franziu o cenho e ignorou o elogio enquanto servia um pouco de leite na xícara dele.

– Então...

Fintan mordeu os lábios e tentou esconder o sorriso.

– Hum?

– Bem...

– Flora, se quer perguntar, pergunta logo.
– Quero, sim. O pai sabe?
– Por quê? Acha que ele ia morrer se soubesse?
Flora balançou a cabeça.
– Não sei por que nunca percebi – disse ela.
– É porque você nunca pensou muito em nós.
– Não é verdade.
– É, sim, Flora. Você sabe. Foi embora e nunca mais pensou em nós, aqui, cavando cocô de vaca.
– Para. Por favor, estou exausta. Será que a gente pode não brigar mais, por favor? A noite deveria ter sido boa. Foi boa.
– Ah, não, tudo bem, não temos que brigar. Agora Fintan é gay, nossa, não é incrível? Sua família é quase legal o bastante para uma garota do continente.
– Fintan! – Flora já estava chorando de verdade, tão furiosa que mal conseguia falar.
– É, agora você tem uma coisa aceitável para contar aos seus amigos metropolitanos inteligentes, né?
Ela respirou fundo, levantou-se e olhou bem nos olhos dele.
– E aí, você tinha namorado antes de eu voltar? Antes de conhecer Colton? – Fintan não respondeu. – Então você já estava saindo da vida antiga, tentando ser fornecedor de alimentos, ajeitando tudo e trilhando o próprio caminho… antes de eu voltar?
Houve uma pausa longa. Fintan deu de ombros.
– Eu estava bem.
– Ou então você poderia dizer "obrigado, maninha, por me apresentar Colton".
Ele olhou para ela, os dois transbordando dor. Finalmente, Fintan deu de ombros.
– Desculpa.
Flora engoliu em seco.
– Me desculpa também.
Sentaram-se juntos à velha mesa, Fintan brincando com a colher.
– O enterro…
– Eu disse algumas coisas que não queria.

Fintan assentiu.

– E aí não voltou mais.

– Eu estava com vergonha.

– E ficar longe te deixou feliz?

Flora balançou a cabeça.

– Acho que nem sei o que é felicidade. Fiquei ocupada. Não é o bastante?

– Acho que não.

Ele tocou a mão dela.

– Desculpa por gritar. Eu estava guardando isso há um bom tempo.

– Eu sei – declarou Flora. – Deu para perceber.

– E eu... tem sido bom desde que você voltou, Flora. Sério. É que você... Eu não devia ter ficado preso naquele impasse estúpido. Fiquei tão amargurado.

– Obrigada – respondeu Flora.

– Mesmo assim, não conta para o pai ainda – pediu Fintan.

– Não vou contar. Em todo caso, ele mal fala comigo.

Ele sorriu.

– Mas ele é bem bonito, não acha?

– Colton?

Fintan fez que sim.

– É. Ele continuou de chapéu?

– Não é da sua conta.

– Aquela boina enorme e cheia de plumas.

– Cala a boca!

Flora sorriu.

– Não vai ver seu chefe hoje? – Ele estreitou os olhos para ela. – Você gosta dele, né? Não é só impressão minha, certo?

Flora balançou a cabeça.

– Esquece isso. Enfim, não importa. Ele conheceu a Inge-Britt.

– Ah, sei.

Flora assentiu.

– Enfim, está tudo bem. Estou bem.

Ela avaliou se deveria contar para ele sobre Charlie e decidiu que não. De qualquer jeito, de manhã, talvez a ilha toda já soubesse.

– Ele não parece seu tipo.

– Queria que todo mundo parasse de dizer isso.

– Quer dizer… Bem, não sei. Acho que eu imaginava você com alguém legal. Tipo Charlie MacArthur.

– O Joel é legal! – declarou Flora, irritada.

– É?

– Ai, meu Deus, sei lá. Sabe como é quando você está tão louco por uma pessoa que só consegue pensar nela, não consegue tirá-la da cabeça e só quer…

Ela se deteve.

– Ah, sei – respondeu Fintan. – Nossa, a paixonite que tive pelo policial Clark.

– *Sério?* – exclamou Flora, recordando-se de um festival viking de muito tempo atrás.

– Ah, sim. Por anos.

– Mas eu… eu saí com ele!

– É, eu lembro. Valeu por isso.

– Caramba, não era à toa que a gente brigava tanto.

Fintan sorriu.

– Não se preocupa. Me vinguei na festa de Natal.

– Com quem?

Fintan disse o nome do namorado de Flora de quando ela tinha 15 anos. Ele trabalhava na oficina mecânica e ela o achava muito ousado porque andava de moto. Sua mãe ficara furiosa.

– NÃO ACREDITO!

– *Och aye the noo*, aqui em Mure não acontece muita coisa, sabe.

Flora estreitou os olhos e olhou para ele.

– Vou dormir antes que você me conte mais alguma coisa muito assustadora.

– Ah, é, não tem nada para ver aqui. Só a gente, as fadas, os *selkies* e…

– Cala a boca!

– É, é. Enfim, vou dormir. Amanhã é dia de transportar os bezerros. Vou para o continente com um bando de vacas. Legal, né?

Eles se abraçaram, calorosos, e Flora desligou a internet do telefone e se sentiu melhor. Mais ou menos.

Capítulo trinta e sete

Joel estava de pé encarando as ondas brancas pela janela.

Atrás dele, na cama, Inge-Britt dormia um sono profundo, magnificamente longa e despenteada, parecendo, para Joel, como tantas outras garotas. Ela já dissera que precisava acordar cedo para fazer café da manhã.

Ele se virou de volta para a janela manchada. A luz do dia estava plena de novo, mesmo que fossem apenas cinco horas da manhã. Como é que as pessoas aguentavam? Quando é que se dormia ali? Como conseguiam? Será que se acostumavam a viver a vida toda na luz? Ele imaginava que sim. Não era de madrugada; era de manhã.

Mas parecia uma manhã áspera, chuvosa e frenética. As ondas arrebentavam e, embora não houvesse árvores para evidenciar a velocidade do vento, ele conseguia ver as urzes achatadas pelas rajadas. Uma garça voou na beira do mar, e ele a viu enfrentar um momento difícil, esticando as asas e partindo, determinada, em direção ao que parecia uma tempestade de verdade.

Ele ergueu o olhar. Havia tanto céu ali. As nuvens se moviam tão rápido que pareciam aceleradas, como se Joel estivesse assistindo a um filme em velocidade rápida. Ele se pegou um pouco hipnotizado por elas.

Mesmo que estivesse cansado, muito cansado – ultimamente, não dormia nada, mesmo para o padrão dele –, havia o fato distante e vago de que o trabalho ia se acumulando na mesa. Coisas que não deveria estar perdendo nem deixando passar; o mundo continuava a girar sem ele, e era provável que devesse se sentar e trabalhar por algumas horas, já que não ia voltar para a cama.

Mas não fez isso. Apenas pegou um copo de água, vestiu uma blusa azul enorme da pilha que Margo tinha comprado para ele e se sentou na poltrona ao lado da janela, o pé sobre o parapeito.

Pegou-se apenas observando as nuvens, perdendo-se, um pouco sonolento, nos padrões e formas rodopiantes que elas faziam ao correr pelo céu, e percebeu que, de um modo estranho, apesar de tudo, não se sentia tão calmo havia meses, muito tempo. Pensou em Flora. Tinha evitado um desastre, vira o rosto dela. Isso deveria fazê-lo se sentir melhor, mas, por algum motivo, não fez.

Por outro lado, ele a veria naquele dia. E isso, estranhamente, o reconfortava.

Joel observou as nuvens descerem aqui e ali. Enquanto isso, sentiu os batimentos cardíacos diminuírem de maneira gradual e, antes que se desse conta, já eram oito da manhã. Embora não tivesse percebido que adormecera, não havia sinal de Inge-Britt, e a tempestade ainda soprava, mas estava na hora de trabalhar.

Capítulo trinta e oito

– Posso levar pra viagem? – perguntava Flora para Iona e Isla.

As duas estavam cuidando de uma ressaca realmente gigantesca, conquistada apenas por estudantes que nunca tinham visto um open bar. Além disso, Isla havia puxado o jovem Ruaridh para dançar, o que não agradava Iona. A não ser que fosse o contrário.

– Você não deveria usar um copo de papel. Deveria ter trazido uma garrafa – declarou uma voz autoritária.

Flora se virou. Ali estava Jan, usando uma blusa de lã rosa-berrante que teria ficado feia até na Mila Kunis. Seu coração deu um pulo.

– Jan! – exclamou ela. – Olha, você tem que acreditar em mim. Eu não tinha a menor ideia... Charlie me disse que vocês estavam separados. Eu nunca teria...

Jan entregou a garrafa ignorando a presença dela.

– Oi, Isla.

– Bom dia – respondeu Isla. – Se divertiu na festa?

– Não. Foi tudo um grande exibicionismo – disse Jan. – Não aguento esse tipo de apresentação exagerada, você aguenta?

Flora pensou na quantidade de comida que vira Jan enfiar pela goela na noite anterior, às custas de Colton, e fechou os punhos.

– *Och*, eu achei legal – discordou Isla. – Você estava bonita, Flora.

– Obrigada – disse Flora. – Eu me senti meio boba.

– É, existe a época certa pra se enfiar num kilt de dança, né? – questionou Jan, como se não estivesse, pensou Flora, irritada, usando uma blusa de lã rosa-berrante. – E você já passou um pouquinho dessa época.

238

Ela se arrastou para fora, deixando Flora para trás.

– Posso proibir a entrada dela? – perguntou-se em voz alta.

– Vai começar a barrar os habitantes? – indagou Iona, surpresa.

– Tem razão – admitiu Flora. – Não é uma atitude sensata, né?

– O que você fez? – questionou Iona.

– Uhh! – começou Isla, com um olhar atrevido.

– Tá bom, tá bom, podem fofocar quando eu sair – avisou Flora. – Mas saibam que achei que eles tivessem terminado. – Ela revirou os olhos. – É quase como se *Friends* tivesse, enfim, chegado a Mure, mas vinte anos atrasado. – Ela olhou ao redor. – Certo. Vou levar todos os *bannocks*.

Joel podia não gostar dela, pensou Flora, e não sabia se conseguiria dar a possível má notícia sobre Fraser Mathieson, mas eles não seriam capazes de recusar um pão quentinho e crocante numa manhã fria.

Colton havia mandado o barco buscá-la, já que os meninos tinham pegado a Land Rover para levar os bezerros contrariados até o aeroporto. Era um trabalho desagradável e confuso de que nenhum deles gostava, sobretudo numa manhã tão feia.

Mas, na sala de jantar da Pedra, tudo estava limpo e imaculado, a lareira tinha sido acesa e o ambiente encontrava-se aquecido e confortável. Estava lindo.

Colton ergueu o olhar quando Flora entrou, carregando uma bandeja.

– Esqueci – disse ele. – Vamos montar uma contestação jurídica ou abrir a Empresa de Alimentos MacKenzie?

– Contestação jurídica – respondeu Flora.

– Não pode ser os dois? – perguntou Joel ao mesmo tempo.

No entanto, ela não olhou para ele, nem ergueu a cabeça, e ele se sentiu um pouco espalhafatoso e constrangido.

Flora se concentrou em espalhar mel local no *bannock* da Delicinhas de Verão. Estava delicioso, e, com o café da máquina cara de Colton, ficou perfeito. Lá fora, naquele momento soprava algo parecido com um festival de música. O mar estava quase todo branco e cinza, o céu ainda coberto por nuvens infinitas. Flora franziu o cenho. A travessia até a ponta norte da ilha tinha sido turbulenta; ela não queria pensar na volta.

Joel estava do outro lado da mesa. Eles mal se olhavam. Ele parecia diferente; Flora não conseguiu definir o que era. Então, percebeu: ele estava sem gravata, usando só uma camisa azul e, ainda por cima, um suéter. Devia ter perdido a gravata amarrando Inge-Britt durante uma noite de sexo atlético e intenso, presumiu Flora, amarga. A imagem surgiu em sua mente, e ela balançou a cabeça para afugentá-la.

– Bem – começou Colton. – Acho que ontem à noite correu tudo muito bem.

Ele parecia encantado, como um gnomo alto e bochechudo, e obviamente esperava uma resposta entusiasmada. Mas tanto Joel quanto Flora ficaram em silêncio, e a expressão de Colton desmoronou.

– Foi ótimo – declarou Flora, tentando se reanimar. – Todo mundo compareceu, todo mundo se divertiu. Ficaram todos gratos, sabe? Você dançou mesmo com todo mundo?

– Com todo mundo que topou – respondeu Colton. – Acho que algumas das pessoas mais velhas da igreja eram meio conservadoras demais.

Flora sorriu.

– Tudo bem. Elas podem ser conservadoras, é o trabalho delas.

– Bem, de trabalho, eu entendo.

– Acho que está tudo indo bem – opinou Flora. – Sugiro continuar com a loja temporária, quer dizer, com a Delicinhas de Verão. Acho que as garotas conseguem tomar conta das coisas lá muito bem. Fintan também pode ajudar.

– Pode? – questionou ele, sorrindo um pouco.

– Você tem que passar o resto do verão dando as caras por aí, fazendo coisas normais, razoáveis. Converse com os habitantes, compre no comércio local, aproveite a ilha. Assim, acho que todo mundo vai estar *muito* mais receptivo em setembro. Está dando tudo certo.

Colton assentiu.

– Na verdade, já chamei Fintan para vir trabalhar para mim em tempo integral – anunciou Colton. – Ele não comentou?

Flora ficou confusa. *O quê?*

– Não – respondeu ela. – Ele não me disse nada.

– Faz sentido. Ele pode cuidar da parte de alimentação da Pedra para mim. Ele tem as habilidades, tem jeito para isso. Você viu o que ele fez ontem à noite. Ele conhece todos os fornecedores daqui.

Flora balançou a cabeça.

– Você não entendeu – afirmou Flora. – Ele não pode vir. Não pode deixar a fazenda. Precisam dele lá.

Colton deu de ombros.

– Isso não é bem... Quer dizer, já falei com ele.

– Ah, meu Deus. Mas meu pai... Se ele não tiver ninguém para trabalhar no campo superior, ele vai ter que vender a fazenda. Não temos dinheiro para contratar ninguém. Tudo vai pelos ares...

Ela ficou em silêncio, pensando no quanto Fintan estava feliz na noite anterior. O quanto ele queria – precisava – fazer aquilo. E também sabia que não tinha nenhum direito de pedir para ele ficar, não depois de tudo que ela fizera à família. Agora, não adiantava falar em lealdade.

– O que vai acontecer com a fazenda? – perguntou Colton.

Flora franziu o cenho.

– Bem, essas coisas... Quer dizer, os MacKenzies são fazendeiros desde sei lá quando, mas acho que os tempos mudam. Agora, meu pai está ficando muito velho pra isso, Innes passa metade do tempo distraído com Agot, e Hamish, bem, ele não é tão bom na parte administrativa das coisas. Pode até comer todo o gado.

Colton olhou para o mar. Era possível avistar a casa da fazenda com muita nitidez, as paredes cinza-claras brilhando à luz da manhã.

Ele se inclinou para a frente.

– Quantos queijos Fintan produz mesmo?

– Não é o bastante para produção em massa – respondeu Flora. – Fora o queijo, tem a alga comestível, se você quiser... Os laticínios, claro, e algumas ovelhas... Quer dizer, é só uma fazenda.

Colton assentiu, pensativo.

– Pode ser... Quer dizer, resolveria a maioria dos meus problemas mais importantes e me aproximaria da comunidade ainda mais...

Flora o encarou, sem entender o que ele falava. Mas Joel compreendeu.

– Não vai transformar isso num caso de transferência de propriedade.

Colton sorriu.

– Isso não está à altura do meu advogado chique de Londres?

– Não! – respondeu Joel.

Colton sorriu mais ainda.

– Bem, agora eu tenho certeza de que vale a pena fazer isso.

– Como assim? – indagou Flora.

– Não é óbvio? Eu compro a fazenda. Seu pai pode morar lá, não tem o menor problema. Fintan trabalha comigo, os outros meninos o ajudam com o queijo, a manteiga e tal, e tudo que eu precisar que possa vir de vocês vai vir de vocês. E esse lugar... – ele abriu o braço num gesto expansivo – vai ficar famoso no mundo todo!

Flora se recostou no assento.

– Vai contratar todo mundo na ilha só pra fazer o esquema do parque eólico ser abandonado?

– Não, Flora – negou Colton, irritado. – Quero contratar vocês porque são bons.

Flora respirou bem fundo.

– O que foi? Todo mundo sai ganhando.

– É, bem, não é você que vai ter que convencer o pai a vender a fazenda.

– Ele não tem que se mudar! Não tem que ir pra lugar nenhum!

– Não é isso.

Colton ficou confuso.

– Vou oferecer um preço bom.

– Também não é isso. – Flora se esforçou para impedir que sua voz revelasse a irritação.

– Sem dúvida é uma solução, Colton – declarou Joel. – Vamos conversar sobre isso. Certo, preciso voltar a Londres. Flora, você tem que ficar aqui até tudo estar resolvido.

Flora queria discutir, mas não se atreveu. Em vez disso, olhou a janela.

– Hum, Joel... Acho que você não vai voltar hoje.

– Como assim?

Lá fora, as ondas estavam na altura do quebra-mar, e as nuvens se moviam mais rápido ainda.

– Nenhum avião vai pousar.

– Como assim?

– Não tem balsa nem nada. O clima está feio.

– Que bobagem. Em Chicago, os aviões pousam em quase três metros de neve.

– Pois é – rebateu Flora. – Na neve calma e parada. Essa tempestade é diferente. E, além disso, os aviões são pequenos. Acho que você não vai pra casa hoje.

– Claro que vou – insistiu Joel.

Assim que ele disse isso, houve uma agitação no mar e um pequeno estalido, e a luz acabou.

– O que foi isso? – indagou Joel.

– É só uma queda de energia – explicou Flora, com cuidado. – Acontece o tempo todo.

Joel olhou para o celular.

– O que significa que o wi-fi já era.

– Isso mesmo, já era.

Joel passou um bom tempo reclamando e xingando.

– Mas tem o depoimento de Foulkes. O prazo está acabando. Eu deveria ficar aqui literalmente só por uma noite. E tem a convenção Arnold. Não tenho mesmo tempo pra isso.

– Fiquei surpreso por você ter vindo – admitiu Colton.

Joel fez uma careta; Colton não ficara tão surpreso quanto o próprio Joel.

– É, mas agora tenho que ir.

Flora e Colton se entreolharam.

– Bem, não sei como resolver isso – anunciou Colton.

– Ah, meu Deus! – exclamou Flora. – E os meninos saíram. Puseram o gado no avião, foram pro continente. A viagem deles vai ser horrível.

Ouviu-se o enorme estrondo de mais uma trovoada.

– Estou preso aqui? – questionou Joel.

– Podemos pegar um dos seus carros? – perguntou Flora a Colton. – Pra voltar pra vila?

– Ah. Na verdade, todos eles foram colocados na unidade de armazenamento do subsolo pra ficarem protegidos.

– No quê?

Colton parecia constrangido.

– Bem, maresia faz mal à pintura.

– Você deve ter deixado de fora um Range Rover… ou algum outro carro, não?

– É que é um Overfinch.

Flora não sabia o que era isso, mas reconheceu o tom de voz que indicava que ele não estava nem um pouco interessado em deixar um veículo à disposição deles.

– COLTON! – exclamou ela. – Sério, já morou aqui no inverno?

Colton parecia envergonhado.

– Se você quer ser um de nós, se quer mesmo fazer parte da comunidade... – Flora se levantou, os olhos faiscando. – Se quer mesmo que a gente desista do nosso estilo de vida, trabalhe pra você, cozinhe pra você e fique do seu lado, você tem que se comprometer. Tem que estar com a gente. Não pode escolher a dedo os dias bonitos. Temos que ficar juntos, senão não temos nada.

Tarde demais, Flora percebeu que estava tremendo e que os dois homens a encaravam. Ela engoliu em seco; nunca havia tido esse tipo de postura na vida profissional.

– Hum. Desculpa – pediu ela.

Colton balançou a cabeça.

– Não – disse ele. – Eu entendi. Acho que entendi.

Joel não parava de encará-la.

Um grito veio de fora. Era Bertie Cooper, avisando que, se quisessem voltar, teriam que ir já. Ele estava fazendo um esforço enorme para manter o barco firme, mesmo no canal estreito que precisavam atravessar.

– É melhor irmos – concordou Flora. – Sei que não parece longe, mas perdemos barcos aqui o tempo todo. Dá pra naufragar até dizer chega lá embaixo. Estou falando de barcos que a gente vê do litoral, mas não tem como salvar. Nunca teve.

– VAMOS! – gritou Bertie. – Vou embora! Já estou saindo!

As janelas de três folhas da Pedra tinham barrado os uivos da tempestade de verão, porém, quando saíram, sentiram o impacto. Não dava para falar, não dava para ouvir nada mesmo: as batidas das ondas e os gritos agudos do vento tomavam conta de tudo. Colton marchou na frente – recusava-se a deixá-los irem sozinhos –, e Flora seguiu em seu encalço. No cais, ela escorregou do nada, caindo. Antes que se desse conta, Joel estava lá, agarrando-a e levantando-a; ela ficou sem fôlego e tentou agradecer. Ele continuou a segurá-la, sem soltar seu cotovelo conforme a conduzia até o barco, e o aperto dele, forte, a confortou.

A pequena travessia foi horrível. O barco subia e descia, sacudindo-os por cada parte do caminho. O motor ficava desligando, e Bertie gesticulava para eles tirarem água dos fundos. As roupas de Joel estavam completamente encharcadas. Os olhos deles ardiam, e o cabelo de Flora esvoaçava ao redor de sua cabeça como um animal selvagem. Joel virou a cabeça para ela na metade da travessia, quando ela parou de tirar água e ergueu o pescoço para ver quanto faltava para alcançarem a terra, e, de repente, com a chuva caindo e as gotas ao redor deles, ela pareceu uma criatura das profundezas: uma ninfa ou uma náiade.

Flora o pegou olhando para ela e presumiu que estivesse preocupado.

– Está tudo bem – mentiu ela. – Já peguei tempestades piores do que essa.

Ele balançou a cabeça e tirou os óculos, através dos quais já não conseguia enxergar. Flora olhou para aqueles lindos olhos castanhos e se esforçou para voltar a observar a costa, enquanto Bertie xingava, e tirou água do motor ensopado mais uma vez. Quando o barco passou a adernar de modo alarmante, até Colton começou a parecer preocupado, e várias pessoas correram para a porta das casas a fim de observá-los, por fim, ensopados e trêmulos, chegarem à margem com dificuldade.

Ficaram muito aliviados quando Andy, o barman, saiu do Recanto do Porto com cobertores para todos. Flora pegou um, agradecida, assim como as bebidas quentes que ele trouxe em seguida. Andy os conduziu ao bar.

De repente, houve uma enorme comoção e um latido estrondoso. Flora olhou ao redor, consternada, quando Bramble, peludo e molhado, se jogou contra ela, numa alegria desesperada por vê-la, ofegando e latindo com empolgação. Ela ficou feliz em ajoelhar-se e enterrar o rosto no tronco úmido do cachorro. No mar, sentira muito mais medo do que deixara transparecer. Desconfiava que Joel e Colton não tinham percebido o tamanho do perigo – afinal de contas, a costa não parecia tão longe. Mas qualquer criança de Mure sabia. Ela olhou para Bertie, que engolira seu ponche quente e erguia um segundo copo com dedos trêmulos, e ele assentiu para ela.

– Não tem mais ninguém lá fora hoje, tem? – perguntou ela.

Bertie balançou a cabeça.

– Não, acabou. Nem balsas, nem nada.

Joel olhou para baixo.

– Meu Deus. Não tenho mais roupas secas – declarou ele.

Tinha passado um bom tempo encarando a mala de roupas para usar ao ar livre que Margo arranjara para ele antes de concluir, com pesar, que aquilo não lhe servia, que não ia fingir que combinava com o lugar quando sabia, bem no fundo, que não se encaixava em lugar nenhum.

Estivera prestes a jogar tudo fora, porém se perguntou o que Flora teria achado dessa atitude e, em vez disso, perguntou a Inge-Britt se ela conhecia algum lugar para doá-las. Inge-Britt entregara as roupas sem demora para Charlie e Jan.

Agora, estava arrependido.

– Achei que ia pra casa hoje à tarde.

– Nada de balsa nem de avião – informou Bertie.

Joel entendeu e assentiu, olhando para baixo. Sua calça cara estava encharcada.

– Ah – disse ele.

– Tenho roupas pra emprestar – disse Colton. – Mas teríamos que voltar pra lá. Além disso, está sem luz, meu guarda-roupa eletrônico não vai funcionar.

– *Colton!* – exclamou Flora, balançado a cabeça e começando a rir, acima de tudo de alívio.

Como se em resposta, a água fustigou a vidraça do bar. Parte era chuva, mesmo, e uma parte era a água do mar das ondas que subiam o muro do porto e atingiam o vidro.

– Quem sabe daqui a pouco – falou Colton.

– Tenho uma roupa – avisou o barman, indo até os fundos do prédio e trazendo um enorme macacão.

Colton e Joel se olharam.

– É você quem deve usar – disse Joel. – Você é o cliente.

– O que vai fazer? – perguntou Colton.

– Tenho que voltar – anunciou Flora.

Na verdade, não gostava da ideia de deixar o bar aconchegante – que estava ficando mais e mais cheio de pessoas pegas pela tempestade à procura de abrigo e que decidiam que, já que estavam lá, podiam tomar uma bebida. As janelas começavam a embaçar.

– Posso trazer alguma roupa dos meninos se você quiser – sugeriu ela. – Mas não um kilt.

Joel olhou ao redor, dividido. Então, olhou para o rosto de Flora. O cabelo dela estava enrolado em torno do pescoço e os olhos pareciam nuvens passageiras.

– Tá bom – disse ele.

Bramble foi alegre até a porta. Flora a abriu e a ventania entrou uivando, parecendo atingir cem quilômetros por hora. Bramble recuou.

– Não, vamos, cachorrinho – incentivou ela, baixando o rosto contra o vento. – A gente consegue.

– Tem certeza? – perguntou Colton. – Você vai morrer.

Ela se virou e balançou a cabeça.

– Tudo bem – garantiu. – Essa é minha casa.

E Flora desapareceu no vento, na brancura do céu e da água agitada, como se fizesse parte deles.

Capítulo trinta e nove

Joel ficou lá olhando a porta fechada. Colton o encarava.

– Você deveria ir com ela – constatou ele, direto. – A propósito, essa não é uma opinião profissional. Esses MacKenzies...

Joel nem o escutou.

Cada instinto lhe dizia para ficar parado, para se fechar e fazer as coisas como sempre fizera. O vento batia na porta. Lá fora, havia um redemoinho branco, um mistério, uma tempestade pura e perfeita.

Ele hesitou. Colton tinha se virado. Ninguém mais o olhava. O bar estava cheio de moradores, porém ninguém prestava atenção a ele.

Joel tinha 35 anos. Pensou no impulso de correr atrás dela na praia, de tirá-la da multidão na festa. Pensou em tudo que tinha a perder, nas complicações da vida.

Mesmo assim, naquela ilha, as coisas pareciam muito mais simples.

Ele queria... Queria o quê?

Queria ir para a casa, mas não sabia onde ficava. Olhou mais uma vez ao redor e depois correu porta afora.

– Espera! – gritou ele. – Espera, Flora. Estou indo. Espera por mim!

O choque do ar tirou seu fôlego. Parecia quase impossível acreditar que ele estava na mesma Grã-Bretanha de clima temperado, úmido e abafado. Foi como levar um tapa na cara.

– FLORA!

O vento levou suas palavras. Olhou além da chuva ao redor e mal conseguiu avistar a cauda de Bramble, ainda sacudindo conforme desaparecia na trilha do outro lado do porto.

– ESPERA!

Ele correu atrás dela, o frio e o clima esquecidos enquanto os sapatos caros afundavam nas poças de lama e os óculos se tornavam completamente inúteis mais uma vez. Tirou os óculos e os guardou no bolso, deixando o mundo ainda mais borrado e menos definido do que antes, um mundo no qual mar e céu tinham se fundido com força total – e talvez sempre tivessem sido um só –, sem nada além da linha finíssima do horizonte para separá-los ou defini-los. Naquele mundo branco e aguado, ele, enfim, conseguiu ser ouvido, e por fim ela se virou, o cabelo claro, o olhar surpreso conforme ele a alcançava. E, ao vê-lo tão desmazelado, tão diferente da sua postura normal, organizada e controlada, o cabelo colado na cabeça, a água escorrendo pela nuca e a camisa muito transparente, Flora não conseguiu evitar: caiu na gargalhada.

Joel olhou para o céu e pensou em todas as demandas que precisava tocar, em tudo que estava atrasado, em quantas horas de trabalho estava perdendo, no conjunto de circunstâncias ridículas que o levara até ali, e se perguntou se tinha a mínima ideia de onde estava se metendo e se ligava para isso. Concluiu que não. E se viu rindo também: não conseguia lembrar a última vez que fizera isso; achava que talvez nunca tivesse feito.

Flora continuou correndo, pela chuva e pelo vento, a risada tirando o fôlego dos pulmões enquanto ele a perseguia e Bramble latia alegre, pulando em poças d'água de propósito. Por fim, subiram e atravessaram o portão. Flora estava mais encharcada do que nunca, e o pátio da fazenda encontrava-se vazio; não havia ninguém além deles, das vacas e galinhas, já que todos estavam no continente.

Flora desmoronou contra a porta de madeira velha e pesada da casa, debaixo da verga antiga, arquejando completamente sem fôlego por causa do esforço, da tempestade e das risadas, seguida de perto por Joel, que corria atrás dela. E ela soube de imediato, por instinto, o que ia acontecer, apesar de Inge-Britt – e de todas as outras Inge-Britts –, apesar de Charlie e de tudo que seus amigos tinham dito. Mesmo enquanto ela ainda ria sem parar do quanto estavam molhados e ridículos, do quanto tudo era absurdo; mesmo enquanto ainda ria, ele cobriu os lábios dela e a beijou com vontade, força e urgência, e ela o beijou do mesmo modo, e nenhum dos dois conseguia respirar, até ficarem sem fôlego, e a portinha que Charlie havia aberto em Flora se escancarou, lançando uma enxurrada.

Capítulo quarenta

Joel sentia que beijava uma sereia, uma criatura do mar. A sensação do corpo úmido e longo de Flora pressionado contra ele era surpreendente, porém ambos começavam a tremer, de frio e também de empolgação. Flora abriu a trava da porta atrás de si e eles caíram na cozinha confortável e perfumada, com o forno aquecido e o fogo ainda aceso. Bramble entrou atrás deles e se acomodou no lugar privilegiado na frente do forno, sacudindo loucamente o pelo molhado, mas Flora e Joel nem notaram.

Flora logo começou a desabotoar a camisa de Joel, puxando-o para o calor do fogo. Ela pensou em parar, em não fazer uma loucura, mas então ele a puxou para si, seus próprios dedos atrapalhados, e Flora soube que ele a queria tanto quanto ela o desejava, o que a deixou maravilhada.

Ignorou o fato de que estava na cozinha da sua infância. Não enxergava nada que não fosse Joel: sua pele fria e limpa contra a dela enquanto ele tocava seu rosto e a beijava com força, o peito bronzeado e com poucos pelos brilhando à luz do fogo conforme eles se afundavam no chão. Não havia mais nenhuma luz, afinal de contas, a energia tinha acabado em Mure.

Joel parou o beijo.

– Tira a roupa – pediu ele, sem fôlego. – Tira a roupa. Por favor. Preciso ver você. Não consigo... Preciso.

Flora se afastou um pouco, confusa.

– Rá – respondeu ela.

Flora tirou a blusa molhada, percebendo, enquanto fazia isso, que era uma manobra bem difícil de se fazer à luz do dia sem ter passado as horas precedentes em um bar. Sobretudo quando sua mente ficava gritando "É

ELE! É ELE!" com uma voz estridente de pânico, e outra voz dizia "Você está na cozinha da sua mãe! É a cozinha da sua mãe", e Flora tentava não olhar para sua foto de escola pendurada na parede acima da lareira.

Então, Joel se inclinou para a frente e a beijou, simplesmente, e, por um momento, Flora não conseguiu pensar em mais nada.

Sua pele era do jeito que ele tinha imaginado: muito clara, branca como o céu lá fora. Era perfeita, completamente adorável. Ele queria cada parte dela, queria ver as nuvens refletidas naqueles olhos pálidos e sonhadores, queria soltar o cabelo de Flora e vê-lo cair sobre as costas. Seus olhos analisavam o rosto dela, ávidos, absorvendo tudo.

Então Flora se afastou. Tudo o que ela queria ver era ele, porém, de repente, o espaço a sua volta se encheu de fantasmas. Não, não era isso. Sob aquela meia-luz estranha da tempestade invasiva, parecia que ela e Joel eram os fantasmas. Que, ao redor deles, a vida normal continuava: as pessoas gritavam e brigavam, tocavam violino, trabalhavam no campo, faziam o dever de casa, secavam botas enlameadas perto do fogo. Flora quase as sentia passando por ela. Ficou surpresa, sobrecarregada pelas sensações, tanto do passado quanto do presente.

– Ai, meu Deus! – exclamou ela. – Me desculpa.

Joel se afastou imediatamente enquanto Flora procurava a blusa molhada. Ele ergueu as mãos.

– Tudo bem – respondeu ele. – Desculpa, me desculpa.

– Não, não, não é isso. Não é você.

– O que foi? – perguntou Joel, apoiando a testa numa das mãos conforme se inclinava sobre a mesa de centro. – Caramba, eu te quero. Te quero muito. – Ele traçou o contorno do rosto dela com delicadeza. – Eu não devia ter... Desculpa, passei do limite.

– Ah, não, não. – Ela ficou corada; como ele teria adorado fazê-la corar por outro motivo. Ela encarou o chão. – Desculpa.

Joel se balançou e se inclinou para a frente.

– Está tudo bem, Flora. – Ele pôs uma mecha de cabelo atrás da orelha dela. – Está tudo bem.

Ele sorriu para ela, um tanto voraz.

– Mas preciso dizer que é uma pena. Essa é uma das poucas coisas nas quais eu sou bom.

O coração de Flora murchou. Ela não conseguia acreditar que algo com que tinha sonhado por tanto tempo, que tirava seu sono, estava ali e ela não conseguia agir. Queria chorar.

Ele estendeu as mãos para ela.

– Quer que eu vá embora?

Ela balançou a cabeça, negando enfaticamente.

– Quer que eu fique e não faça nada? Não me mexa?

Ela balançou a cabeça de novo. Joel sorriu.

– Quer que eu fique e faça outras coisas?

Ela assentiu, envergonhada.

– Mas não posso – disse, triste. – Não é certo. Não aqui. E você é meu chefe.

Ele sorriu de novo.

– Sabe – começou ele, estendendo a mão para ela –, não tem nada de mal em pedir o que você quer.

– Eu quero mesmo isso – sussurrou ela, e uma lágrima escorreu delicadamente por sua bochecha. – Ah, Joel, me desculpa. Acho... Caramba. Parece que tem um buraco dentro de mim. Desde que minha mãe morreu. Achei que estivesse bem, mas agora voltei e não estou nem um pouco bem. E nem consigo... É como se faltasse alguma coisa. Até com você.

– Como assim "até comigo"? Sou tão horrível assim?

– Não – respondeu Flora, desesperada para não revelar que o queria havia muito tempo, completamente arrasada por dentro porque estava estragando tudo.

Ele se sentou na velha cadeira de balanço da cozinha e a puxou para seu colo. Havia dois cobertores de tartã desbotado no encosto do sofá, e ele os pegou e os usou para cobrir a si mesmo e a Flora. Só precisava abraçá-la e não pensar em mais nada.

– O que foi? – murmurou ele.

As lágrimas que Flora sabia estarem esperando, bem perto da superfície, começaram a descer por seu rosto.

– Nossa – disse ela. – É... Estar de volta tem sido difícil.

Joel franziu o cenho.

– Achei que estivesse se divertindo.

– Eu sei, mas...

Ele pensou no passado.

– Você não parecia contente naquele primeiro dia.

– Achei que você não tivesse reparado em mim.

– Não reparei – respondeu ele, um traço do Joel curto e grosso que ela conhecia tão bem. – Mas percebi um sentimento de... relutância.

Flora suspirou.

– Quando minha mãe morreu, houve um grande funeral. Todo mundo veio – disse ela.

Doía pensar nele, mesmo naquele momento. Tinha sido um lindo dia. A capela era pequena, sobre uma colinazinha, ao lado de uma abadia arruinada de frente para a baía. Era mais antiga do que alguém podia imaginar, um dos primeiros sinais do cristianismo numa ilha que tinha crenças mais antigas: em Thor e Odin, e, antes deles, em homens verdes, deusas da fertilidade e deuses do Lughnasadh e do equinócio, e, antes deles, quem poderia saber?

Era uma construção simples, com uma cruz no pátio para homenagear os mortos da guerra, os nomes esculpidos repetidos – Macbeths, Fergussons e MacLeods predominavam. Dentro, havia bancos sem adornos, hinários e pouca decoração, pois as igrejas das ilhas nortenhas eram austeras e pregavam trabalho duro, não ostentação.

Como sempre, era possível ver o tempo mudando a quilômetros da praia longa e plana, com o continente parecendo apenas uma linha ao longe. As nuvens escuras que surgiam nos confins mais baixos do céu logo eram superadas por uma linha azul se infiltrando aqui e ali, até que, por fim, o céu todo ficava limpo e uma luz branca e fria reluzia pelas janelas de vidro simples da capelazinha.

O lugar estava lotado, claro. Todo mundo estava lá. Os campos foram deixados de lado, as lojas fecharam por mais ou menos uma hora, para que as pessoas fossem se despedir de Annie MacKenzie, nome de solteira Sigursdottir, que nasceu e viveu em Mure a vida inteira e cujos avós falavam a língua *norn*; que teve três filhos, nenhum dos quais, por estranho que pareça, deixou a ilha, e uma filha cabeça oca, claro, que despertava comentários por onde passava – não era casada, sabe, não tinha se estabelecido, estava lá em Londres e só Deus sabia o que ela aprontava lá, quem sabe agora achasse que era boa demais para Mure.

Flora estava habituada àquilo, de verdade, e não escutava; em vez disso, aceitava as condolências gentis expressas em relação à mãe, assentia e agradecia às pessoas por terem ido.

Mas ficava cada vez mais nervosa. Em seguida, na recepção, amigos e vizinhos distribuíram bolo e chá, além de sanduíches da padaria, e o uísque foi servido em xícaras quando o estoque escasso de copos acabou. Alguém levara um violino e tinha começado a tocar uma ária triste, e, mesmo quando a conversa ficou mais alta, havia uma sensação de que Annie estava ganhando um velório adequado.

E Flora só conseguia pensar no modo como as pessoas a olhavam e nas lembranças da mãe: a paciência infinita, o trabalho, a generosidade, a frustração que com certeza se fazia sentir na forma como ela estimulara Flora a dançar, a fazer lições extras e aulas particulares, a sair pelo mundo. Mas ninguém via isso. As pessoas viam alguém que tinha feito tudo certo, e ela, Flora, os estava decepcionando.

A casa estava abarrotada de pessoas que conheceram Annie a vida toda – muitas, ela não conseguia deixar de notar com tristeza, tinham mais idade do que sua mãe conseguira alcançar –, conversando sobre as muitas gentilezas dela e o trabalho dedicado. Hamish estava sentado encarando o nada; nem mesmo chorava, o que era bem mais preocupante do que se estivesse chorando. Eilidh, a esposa de Innes, amamentava Agot, e Flora os avistou tendo uma discussão sobre o momento de ir embora. Fintan tinha desaparecido.

As pessoas falavam com seu pai, mas ele não escutava – pelo jeito, mal as via – e, do nada, estavam todos falando com Flora também, e a segurando. A Sra. Laird perguntava se Flora ia voltar para casa para cuidar dos meninos – era a quarta vez que alguém fazia essa pergunta na última meia hora –, e ela deu outro longo gole no uísque, furiosa com todos, e foi ficar parada ao lado do pai, carrancuda.

Ela não tinha percebido o quanto já bebera. Seu pai também. Ele se levantou e saiu da casa, passando pelo pátio em direção ao mar, seguido dos amigos. Flora cambaleou atrás deles.

– Ela veio do mar – dizia ele em voz muito alta. – Ela veio do mar. Ele mandou ela pra cá e pegou de volta. Ela nunca foi nossa de verdade.

Os outros homens assentiam, sorriam e concordavam, e Flora, de repente, sentiu uma raiva poderosa como nunca tinha sentido e se virou para ele, gritando:

– Isso é BESTEIRA! Para! Ela nunca foi pra lugar nenhum, nunca fez nada e a CULPA É SUA. Você a deixou ACORRENTADA à cozinha. Ela não era uma *selkie*! Não era uma espécie de criatura mandada pelo mar pra ser sua escrava! E não fala isso pra se sentir melhor, porque ela passou a vida toda nesse... fim de mundo...

Ela disparou para o muro do porto e se sentou lá, encarando o mar, sentindo-se totalmente anestesiada, não só por causa do vento frio, mas também por causa de todas as coisas que deveria sentir, ou sentia, ou não sabia como sentir, e por causa de sua fúria com as pessoas que diziam que isso era natural, que era normal; pela tristeza por todas as coisas que sua mãe nunca veria mesmo se chegassem a acontecer com Flora, todos os netos que ela não conheceria, todas as coisas que não poderiam contar uma para a outra. Tudo isso se perdera. Para sempre. Não era certo e não era real. Flora jurou para si mesma que não voltaria, mesmo enquanto escutava os sons do velório flutuando pelo vento. Por fim, deixou que Lorna a levasse para passar a noite na casa dela e, na manhã seguinte, pegou a primeira balsa de volta para Londres, para o trabalho, não pensando em nada além de "Preciso fugir. Preciso fugir. Preciso fugir".

Joel a olhou.

– Você disse mesmo "fim de mundo"? – perguntou ele com uma voz suave.

Ela deu um meio sorriso.

– Disse.

– E não voltou desde então?

– Estava envergonhada demais – explicou Flora. – Foi uma coisa horrível de se dizer.

– Não, tenho certeza de que foi ótimo. Deve ter rendido várias semanas de assunto pra eles.

– Talvez – admitiu Flora.

Por algum motivo, contar tudo aquilo para ele tirara um peso de cima dela. Isso e o fato de o povo da ilha ter passado a tratá-la com menos frieza. E ela se sentia tão aconchegada, segura e aquecida nos braços dele.

– Como é sua mãe? – perguntou ela, de repente.

Houve uma longa pausa, e Flora sentiu que ele ficou um tanto tenso. Não tinha imaginado que a pergunta fosse pessoal demais, mas talvez fosse.

– Desculpa – pediu ela. – Não precisa falar.

Mas Joel já se remexia, incomodado.

Acima deles, a tempestade ainda estourava. Ele olhou para o fogo.

– Nossa! – exclamou ele. – Estou exausto.

Flora o olhou.

– Quer que eu ponha você na cama?

Ele a encarou.

– Acho que eu não aguentaria.

Flora sorriu. Mas nenhum dos dois queria quebrar o encanto. Ela deixou as roupas molhadas perto da lareira para secarem e o levou até o quarto dela.

– Sério? – indagou ele, olhando para todas as medalhas de dança penduradas na parede.

– Ah, todo mundo ganha isso – disse ela, corando.

Ele balançou a cabeça, discordando.

– Não, você estava linda.

Ninguém nunca a tinha chamado assim.

Ele se deitou na cama macia e sorriu, sonolento. Vê-lo deitado ali era tão estranho; era a cama de sua infância, lar de suas fantasias e sonhos juvenis, e ali ele estava, tornando-se realidade.

– Me conta uma história – pediu ele, meio dormindo. Pretendia que fosse uma piada, mas, quando falou, não foi o que pareceu.

Flora colocou os cobertores sobre ele e se sentou ao seu lado.

– Era uma vez... – começou, e Joel achou que a cadência da voz dela era a coisa mais linda que já tinha ouvido. – Era uma vez uma garota que foi roubada lá no norte, bem longe, onde ficam os castelos, para ser levada para um lugar do outro lado do mar. E ela não queria ir...

Flora parou. Sua mãe costumava lhe contar essa história, ela tinha certeza disso. Mas o que vinha a seguir? No instante seguinte, porém, concluiu que não importava, pois Joel tinha fechado os olhos e estava completamente adormecido. Ela encarou o rosto dele por um bom tempo, fascinada por sua beleza – a curva dos lábios e o contorno das bochechas – e, pela milionésima vez, ela se xingou por não ter sido capaz de fazer o que tanto queria.

Imensamente decepcionada, puxou a roupa de cama e se ajeitou, quase nua, sob as cobertas com ele, enquanto o uivo do vendaval açoitava a janela com a chuva intensa. Flora sentiu o corpo adormecido dele junto do seu, inalou a fragrância quente e maravilhosa dele, e sua mão clara se entrelaçou nos pelos castanhos daquele peito. Não era o suficiente, nem de longe, mas teria que servir.

Em algum momento, ambos despertaram; a que hora do dia ou da noite, nenhum dos dois sabia dizer. Flora pegou copos de água fria da torneira velha da pia para eles, os dois fizeram uma cabana sob as cobertas, bem próximos um do outro, e Joel pôs o braço ao redor dela.

– Me desculpa – pediu ele, gaguejando e parecendo nervoso, o que era tão incomum nele que Flora precisou olhá-lo para se tranquilizar. – Eu... Você perguntou sobre minha mãe.

Flora assentiu.

– Eu não... não costumo...

– Não precisa me contar – garantiu ela, gentil.

– Não! – exclamou, soando ríspido. – Não. Eu quero. Quero... Eu quero contar. – Ele respirou fundo. – Cresci em abrigos. Não tive pais, nunca os conheci. Tive... famílias temporárias. Famílias diferentes. Várias.

Flora voltou os olhos límpidos para ele, tentando não demonstrar a pena que sabia que Joel temia.

– E foi horrível? – perguntou ela, direta.

– Não tenho muito com o que comparar – respondeu ele, engolindo em seco. – Mas acho que talvez tenha sido.

– E acabou? – indagou ela, mais suave.

– Não sei – rebateu ele, o mais sincero possível.

Então, foi a vez dela de traçar os ângulos do rosto dele enquanto o puxava para si e o beijava.

De repente, houve uma pancada forte na porta, e os dois se levantaram num pulo, compartilhando olhares culpados, o encanto quebrado, procurando pelas roupas e pelos sapatos. Joel ainda não tinha nada para usar.

– Ah, meu Deus, é o Colton chegando pra dizer que isso não é trabalho – opinou ela, com uma risada nervosa e terrível.

Joel balançou a cabeça.

– É seu pai?

– Batendo à porta? Acho que não.

Flora vestiu uma blusa larga e a calça e correu escada abaixo. O sol radiante pós-tempestade ofuscou sua vista enquanto ela tentava ver quem estava lá e que horas eram. Quem é que bateria à porta por ali? A batida soou de novo e Bramble latiu, mas não de um jeito alarmado, o que significava que devia ser alguém que ele conhecia.

– Olá? – gritou ela, hesitante.

– Oi! – respondeu uma voz. – Fintan? Innes?

Flora abriu a porta.

– Desculpa. Sou eu – respondeu ela.

A pessoa parada ali assentiu, ao mesmo tempo que olhava além do ombro de Flora para as roupas que ela havia pendurado com cuidado para secar na frente do fogo: o paletó do terno, a camisa listrada. Ela piscou repetidamente.

– Teàrlach! O que foi? Você está com meninos por aí nesse tempo?

– Não, graças a Deus, colocamos eles numa choupana a tempo.

As choupanas da ilha eram construções pequenas de pedra em lugares remotos que forneciam abrigo no clima ruim. Flora olhou para o relógio. Ah, caramba, passava das cinco da tarde. Tinham dormido o dia todo.

– Há quanto tempo eles estão lá?

– Estão descendo agora.

– Ah. Você quer falar de…? – Flora ficou muito vermelha. Ah, meu Deus. E com outro homem na casa.

– Não, não é isso. É… – Charlie parecia pouco disposto a terminar a frase. – Hum… Preciso pedir o trator do Eck emprestado.

– Por quê?

Charlie se retraiu.

– *Och*, é coisa séria.

– O quê? – indagou Flora, alarmada de repente. – Está tudo bem? Alguém está machucado?

– Não se preocupe, não é uma pessoa. Mas… você sabe dirigir um trator?

Joel estava parado ao lado do fogo naquele momento, observando-os imersos numa conversa sem conseguir ouvir o que diziam. Então, Flora se virou e ele viu, por sua expressão, que ela ia partir, partir com aquele homem, e ele não sabia se aguentava isso.

– Tenho que ir. Tem uma baleia encalhada.

– Tem o quê? – perguntou Joel, procurando seus óculos.

Estava se sentindo trêmulo e vulnerável, o que era alarmante, nada comum a ele. E Flora estava saindo pela porta.

– Uma baleia. Às vezes, acontece. Elas se perdem na tempestade.

Joel balançou a cabeça, totalmente desnorteado. Num gesto distraído, pegou o celular no bolso. Todas as conexões tinham voltado a funcionar e o aparelho ia ficando lotado de mensagens. Ele não conseguia entender nenhuma delas.

– Flora! As chaves! – Charlie estava agitado.

– Já vou, já vou. – Ela se aproximou de Joel. – Pode ficar.

– Mas você vai sair.

– Não vou demorar. Tenho que fazer isso.

Ele a olhou. Não queria que ela fosse embora.

O celular dele tocou.

– Tenho trabalho a fazer – disse ele, simplesmente, e se fechou feito uma ostra.

– Não – declarou Flora. – Não. Não ouse. Não ouse fazer isso. Não.

– FLORA! – gritou Charlie. – Por favor, pelo amor de Deus, pode discutir com seu chefe depois?

260

Capítulo quarenta e um

Eles ouviram a pobre criatura antes de avistá-la. Com o fim da tempestade, o dia tinha se tornado absurdamente lindo; as últimas nuvens escuras a distância eram perfuradas por raios intensos de luz solar de aparência bíblica que ricocheteavam na água, agora calma como uma lagoa.

A baleia estava cantando, chamando os amigos.

Flora conhecia o som desde a infância. Conforme crescia, aquilo tinha acontecido com frequência bem menor, mas a política de pesca dos últimos anos, embora muitos dos habitantes a tivessem criticado, ajudara e, naquele momento, era possível ouvir as baleias de novo em altas latitudes.

Aquele pobre bicho era uma orca fêmea de quase 5 metros de comprimento, de cabeça grande e lustrosa, as costas curvadas e a barbatana dorsal batendo de um lado para outro na margem. Felizmente, já haviam chamado Wallace, o bombeiro, que jogava água nela para mantê-la molhada, e a cabeça do animal estava erguida para que seu espiráculo não fosse bloqueado. Mas precisariam levá-la de volta à água, o que era uma tarefa difícil. Era necessário rebocá-la a uma distância suficiente para deixá-la boiar e impedir que ela encalhasse de novo, tudo isso sem machucá-la.

A RNLI, ou Royal National Lifeboat Institution, já tinha sido convocada, e a equipe especializada estava vindo de Shetland. Até que chegasse, precisavam deixá-la o mais perto da água que conseguissem e com o maior conforto possível: o estresse podia matá-la, do mesmo modo que ficar encalhada mataria. A polícia já tinha espalhado avisos por toda a praia para impedir que as pessoas se aproximassem e tirassem selfies ou que as crianças descessem para acariciar o animal. A multidão estava a uma distância respeitosa.

Em geral, eram os irmãos de Flora que dirigiam o trator, porém isso não significava que ela não fosse capaz. Seu pai a levara para o campo assim que ela conseguira alcançar os pedais, como fizera com os meninos, e, embora não tivesse ficado tão empolgada, tinha aprendido bem rápido. Ela saltou para boleia – claro que as chaves estavam lá, sempre estavam – e correu para o estábulo a fim de pegar cordas de reboque, uma grande lona e tudo mais que achasse que poderiam precisar.

Joel pegou as roupas e se vestiu em velocidade máxima, parando na porta e sendo agraciado pela visão dela, o cabelo voando atrás de si, descendo a colina num trator amarelo. Não tinha conhecido muitas garotas que conseguiam fazer isso. Observou-a ir, mas não a seguiu, e ela não parou nem olhou para trás.

Charlie comandava as coisas na base da colina. Quando todos chegassem, iam colocar a baleia sobre roletes e rebocá-la o mais longe que conseguissem. Era uma operação difícil e delicada, sobretudo porque a criatura enorme estava estressada, batendo a cauda. Era difícil olhar. Havia muitos gritos e desacordos sobre o que era melhor; algumas pessoas achavam que era melhor esperar pelo veterinário da guarda-costeira, enquanto outras achavam que demoraria demais e perderiam a baleia. Flora ficou sentada na boleia do trator por um tempo; depois, sentindo que fazia papel de boba, deslizou do banco, apontando-o para Charlie, que agradeceu. Os pescadores estavam unindo suas redes por meio de nós. Flora os observou, muito comovida. Levariam um bom tempo para desatá-los; isso, se conseguissem. Terrivelmente mal pagos, estavam sacrificando até as redes.

Flora ergueu o olhar quando viu um pequeno avião circulando ao redor da ilha. Agora que a tempestade tinha se dissipado, os especialistas podiam chegar, e ela imaginou que seu pai e os meninos também voltariam.

E Joel iria embora, pensou ela, mordendo o interior da boca para não chorar. Ela precisava ficar ali, pelo menos até a votação. Ele, sem dúvida, não precisava. Trabalhava em fusões e aquisições importantes, casos de tribunais grandes e técnicos que requeriam enorme conhecimento específico e especializado...

– Um doce pelos seus pensamentos – disse Charlie.

Ela levou um susto e ficou mais vermelha do que nunca.

– Hum, só estou preocupada com a pobre da baleia.

– *Aye*. Eu sei. – Ele a olhou. – Vai ficar tudo bem. Obrigado pelo trator.

– E agora, como posso ajudar?

– Esperando, acho – respondeu Charlie.

Os homens começaram a se aproximar da criatura, hesitantes. Ela era do comprimento de três homens adultos, impossível de levantar, e fazia barulhos de partir o coração. Flora estava além da barreira naquele momento e sentia que não era capaz de se afastar.

Enquanto os homens escorregavam na areia, tentando carregá-la e rebocá-la para as redes, Flora foi devagar até a cabeça da baleia. Tinha um cheiro intenso do mar. Os olhos eram do tamanho de um pires, a boca grande tinha uma enorme língua estendida e ramos de algas marinhas cobriam os dentes.

Ela nunca soube o que a inspirou a fazer o que fez a seguir (embora seu pai e metade da ilha não houvessem tido a menor dúvida do motivo). Enquanto todos estavam ocupados em mover a criatura, Flora se agachou ao lado de sua cabeça, bem delicada e devagar, sem fazer nenhum movimento brusco.

– *Shh* – murmurou baixinho, olhando naqueles olhos enormes. – Está tudo bem. Está tudo bem.

A baleia continuou se debatendo e remexendo na areia, a cauda cavando uma enorme trincheira. Se não tomassem muito cuidado, ela se machucaria. Os homens saltaram para trás para não serem atingidos pelo imenso animal.

Flora ignorou tudo aquilo.

– Está tudo bem – repetiu ela, gentil e tranquilizadora. – Ah, está tudo bem.

Com cuidado, devagar, ela estendeu a mão e pousou-a no que presumiu ser a bochecha da baleia, próxima à boca. Conforme fazia isso, quase sem querer, ela relembrou uma antiga canção da mãe, uma música *puirt à beul*, de uma época anterior aos instrumentos, a época do nascimento da própria música.

Flora, num bar em Londres, não cantaria em um karaokê nem sob tortura. Ali, porém, parecia completamente normal.

O, whit says du da bunshka baer?
O, whit says du da bunshka baer?
Litra mae vee drengie

Ela cantou, sem sequer notar as ondas batendo, nem os homens gritando, nem as chicotadas da cauda da baleia.

Starka virna vestilie
Obadeea, obadeea
Starka, virna, vestilie
Obadeea, monye

Devagar, de forma surpreendente, conforme as luzes límpidas no entardecer perfuravam as nuvens mais uma vez, a baleia parou de se debater e ficou imóvel tempo suficiente para os rapazes passarem um nó de redes de pesca ao redor de sua barriga e, usando o trator, puxarem a criatura com cuidado para o mar.

Flora os acompanhou conforme Charlie dirigia, mantendo os olhos na baleia o tempo todo, cantando também quando o animal fazia barulhos, porém mais calmos, como se tivesse percebido que a mulher tentava ajudá-lo. Flora se viu caindo na água rasa com a baleia, indiferente ao fato de ficar encharcada pela segunda vez em poucas horas, e ficou ali até que o trator retornasse e o barco salva-vidas pegasse a corda. Foi apenas naquele momento, com pesar, que ela se inclinou e, sem pensar no que fazia, beijou o animal no nariz.

Então, o barco pegou a corda e a baleia começou a se mover de novo. Flora ficou e observou enquanto a rebocavam para o mar, permanecendo ali enquanto o barco se transformava num ponto no horizonte, desaparecendo em direção ao continente. E, enquanto olhava, pensou na grandeza do animal, no mar prateado e dançante e em tudo que tinha acontecido.

Enquanto estava no cais, esperando Bertie Cooper levá-lo ao aeroporto para pegar o voo noturno atrasado, Joel viu aquela garota incrível, aquela garota estranha e exótica, naquela ilha que era o lugar dela e não o dele. Joel se xingou por ter permitido que ela se aproximasse tanto que o levasse a fazer o que jurara nunca fazer e contra o que tinha se protegido durante toda a sua vida. Fora um dia de imprudência, um momento de imprudência. Ele iria embora, voltaria ao seu lugar, a um mundo de prédios altos e trabalhos importantes e complexos. Consideraria com seriedade a oferta de Colton de um emprego no seu escritório em Nova York... Voltaria para o treino de triatlo.

Mesmo assim, por todo o caminho para o sul, tudo em que conseguia pensar era na pele tão clara que, toda vez que a beijava, ainda que com leveza, deixava nela a sombra de uma marca.

Capítulo quarenta e dois

Por algum motivo, todos que participaram do resgate da baleia acabaram indo para a casa dos MacKenzies. Flora não tinha notado Joel lá embaixo, na praia, e estava arrasada por ele ter ido embora sem avisar. Tentou explicar a situação para si mesma, mas não conseguiu. Será que ele tinha voltado para o Recanto do Porto? Ou será que havia se transferido para a Pedra? Ela devia estar preparada. Isso iria... Flora gostava dessa ideia, de pensar nele esperando por ela num daqueles quartos lindos... Ela sorriu, triste. Isso seria um passo adiante e, além disso, não a faria se lembrar de Inge-Britt.

Colton chegou com um braço apoiado casualmente por cima dos ombros de Fintan, que estava cansado e sujo depois do transporte do gado.

– Joel voltou para a Pedra? – perguntou ela com a maior calma possível.

– Ah, não – respondeu Colton. – Ele foi embora. Não é dele que preciso, querida, é de você.

Flora disse a si mesma que não ia chorar. Eles tinham sido interrompidos, só isso. Ela conversaria com ele em Londres, eles conseguiriam conhecer um ao outro um pouco melhor e...

Na verdade, ela não tinha ideia de como seria aquilo. A mais vaga ideia. Imaginou contar para Kai o que aconteceu entre eles, e foi apavorante. Mas como poderia... Sério, como? Eles iam ter um relacionamento? Em Londres? Isso ia mesmo acontecer? Chegariam ao trabalho juntos, o advogado sênior e a assistentezinha esquecível. Seria assim mesmo.

Ela afastou a ideia dolorosa de que aquilo era muito improvável.

– De qualquer modo, eu estou pensando em recrutar Joel para meu escritório de Nova York. Ou de Los Angeles. Não consigo decidir – anunciou Colton, descontraído.

Flora ficou paralisada. Pegou um ponche quente no fogão e deu um longo gole.

– O que ele disse sobre isso? – perguntou ela, tensa, a garganta apertada.

– Ah, sabe como são os advogados. Não dá para conseguir uma resposta direta de nenhum deles.

Isso aliviou um pouco a ansiedade de Flora, mas não totalmente.

– Sabe que não posso ficar aqui para sempre – avisou ela.

– Ah, você vai mudar de ideia – opinou Colton.

– Só no verão, até as noites chegarem.

– É o que as *selkies* sempre dizem – afirmou a Sra. Laird, ao passar.

– Fica quieta!

Na sala, alguém tinha pegado um violino, o que era um bom sinal se a pessoa quisesse uma festa, porém um mau sinal se ela esperava que as visitas fossem embora logo.

– Não dá... E o transporte do gado? – comentou Fintan. – Tomei uns nove coices. Fiquei todo sujo de cocô. Tenho 32 anos e não posso fazer isso a vida toda.

Flora assentiu.

– Não dá mesmo para continuar – disse ela. – Não desse jeito.

– E tipo... Achei uma atividade prazerosa, algo que me deixa feliz de verdade. Finalmente.

– O que vocês dois estão tagarelando? – perguntou Innes. – Aliás, você é totalmente doida, Flora.

– Cala a boca. Você está é com inveja.

– De você ter beijado um peixe? Ah, tá.

– Na verdade, a baleia é um mamífero, Capitão Ignorante.

– *Na verdade, a baleia é um mamífero, Capitão Ignorante* – repetiu Innes, irritante.

– Achei que ter uma filha faria você crescer.

– Achou, é?

Ele pegou algumas garrafas da cerveja local na geladeira e voltou para os amigos fazendeiros.

– E Innes? – começou Flora. – O que que ele vai fazer? Depois do pai, a fazenda vai ser do Innes. E, caramba, o que a gente vai fazer com o Hamish?

– O Hamish vai ficar bem – informou Fintan.

Eles olharam para o canto onde Hamish estava sentado, grande demais para a camisa que usava. Ele parecia grande demais também para o cômodo e olhava desanimado para as mulheres, algumas das quais tinham começado a dançar.

– Ninguém tem que ir a lugar algum. Ninguém tem que se mudar – explicou Fintan. – E nosso futuro... pode ser qualquer um com Colton. Não tem futuro aqui, você sabe.

– Hum – murmurou Flora.

– Quer dizer, com novas coisas... Pode ser incrível. Mas na fazenda não temos como competir, de jeito nenhum, com o leite barato das superfazendas. E você sabe o que o transporte dos animais faz com os nossos lucros.

Flora assentiu.

– É só um declínio longo e lento... Você sabe, e Innes também. A não ser que nos reinventemos.

– Mas essa terra é dos MacKenzies – declarou ela. – E é há muito tempo. Muito, muito tempo.

– Eu sei. Precisamos escolher o momento certo. Vamos dar comida para o pai.

Flora sorriu.

– É para já – rebateu ela.

Ela estava servindo *vol-au-vents* – que Isla e Iona tinham preparado depois de terem estudado o livro de receitas, decidindo *não* colher cogumelos silvestres das cercas vivas e torcer para dar tudo certo – quando uma figura alta entrou na cozinha. Flora ergueu o olhar. Era Jan, e ela parecia completamente furiosa.

– Ah, que ótimo, é você – anunciou Flora. – Hum, essa é a minha casa, então, se veio me ofender, pode parar por aí, tá? Ou então vai embora, que tal?

Flora não tinha mais paciência para ser simpática e comedida. Isso não a levara a lugar nenhum no passado mesmo.

– Tenho um assunto para tratar com você – disse Jan.

– Não, você tem um assunto pra tratar com o *Charlie* – explicou Flora, irritada demais para se importar com o tom de voz.

– Parece que você andou mexendo com a vida selvagem – resmungou Jan.

Ela estava muito vermelha, e Flora se perguntou se estivera bebendo.

– Hum, quê? – perguntou Flora. – Quer *vol-au-vent*?

– Você tocou na baleia.

– Toquei, sim. Ela estava assustada, e eu quis acalmá-la. Então, meio que fiz um carinho, só isso.

Jan balançou a cabeça.

– Inacreditável.

– Eu não faria carinho numa baleia em um zoológico – protestou Flora. – Só quis ajudar.

– Não se pode interferir no reino animal.

– Como assim?

– Isso mesmo. Se começar a mexer com a população animal, tudo vai pelos ares. Não acha que já interferimos o bastante na cadeia alimentar? Que já não causamos danos terríveis a quase todas as espécies nesse planeta, sobretudo às baleias?

– Eu não estava furando ela com um arpão. Estava acalmando.

Jan revirou os olhos.

– Você acha?

– O que você teria feito? Deixado que ela morresse na praia?

– É o que se deve fazer! As baleias encalham por motivos que não conhecemos! Talvez ela fosse velha! Talvez estivesse doente! Como você poderia saber?

Flora sentiu a pele começar a arder.

– Bom, eu não tinha como saber. Mas na hora pareceu a coisa certa a fazer.

– Ah, as pessoas sempre acham que sabem qual é a coisa certa. Pensam que sabem. Você, sentada aqui na sua fazenda chique com seus amigos chiques.

A ideia de que alguém que cresceu num país desenvolvido – e, ainda por cima, na família mais rica da ilha – pudesse chamar a Fazenda MacKenzie de chique irritou Flora além da conta, porém ela tentou se manter calma.

– Bom, desculpa, mas eu não podia ficar olhando a baleia morrer.

– Não, estava ocupada demais se exibindo – rebateu Jan.

O comentário doeu de verdade. Flora cruzou os braços.

Nessa hora, Charlie entrou na cozinha, um sorriso surgindo no rosto dele ao ver Flora.

– Oi – cumprimentou ele.

Jan se virou de uma vez; ele não a tinha notado antes.

– Jan – falou ele.

Flora os observou com atenção. O que estava acontecendo?

– Hum, vou só pegar umas cervejas. – Charlie foi depressa até a geladeira. – Bom trabalho hoje, Flora.

Jan praticamente sibilou de irritação. Assim que Charlie saiu de novo, ela se virou para Flora mais uma vez, anunciando:

– E nós voltamos. Então, pode parar de ficar de olho nele.

Flora jogou as mãos para o alto.

– Ah, pelo amor de Deus. Eu não dou a mínima! Tenho... tenho outra pessoa.

Ela não conseguia acreditar que, dentre todas as pessoas para as quais podia ter dito aquilo, dissera justo para Jan.

Jan a encarou.

– Aquele americano que se acha o maioral? – retrucou, quase cuspindo. – Boa sorte. Soube que ele andou se enroscando com aquela garçonete islandesa.

– Obrigada – disse Flora, atrevida, resistindo à vontade de mandar Jan dar o fora de sua cozinha, de sua casa e, na verdade, de sua vida, para sempre.

Então, verificou o celular de novo, mas não havia nenhuma mensagem.

Capítulo quarenta e três

Joel tinha parceiros de tênis, colegas de bar, conhecidos do trabalho e companheiros de fraternidade da faculdade que promoviam encontros regulares pelo mundo todo.

Ele nunca contava nada para nenhum deles. Nada que fosse realmente importante.

– Cadê os jornais? – questionou ele, brusco.

Margo ergueu o olhar. Desde que voltara da Escócia, havia mais ou menos uma semana, Joel estava sendo agressivo demais até para o próprio padrão. Por outro lado, tinha realizado seu trabalho em tempo recorde, o que significava muitas horas extras para ela.

– *Times, Financial Times, Telegraph* e *Economist* – recitou ela, olhando para a mesa do saguão. – Qual falta?

Joel franziu o cenho.

– Acrescentei um à lista de periódicos – avisou ele.

Margo verificou a correspondência.

– Ah, sim, aqui está. Com certeza, chegou um ou dois dias atrasado. – Ela encarou o jornal. – *Island Times*?

– Só para ficar a par de tudo – explicou Joel.

– Devo deixar no saguão?

– Não, hum, me dá.

Joel partiu para seu escritório com o jornal debaixo do braço, deixando Margo olhando-o, chocada.

Como, pensava Joel, não tinha notado Flora antes? Pois tudo que notava no escritório naquele momento era um enorme vazio do tamanho de Flora. Achava que a via em todo lugar aonde ia, o cabelo muito claro esvoaçando ao vento. Só que ele estava num escritório selado de forma hermética no décimo quinto andar, onde as janelas não se abriam e a brisa nunca o alcançava.

Mas não conseguia. Não conseguia. Tinha pegado o telefone para ligar para o Dr. Philippoussis mais de uma vez, porém sabia o que ele diria. Vá até ela. Diga a ela.

Só que ela não se encaixava na vida dele. Não tinha jeito. Ela não sabia ainda, mas seu lugar era na ilha. Comunicando-se alegremente com aquela baleia, cozinhando algo maravilhoso ou implicando com os irmãos. Seu rosto, tão pálido e atormentado em Londres, ficava totalmente diferente lá. E, mesmo que Flora achasse que seria feliz na cidade, Joel conseguia ver que, no fundo, isso não aconteceria.

E, sem dúvida, não havia espaço para ele lá no norte. Aquele grandalhão, Charlie, embora ela não o chamasse assim, estava sempre ali, esperando o momento dele. Combinava com ela. Não servia alguém como Joel, que carregava mais bagagem do que um avião comercial. E se ela tentasse consertá-lo? Não seria a primeira. E aí os dois teriam problemas.

Não era da natureza de Joel ser altruísta. Nunca tinha conseguido cuidar de algo além de si. Mas em se tratando dela...

Ele pegou o jornal. Lá estava, assim que virou a página, a matéria sobre a baleia. O que havia com Flora? Ela não era uma supermodelo, mas, por algum motivo, aquele rosto, com seu olhar direto e transparente, a pele macia e clara que devia cobrir cada parte dela... Essas coisas faziam qualquer outra pessoa parecer exagerada, produzida demais. Aquelas sobrancelhas grossas... Todas as outras garotas que Joel conhecia aparentavam ser drinques bizarros e muito caros, enquanto ela era um copo de água limpa e gelada num dia escaldante.

Margo entrou com uma caixa cheia de arquivos e ele a encarou como se tivesse sido pego vendo pornografia. Jogou o jornal sob a caixa.

Em geral, Joel conseguia trabalhar como uma máquina, resolver tudo, chegar ao cerne das coisas, às minúcias dos contratos e dos argumentos jurídicos e encontrar algo que sempre representava vantagem para os clientes. Sempre.

Naquele momento, ele encarava a janela, perguntando-se que tipo de pássaro estava olhando.

Devia ligar para ela, mas o que diria? Era como pular de um avião em pleno voo.

Joel suspirou e pegou o telefone.

A voz do outro lado estava rouca, e, com atraso, Joel lembrou que era muito cedo em Nova York. Isso em si era muito atípico; geralmente, ele mantinha todos os fusos horários organizados na mente, acostumado a fazer negócios por toda parte.

– Desculpa – pediu ele.

– Quem é? – perguntou a voz. – Não, claro, é o Joel, não é?

Houve uma pausa e o barulho de uma cafeteira zumbindo. Em seguida, a voz logo se tornou mais suave.

– Estou falando bastante com você nos últimos tempos.

Havia bondade na frase. Um tom tão gentil.

Joel percebeu que nunca soubera como retribuir a gentileza e, por isso, nunca a retribuíra. Mas, naquele momento, quando estava com um problema de verdade, notou que não tinha mesmo mais ninguém a quem recorrer. Flora... Sim, ela havia passado por maus bocados, porém tinha aquela família enorme, barulhenta e implicante, e todos os amigos na ilha, e todas aquelas pessoas que passavam por ela e pareciam já conhecê-la.

– Então – disse o Dr. Philippoussis. – Você deve ter conhecido alguém.

Joel tirou o jornal de debaixo da caixa.

– Hum – respondeu ele.

Era uma imagem linda: alguém a tinha fotografado ajoelhada, frente a frente com o belo animal, o sol iluminando o cabelo dela. Não havia mais ninguém na foto, tinham deixado o barco salva-vidas e o trator de fora para que ficasse apenas Flora, sozinha com a baleia, cantando enquanto ela voltava para o mar.

– Ela? Ele? O quê?

Joel pareceu surpreso.

– Ela.

– Interessante – cantarolou o Dr. Philippoussis.
– Não fique cantarolando – ordenou Joel. – Não preciso de um terapeuta.
– Não?
– Não – respondeu Joel, firme. Ele parou. – Preciso de um amigo. De um conselho decente. Não só para mim. Um conselho de verdade.

O Dr. Philippoussis olhou pela janela do seu apartamento na cidade. Ele nunca se cansava de ver o sol nascer além dos arranha-céus, mesmo em dias como aquele, que com certeza seriam quentes, pegajosos e difíceis de aturar. A umidade deixava-o com vontade de barbear-se. No quarto, sua esposa ainda dormia. Marsha ficaria encantada ao saber que Joel tinha ligado. Ela o teria adotado se tivesse havido a mínima possibilidade, se não corressem o risco de piorar ainda mais as coisas. Joel não fora exatamente negligenciado. Ele recebera roupas e comida, mais ou menos, e todas as suas necessidades fisiológicas foram atendidas.

Mas havia algo naquele menino, algo muito introspectivo. Abandonado pela mãe, depois sendo jogado para lá e para cá, ele não tinha se tornado – como muitas crianças naquela situação se tornavam – carente e ávido para agradar de uma maneira que os adultos achavam cativante. Em vez disso, havia se fechado.

O Dr. Philippoussis não tentara fazê-lo se abrir à força; deixara o jovem ser do jeito que era, direcionando-o para coisas de que talvez gostasse, como livros, organização, inteligibilidade. Cursar direito tinha sido perfeito para ele: as coisas eram preto no branco, certas ou erradas. Podiam ser categorizadas e colocadas em colunas de um jeito que as emoções e a bagunçada vida humana não podiam.

– Também sou isso – respondeu o Dr. Philippoussis, observando os prédios altos de Manhattan reluzirem aos poucos em rosa e dourado brilhante, e a cidade ganhar vida, as ruas cheias de pessoas correndo, passeadores de cães e profissionais apressados cujos semblantes eram tão fechados quanto o de Joel sempre era.

– Ela mora numa ilha... às vezes... e é tão estranho lá. E ela faz parte do lugar. E acho que... acho que não devia envolver ela nos meus assuntos.

– Por que não? Ela é má?

– Não.

– Ela faria você se sentir pequeno por ter passado por todas essas coisas?

– Acho que não.

– Qual é a pior coisa que poderia acontecer?

Joel não conseguia dizer. Um longo silêncio se estendeu entre eles.

– Bom, liga para ela – sugeriu o Dr. Philippoussis.

– Mas não sei... Não sei se estou pronto. – Houve uma pausa longa. – Que foi? Pedi para você me dar um conselho!

– Não posso – explicou o bom doutor. – Sei que somos amigos, mas também tenho uma responsabilidade profissional com você.

– Não tem, não!

– Tenho, sim.

– Bom, se fosse você...

– Ninguém pode assumir o lugar do outro – falou o Dr. Philippoussis.

– Ah, que ótimo, obrigado.

– Posso dizer também que ninguém nunca acha que está pronto.

– Essa é sua opinião profissional?

– Não. Você vai ter que decidir sozinho.

– Como?

– Use a imaginação.

– Não tenho imaginação! Sou advogado!

Joel encarou o jornal. Sua própria vida, abaixo da superfície, era vazia. Um buraco, achava ele às vezes. E a dela, não. Não podia ser um pequeno passo. Seria tudo. Ele sabia o que podia acontecer de pior, pois tinha acontecido toda vez que tinha passado a morar com uma nova família, até ele aprender a se fechar.

Capítulo quarenta e quatro

Várias semanas se passaram, e Flora nunca tinha feito ideia de como era estar tão ocupada, mesmo após o alvoroço ridículo da sua foto no jornal ter passado. A Delicinhas de Verão transbordava de gente. Elas começaram a fazer cestas de piqueniques com bolovos e pratos prontos de pão, queijo e picles, conhecidos como *ploughman's lunch*, que até se tornaram mais populares ainda, tanto entre os habitantes quanto entre os visitantes. Estes gostavam de levar as cestas para as colinas ou para a antiga abadia, cujas paredes de pedras cinzentas lançavam uma sombra lúgubre nos dias melancólicos, porém, no auge do verão, forneciam um espaço irresistível para as criancinhas brincarem, correndo para cima e para baixo nas escadas em espiral arruinadas e pulando para dentro e para fora das janelas sem vidro, enquanto os pais ficavam sentados na grama alta compartilhando uma garrafa de vinho de amora silvestre de Eck – que, tecnicamente, não deveriam estar vendendo –, com uma marcação de preço bem descarada.

O mais estranho era que Flora não conseguia ficar desolada. Não conseguia. Estava triste por não ter notícias de Joel – ela enviava relatórios de vez em quando, e Margo os respondia. Mas não o culpava nem ficava imaginando se o que tinha acontecido significara algo para ele. Era tudo por conta dela, tinha que superar. Sua paixão tinha ido um pouco além, uma tarde estranha, e só isso. No momento, tinha que… Bem, tinha que superar. Seguir com a vida e o trabalho, incluindo as partes menos prazerosas.

Foi por isso que, por fim, num dia glorioso de agosto, enquanto uma brisa soprava do mar – o que significava que todo mundo precisava de um suéter, mas, ainda assim, o dia estava bem agradável para sentar-se no muro de pedra e ver os insetos zumbirem para lá e para cá pelo promontório, preguiçosos –, Fintan chamou Innes e Hamish nos campos, fez um telefonema rápido para Colton e sussurrou de forma urgente para Flora. Ela assentiu.

Eck cochilava do lado de fora da casa com Bracken aos seus pés.

– Pai – murmurou ela. – Pai, podemos conversar com você?

– Reunião de família! – exclamou Fintan.

Agot dançava em círculos e se balançava nas mãos de Innes e Hamish.

– SÓ EU DE MENINA! EU É PINCESA!

– Oi, Agot – cumprimentou Flora, trazendo biscoitos amanteigados recém-saídos do forno e um bule de chá fresco.

Innes a olhou, desconfiado.

– Está tentando subornar a gente?

– Não sei do que você está falando.

– VOCÊ NÃO É PINCESA, TIA FOIA – falou a voz insistente.

– Sim, sei disso, querida – respondeu Flora.

– VOCÊ É *SELKIE*.

– Pode parar com isso, por favor?

– VOCÊ SAIU NO JOINAL.

Ela não gostava de pensar naquele dia. Não mais. Ia ficar ali até o Lughnasa, a colheita tardia. Depois, Joel iria embora para os Estados Unidos, e ela poderia simplesmente voltar ao trabalho, e tudo ficaria bem. Nunca mais o veria. Tudo ficaria horrível.

Não, ela não acreditaria nisso. Continuaria com o trabalho atual. Estava fazendo a diferença, todos estavam, sem dúvida nenhuma. Mas tinham chegado a um momento crucial: decidir se Fintan ia trabalhar na Pedra.

– Pai – disse ela.

Innes estava preocupado. Hamish, como sempre, tinha se sentado em silêncio no canto do pátio, o rosto manchado de lama por fazer a maior parte do trabalho pesado.

– Bom, todo mundo, na verdade – acrescentou ela.

A fazenda estava no nome do pai, mas não havia dúvida de que os meninos a herdariam, e era assim que sempre tinha sido e sempre seria, enquanto o sol se pusesse no oeste e a maré tocasse a costa.

– Fintan e eu... – Ela se virou para ele. – Quer falar?

Ele a encarou e balançou a cabeça.

– Você pode falar, Flora? – perguntou ele.

– Não – respondeu ela. – Bem, nós dois, então. – Ela respirou fundo e anunciou: – Recebemos uma oferta. Uma boa oferta, uma oferta ótima mesmo. Para vender a fazenda.

Era como se Eck não tivesse entendido bem. Flora se viu repetindo a frase na língua antiga, só para garantir que ele compreendia o que estavam dizendo. Fintan estava ao telefone, claro, repetindo tudo para Colton.

– Mas... – O pai não parava de dizer. – Mas eu estou bem, Flora.

– A fazenda é da Agot por direito – dizia Innes.

– FAZENDA, NÃO! EU É PINCESA! – gritava Agot.

– Não sei se precisamos de uma menina de três anos na mesa de negociações agora – opinou Flora, um pouco mal-humorada.

– Mas, Flora... Quer dizer, está tudo bem.

Eck estava completamente desnorteado.

Flora olhou para a verga caída da porta, para o maquinário enferrujado da fazenda no campo. Ele não conseguia enxergar, ela sabia. Na mente dele, ainda vivia num verão longo e dourado no qual ela e os meninos corriam em torno do banheiro externo meio pelados, muito sujos e dando gargalhadas, ou sentavam-se na frente da televisão, empurrando-se com violência para arranjar um lugar a fim de assistir a programas de auditório, ou imploravam ao pai que lhes contasse histórias dos tempos antigos, quando as pessoas tinham que fazer as próprias roupas e passavam meses a fio sem contato com o continente, sem televisão e fabricando a própria música. Nesse momento, ela e os meninos riam e suspiravam, totalmente incrédulos, e a mãe os mandava ficarem quietos, porque a vida era bem daquele jeito mesmo, embora fosse boa. A mãe sorria e sugeria uma rodada de torradas com queijo e sopa caseira para todos, e eles se aninhavam na frente da lareira, até que Flora e Fintan se desentendessem porque um estava ocupando espaço demais. Então, todo mundo caía na gargalhada e os cachorros latiam até cansar.

Era isso que ele via. Flora sabia.

– Pai – chamou ela. – Vi os livros, você sabe disso. Innes sabe também. Não podemos continuar assim.

De repente, ela quis se sentar no colo dele, como fazia quando era muito pequena. Mas ele tinha se fechado para ela havia muito tempo, e Flora sabia por quê.

– Não tem mais nada.

– E, pai… – disse Fintan do nada, com o rosto tão pálido quanto o de Flora. – Pai, não quero mais trabalhar na fazenda. Quero trabalhar com Colton Rogers.

Eck ficou confuso. Flora olhou para Fintan atentamente.

– E, além disso, Colton é meu namorado.

Ao ouvir isso, até Agot ficou em silêncio.

O rosto de Fintan ficou vermelho.

– Bem, ele é… importante para mim. Não sei se posso chamar de… Quer dizer, está bem no começo.

Innes e Hamish ficaram sentados, imóveis. Flora não sabia ao certo se Hamish sequer tinha entendido, nem Eck, aliás. A postura de Fintan estava amuada, como se os desafiasse a questioná-lo. Parecia ter 16 anos em vez de 32.

Agot foi até ele.

– VOCÊ TEM NAMOIADO?

Fintan sorriu, tímido, e deu de ombros.

– Bom, mais ou menos. Não sei. Mas ele é legal.

– EU TENHO NAMOIADO.

Ele se agachou.

– Quem é seu namorado?

– PEPPA – respondeu Agot.

– Pepe?

– PEPP-A! É POICO.

Fintan sorriu.

– Bom, é bom saber que não tenho o relacionamento mais estranho do lugar no momento.

Innes se levantou e deu um passo à frente, bem corado também. Eles não estavam acostumados a conversar desse jeito, os MacKenzies. Ele levou a mão à nuca. Flora relembrou todas as provocações: na escola, sim, mas em casa também. Marica. Menininha. Fracote. Tudo aquilo. Sem parar.

Innes estendeu a mão.

– Parabéns, irmão – disse ele, com alguma dificuldade. – Que bom que você encontrou alguém.

Fintan começou a apertar a mão dele, mas acabaram num abraço desconfortável.

– A mãe teria gostado dele – opinou ele.
– A mãe sabia?
– Claro que sabia. Ela não te disse?
– Não, ela só puxava nossas orelhas se a gente te enchesse o saco.
– Vocês mereciam.
– Acho que sim. Mas, sim, ela teria gostado dele, ele tem dinheiro.
– Ei! – exclamou Flora.
– Que foi?! Dá licença, mocinha chique da cidade, qual é o problema?
– Ela teria gostado dele porque ele é legal.

Hamish ergueu a mão.
– Parabéns, parceiro.
– Que nada.

Todos se viraram para Eck. Ele ainda estava sentado lá, em choque.
– Pai? – chamou Flora. Ela se perguntava se era cedo demais para tomar uísque e decidiu que não.
– Ah, bom... – respondeu Eck. – Ora, ora, ora, ora.

Flora pôs a mão no ombro dele. Fintan tentava parecer despreocupado, porém Agot estava em seus braços, e ele a abraçava com tanta força que denunciava o nervosismo.

– EU AMA PEPPA – repetiu ela, torcendo para reprisar o efeito positivo que tivera da primeira vez.

– Bem...

Eck parecia mais do que confuso.

– O senhor está bem, pai? – Flora se agachou ao lado dele. – Está tudo bem, sabe? – disse ela. – Está tudo bem.

Eck balançou a cabeça.

– Eu sei – começou ele num tom chocado. – Eu sei que vocês acham que eu sou um careta antiquado do tempo das cavernas.

– Por que a gente acharia isso, pai? – perguntou Innes. – Só porque você *é* um careta antiquado do tempo das cavernas?

– Sabe, naquele tempo... – falou Eck, ignorando-o. – Quer dizer, o que o pastor dizia na igreja... era tudo que a gente precisava, sabe. Era assim que a gente vivia e era nisso em que a gente acreditava. E tudo era normal.

– Não, era nisso que as pessoas fingiam acreditar – rebateu Fintan. – Pensa. O senhor deve saber que é a verdade. E o velho Sr. MacIvaney, que tinha a loja de doces? Ele nunca se casou, vivia com a mãe. Por que acha que ele vivia para o trabalho?

– Porque ele tinha uma loja de doces – respondeu seu pai.

– NÃO! – replicou Fintan. – Porque ele era reprimido. Porque tinha que esconder o que era. O senhor não pode pensar no passado e achar que a vida não era assim porque não se falava nisso, pois com certeza era.

– Mas a igreja...

– *Och*, a igreja era tão ruim quanto o resto. Pior.

Eck suspirou.

– Nada mudou, sabe? Minha vida foi igual à do meu avô, que foi igual à do avô dele, e por aí vai. E, do nada, BUM. Todo mundo quer tudo e tudo muda.

Flora balançou a cabeça.

– Eu juro, pai, que nada mudou aqui. Não tanto assim, em comparação com o mundo lá fora.

– É por isso que nunca liguei para o continente – afirmou Eck.

– E com razão – respondeu Flora. – Mas o senhor consegue aceitar isso, não consegue?

Eck ergueu o olhar.

– Tenho que gostar?

– Não – negou Fintan.

– É por isso que você odeia trabalhar na fazenda?

– Não, eu odeio trabalhar na fazenda porque metade do ano é difícil e gelada.

– Os outros meninos não ligam.

– Também não gosto – declarou Innes.

A expressão de Eck desmoronou.

– Hamish?

Hamish deu de ombros.

– Às vezes eu preferia ficar dentro de casa – murmurou.

Foi uma frase bem grande para Hamish.

Eck se levantou. A luz do sol brilhava pelo campo, mesmo que um vento forte açoitasse a grama alta e espinhosa das dunas.

– Bramble! Bracken! – grunhiu ele. – Venham aqui. Vamos passear.

Os cachorros se ergueram, olhando ao redor, cautelosos, como se conseguissem sentir a tensão do ambiente. Eck pegou a velha bengala na porta e saiu com Bramble e Bracken atrás dele.

Os irmãos se entreolharam.

– Bem – disse Flora, com cuidado. – Isso foi...

Innes já tinha se virado para Fintan.

– Você está namorando um *milionário*? – indagou ele.

– Ah, não – respondeu Fintan.

– O quê?

– Acho que é *bilionário* – explicou Fintan.

Innes soltou um palavrão.

– Então, por que você quer trabalhar?

– Porque sim.

– Ele pode nos pagar um milhão de libras pela fazenda?

– Não – negou Fintan. – Não é assim que se enriquece.

– Ah, como se você entendesse do assunto.

Flora preparou uma torta de carne, e ela e Fintan elaboraram os planos à mesa: um restaurante na fazenda, pertencente à Pedra, produzindo tudo que a Pedra precisasse ou quisesse para seu cardápio: algas comestíveis, laticínios, incluindo os queijos, e carne, claro.

– Significa fazer tudo orgânico – avisou Flora. – E chamar especialistas para aconselhar os melhores cultivos, não só o que vai crescer.

– Isso vai custar uma fortuna – opinou Innes.

– É aí que entra o investimento. Sério, Innes. Levar gado para o continente: por quanto tempo isso vai funcionar como estratégia de longo prazo? Vocês estão sendo derrotados pelas grandes fazendas, e você sabe disso. Esse caminho vai ladeira abaixo. Mas as pessoas que vierem para cá não vão ligar de pagar um preço adequado pelo leite, pela manteiga, pela melhor carne e pelos ingredientes frescos maravilhosos. Seria loucura não fazermos isso.

– Mas perder a fazenda…

– A fazenda não vai a lugar algum – garantiu Flora, firme.

– Eles vão ficar contentes em marcar tudo com o nome MacKenzie – afirmou Fintan. – O fato de ser uma fazenda familiar dá um ar de autenticidade.

– Mas não será nossa.

– Tecnicamente, não.

– Então, não vai ser de Agot um dia – declarou Innes.

Durante a comoção, Agot tinha pegado discretamente a bolsa de Flora e naquele momento estava espalhando batom por todo o rosto.

– Sim, é uma pena – lamentou Flora.

Ficaram sentados ali, olhando uns para os outros.

– Não sei se temos escolha – opinou Fintan.

– Bem, não, você não tem – disse Innes. – E se vocês terminarem? Você vai ter que devolver o dinheiro todo?

– Na verdade, tenho uma advogada muito boa que vai cuidar de tudo isso para mim – anunciou ele, olhando para Flora.

– Hamish – chamou ela. – O que você acha?

– Vou ganhar mais dinheiro se trabalhar no restaurante? – questionou ele.

– Vai – confirmou Flora.

– O bastante para comprar um carro?

– Sim.

Hamish assentiu. Todo mundo esperou, porém aquilo parecia ser tudo que ele tinha a dizer sobre o assunto.

– Bom… – falou Flora.

Bem nesse momento, ouviram uma batida à porta. A maior parte das pessoas em Mure batiam e já entravam, isso se a porta estivesse fechada, para começo de conversa. Por fim, Innes se levantou e atendeu.

Charlie estava parado lá, remexendo o chapéu.

– Oi – saudou ele.

– O trator está aí fora – informou Innes.

– Não, não. Não preciso dele.

Ele olhou pelo cômodo, avistou todos os irmãos e Agot ali, e suas orelhas coraram muito. Não tinha nada a ver com sua postura normal, firme e calma.

– Hum, Flora – disse ele.

Os meninos, felizes pela pressão da conversa séria ter se aliviado do nada, acomodaram-se alegres nas cadeiras.

– Flora! – exclamou Fintan. – Tem visita pra você!

– Parece que Fintan não é o único enrolado! – acrescentou Innes. – Mas aposto que Charlie não tem milhões de dólares.

– Cala a boca todo mundo – ordenou Flora, embora não fosse tão terrível ver as coisas voltarem ao normal. Já tinham se abraçado e conversado sobre sentimentos o bastante para um dia, e era legal ter a implicância de volta.

– Hum, você quer passear com o Bramble?

– Ele... saiu – avisou Flora, rígida. Ainda não tinha se esquecido da conversa com Jan.

– Ah, tá – respondeu Charlie, virando-se para ir embora. – Desculpa.

Flora mordeu os lábios. Ela ainda não tinha chegado à verdade. No momento, estava cansada daquela casa, das preocupações da família e mais ainda das noites insones, da decepção amarga e da falta de autoconfiança terrível pela qual vinha passando desde que Joel partira. Muito cansada mesmo.

– Bem, vou passear com você. Se é para isso que está me convidando.

Era engraçado pensar que tinha achado Charlie uma pessoa autoconfiante e franca quando o conhecera. Não parecia tão autoconfiante no momento, passando a enorme mão pelo cabelo.

– Hum. Sim. Isso. Tudo bem. Sim.

– Vou procurar o pai – anunciou Flora, pegando o cardigã e ignorando os olhares sugestivos e o revirar de olhos dos meninos. – E, aliás, calem a boca, todos vocês. E vão tomar banho.

Agot foi marchando até eles, toda coberta por uma variedade das maquiagens de Flora.

– ELE É NAMOIADO? – perguntou ela, séria, a Flora. E se virou para Charlie. – EU TEM NAMOIADO.

– É muito bom saber disso, Agot – respondeu Charlie, sério. – E boa noite para você.

Capítulo quarenta e cinco

A noite estava gloriosa. O sol pairava firme e imóvel no céu, sua trajetória retardada pelo próprio apogeu dos meses de verão. Flora tinha pegado o batom dos dedos pegajosos de Agot – deixara o resto para Innes resolver – e, às pressas, passou um pouco nos lábios. O sol havia acabado de permitir que algumas sardas surgissem em seu rosto, e ela percebeu que as atividades quase ininterruptas desde sua chegada à ilha ajudaram a queimar um pouco da flacidez que ganhara no escritório em Londres.

Charlie andava ao seu lado em silêncio. Ele não parecia o tipo de pessoa que precisava preencher cada vazio com conversas, piadas tolas ou comentários. Fora ter passado um momento ruborizado na porta, ele parecia… à vontade, feliz na própria pele. O exato contrário de Joel, supôs Flora. Não, ela não ia pensar em Joel. Não mesmo. Aquilo tinha acabado. E isso… Ela olhou para Charlie de soslaio, os ombros poderosos, o perfil calmo e forte.

– Teàrlach – sussurrou ela. – Não quero presumir nada e posso ter tido a impressão errada…

Ele se virou para ela, ainda sem dizer nada, bem contente em só andar e escutar.

– Mas Jan… – disse ela. – O que aconteceu na festa? Assim, sério, que merda você está fazendo?

– Dizem mesmo que as *selkies* são diretas – respondeu Charlie.

– Não muda de assunto. Você disse que estavam separados.

– Estamos.

– Ela… ela diz que não. Que estão dando um tempo, mas ainda estão juntos.

– Bem, não estamos, não. Conversei com ela sobre isso.

Flora percebeu que Jan não ia à loja havia mais de uma semana. Talvez fosse por isso.

– E aí? Me diz o que aconteceu, porque para mim foi um horror.

– Tá bom, tá bom – concordou Charlie.

Andaram em silêncio, e Flora, de repente, sentiu muita falta de Bramble. Era bom, durante momentos constrangedores, ter um cachorro para abraçar e acariciar.

Charlie suspirou.

– Me desculpa. É complicado. Tem sido complicado. Comandamos um negócio juntos. Ficamos juntos por oito anos. Eu não quis... Quer dizer, criar muito estresse poderia arruinar tudo. Teria arruinado mesmo, teria acabado com o negócio. O pai dela deu o dinheiro para começarmos, e... Bem, a família dela, as duas famílias, na verdade, esperavam que a gente se casasse.

– Deve ter ficado meio difícil lá pelo quinto ano – disse Flora, mas a frase soou esquisita e nada engraçada, e ela se arrependeu de ter dito isso.

– Não é que eu não ache Jan incrível, porque ela é uma mulher maravilhosa em vários aspectos – declarou Charlie, resoluto. – Ela já ajudou mais crianças desfavorecidas do que qualquer um que eu conheço e se importa com todos e tudo.

– Então, por que você quis terminar? Qual foi o motivo? Você conheceu alguém? – perguntou Flora, curiosa.

A maioria dos homens que ela conhecia só saíam de um relacionamento quando estavam de olho em outro. Charlie a olhou de soslaio.

– Bem... – falou ele.

– Bom, não quero ter nada a ver com isso – rebateu Flora, feroz.

– Não – negou Charlie. – Não, eu ainda não tinha conhecido você. Foi na Hogmanay. Todo mundo já tinha bebido um pouco, sabe?

– Sei bem.

Flora relembrou com um pouco de carinho as festas doidas que viravam a noite na praça. As fogueiras, a tradição do *first-foot*, quando alguém visitava uma casa para ser a primeira pessoa a pisar nela no ano novo, e todos juntos ao ar livre. Sua mãe nunca quis que ela fosse, mas os meninos prometiam cuidar dela – o que era uma mentira descarada. Hamish ficava parado resmungando com os amigos, Innes ia atrás de alguma garota por aí, e Fintan, em geral, ficava emburrado, recusava-se a ir e declarava que tudo não passava de falsa arruaça. Flora se sentia selvagem, atordoada e livre, ficando fora a noite toda no frio congelante, passando a cidra de mão em mão e rindo até achar que ia explodir.

– Bem, eu estava na casa do Fraser com a Jan, e todo mundo estava me enchendo o saco pra "fazer dela uma mulher honesta", sabe, como sempre fazem, e eu pensei que, se fizesse dela uma mulher honesta, faria de mim um homem desonesto. E pronto.

– Mas você não disse que estava terminando com ela.

– Gostaria de me apresentar como um homem corajoso, Flora, mas preciso dizer que não sou.

Os dois sorriram.

– Ela surtou um pouco.

– Mas isso foi em dezembro! Já é agosto!

– Ainda temos que trabalhar juntos.

– Você tem que dizer pra ela que acabou. Ela não entendeu.

– Eu sei – respondeu Charlie. – Eu sei.

Ele se virou para olhá-la. Sem perceber para onde iam, apenas seguindo o caminho que seus pés tinham tomado, eles chegaram ao promontório. Ele a olhava com timidez.

– Você é a pessoa… a pessoa que me fez sentir… Bem, que eu precisava mudar, que precisava seguir em frente com a vida… Assim como você seguiu com a sua.

– Não segui. Só fico aqui até o Lughnasa. Só estou fazendo um trabalho.

Ele balançou a cabeça.

– Acho que está fazendo mais do que isso.

Ela olhou para Charlie. O cabelo dele voava, grosso e cacheado, sobre a testa. Ele estava bem na ponta, com os penhascos e o céu brilhante atrás dele, tão azul quanto seus olhos. Parecia que ele tinha nascido daquela da terra; era tão ilhéu, tão bretão do norte. Ela não conseguia imaginá-lo em Londres, nem sequer conseguia imaginá-lo numa cidade grande. Ele era parte indissociável daquela terra.

Ela pensou em Joel. Uma estrela de cinema, era o que ele tinha sido para Flora. Ela precisava vê-lo. Como aquele ano, com 14 anos, que passara assistindo aos filmes de *O senhor dos Anéis* várias e várias vezes, desacelerando as partes com Orlando Bloom e achando que talvez houvesse uma possibilidade de eles irem filmar em Mure caso enjoassem da Nova Zelândia.

Isso não tinha acontecido. Pelo menos, ainda não.

O lugar de Joel era numa caixinha de fantasia, algo para deixar sua ida e volta do trabalho mais agradável num dia entediante. Ele tinha um sorriso lindo, às vezes. E, olha só, pelo menos ela dormira com ele, mais ou menos, de um jeito engraçado. Achava que sim. Mas aquilo não havia significado nada para ele, disse Flora a si mesma, convicta. Nada. Não houvera telefonema, nem mensagem de texto, nem e-mail. Joel tinha ido embora, voltado para a vida antiga e se esquecido dela, da ilha, de tudo. Ele poderia estar de mudança para os EUA e nem ter contado a Flora. O que ela ia fazer? Desperdiçar anos com ele? Anos de sua vida sem ele sequer pensar nela, do mesmo modo que Orlando Bloom nunca pensou?

Mas, olhando para Charlie, ela sentiu um frio na barriga. Aquilo era real, era sólido.

– Eu moro em Londres – comentou ela.

Charlie deu de ombros.

– É, mas você é de Mure. É gente da ilha. Ou mais, se eu acreditar naquele bando de supersticiosos.

– Não acredite.

– Bem, o que quero dizer é que gente da ilha se entende.

Ele pôs o braço em volta dela. Da posição deles, bem na ponta, conseguiam ver boa parte da paisagem da ilha. O porto, o começo da praia infinita, os penhascos atrás deles, a fazenda. Bertie lá embaixo, no barco, ao lado dos pescadores que estavam sempre correndo; as lojas, no momento sendo fechadas ao fim do dia, para a surpresa dos turistas, que nunca entendiam o fato de que só porque parecia meio-dia não significava que fosse; e até a Pedra, aquela construção linda, toda pronta à espera deles.

Nas gerações anteriores à do pai de Flora, a maioria dos nascidos em Mure simplesmente nunca partia. O horizonte demarcava o limite do mundo inteiro. Recebiam visitantes, às vezes invasores, mas, na maior parte do tempo, aquele vilarejozinho, aquela terra fértil açoitada pelo mar e pelo vento era tudo que conheceriam. E era linda.

– Esse é o sangue que corre nas suas veias – anunciou Charlie num tom baixo.

De repente, Flora percebeu que estavam muito perto um do outro, enquanto seu cabelo esvoaçava ao vento e a saia dançava atrás dela. Ela se virou para ele, piscando ao vê-lo, alto e tão sólido quanto o chão abaixo dos seus pés.

Ele estendeu a mão e ela a pegou, encarando o mar, vendo as cabeças das gaivotas surgirem e desaparecerem.

– Não podem colocar um monte de turbinas eólicas aqui – declarou ela.

– É assim que se fala – respondeu Charlie.

Ele apertou a mão dela. Em seguida, ela ergueu o olhar para ele. Tudo – as nuvens brancas correndo, os pássaros voando, a grama sussurrante – pareceu desacelerar. Ela se aproximou dele, só um pouco.

De repente, um grande latido veio de baixo. Eles pularam de susto, recuando e sentindo-se culpados.

Bramble estava ali, latindo, frenético.

– Oi – cumprimentou Flora, ajoelhando-se. – O que está fazendo?

Ele continuou latindo, puxando seu braço.

– Está parecendo *As aventuras de Skippy, o canguru amigo* – comparou Charlie, rindo conforme a tensão se desfazia. – Olha, Flora, ele está tentando dizer alguma coisa. Será que o pequeno Timmy caiu no poço de novo?

Flora balançou a cabeça.

– Deixa de ser bobo, os cachorros sabem das coisas.

– Ou é isso, ou tem uma salsicha no seu bolso.

– Por que eu estaria com uma salsicha no bolso?

– Porque está muito comprometida com sua nova carreira na culinária?

Flora sorriu, mas ficou preocupada.

– Cadê meu pai? – perguntou ela a Bramble. – Você fugiu dele?

Ela pensou no rosto sério e cansado de Eck quando tinha saído. Não o vira descer o caminho todo, porém pensou que mal havia olhado. Estivera caminhando ao lado daquele homem largo e grande, tentando fazer com que seus pés acompanhassem os passos largos dele, pensando em como suas mãos eram habilidosas, no quanto ele parecia forte. Flora balançou a cabeça.

– Bramble quer que a gente o siga – explicou.

Charlie riu.

– Não está falando sério, né?

– Em todo caso, preciso encontrar meu pai.

– Você entende todos os animais? Ou só baleias e cachorros?

– Você pode fazer comentários espertinhos ou pode vir comigo – avisou Flora.

Charlie sorriu.

– Posso fazer as duas coisas?

Ela o olhou, semicerrando os olhos por causa do sol, e eles sorriram um para o outro.

– Além disso – disse ela, ficando séria conforme desciam da ponta –, você não tem que conversar com certa pessoa?

As pessoas os observavam conforme desciam juntos para a cidade. Flora se perguntou se haveria fofoca. Também achou que Charlie talvez fosse pegar sua mão outra vez, mas ele não fez isso. Claro que não. Ela se sentiu corar, mas gostava de estar com ele no momento.

– Você viu meu pai? – perguntava aos comerciantes.

Andy, do Recanto do Porto, não o tinha visto, nem Inge-Britt, que, Flora notou, havia se envolvido com um robusto pescador de lagosta norueguês e parecia mais alegre e saudável do que nunca.

Bramble não parecia estar levando-a a lugar nenhum, só demonstrava alegria por estarem juntos e por ela estar em movimento. Flora começou a se preocupar. Tinha presumido que o bar seria o destino óbvio do pai, onde jogaria conversa fora e reclamaria da inutilidade dos filhos ingratos – e de onde, torcia ela, voltaria algumas horas depois, com a cabeça um pouco mais fresca. Mas, não, não havia sinal dele.

Ela não queria ligar para a fazenda, mas acabou fazendo isso.

– Ele não voltou, não – respondeu Fintan. – Não está com você?

– Não, mas Bramble está.

– Bramble saiu de perto dele?

– Pois é.

– E foi procurar você, sendo que só coisas ruins acontecem com o cachorro quando você está perto.

– Tá bom, tá bom, cala a boca.

Fintan parou.

– Você tem cem por cento de certeza de que ele não está no bar?

Ambos ficaram um pouco chocados, percebendo que existiam poucos lugares em que ele poderia estar e pouquíssimas coisas que ele fazia além do trabalho interminável na fazenda. Os dois ficaram em silêncio.

– A Land Rover ainda está aí?

Fintan pausou.

– Está.

– Será que é melhor a gente deixar ele caminhar em paz? Quer dizer, é muita coisa para ele assimilar, muitas novidades. E o tempo não está ruim.

– Pode ser – replicou Fintan. – Mas é esquisito Bramble sair de perto dele.

Ambos ficaram quietos, até Flora resmungar:

– Detesto ser adulta.

– Não, é ótimo. Ah, e como vai seu grandalhão?

– Me liga quando o pai chegar – falou Flora, desligando.

Uma multidão tinha se reunido. As meninas da loja estavam do lado de fora, preocupadas, e Flora ouvia os murmúrios sobre a idade de Eck e sua condição geral. Mas ele não era tão velho, era? Seu pai estava bem, não estava?

Clark, o policial, se aproximou de cenho franzido.

– Não dá pra alertar as autoridades? – perguntou um mochileiro que passava e parou para ver se podia ajudar.

Todos se viraram para olhá-lo.

– Hum, *ele* é a autoridade – explicou Andy do bar.

O mochileiro ficou confuso.

– Bem, tem uma foto dele?

Todo mundo olhou para Flora, que ficou muito vermelha.

– Hum – respondeu ela, olhando o celular e percebendo, para seu horror, que, enquanto tinha umas setenta fotos de Bramble e Bracken, muitas da vista na Pedra e duas da festa com Joel nos fundos (ela quis muito tirar uma foto dele enquanto dormia, mas não ousou fazer isso porque era muita esquisitice), ela não tinha uma única foto do pai.

– Todos nós sabemos como ele é – disse Andy, ganhando a gratidão eterna dela.

Lorna e Saif desceram a rua principal para se juntarem ao grupo.

– Então, vamos – chamou Clark. – Vamos nos dividir. Quem mora a oeste procura no oeste, quem mora a leste procura no leste. Eu vou bater de porta em porta.

Flora assentiu, o coração disparado, impressionada por a situação ter ficado muito séria tão depressa. Ele só estava ausente por algumas horas.

Charlie se aproximou.

– Quer começar a procurar nas montanhas?

– Não – respondeu Flora. – Ele... ele não faria isso.

– Isso pode explicar por que Bramble não foi com ele.

Bramble lambia de forma ruidosa a vasilha de água que Andy tinha colocado para ele. O cão não estava acostumado com o calor.

– Não, acho que o ciático dele dói demais pra isso...

Olharam o horizonte. Estava tão limpo que conseguiam ver tudo até o topo da colina, que em geral ficava envolta por nuvens ou névoas baixas.

– Vou avisar Jan pelo rádio – avisou Charlie, e então parou do nada ao perceber o que tinha dito.

Flora o encarou.

– Avisa, sim, por favor.

Ela fingiu estar ocupada com o celular quando ele pegou o walkie-talkie. Claro que Jan já tinha começado a montar acampamento para a noite. Flora ficou um pouco preocupada com o fato de que aquele momento foi o único no qual Charlie sentiu que era seguro procurá-la. Ela o ouviu murmurar no rádio, bem breve, e logo ficou óbvio que não havia sinal do pai dela, mas Jan ficaria de olho. Em seguida, Charlie parou e olhou para Flora, rápido. O coração dela pulou.

– E Jan – disse ele. – Quando você descer, podemos conversar?

Flora se afastou para não entreouvir. Aonde seu pai tinha ido? Ele queria que as pessoas o procurassem? Será que estava farto de todo mundo, só isso?

Embora o sol ainda estivesse bem alto no céu, eram quase nove da noite. Se pelo menos Eck tivesse um celular, mas nunca tinham conseguido convencê-lo. Nem lhe passava pela cabeça que poderia precisar de um. Todo mundo com quem ele poderia querer falar morava a metros de distância, ou então ele poderia andar até a vila e encontrar as pessoas. Qualquer coisa além disso simplesmente não servia para ele.

Ah, meu Deus, pai. Onde você está? Para onde você foi? Ela sentiu um aperto no peito. Não podia, não podia perder o pai também. Aquele velho tonto. Mas e se ele tivesse se perdido? Ou tropeçado e caído de um penhasco? Aquelas trilhas podiam ser perigosas, mesmo com o tempo limpo. E o vento estava de volta. *Ah, meu Deus*. Não, ela não aguentaria.

Pensou em Joel, mas, pela primeira vez, de um jeito diferente: como alguém sem família, sem pais. Era essa a situação dele. Não é que fosse arrogante ou se achasse superior, mas sim que era muito sozinho no mundo. Não era de se admirar que ele fosse um advogado tão brilhante, um negociador tão bom. Ele não tinha mesmo nada a perder. Ninguém sabia o que se passava com ele.

Ela não conseguia imaginar. Mesmo quando estivera longe – Flora percebia naquele momento, conforme via as pessoas ocuparem a rua, passando instruções, andando para lá e para cá a fim de falar umas com as outras, a notícia se espalhando rápido, mais e mais gente saindo de casa para procurar seu pai –, onde quer que ela estivesse, a trama invisível de sua terra a envolvera e protegera, mantendo-a em segurança, mostrando-lhe que sempre haveria um jeito de voltar para casa, mesmo que Flora nunca tivesse notado.

Ela piscou, sentindo as lágrimas nos olhos.

– Pai! – gritou ela. – Pai!

Olhou para o celular de novo. Nada. Bramble se aproximou dela, e ela enterrou os dedos no pelo grosso, acalmada pelo calor intenso e pelo ritmo normal do coração dele.

– PAI!

Ela sabia que Charlie estava atrás dela. Por todo lado, uma linha de pessoas se estendia, protegendo, ajudando, cuidando.

Uma lágrima escorreu por sua bochecha.

– PAI!

Quem?, pensou Flora, feroz. Com quem ele iria querer conversar? Com quem iria querer estar?

E então, de uma vez só, como num clarão, ela soube.

Capítulo quarenta e seis

O pátio da igreja ficava atrás da abadia arruinada, ambas dividindo o terreno. A maior parte das pessoas se surpreendia ao explorar as ruínas desgastadas pelo tempo e ver túmulos recentes entre as antigas pedras caídas, mas lá estavam.

O túmulo da mãe de Flora tinha uma lápide simples. O pai não havia visto necessidade de fazer um estardalhaço; ele nunca fizera isso com nada na vida e não ia começar com um túmulo chique para a esposa, sobretudo – como Flora sabia, e isso a deixara muito magoada com ele – por ele achar que a esposa voltara para o lugar de origem.

Dizendo a Charlie que ia verificar algo rápido, ela correu pela rua principal, com Bramble atrás, alegre, encantado por ela enfim ter decifrado o que ele queria dizer. No portãozinho que levava ao cemitério da igreja, ela parou. Lá atrás assomavam as pedras antigas da abadia, lúgubres e atemporais, mesmo sob o brilho reluzente do sol de verão. Os turistas tinham voltado para o bar a fim de comer camarão e falar sobre o sol que nunca se punha. O lugar estava vazio.

Quase vazio. Bramble saltitou na frente, mas Flora não precisava segui-lo para saber aonde ele ia. A lápide da mãe ficava bem no extremo do cemitério, contra o quebra-mar, de frente para o norte. Flora encontrou o pai sentado, cabisbaixo, atrás da lápide, as lágrimas pingando do queixo em silêncio – parecia o fim de um longo acesso de choro –, e Bracken deitado com a cabeça em seu colo.

– Pai – chamou ela em voz baixa.

De início, ele não a ouviu. Estava apoiado na lápide, um homem idoso, chorando.

– Pai – repetiu ela, sentando-se.

– *Och* – resmungou ele, irritado quando a viu, e esfregou a mão no rosto, impaciente. – *Och*, não, vai embora. Não, Flora, não.

– Pai, está tudo bem.

Ele balançou a cabeça.

– *Ach*, não. Por favor.

– Eu entendo. Mas não sabia aonde o senhor tinha ido.

– Ninguém sentiu minha falta.

Com tato, Flora decidiu não mencionar que quase oitenta por cento da vila estavam atualmente vasculhando cada centímetro da ilha e acabaria chegando ao cemitério da igreja.

– Ah, pai. Me desculpa. Ninguém quis te chatear. Fintan...

Ele balançou a cabeça.

– *Och*, não, não estou preocupado com o menino.

Ele virou o rosto para o outro lado, ainda envergonhado por deixar Flora ver suas lágrimas.

– Mas a fazenda... É difícil. É um golpe difícil para um homem. Gerações de MacKenzies trabalharam naquela terra.

– Mas ainda vão trabalhar, pai, essa é a questão! Se o senhor não mudar, aí sim vai acabar. Desse jeito, seu nome vai se preservar, vai seguir... muito além da ilha. E aí o senhor nem vai precisar mais trabalhar! Quer dizer... É a melhor coisa. Consegue ver isso, não?

O homem encarou o mar.

– E pensa no dinheiro. Não seria legal ter um pouco de dinheiro?

– O que vou fazer com dinheiro?

– O senhor pode viajar! Pode ir a lugares. Comprar...

Flora percebeu que seu pai estava coberto de razão. Ele nunca quisera nada. Trocava de Land Rover a cada vinte anos, usava as mesmas roupas e, quando ficavam gastas demais, ele as remendava. A ideia de ir a um restaurante chique ou se hospedar num hotel, sentando-se à beira de uma piscina... Uma vez, sua mãe tinha insistido em levá-lo para a Espanha em um pacote turístico quando as crianças já estavam crescidas, e ele detestara cada segundo.

"Ah, não é que ele tenha detestado", dissera a mãe depois. "É que ele simplesmente não entendia o que estava fazendo ali. Não fazia sentido nenhum para ele."

– Ainda vai ser nossa fazenda – explicou Flora. – As pessoas vão chamar de Fazenda MacKenzie por muito, muito tempo depois de termos partido.

O pai tocou o túmulo da mãe.

– *Och*, e isso importa? – perguntou ele.

– Claro que importa! – exclamou Flora, horrorizada.

Ele assentiu e deu um grande suspiro. Então, se virou para ela.

– Ela te amava muito, sabe?

– Eu sei – respondeu Flora. – Também tenho saudade dela. Todo dia.

– Ela sentiu sua falta. Muita.

– Ela me disse para ir.

– Claro que disse. Achou que fosse a coisa certa a fazer. Achava que tinha uma baita vida lá fora esperando você.

Flora piscou para afastar as lágrimas.

– Ela não aguentaria fazer você ficar. Não se preocupava tanto com os meninos, e acho que Fintan sentiu isso.

Flora fez que sim, o nó na garganta tornando impossível falar qualquer coisa.

– Mas ela sempre torceu...

– Por favor, pai – Flora conseguiu dizer, com dificuldade, encarando o chão. – Por favor, não diz que ela sempre torceu para eu voltar. Eu não aguento.

Ele ergueu o olhar, chocado.

– Ah, não, querida. Ah, não. Nada disso. Ela sempre torceu para você construir uma vida que amasse, não importava onde estivesse. – Ele baixou a cabeça. – Depois do enterro...

– Eu não quis dizer aquilo, pai. Estava muito chateada. Estava fora de mim. Me desculpa. Queria não ter dito...

– Não. Não. Pensei naquilo. Nesses últimos anos, pensei muito. E acho que talvez você esteja certa. Eu deveria ter deixado ela abrir as asas. Não que eu achasse que ela tinha mesmo asas, antes que você me acuse de mais alguma coisa.

Era uma fala bem longa para seu pai, e Flora escutou com atenção.

– É por isso que nunca fui atrás de você. Nunca te incomodei. Não queria... Detestava pensar que ela pudesse se sentir presa aqui. Presa a nós, presa à fazenda.

Flora balançou a cabeça. Um pensamento surgiu em sua mente, e ela remexeu na bolsa.

– Passei anos pensando assim, pai. Passei mesmo. Mas, agora que voltei, percebi que estava errada.

– Como assim?

Ela retirou o livro de receitas, esfarrapado, velho, gasto e respingado de comida.

– Olha – pediu ela.

– As receitas da sua mãe. – Eck, confuso, colocou os óculos. – *Aye*, isso mesmo.

– Não – disse Flora. – Olha dentro.

Ela apontou para um bolo de chocolate intitulado "O Melhor Bolo de Aniversário do Mundo Para Meus Meninões Queridos". Outra receita, de sopa, tinha um asterisco com a observação "Para Quando Hamish Tiver Acabado com as Outras Crianças de Novo e Estiver se Sentindo Culpado". Havia uma receita de doce de leite em tabletes com um desenho tosco dos rostos felizes de toda a família e a frase "RESOLVE BRIGAS NO MONO-POLY!!!!" escrita ao lado. Todas as frasezinhas que ela usava e os ingredientes de que gostava – lia-se "Mais Pimenta Branca do que Eck Aguenta" numa página – transbordavam dos anos e das páginas. A seção de Natal era particularmente delirante, com desenhos empolgados do Papai Noel, incluindo alguns que tinham sido obviamente feitos pelas crianças, ao lado do bolo de frutas que ela fazia na época.

Eck segurava o livro como se fosse um objeto sagrado.

– Isso não é... – declarou Flora, que nunca tivera tanta certeza de algo, indicando o Sopão de Acampamento, a Torta de Felicidade e as *Possets* de Boa-noite, ilustrados por uma manjedoura sob a luz do luar – Isso não é o trabalho de uma mulher que estava infeliz com suas escolhas.

Eck mal conseguia falar. Ele olhou para ela.

– Por que está carregando isso por aí com você? Pode perder, ser roubado ou algo assim.

– Porque estou copiando – explicou Flora. – Para a Delicinhas de Verão. Para o futuro. Para Agot. Vai ter muitas cópias, prometo.

– Que bom – respondeu Eck. – Porque quero essa.

E ele guardou o objeto dentro do casaco com ternura.

Ficaram sentados lá por um tempo, Flora nos braços do pai, balançando-se com leveza em sincronia com as ondas atrás do muro do cemitério.

E, quando ela terminou de derramar todas as lágrimas, ele disse:
– Me ajuda aqui, querida.

Ela estendeu a mão, claro, e, quando se levantavam, de braços dados, avistaram as primeiras pessoas entrando no cemitério à procura dele, gritando "Eck! Eck!" e depois berrando de felicidade e alívio umas para as outras. Ele ficou muito surpreso, apoiando a mão nas costas grandes de Bracken para firmar-se.

– *Och*, não! – exclamou ele. – Diz que você não mandou um grupo de busca.

– Eles é que vieram – respondeu Flora. – Estavam preocupados com você.

Ele balançou a cabeça pela última vez e então olhou para ela.

– Ah, vou ficar com saudade quando você for embora, Flora MacKenzie.

– Vou ficar aqui até o Lughnasa – murmurou Flora.

Mas seu coração não concordava.

Capítulo quarenta e sete

– Então, estamos prontos para a reunião – dizia Colton.
Estava acomodado numa das cadeiras decrépitas que eles tiravam da casa da fazenda em noites limpas e brandas. Considerando o luxo extraordinário em que ele vivia, Flora não conseguia entender por que Colton estava sempre ali. Bem, na verdade, conseguia: ele estava apaixonado pelo irmão dela. Se ela morasse em algum lugar tão legal quanto a Pedra, porém, nunca sairia de lá. Fintan estava sentado no braço da cadeira de Colton, apoiando-se nele de vez em quando, a imagem da felicidade pura. Todo mundo segurava uma cerveja, e Flora, que tivera um longo dia de trabalho resolvendo questões tanto da leiteria quanto da loja, estava bem feliz em deixar que a tarde, que se estenderia até o amanhecer, seguisse o próprio caminho.

Agot estava sentada brincando com os mocassins Gucci demasiado caros de Colton. Flora não entendia como alguém conseguia usar mocassins numa fazenda e não os sujar. Talvez ele calçasse um par novinho em folha todo dia. Agot tinha plantado vários gravetos em um dos sapatos e tentava fazê-lo descer pela calha como um barco. Flora ia avisar a Colton, mas a noite estava tão bonita que todos mereciam relaxar. De qualquer modo, interromper Colton em seu fluxo de ideias era mais difícil do que deter Agot.

– Pode mandar uma torta para todos os membros do conselho antes da reunião? As amoras estão nascendo e estão sensacionais – afirmou ele. – E um pouco do creme.

– Você quer dizer suborno completo e descarado.

– De jeito nenhum. É um presente para os dignitários importantes e anciãos respeitados dessa ilha, que com certeza odeiam parques eólicos e amam você e a mim.

– Tem certeza de que isso não vai colocá-los contra você ainda mais? – perguntou Flora. – Principalmente o Reverendo Anderssen. Ele vai querer ressaltar que não é corrupto.

– Um homem que pensa tanto em encher a própria barriga, recebendo uma torta enorme... Tá, tá bom, que seja.

– Todo mundo vai entender de cara – explicou Flora.

– Fala sério! – exclamou Colton. – Estou dando emprego pra metade da cidade e pedindo umas centenas de metros extras, o que com certeza vai ser pago rapidinho com todos os dólares de impostos que vou começar a bancar porque estou gerando empregos. Sabia que seu país tem licença--maternidade?

– Eu sei, somos birutas – respondeu Flora.

– Não que *você* precise – ressaltou Colton.

– Cala a boca! – mandou Flora.

– Não, sério. O que aconteceu com aquele cara legal que ficava te visitando?

Flora suspirou. Tinha sido constrangedor, no mínimo. Bem quando ela pensara que enfim deixara de ser o foco das fofocas em Mure.

No dia seguinte ao sumiço do pai de Flora, Charlie apareceu na Delicinhas de Verão pela última vez.

O corpo dele preencheu a porta, e ela olhou para o rosto gentil e os olhos azuis, nervosos e preocupados ao mesmo tempo.

Charlie não era uma chama que ardia, que iria queimá-la e se apagar com a mesma rapidez com que tinha se acendido. Ele queimava de forma lenta, uma brasa. Algo que ela conseguiria manter perto de si, que aqueceria sem queimar por um longo tempo. Ela se aproximou dele.

– Teàrlach?

Então, ela entendeu sua expressão. Atrás dele apareceram os pequeninos – crianças diferentes, ela imaginou, embora os rostos pálidos e apreensivos fossem iguais. Elas tocaram as janelas da casa rosa com mãos pegajosas e admiração.

– Desculpa – lamentou ele.

– O quê? – indagou Flora, chocada. – Você ia conversar com a Jan.

– E conversei. – Ele deu um sorriso fraco. – Ela ia fazer o pai retirar... Quer dizer, teríamos que desistir do negócio. De tudo que construímos com tanto esforço.

Flora assentiu, consciente de que Isla e Iona fingiam não ouvir da cozinha.

– Seria desistir de muita coisa – concordou ela, brandamente. – Entendo. Claro.

– Não entende, não – discordou Charlie, triste, erguendo a enorme mão e tocando de leve o cabelo dela.

– Entendo, sim – afirmou Flora, achando difícil engolir em seco.

Claro. Ela não valia a pena, já sabia disso. Quantas vezes precisaria aprender essa lição? Flora não era o suficiente. Nunca bastava.

Charlie balançou a cabeça com veemência.

– Não, não entende. Eu teria feito num piscar de olhos. Começaria tudo de novo. – A voz dele soava embargada.

– Então, por que não...?

– Porque nada disso importa se você não sente por mim o mesmo que sinto por você. E você não sente.

Flora ruborizou, surpresa.

– O quê? Mas... Mas nós poderíamos...

Charlie riu, triste.

– Não, Flora. Eu tentei... Eu torci. Achei que você poderia gostar de mim mais do que dele, mas sempre tem outra pessoa no fundo do seu olhar. Você é um livro aberto.

– Que besteira! – exclamou Flora, irritada.

– E Jan me contou.

– Ah, bom. Tá bom. Estou feliz que ela saiba – disse Flora, amarga.

– E vi ele na sua casa.

– Mas ele foi embora! Não...

Ela ia dizer que não tinha sido nada, mas não conseguiu. Não diria isso. Podia não ter sido nada para Joel, mas, para ela, fora tudo.

– Ah, Flora – lamentou Charlie, encarando-a. – Melhor ter alguém do que ninguém.

301

Flora o encarou sem dizer nada.

– Boa sorte com tudo – desejou ele.

Em seguida, reuniu seu pequeno bando e se preparou para guiá-lo.

– Espera! – gritou Flora. – Espera.

Ela pegou a bandeja inteira de doces que tinham preparado naquela manhã e os colocou numa sacola grande.

– Tomem – disse para as crianças. – Por favor. Tenham uma ótima estadia em Mure.

As crianças, desconfiadas por um momento, se reuniram em volta da sacola, tagarelando, empolgadas, e Charlie ficou parado ali, observando enquanto ela voltava para a loja.

Iona e Isla estavam nos fundos remexendo nos aventais, embora Flora estivesse absorta demais em si mesma para prestar muita atenção nelas, até que Isla se aproximou.

– Hã, Flora?

– Hum? – respondeu Flora, ainda tentando assimilar o que acabara de acontecer.

Qualquer faísca que pudesse ter surgido entra ela e Charlie tinha se apagado, e ela não conseguia evitar a decepção por ele não ser o homem que esperava que fosse, que não fosse corajoso o bastante, no fim, para tentar. Para arriscar. Droga, droga, droga.

– Iona e eu estávamos conversando, e, bem...

– Quer dizer, meu curso é só sobre saúde e beleza – acrescentou Iona. – Não estou aprendendo nada que não dê para aprender aqui. Quer dizer, como cuidar de um negócio, resolver as coisas, cozinhar... bem.

– Estávamos pensando – disse Isla, a mais ousada das duas. – Se você quisesse ficar aqui, bom, nós ficaríamos. Se quisesse cuidar da loja não só no verão.

– E o Ruaridh MacLeod também vai ficar – declarou Iona, atrevida.

– Cala a boca! Isso não tem nada a ver com o assunto – exclamou Isla, irritada.

– Tem um pouco a ver.

– Ele está trabalhando para o Colton Rogers, cuidando dos jardins – anunciou Isla, orgulhosa. – Assim ele continua em ótima forma.

– Bom... Isso é legal – disse Flora, confusa. – Mas... Quer dizer... Tenho que voltar para Londres, mas posso falar com Fintan por vocês. Talvez vocês possam cuidar da loja sozinhas.

As garotas entraram em pânico, e Flora lembrou que elas tinham acabado de sair da adolescência.

– Bom, com alguma ajuda – acrescentou ela.

– *Aye* – afirmou Iona. – A sua.

– Eu vou vir mais vezes agora... – respondeu Flora, fraca.

– A cidade vai ficar triste se a casa rosa ficar vazia de novo – avisou Isla.

– Sim, vai ficar, mas...

As meninas a olharam com expectativa.

– Não dá – declarou Flora. – Estou dormindo numa cama de solteiro na casa do meu pai. Vamos lá. Mãos à obra, por favor.

E agora a reunião estava próxima.

– O BAICO É BOM, TIO COLT?

– Tio Colt? – murmurou Flora para Innes, que deu de ombros, sem mais.

Colton olhou para o sapato, naquele momento cheio de lama, que estava sendo levado pelo riacho sujo.

– Ah, que bom – disse ele. – Se, em algum momento, todos os indivíduos de Mure quiserem parar de arrancar meu dinheiro até o último centavo, vou ficar extremamente grato.

– Bom, ainda vale a pena tentar – disse Flora. – Dê uma chance para as cozinhas mostrarem o que podem fazer.

Colton a encarou.

– Você é muito boa nisso, sabia? Quem diria.

– Sou, nada – negou Flora, corando. – Não sou metade da cozinheira que minha mãe era.

– Não é só isso – respondeu Colton. – Você é organizada, tem capacidade de gestão e consegue terminar as coisas. Você é meticulosa como uma boa advogada. Posso confiar em você. Ela te criou bem.

Todo mundo ficou quieto por um momento, e Flora achou que fosse chorar. Mas, felizmente, Agot, correndo atrás do sapato, caiu de pernas para o ar entre as galinhas, provocando uma quantidade considerável de gritos tanto dela quanto dos animais, e Flora conseguiu se distrair.

– Quem mais vai vir para a cidade hoje à noite? – perguntou Colton.

Flora sorriu e suspirou.

– Todo mundo – replicou ela. E então se corrigiu: – Quase todo mundo.

Capítulo quarenta e oito

Flora ficara contente em ter notícias de Kai durante a semana. Pela voz, ele parecera nervoso.

– O que foi?

– Bem, tenho notícias boas e uma ruim.

– Hum – disse Flora. – Tá bom. Boa. Não, ruim. Não. Boa. Não. Ruim.

– Para – ordenou Kai. – Tá bom, um pouco das notícias boas. Primeiro: estou indo te visitar.

– Você está vindo para cá?!

– Para um tipo de reunião besta que vai acontecer.

– O conselho da cidade. Claro. Ah, meu Deus, por que você…?

– Essa é a outra notícia boa – anunciou Kai.

Flora sentiu um peso no fundo do estômago. Não queria ouvir o que vinha a seguir.

– Fui promovido, Flor. Vou trabalhar nessa conta.

– Claro que foi.

– Porque Joel…

– Aceitou a oferta de emprego de Colton – completou Flora, com pesar.

Kai não respondeu.

– Los Angeles? Nova York?

Como se importasse.

– Nova York, acho – respondeu Kai. – Ele passou a conta para mim. Desculpa. Mas assim fica mais fácil esquecê-lo, né?

Flora não tinha conseguido contar para ninguém o que havia acontecido. Nem mesmo para Lorna. Era melhor que todos continuassem a ajudá-la a achar que ele era um idiota e que ela estava melhor sem ele. Estava mesmo, sem dúvida.

– Claro – afirmou ela. – E é muito bom saber que você vem! – Era verdade, tinha sentido falta de Kai durante sua estadia ali. – Vai ter Lughnasa.

– Isso engorda?

– Não engorda, não! É um festival grande bem anterior ao cristianismo, com muito fogo e dança. Confia em mim, você vai gostar.

– Vai estar cheio de vikings bêbados fazendo farra?

– Hum, mais ou menos isso.

– Parece *maravilhoso*! Vou levar alguma roupa bem sensual.

Estavam todos prontos para a reunião, então a festa começaria. A Delicinhas de Verão seria fechada, mas o Recanto do Porto ficaria aberto e faria um grande sucesso. Havia uma parada à luz do fogo pela vila, seguida de música na Praia Infinita, enquanto incendiavam um caramanchão de espinheiro-branco – destinado a representar o homem verde do verão e como o tempo dele estava acabando – e o mandavam para o mar.

O clima estava ameno e limpo para a época do ano, com o aroma do outono por toda parte. Flora foi buscar Kai no aeroporto usando uma saia de tweed e uma blusa de tricô da Ilha Fair com fios verdes que realçavam ainda mais os olhos dela.

Kai pisou na pequena pista açoitada pelo vento e acenou, frenético. Flora estava encantada em vê-lo.

– Ah, meu *Deus*, olha este lugar! – exclamou ele. Com seu terno caro, parecia uma criatura exótica. Caminhou e olhou para os penhascos imponentes, para a cidade acolhedora, para o porto barulhento. – Caramba, olha isso.

Flora sorriu.

– Hum...

Kai balançou a cabeça.

– Sério – continuou ele. – É *desse* lugar que você reclama desde que te conheci?

Flora o conduziu para a Land Rover, onde Bramble o cumprimentou com lambidas gigantescas, batendo a cauda no assento.

– Que droga, Flora! – exclamou Kai. – Garanto que cresci num lugar bem mais problemático que este e nem isso eu consigo pagar agora.

Sem dúvida, era o momento perfeito para mostrar o melhor de Mure. Enquanto o sol começava a baixar, a maré do equinócio fazia as águas recuarem, deixando que as lindas praias ficassem cheias de pássaros. Kai ofegou e exclamou ao ver uma cegonha levantar voo, suas imensas asas rosadas ao sol reluzente. Em seguida, ficou superempolgado com a visão de uma foca tomando sol numa pedra.

– Quero levar essa para casa – disse ele. – Nunca te pedi nada.

– Ela vai te dar uma mordida bem feia – avisou Flora. – E também não é saborosa.

– *Flora!*

A seguir, ele tagarelou frenético sobre a Delicinhas de Verão e o quanto era fofa. Embora quase nunca comesse carboidratos, Kai engoliu uma fatia inteira de torta de geleia com amêndoas e fechou os olhos.

– Vou me mudar para cá. Acho que você é maluca – afirmou ele.

Mais exclamações se seguiram quando Flora o levou até a Pedra – enfim, pronta para receber hóspedes – para desfazer a mala e conduzi-lo, com um traço tênue de tristeza, até um quarto que era tão lindo quanto ela desconfiava que seria, com sofás aconchegantes, móveis de madeira e aquela vista extraordinária. Innes estava no estacionamento, descarregando uma carga de produtos da fazenda, e Flora o levou para dentro. Kai logo se animou.

– Não vai rolar – avisou Flora. – Acho que só um garoto MacKenzie joga nesse time.

– É, como se você soubesse de alguma coisa – respondeu Kai, impertinente.

– Esse é Innes, diretor das Fazendas MacKenzie Ltda. – anunciou Flora, apresentando-os. – Esse é Kai, que vai ser meu novo chefe.

Kai dispensou o comentário com um aceno. Innes sorriu, tímido. Tinham assinado os documentos de transferência havia apenas algumas semanas, e tudo ainda parecia novidade.

– Você vem para o Lughnasa mais tarde? – perguntou Innes.

– Acho que sim.

– Beleza – replicou Innes, e Flora sorriu.

– Agot vai gostar de você – informou ela para Kai.

– Quem? – questionou Kai.

Eles se reuniram no salão da vila às seis e meia da tarde. Qualquer um podia participar das reuniões de conselho, mas poucas pessoas faziam isso. Naquela noite, entretanto, o salão estava quase cheio, já que o povo foi ver o que aconteceria com Colton. Ele retiraria tudo que tinha levado para Mure se não obtivesse o resultado desejado? Ou daria tudo certo?

Nervosa, Flora estava sentada, com todos os documentos, entre Kai e Colton, com Fintan do outro lado de Colton. O conselho chegou. O pai de Flora, Maggie Buchanan, de rosto inexpressivo, e o Sr. Mathieson, pai de Jan, que observou a plateia e, quando avistou Flora, franziu o cenho. Ela suspirou. Não era um bom sinal. Depois, chegou o reverendo, que parecia ainda ter resquícios de torta ao redor da boca. Esse sinal era melhor. O velho amigo de Eck, Gregor Connolly, Elspeth Grange e, claro, a Sra. Kennedy.

Flora tocou de leve o ombro de Colton. Havia muitas questões entediantes para resolver antes que chegasse a vez deles.

Joel estava sentado em seu apartamento imaculado. Não conseguia sossegar. Sabia que a reunião era naquela noite. Que ridículo. Em sua carreira, tinha conquistado grandes vitórias, representando pequenas empresas que triunfaram sobre grandes. Aquele caso tinha sido absurdo: tratava do conceito de um lugar em vez de uma questão de planejamento.

Ainda estava muito quente e úmido em Londres. Ele não queria caminhar. Havia gente demais por toda parte, gritando ao telefone, fazendo barulho, ouvindo música, encarando telas, esbarrando nos outros, exibindo-se. Em todo lugar. Ele não queria sair e ficar sentado em algum bar ridículo e ter a mesma conversa com o mesmo tipo de mulher, que verificava, sorrateiramente, a própria beleza no espelho do bar, pegando o celular para tirar mais uma selfie.

Joel verificou o relógio. Kai ia ligar para ele informando o resultado. Pensou no quanto Flora tinha se esforçado e em tudo que realizara. Ela ficaria bem. No momento, devia estar com aquele grandalhão lá.

Ele passou a mão no cabelo. Por que estava tão quente? O

ar-condicionado estava ligado, mas ele ainda se sentia tenso, como se não conseguisse respirar. Ficou zanzando de um lado para o outro como um leopardo num zoológico.

– Por fim – anunciou Maggie Buchanan, que era a presidente do conselho –, chegamos à proposta de projeto do parque eólico marítimo no norte de Mure.

Colton se levantou de repente.

– Eu me oponho a isso! – exclamou ele.

Maggie o encarou através dos óculos.

– Tudo tem sua hora, Sr. Rogers.

Ela observou os documentos à sua frente.

– Isso parece em ordem.

Flora se ergueu.

– Eu tenho aqui uma petição assinada por... muitas pessoas da vila... – começou ela, a voz nítida no cômodo – ressaltando sua oposição ao projeto.

– Muito bem – disse Maggie, fria. – Entretanto, essas pessoas não precisam olhar as turbinas.

– Não, mas meus hóspedes, sim – rebateu Colton. Todos o encaravam. – Vamos lá, minha senhora. A senhora já deve ter visto que esse lugar é lindo. É especial, não acha?

– Não acho que visões sentimentais da nossa ilha sejam muito úteis, não. Somos um lugar de verdade que precisa funcionar bem. E trazer empregos ecológicos e eletricidade mais barata é parte disso.

– Mas não há evidências de que será mais barata – indicou Flora. – E vai perturbar a vida selvagem...

– Sim, só das andorinhas-do-mar – replicou Maggie. – Não vejo uma escassez atual.

Colton se levantou de novo.

– Senhora, eu amo esse lugar. Investi nele.

– Até que enfim – acrescentou Fraser Mathieson.

– E quero chamar Mure de lar. Tenho orgulho de chamar assim. Quero continuar investindo. O povo de Mure tem sido bom comigo e quero retribuir. Quero manter a beleza do lugar. Só isso. Então, com humildade, sugiro deslocar o parque eólico para longe.

– Vai custar mais fazer isso – murmurou Eck, sem olhar para Flora.

– Mas a vista... – acrescentou o reverendo.

– Mas a vista não é de todo mundo, é? – indagou o Sr. Mathieson.

– A ilha é de todo mundo – declarou Colton. – E quero fazer com que continue assim. O quanto eu puder. Já viajei pelo mundo todo e acho que esse é o lugar mais bonito da face da Terra. Tenho muito, muito orgulho daqui e quero que todo mundo tenha orgulho também. Quero que todo mundo que venha aqui se sinta do mesmo jeito que eu assim que puser os pés na ilha.

– Isso, isso – concordou Kai.

Flora encarava Colton, maravilhada. Aqueles eram os verdadeiros sentimentos dele. E, por todo o salão, as pessoas assentiam; pessoas que ela sempre achara que, por algum motivo, queriam partir, sonhando com a liberdade. Ela percebeu que não era assim. Aquele lugar *era* liberdade. Lar e liberdade, tudo de uma vez.

Colton ainda estava de pé, dominado pela emoção.

– Amo esse lugar. Aqui é minha casa. E é só que tenho a dizer.

Houve uma grande salva de palmas quando ele se sentou. Fintan apertou a coxa dele; Flora, o ombro.

– Bom trabalho – elogiou ela, meio chocada.

Capítulo quarenta e nove

– Hum, oi, o Dr. Philippoussis está aí?

– Joel, querido. É a Marsha. Ele está com um cliente. Você está bem?

– Hum, estou. Desculpa, posso ligar depois...

Marsha sempre tivera um fraco pelo menino sério e perturbado; teria insistido na adoção se os próprios filhos não fossem tão pequenos e não precisassem tanto de atenção.

– Joel, não sou profissional de saúde...

– Não – negou Joel, afrouxando o colarinho da camisa. Por que estava com tanto calor?

– Mas passamos anos sem notícias suas, e agora você liga quase todo dia.

– Posso parar – respondeu Joel, em pânico.

– Não. Joel, você não está me escutando. Isso é o contrário do que queremos. Na verdade, quando você voltar pra Nova York, torcemos muito pra que você passe um tempo com a gente.

Joel engoliu em seco.

– Seria ótimo – afirmou Joel.

Achou que estava progredindo. Seis meses atrás, a possibilidade de admitir que precisava de alguém era a mesma de andar no espaço.

– Que bom – concordou Marsha. – Mas não é esse o problema, é?

– Você é uma terapeuta mais mandona do que o doutor – disse Joel.

– Não sou terapeuta, mas sou mãe.

Joel parou.

– Você foi gentil ao se afastar da garota? – indagou Marsha com a voz suave.

– Acho que ela não se importou – respondeu Joel.

– Você acha? Talvez ela tenha se importado muito.

– Não. – Joel pensou nas louras agressivas que ligavam para Margo e a atormentavam. – Não, ela não fez o menor escândalo.

– Quem sabe? Talvez seja porque ela é diferente.

Houve um longo silêncio.

– Vou dizer o pior que pode acontecer, Joel – anunciou Marsha. – Sei o pior que pode acontecer. Você passou a vida inteira vendo as mulheres te abandonarem. Isso é tudo que tenho a dizer: se está esperando que o doutor te dê permissão... Pode esquecer. Ele não pode fazer isso. É terapeuta, não pode dizer a você o que fazer. – Ela sorriu. – Mas eu posso.

Capítulo cinquenta

– Muito bem – disse Maggie, severa. – É hora de votar. Todos a favor de continuar com o projeto do parque eólico do jeito que está levantem a mão.

O Sr. Mathieson ergueu a mão. De forma vaga, Flora se perguntou se ele tinha investimentos em parque eólicos marítimos. Ela não duvidava disso. Em seguida, Elspeth Grange e o reverendo.

– Reverendo! – exclamou ela, sem querer.

Pelo menos, ele teve a decência de parecer um pouco envergonhado.

Houve uma pausa longa. Se mais alguém levantasse a mão, seriam derrotados. Flora olhou para o pai, que estava completamente vermelho. Eck tinha a chance de votar contra o homem que havia chegado, comprado sua fazenda e roubado seu filho. Ele não conseguia olhar para Colton. Flora percebeu que isso seria uma agonia para ele.

Mas Eck manteve a mão baixada. O coração de Flora quase arrebentou de amor por ele.

– E quem rejeita?

Eck ergueu a mão devagar, assim como a Sra. Kennedy, e Flora apertou os punhos, entusiasmada. Gregor também, em solidariedade a Eck, claro. Ela e Colton se entreolharam; agora, estava tudo nas mãos de Maggie. Será que tinham feito o suficiente? Aproximaram-se um do outro.

– Nossa, isso é melhor do que acompanhar fusões e aquisições – sussurrou Kai.

Maggie passou um bom tempo em silêncio; então, se inclinou para a frente.

– Sr. Rogers, fiquei impressionada com seu... comprometimento, que foi tardio, porém, mesmo assim, nítido com a nossa comunidade, e torço muito para que continue assim...

Em seguida, ela olhou diretamente para Flora, que se contorceu.

– Seu amor óbvio por essa ilha e pelo que temos aqui é admirável. Assim como os esforços que empenhou para demonstrar isso.

Colton se ergueu, o rosto cheio de gratidão.

– Muito obrigada, senhora...

Ela o deteve erguendo a mão.

– Por isso, tenho certeza de que o senhor vai concordar que trazer mais investimentos práticos e acessíveis, que beneficiarão cada residente da ilha, temporário e permanente, só pode ser um bem público. Entretanto, levando em conta sua defesa apaixonada, estou inclinada a não colocar o parque eólico na frente da Pedra.

Ela parou. Colton e os MacKenzies, à beira de um abraço grupal, olharam para ela, radiantes.

– Para preservar a vista extraordinária dos hóspedes de lá, proponho levar o parque três quilômetros para o oeste, o que não impacta o custo e também é um lugar igualmente apropriado para a obra prosseguir.

Houve uma pausa longa. Colton se endireitou.

– Quer dizer bem na frente da mansão? Da minha casa?

– A escolha é sua, Sr. Rogers. A Pedra ou a mansão. É a segunda locação mais adequada. Levar a obra para a ilha vizinha geraria um alto custo em impostos.

Colton respirou bem fundo, olhou para todos a sua volta e pôs a mão na cabeça.

– Sério?

Flora se inclinou.

– É com você. Sério. Você pode dizer não.

Kai assentiu.

– Ah, bom, que ótimo – respondeu Colton. Olhou para Fintan. – O que você acha?

– Não ligo – replicou Fintan.

Colton ficou muito confuso.

– O quê? Se você morasse lá, não ligaria mesmo para o parque?

– Se eu morasse lá – disse Fintan, corando –, acho que nada me incomodaria.

Houve uma pausa. Colton, então, se virou para a mesa do conselho, dizendo:

– Tudo bem. Para mim, está ótimo.

Maggie Buchanan fez uma pequena e simples anotação nos documentos.

– Mais algum assunto? – questionou ela.

Capítulo cinquenta e um

Saíram do salão em silêncio.

– Bom, que beleza – disse Kai. – Parece que acabei de perder meu primeiro caso.

– É uma jurisdição estrangeira – respondeu Flora. – Nem conta.

Colton tinha desaparecido ao telefone; Fintan, por outro lado, estava radiante.

– Quem disse que perdemos? – indagou ele, sorrindo de alegria.

Quando saíram, viram-se no meio de uma multidão de pessoas carregando tochas acesas.

– É o Lughnasa – declarou Flora.

Lorna se aproximou correndo.

– Como foi? No que deu?

– Bem... Nós meio que perdemos – respondeu Flora, triste.

– Não acredito!

– Você é a Lorna? – perguntou Kai.

– Sou! Olá!

Lorna abraçou Kai de maneira tão instintiva que Flora, apesar de tudo, se animou.

– Acho que podia ser pior – comentou. – A Pedra vai continuar linda.

– Para! – exclamou Lorna. – Que se dane! Temos hidromel! – Ela entregou uma garrafa grande. – Vem, gente! É o Lughnasa!

Não conseguiram deixar de obedecer. A multidão avançava muito rápido, e eles se deixaram levar pelo fluxo, seguindo a rua em direção ao pôr do sol e à escuridão iminente que Flora sabia estar perto de se estabelecer em

Mure e que permaneceria todo o inverno. Agora, os rostos sorridentes de amigos e vizinhos se iluminavam não sob a luz do sol, e sim sob as chamas crepitantes das tochas.

Isla e Iona passaram, os cabelos entremeados de folhas, simbolizando as folhas caídas no fim do verão e a colheita garantida. Elas estavam na frente da procissão, carregando o homem verde até o porto para incendiá-lo.

– Esse lugar é INSANO! – berrou Kai, bebendo mais hidromel.

Innes, sem Agot, se materializou ao lado deles de algum modo, e desfilaram ao som dos tambores e dos lamentos altos da gaita de foles.

Ruaridh MacLeod era o rei daquele ano, como o rosto corado e feliz de Isla atestava, e estava bem na beira do porto enquanto o homem verde era incendiado e colocado no barco cerimonial.

– Aqui o invocamos! – entoou ele, conforme as primeiras chamas começavam a se apossar da grande figura.

– *Domnall mac Taidc far vel!*

– *Far vel!* – gritou a multidão, erguendo as canecas e os copos.

– *Donnchadh de Argyll far vel!*

– *Far vel!*

As chamas começaram a subir pela estrutura. Era a primeira noite escura de verdade do ano, e o frio descia das colinas.

– *Dubgall mac Somairle far vel!*

– *Far vel!*

– *Dubhgall mac Ruaidhri far vel!*

– *Far vel!*

Os nomes continuaram. A figura já estava toda acesa e os homens mais próximos empurravam o barco. Flora olhou ao redor. Lorna estava próxima de Saif, embora eles não estivessem se tocando. Ela observou a estrada que levava ao porto: havia um carro esportivo reluzente, novinho em folha, estacionado lá com a capota aberta. Existiam muitos poucos carros como aquele em Mure. Ela estreitou os olhos. Quem era aquele?

Para sua absoluta surpresa, a enorme figura de Hamish saiu dele, junto, imagine só, de Inge-Britt. Flora não conseguiu se conter e cutucou Innes.

– Olha!

– Ah, é – disse Innes, sorrindo. – Acho que ele não viu muito sentido em poupar a parte que ganhou com a venda da fazenda.

– Ele quis um *carro esportivo vermelho*?
– Sempre quis, parece.
Flora riu.
– Ah, pelo amor de Deus. Nunca vou entender *ninguém*.
– *Fingal mac Gofraid far vel!* – berrou Ruaridh.
– FAR VEL!

A multidão ficava mais agitada, os gritos e as músicas cada vez mais altos. Andy manteria o bar aberto até bem tarde.

– Sinto muito pelo seu caso! – gritou Flora para Kai. – Desculpa por não ter feito um trabalho melhor ao convencer as pessoas.

Kai olhou para Colton e Fintan, entrelaçados aos amassos na área externa do bar.

– Sabe de uma coisa? Acho que eles não ligaram muito – disse ele, sorrindo. – Enfim, não entendo o problema.

– Como assim? – perguntou Flora.

– Do parque eólico. Acho aquelas turbinas lindas. Parece até que elas brotam do mar. Acho uma beleza e aposto que eles vão adorar olhar pra elas em dias de ventania.

Lorna e Flora se entreolharam, deram de ombros e brindaram juntos.

– *Harald Olafsson far vel!*
– FAR VEL!

Flora refletiu que existiam muitos Haralds. Depois, tratou de aproveitar as chamas, a noite e o hidromel, até que, do nada, Ruaridh parou a gritaria, os tambores silenciaram e todos ficaram olhando – o que sempre torciam para que ocorresse no Lughnasa, porém raramente acontecia – quando a aurora boreal começou. Suave de início, e então, logo depois, ondulando pelo céu em faixas dançantes de amarelo e verde. Dedos apontavam, câmeras foram erguidas e o barco viking partiu, sem ser notado, para a escuridão da noite, enquanto as pessoas boquiabertas assistiam ao melhor de todos os espetáculos dançando por toda a imensidão do céu noturno.

Em algum momento, Flora se afastou da multidão. Não é que ela não estivesse se divertindo, só precisava pensar. Decidiu caminhar até a praia, com a certeza de que ninguém estaria lá. No promontório, assistiu ao incrível acontecimento no céu, voltando o olhar para o grupo de pessoas felizes iluminado pelas tochas no porto. Ela ia mesmo deixar aquele lugar? Para quê?

Para passar o dia todo separando documentos? Arquivando casos perdidos? Sentar-se num trem abafado e lotado todo dia, repetidamente? Esquentar o jantar pronto em uma bandeja de poliestireno, esperando pela campainha do micro-ondas sujo?

Ela pensou no que Colton tinha dito, nos rostos felizes de Iona e Isla e na empolgação delas com todas as possibilidades que Mure oferecia.

Flora suspirou e encarou o mar. Sob as luzes ondulantes, ela avistou, de repente – ninguém no porto parecia ter visto, pois todos ainda olhavam para cima – um grupo de baleias, orcas a julgar pelas barbatanas, lançando-se e girando sob a luz do luar e a aurora boreal. Como se *elas* soubessem onde era o lugar dela. O lugar onde poderia ser quem era, onde poderia ser valorizada, não apenas como uma peça numa máquina grande e impessoal.

Onde tudo poderia dar certo. Não seria perfeito, mas seria muito bom.

Ela encarou as luzes por mais um tempo. Ah, eram tão lindas. Quando Flora era pequena, sua mãe lhe dizia que eram apenas as nuvens dançando e a acordava à noite para vê-las.

Enquanto olhava, uma das luzes piscou e ficou vermelha. Ela olhou de novo. O que era aquilo? Não fazia parte da aurora. Parecia mais...

E Flora começou a correr.

Capítulo cinquenta e dois

Colton tinha dito sim, sem hesitar, ao mesmo tempo que Joel se desculpava pelo fracasso do caso. Colton o dispensara, dizendo que pensaria no assunto mais tarde. De qualquer modo, tinha muito o que celebrar e o veria em breve.

Joel já havia estado em jatinhos antes, mas, mesmo se não houvesse, não teria dado a mínima para o couro de qualidade, nem para a comissária bonita e sorridente. Ele encarava a janela com o coração acelerado, à beira do pânico por estar fazendo algo muito, muito atípico em sua vida bem organizada. Em vários momentos, teve vontade de pedir para o avião dar meia-volta. Mas não pediu.

– Olha, olha! – gritou a comissária conforme aterrissavam.

Lá estavam, do lado de fora, as grandes correntes e raios de luz, cintilando e dançando enquanto o jatinho se preparava para pousar. Ele as olhou, consternado e confuso por sua beleza, e então percebeu algo: ele nunca tinha visto Mure no escuro.

Não havia ninguém no aeroporto. Ele pegou a mala. Estava de terno, pois, até o último minuto, não conseguira decidir se ia mesmo ou não. Pensou em ligar para Colton mais uma vez para ver se ele poderia mandar um carro buscá-lo...

Ela estava em pé na pista, com as luzes do céu atrás dela, a saia e o cabelo voando ao vento.

Eles se encararam por um bom tempo. Joel pôs a mala no chão. Não correram um para o outro. Estranhamente, o momento parecia importante demais para isso. Flora sentiu como se estivesse debaixo d'água conforme caminhava em direção a ele. Então, ambos pararam, como se houvesse uma linha invisível entre os dois. Ela o olhou, apertando o maxilar um pouco, como se lutasse para se controlar.

– Se você der mais um passo... – disse ela. – Se der mais um passo, tem que ser para valer. Você tem que... Não posso. Não vou. Entendeu?

Joel entendeu. Ele pareceu surpreso. Tinha lutado tanto. Baixou o olhar para os sapatos. Será que conseguia dar aquele último passo? Conseguia?

Do nada, houve uma explosão de pelos e latidos. De jeito nenhum Bramble deixaria Flora sair numa missão noturna tão empolgante sem ele. Sem chance. Flora o tinha deixado na Land Rover, mas ele não quis saber de ficar para trás e saltou para fora. Naquele momento, estava pulando em Joel para mostrar sua felicidade em vê-lo de novo. Flora observava, ainda apavorada.

Joel abriu um enorme sorriso.

– Oi! – cumprimentou ele. – Oi, Bramble. Oi.

Ele se ajoelhou, bem ali na pista, e acariciou a barriga do cão, bem do jeito que Bramble gostava, e foi coçando até o pescoço e atrás das orelhas.

Flora ficou confusa.

– Você gosta de cachorros – constatou ela.

Joel se levantou de novo, ajeitando os óculos.

– Quem é que não gosta de cachorros? – indagou ele. – Mas não tanto quanto gosto de você.

E deu o passo final.

Capítulo cinquenta e três

A suíte presidencial na Pedra, embora não tivesse sido criada para perdedores, como ressaltou Colton, era tão bonita quanto Flora poderia ter desejado. Um fogo crepitava alto na lareira e havia uma enorme banheira com pés ornamentados no meio do quarto. Do lado de fora, a escuridão era absoluta. A aurora boreal tinha se esvaecido e o homem verde se fora, mas, se alguém abrisse a janela, ainda poderia distinguir o barulho dos últimos farristas. Havia uma grande cama de dossel, que Flora olhou com nervosismo.

Joel estava na porta.

– Você está... Quer dizer, a gente não precisa fazer isso – garantiu ele, pensando na última vez.

– Não – disse ela, com firmeza. – Não, eu quero. Quero muito.

Com muita gentileza, ele desabotoou o vestido dela, deixando à mostra os ombros brancos.

– Não tem pele de foca – declarou ele, sorrindo enquanto beijava a base da nuca de Flora.

Flora piscou os olhos claros para Joel e, devagar, tirou as roupas dele. E Joel percebeu que nada, nada do que tinha feito antes com as mulheres – nenhuma acrobacia, nenhum ato inusitado – tinha sido tão apavorante quanto se expor assim para ela, e ela para ele, vulneráveis. Era o desenrolar extraordinário de cada parte do comecinho de uma história. Os dois pediram desculpas por chorarem, mas isso não teve a menor importância.

Quando Joel acordou na manhã seguinte, sozinho na cama grande, entrou em pânico de repente, até que leu o bilhete que ela tinha deixado.

Ele vestiu a blusa de lã azul que Margo comprara para ele havia tanto tempo e, por incrível que pareça, uma calça jeans, e partiu para o porto, lembrando-se de agradecer a Bertie enquanto saía do barco.

Estava faminto. Graças a Deus, lá estava ela, na frente da Delicinhas de Verão, os cheiros deliciosos já pairando no ar fresco da manhã. Ela se virou e o viu, radiante. Correu até ele, beijando-o na frente das funcionárias e de qualquer um que passasse, sem dar a mínima. Joel, surpreso, percebeu que também não ligava.

– Me alimente – pediu ele.

– Só um instante – respondeu ela, sorrindo.

– O que está fazendo?

Flora apontou para cima.

– Bem, duas coisas – disse ela. – Primeiro, eu adoraria ficar na Pedra para sempre, mas acho que preciso alugar um apartamento. Tem um acima da loja. Então, estou pensando nisso.

Ela o olhou bem.

– E segundo…

Iona e Isla relaxaram, e a corda desceu devagar, derrubando as palavras DE VERÃO da placa acima da porta.

– Não é mais só no verão – explicou ela.

– O que vai botar no lugar? – perguntou Joel.

– "Da Annie" – respondeu Flora, depois de uma pausa. – Annie era o nome da minha mãe.

Joel assentiu.

Flora encheu uma sacola com doces – com certeza ia tirar folga hoje – e eles voltaram para a Pedra, de mãos dadas. Não viram Lorna, a caminho do trabalho, parar um pouco, suspirar e continuar, mas todas as pessoas que encontraram, a maioria meio acabada depois da noite anterior, acenavam alegres, e Joel sentiu a estranheza daquilo.

Eles voltaram para a cama, espalhando migalhas por todo lugar. Flora ria, feliz, transbordando alegria e adoração. Depois, se deitou nos braços dele, ouvindo sua respiração regular.

– Não vá embora – sussurrou ela.

Ele abriu olhos, longe de pegar no sono.

– Como é que um homem mortal pode resistir ao canto de sereia de um espírito do mar? – perguntou ele, acariciando o lindo cabelo dela.

– Mas você vai trabalhar para o Colton, não vai? Kai disse que você estava indo para Nova York.

Ele fez que sim.

– Vou mesmo.

A expressão de Flora ficou aflita.

– Ah, você – disse ele. – Bem, fica... só a cinco horas de distância de Reykjavik. Já que você mora no topo do mundo, pensei... pensei que talvez eu possa ir e voltar.

– Para Nova York?

– Já estou a meio caminho de lá – declarou Joel. – E, de qualquer jeito, Colton vai estar aqui a maior parte do tempo, se precisar de mim. Ele pode não ter conseguido o que queria com o parque eólico, mas ninguém vai rejeitar uma rede de banda larga se ele puser uma aqui.

– Não mesmo – afirmou Flora. – Nossa. Ah, meu Deus. Nossa.

– E tenho alguns... tenho alguns amigos em Nova York que gostaria muito que você conhecesse.

– Nossa!

– Para de dizer isso. Na verdade, conheço um jeito de fazer você parar...

Ele passou a mão pelas costas dela.

– Por que não consigo parar de olhar para você? De tocar você? De fazer tudo com você? Ah, é. Feitiço.

– Feitiço – repetiu Flora, virando-se para olhá-lo com aqueles olhos nos quais ele queria se afogar, mergulhar, viver submerso e chamar de lar.

E ela pensou, mas só por um instante: quanto tempo será que um feitiço dura? Quem o lançou consegue saber?

Por fim, ela adormeceu. E, enquanto dormia, relembrou:

Era uma vez, enquanto o gelo se chocava contra a janela, um barco que seguia para o norte, para bem depois das ilhas, na direção dos mares azuis mais vastos.

E eles foram para o gelo e para a neve, e, sendo primavera, os icebergs estavam se soltando dos polos e tornando a água traiçoeira, mesmo que fossem muito bonitos e contivessem todas as cores do mar e do céu. Assim como os tons de branco, as bolhas de ar, as pedras e os pedregulhos congelados com perfeição dentro deles, vindos de um mundo que ninguém jamais poderia conhecer.

Mas a garota...

– Ela era parecida comigo? – perguntou Flora.

Sua mãe sorriu e disse:

– Era, sim. Ela era ativa e barulhenta e tinha os olhos da cor da água, assim como você.

Flora sorriu, satisfeita.

... não estava feliz. Ela estivera quieta durante a jornada e determinada a não terminar a viagem, pois a levava para onde não queria ir, porém não tinha escolha. Tinha sido levada.

Ela observou os icebergs com curiosidade conforme passavam, parecendo ilhazinhas.

O capitão ficou preocupado e esquisito à medida que iam cada vez mais devagar para não ficarem presos no mar de gelo estranho, bonito e reluzente.

Numa manhã, o sol saiu mais cedo, e eles se viram à deriva ao lado do maior iceberg que já tinham visto. Era uma montanha, uma catedral de gelo alta e cintilante. O casco de madeira do barco roçava nela com rangidos e estalos dolorosos, mas a forte madeira não quebrou.

O capitão praguejou e ficou parado ao leme, rezando para que o navio não afundasse e o casco não quebrasse. Virando e forçando a quilha, o barco seguiu, passando a grande montanha de gelo, em direção ao mar aberto, e o capitão, com suor brotando da testa, deixou escapar um fervoroso suspiro de alívio.

Então, ele se virou para o convés ensolarado, onde um de seus marinheiros gritava, e viu, com horror, que a garota simplesmente andava – com passos levíssimos – da lateral do barco para a montanha de gelo. E, naquele momento, enquanto ele virava o rosto incrédulo, ela caminhava sobre o iceberg que a partir de então seria seu lar.

– VIREM! VIREM – gritou o contramestre.

Mas, naquele momento, o vento soprou e o barco foi lançado para a frente. Quando conseguiram virá-lo nas ondas, o campo de icebergs tinha brilhado e se fundido. Embora tenham realizado buscas, não acharam nenhum vestígio da garota. E o capitão, quando explicou que havia perdido sua carga, disse, com imensa tristeza: quem conseguiria viver em tal lugar?

– A senhora conseguiria? – quis saber Flora, pensando no quanto seria bonito viver numa ilha de neve e gelo, no quanto seria estranho. – Ela viveu lá?

– É possível viver em diferentes lugares – afirmou a mãe, acariciando a testa dela mais uma vez. – Gosto de pensar que você vai conhecer muitos mundos diferentes, muitos lugares diferentes, e ser feliz em todos eles.

– Até nesse?

– Até nesse.

E, enquanto Flora se sentia adormecer, feliz, fez uma última pergunta:

– O que aconteceu com a garota?

– Ah, ela ainda está lá. Ela brilha – respondeu a mãe; ou será que não respondeu? Pois a voz ia ficando cada vez mais fraca, sumindo. – Ela brilha como a lua mais reluzente, mergulha à procura de peixes e guia marinheiros perdidos de volta pra casa. Porque somos *selkies*, meu amor, e é isso que fazemos.

*À memória de Mary "Moira" Colgan
(nascida Mary McCann), 1945-2016*

Agradecimentos

Agradeço a Maddie West, David Shelley, Charlie King, Manpreet Grewal, Amanda Keats, Joanna Kramer, Jen Wilson e à equipe de vendas; a Emma Williams, Stephie Melrose, Felice Howden, Jo Wickham e todos da Little, Brown Book Group; a Jo Unwin e Isabel Adamakoh Young. Agradeço a todos.

Meus mais sinceros agradecimentos aos organizadores do Faclan (Festival Literário das Hébridas), do Orkney Library and Worldplay (o festival literário das Ilhas Shetland), tanto por me convidarem quanto por me tratarem com uma hospitalidade tão maravilhosa quando visitei suas casas lindas. Me chamem de novo!

Há muitas versões da canção "The Herring" citada neste livro (e tem mais ou menos 179 versos a mais), porém a que eu mais gosto é a de Eliza Carthy, do seu incrível álbum *Red*.

Agradecimentos especiais a Dominic Colgan, Laraine Harper-King e Serena MacKesy.

Receitas

Bannocks

Bannocks são pães chatos redondos, crocantes e deliciosos, e é melhor comê-los quando estão quentes e frescos. Não são muito diferentes do que os americanos chamam de "biscoitos" (que não são biscoitos de verdade, claro, minhas amigas. Biscoito, para mim, só se tiver recheio ou cobertura).

Você pode assá-los ou fritá-los, pode acrescentar frutas – ficam ótimos com amoras ou uvas-passas – ou, se preferir um gosto mais salgado, pode pôr um pouco de queijo ralado no lugar de leitelho ou até um pouco de pimenta e sal (nesse caso, evite o açúcar).

- 500 g de farinha com fermento
- 50 g de manteiga
- 10 ml de leite
- 250 ml de leitelho
- 1 ovo
- 250 ml de iogurte natural

Misture a farinha e a manteiga. Acrescente o açúcar, o ovo, o leitelho e iogurte suficiente para deixar a massa pegajosa.

Amasse, adicionando mais farinha, até que a massa não esteja mais pegajosa.

Abra a massa até ela ficar com mais ou menos 2,5 cm de espessura e corte nas formas que quiser.

Asse no forno a 160 graus por 12 minutos ou frite na manteiga em uma frigideira até ficarem bem dourados.

Geleia de amora

Quando eu era criança e via minha mãe fazer geleia, sempre achava que era uma confusão de panelas fervendo, coisas borbulhando e muito vapor na cozinha. E não é nada disso! Fazer geleia é bem fácil. O truque é não tentar fazer muito de uma vez. Uns dois potes já bastam, só levam meia hora. E é ótimo fazer no fim de uma tarde de colheita de amoras silvestres. Se não consigo amoras suficientes, aumento o volume usando algumas maçãs. Os puristas surtam, mas eu descasco e pico as maçãs, acrescento um pouco de água e as deixo no micro-ondas por 5 minutos para amolecerem.

A questão é que, por ficar muito quente, as crianças querem ajudar, mas não podem. Sempre trato de comprar adesivos para os potes de geleia e deixo as crianças decorá-los enquanto estou fazendo a parte do fogão.

Eu uso açúcar gelificante (que já vem com pectina), mas sempre acrescento um pouco de pectina em pó no último minuto, para dar firmeza. Além disso, ferver os potes vai deixá-los bem esterilizados.

- Todas as amoras que você conseguir, mais maçã se não for muito/se as crianças já estiverem com a carinha suja de amora
- O mesmo exato peso de açúcar gelificante, ou um pouco menos
- Suco de 1 limão
- Um pedaço de manteiga

Limpe as frutas. Algumas pessoas gostam de tirar as sementes. Eu, não. Gosto delas na geleia, mas ainda tenho dentes naturais, então quem sabe um dia eu mude de opinião.

Cozinhe as frutas com o açúcar em fogo baixo, mexendo sempre. Acrescente o suco de um limão. Quando a mistura começar a ferver, ponha um pedaço de manteiga para mantê-la brilhosa e macia. Deixe ferver em fogo baixo por dez minutos, mexendo o tempo todo. Tire qualquer coisinha esquisita que tiver no topo e espere até todas as frutas amolecerem.

Então, leve a mistura ao estado mais doce possível: o do fervor borbulhante. Você vai saber como é quando vir bolhas enormes e gloriosas surgindo. Mantenha assim por cinco minutos, se forem amoras, e por um tempo maior se forem morangos. Se você tiver um termômetro, deve estar a 105 graus. Se não tiver, não tem problema – vai dar certo.

Tire do fogo por cinco minutos – tempo suficiente para esfriar, mas não o suficiente para endurecer! – e guarde nos potes de vidro com muito, muito cuidado.

Torta de carne com cerveja

Sim, eu compro a massa pronta.

- 500 g de carne ensopada
- 1 lata de cerveja da sua escolha – posso recomendar uma cerveja de trigo?
- 250 g de cogumelos
- 2 cenouras
- 1 cebola
- Manteiga
- 500 ml de caldo de carne
- Alecrim
- Um pacote de massa folhada

Pré-aqueça o forno a 175 graus.

Ponha a carne na farinha, com sal e pimenta, e toste brevemente na manteiga. Reserve.

Refogue as cebolas só até dourá-las junto com as cenouras. (Você pode acrescentar os cogumelos nessa etapa ou usar outra frigideira para refogá-los separados na manteiga com dois dentes de alho e pimenta branca, o que também fica superdelicioso.)

Acrescente a carne, a cerveja e o caldo de carne, e deixe-os cozinhar em fogo baixo por uma ou duas horas com o alecrim por cima. Não deixe a carne cozinhar muito.

Despeje a mistura em uma assadeira e cubra-a com a massa, fazendo um buraco no meio para o vapor sair. E, se quiser, molde algumas folhas de massa para decorar. Aconselho a fazer, porque a torta fica linda.

Asse por 40 minutos ou até que o topo fique dourado. Sirva numa noite fria com purê e uma bela verdura verde-escura: couve, espinafre, repolho ou algo assim.

Torta de maçã com frangipane

Com um enorme agradecimento à minha amiga Sez, que faz as melhores tortas de frutas.

Massa
- 1 ¼ de xícara de farinha de trigo
- 1 (ou menos) colher de sopa de açúcar
- ½ xícara (mais ou menos 115 g) de manteiga gelada, em cubos. Vale a pena cortar em cubos e deixar no freezer por 5 minutos, pois, quanto mais gelada estiver, mais crocante vai ficar a massa
- Uma pitada de sal
- ⅛ – ¼ de xícara de água gelada
- Um pouco de creme e uma pitada de açúcar para espalhar por cima

Misture a farinha, o sal, o açúcar e a manteiga e mexa até formar uma massa grossa. É melhor fazer isso num processador de alimentos, porque é mais rápido. Assim, os ingredientes continuam frios.

Com o processador ainda ligado, adicione pequenas quantidades de água gelada, bem devagar, até que a massa fique consistente, mas continue mais para seca. O objetivo é deixá-la o mais parecida possível com biscoito amanteigado, mas na forma de massa.

Leve à geladeira por uma hora.

Depois, abra a massa até caber na sua assadeira. Ela tende a quebrar, então: a) ponha uma camada bem generosa nas bordas da assadeira e b) não se preocupe se a massa rachar um pouco – é só preencher qualquer buraco com pedacinhos restantes de massa.

Pincele com creme e espalhe uma pitadinha de açúcar.

Pré-asse a massa por 15 minutos a 180 ou 200 graus usando feijões como peso.

Tire os feijões e deixe no forno por outros 10 minutos ou mais, até que a massa fique dourada.

Frangipane
- ½ xícara de amêndoa em pó
- ¼ de xícara de açúcar granulado (açúcar de baunilha se tiver)
- 3 colheres de sopa de manteiga
- 1 colher de sopa de farinha de trigo
- 1 ovo
- ½ colher de sopa de essência de baunilha se estiver usando açúcar puro
- Uma pitada de sal

Processe os ingredientes secos, acrescente o ovo e a essência de baunilha e processe até obter uma massa macia. Leve à geladeira por uma hora antes de usar.

Maçãs/Cobertura
- 2 ou 3 maçãs descascadas, sem sementes e cortadas em fatias finas com o suco e a casca de 1 limão para dar aquele tchã (e impedir que as maçãs escureçam)
- Um pote de geleia de qualquer tipo (pode ser qualquer um *mesmo*, mas groselha é minha preferida para isso. Geleia comprada pronta funciona numa boa.)

Quando tirar a massa do forno, espalhe o *frangipane* por cima dela na mesma hora para que um pouco dele penetre na massa quente e a deixe ma-ra-vi-lho-sa.

Arrume os pedaços de maçãs ali de um jeito bem bonito.

Ponha de volta no forno por 10 minutos.

Enquanto estiver no forno, coloque a geleia numa panela e a derreta devagar no fogo até ficar líquida. Quando a torta sair do forno, jogue a geleia por cima. Deixe tudo esfriar na assadeira.

CONHEÇA OS LIVROS DE JENNY COLGAN

A pequena livraria dos sonhos
A padaria dos finais felizes
A adorável loja de chocolates de Paris
Um novo capítulo para o amor
A pequena ilha da Escócia

Para saber mais sobre os títulos e autores da Editora Arqueiro,
visite o nosso site e siga as nossas redes sociais.
Além de informações sobre os próximos lançamentos,
você terá acesso a conteúdos exclusivos
e poderá participar de promoções e sorteios.

editoraarqueiro.com.br